汪曾祺全集

主 编／季红真

汪曾祺
全集 ⑤

散文 卷

散文卷主编／徐 强

人民文学出版社

1994 年

1986 年　与作家贾平凹（右）、彭匈（左）在广西

1987 年美国爱荷华　在华裔女作家
聂华苓（中）家中

1990 年 4 月滇西湖　与青年作家们
左起:凌力、李林栋、汪曾祺、高洪波、
陆星儿

目　录

1987 年

散文四篇①

宋朝人的吃喝

唐宋人似乎不怎么讲究大吃大喝。杜甫的《丽人行》里列叙了一些珍馐，但多系夸张想象之辞。五代顾闳中所绘《韩熙载夜宴图》主人客人面前案上所列的食物不过八品，四个高足的浅碗，四个小碟子。有一碗是白色的圆球形的东西，有点像外面滚了米粒的蓑衣丸子。有一碗颜色是鲜红的，很惹眼，用放大镜细看，不过是几个带蒂的柿子！其余的看不清是什么。苏东坡是个有名的馋人，但他爱吃的好像只是猪肉。他称赞"黄州好猪肉"，但还是"富者不解吃，贫者不解煮"。他爱吃猪头，也不过是煮得稀烂，最后浇一勺杏酪。——杏酪想必是酸里咕叽的，可以解腻。有人"忽出新意"以山羊肉为玉糁羹，他觉得好吃得不得了。这是一种什么东西？大概只是山羊肉加碎米煮成的糊糊罢了。当然，想象起来也不难吃。

宋朝人的吃喝好像比较简单而清淡。连有皇帝参加的御宴也并不丰盛。御宴有定制，每一盏酒都要有歌舞杂技，似乎这是主要的，吃喝在其次。幽兰居士《东京梦华录》载《宰执亲王宗室百官入内上寿》，使臣诸卿只是"每分列环饼、油饼、枣塔为看盘，次列果子。惟大辽加之猪羊鸡鹅兔连骨熟肉为看盘，皆以小绳束之。又生葱韭蒜醋各一碟。三五人共列浆水一桶，立杓数枚。""看盘"只是摆样子的，不能吃的。"凡御宴至第三盏，方有下酒肉、咸豉、爆肉、双下驼峰角子"。第四盏下酒是禽子骨头、索粉、白肉胡饼;第五盏是群仙臛、天花饼、太平毕罗、干饭、缕肉羹、莲花肉饼;第六盏假圆鱼、密浮酥捺花;第七盏排炊羊、胡饼、炙金肠;第八盏假沙鱼、独下馒头、肚羹;第九盏水饭、簇钉下饭。如此而已。

宋朝市面上的吃食似乎很便宜。《东京梦华录》云:"吾辈入店,则用一等琉璃浅棱碗,谓之'碧碗',亦谓之'造羹',菜蔬精细,谓之'造齑',每碗十文"。"会仙楼"条载:"止两人对坐饮酒……即银近百两矣",初看吓人一跳。细看,这是指餐具的价值——宋人餐具多用银。

几乎所有记两宋风俗的书无不记"市食"。钱塘吴自牧《梦粱录·分茶酒店》最为详备。宋朝的肴馔好像多是"快餐",是现成的。中国古代人流行吃羹。"三日入厨下,洗手作羹汤",不说是洗手炒肉丝。《水浒传》林冲的徒弟说自己"安排得好菜蔬,端整得好汁水","汁水"也就是羹。《东京梦华录》云"旧只用匙今皆用箸矣",可见本都是可喝的汤水。其次是各种熝菜、熝鸡、熝鸭、熝鹅。再次是半干的肉脯和全干的肉犯。几本书里都提到"影戏犯",我觉得这就是四川的灯影牛肉一类的东西。炒菜也有,如炒蟹,但极少。

宋朝人饮酒和后来有些不同的,是总要有些鲜果干果,如柑、梨、蔗、柿,炒栗子、新银杏,以及莴苣、"姜油多"之类的菜蔬和玛瑙饧、泽州饧之类的糖稀。《水浒传》所谓"铺下果子按酒",即指此类东西。

宋朝的面食品类甚多。我们现在叫做主食,宋人却叫"从食"。面食主要是饼。《水浒》动辄说"回些面来打饼"。饼有门油、菊花、宽焦、侧厚、油砣、新样满麻……《东京梦华录》载武成王庙前海州张家、皇建院前郑家最盛,每家有五十余炉。五十几个炉子一起烙饼,真是好家伙!

遍检《东京梦华录》、《都城纪胜》、《西湖老人繁胜录》、《梦粱录》、《武林旧事》,都没有发现宋朝人吃海参、鱼翅、燕巢的记载。吃这种滋补性的高蛋白的海味,大概从明朝才开始。这大概和明朝人的纵欲有关系,记得鲁迅好像曾经说过。

宋朝人好像实行的是"分食制"。《东京梦华录》云"用一等琉璃浅

2

棱碗……每碗十文",可证。《韩熙载夜宴图》上画的也是各人一份,不像后来大家合坐一桌,大盘大碗,筷子勺子一起来。这一点是颇合卫生的,因不易传染肝炎。

一九八七年一月十八日

马　铃　薯

　　马铃薯的名字很多。河北、东北叫土豆,内蒙、张家口叫山药,山西叫山药蛋,云南、四川叫洋芋,上海叫洋山芋。除了搞农业科学的人,大概很少人叫得惯马铃薯。我倒是叫得惯了。我曾经画过一部《中国马铃薯图谱》。这是我一生中的一部很奇怪的作品。图谱原来是打算出版的,因故未能实现。原稿旧存沙岭子农业科学研究所,"文化大革命"中毁了,可惜!

　　一九五八年,我下放张家口沙岭子农业科学研究所劳动。一九六〇年摘了右派分子帽子,结束了劳动,一时没有地方可去,留在所里打杂。所里要画一套马铃薯图谱,把任务交给了我。所里有一个下属的马铃薯研究站,设在沽源。我在张家口买了一些纸笔颜色,乘车往沽源去。

　　马铃薯是适于在高寒地带生长的作物。马铃薯会退化。在海拔较低、气候温和的地方种一二年,薯块就会变小。因此每年都有很多省市开车到张家口坝上来调种。坝上成为供应全国薯种的基地。沽源在坝上,海拔一千四,冬天冷到零下四十度,马铃薯研究站设在这里,很合适。

　　这里集中了全国的马铃薯品种,分畦种植。正是开花的季节,真是洋洋大观。

　　我在沽源,究竟是一种什么心情,真是说不清。远离了家人和故友,独自生活在荒凉的绝塞,可以谈谈心的人很少,不免有点寂寞。另外一方面,摘掉了帽子,总有一种轻松感。日子过得非常悠闲。没有人管我,也不需要开会。一早起来,到马铃薯地里(露水很重,得穿了浅勒的胶靴），掐了一把花，几枝叶子，回到屋里，插在玻璃杯里，对着它画。马铃薯的花是很好画的。伞形花序，有一点像复瓣水仙。颜色是白的，浅紫的。紫花有的偏红，有的偏蓝。当中一个高庄小窝头似的黄心。叶子大都相似，奇数羽状复叶，只是有的圆一点，有的尖一点，颜色有的深一点，有的淡一点，如此而已。我画这玩意又没有定额，尽可慢慢地画。不过我画得还是很用心的，尽量画得像。我曾写过一首长诗，记述我的生活，代替书信，寄给一个老同学。原诗已经忘了，只记得两句："坐对一丛花，眸子炯如虎"。画画不是我的本行，但是"工作需要"，我也算起了一点作用，倒是差堪自慰的。沽源是清代的军台，我在这里工作，可以说是"发往军台效力"，我于是用画马铃薯的红颜色在带来的一本《梦溪笔谈》的扉页上画了一方图章："效力军台"——我带来一些书，除《笔谈》外，有《癸巳类稿》《十驾斋养新录》，还有一套商务印书馆铅印本《四史》。晚上不能作画——灯光下颜色不正，我就读这些书。我自成年后，读书读得最专心的，要算在沽源这一段时候。

我对马铃薯的科研工作有过一点很小的贡献：马铃薯的花都是没有香味的。我发现有一种马铃薯，麻土豆的花，却是香的。我告诉研究站的研究人员，他们都很惊奇："是吗？——真的！我们搞了那么多年马铃薯，还没有发现。"

到了马铃薯逐渐成熟——马铃薯的花一落，薯块就成熟了，我就开始画薯块。那就更好画了，想画得不像都不大容易。画完一种薯块，我就把它放进牛粪火里烤烤，然后吃掉。全国像我一样吃过那么多种马铃薯的人，大概不多！马铃薯的薯块之间的区别比花、叶要明显。最大的要数"男爵"，一个可以当一顿饭。有一种味极甜脆，可以当水果生吃。最好的是"紫土豆"，外皮乌紫，薯肉黄如蒸栗，味道也像蒸栗，入口更为细腻。我曾经扛回一袋，带到北京。春节前后，一家大小，吃了好几天。我很奇怪："紫土豆"为什么不在全国推广呢？

马铃薯原产南美洲，现在遍布全世界。苏联卫国战争时期的小说，每每写战士在艰苦恶劣的前线战壕中思念家乡的烤土豆。"马铃薯"和"祖国"几乎成了同义字。罗宋汤、沙拉，离开了马铃薯做不成，更不用说奶油烤土豆、炸土豆条了。

马铃薯传入中国，不知始于何时。我总觉得大概是明代，和郑和下西洋有点缘分。现在可以说遍及全国了。沽源马铃薯研究站不少品种是从康藏高原、大小凉山移来的。马铃薯是山西、内蒙、张家口的主要蔬菜。这些地方的农村几乎家家都有山药窖，民歌里都唱："想哥哥想得迷了窍，抱柴禾跌进了山药窖"。"交城的山里没有好茶饭，只有莜面栲栳栳，还有那山药蛋"。山西的作者群被称为"山药蛋派"。呼和浩特的干部有一点办法的，都能到武川县拉一车山药回来过冬。大笼屉蒸新山药，是待客的美餐。张家口坝上、坝下，山药、西葫芦加几块羊肉爊一锅烩菜，就是过年。

中国的农民不知有没有一天也吃上罗宋汤和沙拉。也许即使他们的生活提高了，也不吃罗宋汤和沙拉，宁可在大烩菜里多加几块肥羊肉。不过也说不定。中国人过去是不喝啤酒的，现在北京郊区的农民喝啤酒已经习惯了。我希望中国农民会爱吃罗宋汤和沙拉。因为罗宋汤和沙拉是很好吃的。

一九八七年二月十六日

紫　薇

唐朝人也不是都能认得紫薇花的。《韵语阳秋》卷第十六："白乐天诗多说别花，如《紫薇花诗》云'除却微之见应爱，世间少有别花人'……今好事之家，有奇花多矣，所谓别花人，未之见也。鲍溶作《仙檀花诗》寄袁德师侍御，有'欲求御史更分别'之句，岂谓是邪？"这里所说的"别"是分辨的意思。白居易是能"别"紫薇花的，他写过至少三首关于紫薇的诗。

《韵语阳秋》云：

> 白乐天作中书舍人，入直西省，对紫薇花而有咏曰："丝纶阁下文章静，钟鼓楼中刻漏长。独坐黄昏谁是伴，紫薇花对紫薇

郎。"后又云:"紫薇花对紫薇翁,名目虽同貌不同",则此花之珍艳可知矣。爪其本则枝叶俱动,俗谓之"不耐痒花"。自五月开至九月尚烂熳,俗又谓之"百日红"。唐人赋咏,未有及此二事者。本朝梅圣俞时注意此花。一诗赠韩子华,则曰"薄肤痒不胜轻爪,嫩干生宜近禁庐";一诗赠王景彝,则曰:"薄薄嫩肤搔鸟爪,离离碎叶剪城霞",然皆著不耐痒事,而未有及百日红者。胡文恭在西掖前亦有三诗,其一云:"雅当翻药地,繁极曝衣天",注云:"花至七夕犹繁",似有百日红之意,可见当时此花之盛。省吏相传,咸平中,李昌武自别墅移植于此。晏元献尝作赋题于省中,所谓"得自羊墅,来从召园,有昔日之绛老,无当时之仲文"是也。

对于年轻的读者,需要作一点解释,"紫薇花对紫薇郎"是什么意思。紫薇花亦作紫微郎,唐代宫名,即中书侍郎。《新唐书·百官志二》注"开元元年,改中书省曰紫微省,中书令曰紫微令。"白居易曾为中书侍郎,故自称紫微郎。中书侍郎是要到宫里值班的,独自坐在办公室里,不免有些寂寞,但是这也不是一般人所能谋得到的差事,诗里又透出几分得意。"紫薇花对紫薇郎",使人觉得有点罗曼蒂克,其实没有。不过你要是有一点罗曼蒂克的联想,也可以。石涛和尚画过一幅紫薇花,题的就是白居易的这首诗。紫薇颜色很娇,画面很美,更易使人产生这是一首情诗的错觉。

从《韵语阳秋》的记载,我们可以知道两件事。一是"爪其本则枝叶俱动"。紫薇的树干的外皮易脱落,露出里面的"嫩肤",嫩肤上留下外皮脱落后留下的一片一片的青色和白色的云斑。用指甲搔搔树干的嫩肤,确实是会枝叶俱动的。宋朝人叫它"不耐痒花",现在很多地方叫它"怕痒痒树"或"痒痒树"。这到底是什么道理,好像没有人解释过。二是花期甚长。这是夏天的花。胡文恭说它"繁极曝衣天",白居易说它"独占芳菲当夏景,不将颜色托春风"。但是它"花至七夕犹繁"。我甚至在飘着小雪的天气,还看见一棵紫薇花依然开着仅有的一穗红花!

我家的后园有一棵紫薇。这棵紫薇有年头了,主干有茶杯口粗,高过屋檐。一到放暑假，它开起花来，真是"繁"得不得了。紫薇花是六瓣的，但是花瓣皱缩，瓣边还有很多不规则的缺刻，所以根本分不清它是几瓣，只是碎碎叨叨的一球，当中还射出许多花须、花蕊。一个枝子上有很多朵花。一棵树上有数不清的枝子。真是乱。乱红成阵。乱成一团。简直像一群幼儿园的孩子放开了又高又脆的小嗓子一起乱嚷嚷。在乱哄哄的繁花之间还有很多赶来凑热闹的黑蜂。这种蜂不是普通的蜜蜂，个儿很大，有指头顶那样大，黑的，就是齐白石爱画的那种。我到现在还叫不出这是什么蜂。这种大黑蜂分量很重。它一落在一朵花上，抱住了花须，这一穗花就叫它压得沉了下来。它起翅飞去，花穗才挣回原处，还得哆嗦两下。

大黑蜂不像马蜂那样会做窠。它们也不像马蜂一样的群居，是单个生活。在人家房檐的椽子下面钻一个圆洞，这就是它的家。我常常看见一个大黑蜂飞回来了，一收翅膀，钻进圆洞，就赶紧用一根细细的帐竿竹子捅进圆洞，来回地拧，它就在洞里嗯嗯地叫。我把竹竿一拔，啪地一声，它就掉到了地上。我赶紧把它捉起来，放进一个玻璃瓶里，盖上盖——瓶盖上用洋钉凿了几个窟窿。瓶子里塞了好些紫薇花。大黑蜂没有受伤，它只是摔晕过去了。过了一会，它缓醒过来了，就在花瓣之间乱爬。大黑蜂生命力很强，能活几天。我老幻想它能在瓶里呆熟了，放它出去，它再飞回来。可是不知什么时候，它仰面朝天，死了。

紫薇原产于中国中部和南部。白居易诗云"浔阳官舍双高树，兴善僧庭一大丛，何似苏州安置处，花堂栏下月明中"，这些都是偏南的地方。但是北方很早就有了，如长安。北京过去也有，但很少（北京人多不识紫薇）。近年北京大量种植，到处都是。街心花园几乎都有。选择这种花木来美化城市环境是很有道理的，因为它花繁盛，颜色多（多为胭脂红，也有紫色和白色的），花期长。但是似乎生长得很慢。密云水库大坝下的通道两侧，隔不远就有一棵紫薇。我每年夏天要到密云开一次会，年年到坝下散步，都看到这些紫薇。看了四年，它们好像还是那样大。

比起北京雨后春笋一样耸立起来的高楼，北京的花木的生长就显得更慢。因此，对花木要倍加爱惜。

一九八七年二月廿一日

腊 梅 花

"雪花、冰花、腊梅花……"我的小孙女这一阵老是唱这首儿歌。其实她没有见过真的腊梅花，只是从我画的画上见过。

周紫芝《竹坡诗话》云："东南之有腊梅，盖自近时始。余为儿童时，犹未之见。元祐间，鲁直诸公方有诗，前此未尝有赋此诗者。政和间，李端叔在姑豀，元夕见之僧舍中，尝作两绝，其后篇云：'程氏园当尺五天，千金争赏凭朱栏。莫因今日家家有，便作寻常两等看。'观端叔此诗，可以知前日之未尝有也。"看他的意思，腊梅是从北方传到南方去的。但是据我的印象，现在倒是南方多，北方少见，尤其难见到长成大树的。我在颐和园藻鉴堂见过一棵，种在大花盆里，放在楼梯拐角处。因为不是开花的时候，绿叶披纷没有人注意。和我一起住在藻鉴堂的几个搞剧本的同志，都不认识这是什么。

我的家乡有腊梅花的人家不少。我家的后园有四棵很大的腊梅。这四棵腊梅，从我记事的时候，就已经是那样大了。很可能是我的曾祖父在世的时候种的。这样大的腊梅，我以后在别处没有见过。主干有汤碗口粗细，并排种在一个砖砌的花台上。这四棵腊梅的花心是紫褐色的，按说这是名种，即所谓"檀心磬口"。腊梅有两种，一种是檀心的，一种是白心的。我的家乡偏重白心的，美其名曰"冰心腊梅"，而将檀心的贬为"狗心腊梅"。腊梅和狗有什么关系呢？真是毫无道理！因为它是狗心的，我们也就不大看得起它。

不过凭良心说，腊梅是很好看的。其特点是花极多——这也是我们不太珍惜它的原因。物稀则贵，这样多的花，就没有什么稀罕了。每个枝条上都是花，无一空枝。而且长得很密，一朵挨着一朵，挤成了一串。这样大的四棵大腊梅，满树繁花，黄灿灿的吐向冬日的晴空，那样的热热闹闹,而又那样的安安静静,实在是一个不寻常的境界。不过我们已经司空见惯,每年都有一回。

每年腊月,我们都要折腊梅花。上树是我的事。腊梅木质疏松,枝条脆弱,上树是有点危险的。不过腊梅多枝杈,便于登踏,而且我年幼身轻,正是"一日上树能三回"的时候,从来也没有掉下来过。我的姐姐在下面指点着:"这枝,这枝!——哎,对了,对了!"我们要的是横斜旁出的几枝,这样的不蠢;要的是几朵半开,多数是骨朵的,这样可以在瓷瓶里养好几天——如果是全开的,几天就谢了。

下雪了,过年了。大年初一,我早早就起来,到后园选摘几枝全是骨朵的腊梅,把骨朵都剥下来,用极细的铜丝——这种铜丝是穿珠花用的,就叫做"花丝",把这些骨朵穿成插鬘的花。我们县北门的城门口有一家穿珠花的铺子,我放学回家路过,总要钻进去看几个女工怎样穿珠花,我就用她们的办法穿成各式各样的腊梅珠花。我在这些腊梅珠子花当中嵌了几粒天竺果——我家后园的一角有一棵天竺。黄腊梅、红天竺,我到现在还很得意:那是真很好看的。我把这些腊梅珠花送给我的祖母,送给大伯母,送给我的继母。她们梳了头,就插戴起来。然后,互相拜年。我应该当一个工艺美术师的,写什么屁小说!

一九八七年二月十八日

注　释

① 本篇原载《作家》1987 年第六期;初收《蒲桥集》,作家出版社,1989 年3 月。

贺路翎重写小说①

路翎是一位才华横溢的不可多得的作家。他的创作精力一度非常旺盛,写过不少震惊一时的好小说。他挨了整,很久没有听到他的消息,我以为他大概已经不在人世。有人告诉我:路翎还活着,住在一个不为人知的什么地方,每天扫大街。扫街之后,回到没有光线的小屋里,一声不响地枯坐着。他很少说话,甚至连笑也不会了。我心里很难过。怎么能把人折磨成这个样子呢?

后来听说他好一些了,能写一点东西了。在《北京晚报》上看到他写的几篇短文,我们几个朋友都觉得很不是滋味:这哪里像是路翎写的文章呢!我对朋友说:对一个人最大的摧残,无过于摧残了他的才华。

在《读书》上读到绿原记路翎的文章,对路翎增加了了解,心里也就更加难受。我想:路翎完了!

有位编辑到我家来组稿,说路翎最近的一篇小说写得不错。我很惊奇,说:"是吗?"找来《人民文学》便赶紧翻到《钢琴学生》,接连读了两遍。我真是比在公园里忽然看到一个得了半身不遂的老朋友居然丢了手杖在茂草繁花之间步履轻捷、满面春风地散着步还要高兴。我在心里说:路翎同志,你好了!

我不是说《钢琴学生》是一篇多么了不得的好作品,但是的确写得不错!应该庆贺的是:路翎恢复了艺术感,恢复了语感,恢复了对生命的喜悦,对生活的欢呼。这是多不容易呀。年轻的读者,你们要是知道路翎受过多少苦难,现在还能写出这样泽润葱茏的小说,你们就会觉得这是一个不小的胜利。路翎是好样的,路翎很顽强。

　　劫灰深处拨寒灰,
　　谁信人间二度梅。

拨尽寒灰翻不说，

枝头窈窕迎春晖。

一九八七年一月二十四日

注　释

① 本篇原载 1987 年 2 月 24 日《人民日报》；初收《汪曾祺全集》第四卷，北京师范大学出版社，1998 年 8 月。

昆　明　菜①

——昆明忆旧之七

　　我这篇东西是写给外地人看的,不是写给昆明人看的。和昆明人谈昆明菜,岂不成了笑话! 其实不如说是写给我自己看的。我离开昆明整四十年了,对昆明菜一直不能忘。

　　昆明菜是有特点的。昆明菜——云南菜不属于中国的八大菜系。很多人以为昆明菜接近四川菜,其实并不一样。四川菜的特点是麻、辣。多数四川菜都要放郫县豆瓣、泡辣椒,而且放大量的花椒,——必得是川椒。中国很多省的人都爱吃辣,如湖南、江西,但像四川人那样爱吃花椒的地方不多。重庆有很多小面馆,门面的白墙上多用黑漆涂写三个大字"麻、辣、烫",老远的就看得见。昆明菜不像四川菜那样既辣且麻。大抵四川菜多浓厚强烈,而昆明菜则比较清淡纯和。四川菜调料复杂,昆明菜重本味。比较一下怪味鸡和汽锅鸡,便知二者区别所在。

汽　锅　鸡

　　中国人很会吃鸡。广东的盐焗鸡,四川的怪味鸡,常熟的叫花鸡,山东的炸八块,湖南的东安鸡,德州的扒鸡……。如果全国各种做法的鸡来一次大奖赛,哪一种鸡该拿金牌? 我以为应该是昆明的汽锅鸡。

　　是什么人想出了这种非常独特的吃法? 估计起来,先得有汽锅,然后才有汽锅鸡。汽锅以建水所制者最佳。现在全国出陶器的地方都能造汽锅,如江苏的宜兴。但我觉得用别处出的汽锅蒸出来的鸡,都不如用建水汽锅做出的有味。这也许是我的偏见。汽锅既出在建水,那么,昆明的汽锅鸡也可能是从建水传来的吧？

原来在正义路近金碧路的路西有一家专卖汽锅鸡。这家不知有没有店号，进门处挂了一块匾，上书四个大字："培养正气"。因此大家就径称这家饭馆为"培养正气"。过去昆明人一说："今天我们培养一下正气"，听话的人就明白是去吃汽锅鸡。"培养正气"的鸡特别鲜嫩，而且屡试不爽。没有哪一次去吃了，会说"今天的鸡差点事！"所以能永远保持质量，据说他家用的鸡都是武定肥鸡。鸡瘦则肉柴，肥则无味。独武定鸡极肥而有味。揭盖之后：汤清如水，而鸡香扑鼻。

听说"培养正气"已经没有了。昆明饭馆里卖的汽锅鸡已经不是当年的味道，因为用的不是武定鸡，什么鸡都有。

恢复"培养正气"，重新选用武定鸡，该不是难事吧？

昆明的白斩鸡也极好。玉溪街卖馄饨的摊子的铜锅上搁一个细铁条篦子，上面都放两三只肥白的熟鸡。随要，即可切一小盘。昆明人管白斩鸡叫"凉鸡"。我们常常去吃，喝一点酒，因为是坐在一张长板凳上吃的，有一个同学为这种做法起了一个名目，叫"坐失（食）良（凉）机（鸡）"。玉溪街卖的鸡据说是玉溪鸡。

华山南路与武成路交界处从前有一家馆子叫"映时春"，做油淋鸡极佳。大块鸡生炸，十二寸的大盘，高高地堆了一盘。蘸花椒盐吃。二十几岁的小伙子，七八个人，人得三五块，顷刻瓷盘见底矣。如此吃鸡，平生一快。

昆明旧有卖爊鸡杂的，挎腰圆食盒，串街唤卖。鸡肫鸡肝皆用篾条穿成一串，如北京的糖葫芦。鸡肠子盘紧如素鸡，买时旋切片。耐嚼，极有味，而价甚廉，为佐茶下酒妙品。估计昆明这样的小吃已经没有了。曾与老昆明谈起，全似孟元老《东京梦华录》中所纪了也。

火　腿

云南宣威火腿与浙江金华火腿齐名，难分高下。金华火腿知道的人多，有许多品级。比较著名的是"雪舫蒋腿"。更高级的，以竹叶薰成的，谓之"竹叶腿"。宣威火腿似没有这么多讲究，只是笼统地叫做火腿。火腿出在宣威，据说宣威家家腌制，而集中销售地则在昆明。正义路牌坊东侧原来有一家火腿庄，除了卖整只、零切的火腿，还卖火腿骨、火腿油。上海卖金华火腿的南货店有时卖"火腿脚爪"，单卖火腿油，却没有听说过。火腿骨熬汤，火腿油炖豆腐，想来一定很好吃。

火腿作为提味的配料时多，单吃，似只有一种吃法，蒸熟了切片。从前有蜜炙火腿，不知好吃否。金华火腿按部位分油头、上腰、中腰，——再以下便是脚爪。昆明人吃火腿特重小腿至肘棒的那一部分，谓之"金钱片腿"，因为切开作圆形，当中是精肉，周围是肥肉，带着一圈薄皮。大西门外有一家本地饭馆，不大，很不整洁，但是菜品不少，金钱片腿是必备的。因为赶马的马锅头最爱吃这道菜，——这家饭馆的主要顾客是马锅头。马锅头兄弟一进门，别的菜还没有要，先叫："切一盘金钱片腿！"

一道昆明菜，不是以火腿为主料，但离开火腿却不成的，是"锅贴乌鱼"。这是东月楼的名菜。乃以乌鱼两片（乌鱼必活杀，鱼片须旋批），中夹兼肥带瘦的火腿一片，在平底铛上，以文火烙成，不加任何别的作料。鲜嫩香美，不可名状。

东月楼在护国路，是一家地道的昆明老馆子。除锅贴乌鱼外，尚有酱鸡腿，也极好。听说东月楼现在也没有了。

昆明吉庆祥的火腿月饼甚佳。今年中秋，北京运到一批，买来一尝，滋味犹似当年。

牛　　肉

我一辈子没有吃过昆明那样好的牛肉。

昆明的牛肉馆的特别处是只卖牛肉一样，——外带米饭、酒，不卖别的菜肴。这样的牛肉馆，据我所知，有三家。有一家在大西门外凤翥街，因为离西南联大很近，我们常去。我是由这家"学会"吃牛肉的。一家在小东门。而以小西门外马家牛肉馆为最大。楼上楼下，几十张桌子。牛肉馆的牛肉是分门别类地卖的。最常见的是汤片和冷片。白牛肉切薄片,浇滚烫的清汤,为汤片。冷片也是同样旋切的薄片,但整齐地码在盘子里,蘸甜酱油吃(甜酱油为昆明所特有)。汤片、冷片皆极酥软,而不散碎。听说切汤片冷片的肉是整个一边牛蒸熟了的,我有点不相信:哪里有这样大的蒸笼,这样大的锅呢?但切片的牛肉确是很大的大块的。牛肉这样酥软,火候是要很足。有人告诉我,得蒸(或煮?)一整夜。其次是“红烧”。“红烧”不是别的地方加了酱油焖煮的红烧牛肉,也是清汤的,不过大概牛肉曾用红糟染过,故肉呈胭脂红色。“红烧”是切成小块的。这不用牛身上的“好”肉,如胸肉腿肉,带一些“筋头巴脑”,和汤、冷片相较,别是一种滋味。还有几种牛身上的特别部位,也分开卖。却都有代用的别名,不“会”吃的人听不懂,不知道这是什么东西。如牛肚叫“领肝”;牛舌叫“撩青”。很多地方卖舌头都讳言“舌”字,因为“舌”与“蚀”同音。无锡陆稿荐卖猪舌改叫“赚头”。广东饭馆把牛舌叫“牛脷”,其实本是“牛利”,只是加了一个肉月偏旁,以示这是肉食。这都是反“蚀”之意而用之,讨个吉利。把舌头叫成“撩青”,别处没有听说过。稍想一下,是有道理的。牛吃青草,都是用舌头撩进嘴里的。这一别称很形象,但是太费解了。牛肉馆还有牛大筋卖。我有一次同一个女同学去吃马家牛肉馆,她问我:“这是什么?”我实在不好回答。我在昆明吃过不少次牛大筋,只是因为它好吃,不是为了壮阳。“领肝”、“撩青”、“大筋”都是带汤的。牛肉馆不卖炒菜。上牛肉馆其实主要是来喝汤的,——汤好。

昆明牛肉馆用的牛都是小黄牛,老牛、废牛是不用的。

吃一次牛肉馆是花不了多少钱的,比下一般小饭馆便宜,也好吃,实惠。

马家牛肉馆常有人托一搪瓷茶盘来卖小菜,藠头、腌蒜、腌姜、糟辣椒……有七八样。两三分钱即可买一小碟,极开胃。

马家牛肉店不知还有没有?如果没有了,就太可惜了。

昆明还有牛干巴,乃将牛肉切成长条,腌制晾干。小饭馆有炒牛干巴卖。这东西据说生吃也行。马锅头上路,总要带牛干巴,用刀削成薄片,酒饭均宜。

蒸　菜

昆明尚食蒸菜。正义路原来有一家。蒸鸡、蒸骨、蒸肉。都放在直径不到半尺的小蒸笼中蒸熟。小笼层层相叠,几十笼为一摞,一口大蒸锅上蒸着好几摞。蒸菜都酥烂,蒸鸡连骨头都能嚼碎。蒸菜有衬底。别处蒸菜衬底多为红薯、洋芋、白萝卜,昆明蒸菜的衬底却是皂角仁。皂角仁我是认识的。我们那里的少女绣花,常用小瓷碟蒸十数个皂角仁,用来"光"绒,取其滑润,并增光泽。我没有想到这东西能吃,且好吃。样子也好看,莹洁如玉。这么多的蒸菜,得用多少皂角仁,得多少皂角才能剥出这样多的仁呢?玉溪街里有一家也卖蒸菜。这家所卖蒸菜中有一色 rang 小瓜:小南瓜,挖出瓤,塞入肉蒸熟,很别致。很多地方都有 rang 菜,rang 冬瓜、rang 茄子,都是塞肉蒸熟的菜。rang 不知道怎么写,一般字典查不到这个字。或写成"酿",则音义都不对。我到北京后曾做过 rang 小瓜,终不似玉溪街的味道。大概这家因为是和许多其他蒸菜摆在一起蒸的,鸡、骨、肉的蒸气透入蒸小瓜的笼,故小瓜里的肉有瓜香,而包肉的瓜则带鲜味。单 rang 一瓜,不能腴美。

诸　菌

有朋友到昆明开会,我告诉他到昆明一定要吃吃菌子。他住在一旧交家里,把所有的菌子都吃了。回北京见到我,说:"真是好!"

鸡枞为菌中之王。甬道街有一家专做鸡枞的馆子。这家还卖苦菜汤,是熬在一口大锅里,非常便宜,好吃。外省人说昆明有三怪:姑娘叫老太,芥菜叫苦菜,还有一"怪"我不记得了。听昆明人说苦菜不是芥菜,别是一种。

前月有一直住在昆明的老同学来,说鸡枞出在富民。有一次他们开会,从富民拉了一汽车鸡枞来,吃得不亦乐乎。鸡枞各处皆有,富民可能出得多一些。

青头菌、牛肝菌、干巴菌、鸡油菌,我在别的文章里已写过,不重复。昆明诸菌总宜鲜吃。鸡枞可制成油鸡枞,干巴菌可晾成干,可致远,然而风味减矣。

乳扇、乳饼

乳扇是晾干的奶皮子,乳饼即奶豆腐。这种奶制品我颇怀疑是元朝的蒙古兵传入云南的。然而蒙古人的奶制品只是用来佐奶茶,云南则作为菜肴。这两样其实只能"吃着玩",不下饭的。

炒　鸡　蛋

炒鸡蛋天下皆有。昆明的炒鸡蛋特泡。一颠翻面,两颠出锅,动锅不动铲。趁热上桌,鲜亮喷香,逗人食欲。

番茄炒鸡蛋,番茄炒至断生,仍有清香,不疲软,鸡蛋成大块,不发死。番茄与鸡蛋相杂,颜色仍分明,不像北方的西红柿炒鸡蛋,炒得"一塌胡涂"。

映时春有雪花蛋,乃以鸡蛋清、温熟猪油于小火上,不住地搅拌,猪油与蛋清相入,油蛋交融。嫩如鱼脑,洁白而有亮光。入口即已到喉,齿舌都来不及辨别是何滋味,真是一绝。另有桂花蛋,则以蛋黄以同法制成。雪花蛋、桂花蛋上都洒了一层瘦火腿末,但不宜多,多则掩盖鸡蛋香味。鸡蛋这样的做法,他处未见。我在北京曾用此法作一盘菜待客,吹牛说"这是昆明做法"。客人尝后,连说"不错!不错!"且到处宣传。其实我做出的既不是雪花蛋,也不是桂花蛋,简直有点像山东的"假螃蟹"了!

炒　青　菜

袁子才《随园食单》指出:炒青菜须用荤油,炒荤菜当用素油,很有道理。昆明炒青菜都用猪油。昆明的青菜炒得好,因为:菜新鲜,油多,火暴,慎用酱油,起锅时一般不烹水或烹水极少,不盖锅,(饭馆里炒青菜多不盖锅)或盖锅时间至短。这样炒出来的青菜不失菜味,且不变色,视之犹如从园中初摘出来的一样。

菜花昆明叫椰花菜。北京炒菜花先以水焯过,再炒。这样就不如干脆加水煮成奶油菜花汤了。昆明炒椰花菜皆生炒,脆而不梗,干干净净。如加火腿,尤妙。

炒包谷只有昆明有。每年北京嫩玉米上市时,我都买一些回来抠出玉米粒加瘦肉末炒了吃。有亲戚朋友来,觉得很奇怪:"玉米能做菜?"尝了两筷子,都说"好吃"。炒包谷做法简单,在北京的一个很小的范围内已经推广。有一个西南联大的校友请几个老同学上家里聚一聚,特别声明:"今天有一道昆明菜!"端上来,是炒包谷。包谷既老,放了太多的肉,大量酱油,还加了很多水咕嘟了! 我跟他说:"你这样的炒包谷,能把昆明人气死。"

临离昆明前我和朱德熙在一家饭馆里吃了一盘肉炒菠菜,当时叫绝,至今不忘。菠菜极嫩(北京人爱吃长成小树一样的菠菜,真不可解),油极大,火甚匀,味极鲜。炒菠菜要尽量少动铲子。频频翻锅,菠菜就会发黑,且有涩味。

黑芥·韭菜花·茄子酢

昆明谓黑大头菜为黑芥。袁子才以为大头菜偏宜肉炒,很对。大头菜得肉,香味才能发出。我们有时几个人在昆明饭馆里吃饭,一看菜不够了,就赶紧添叫一盘黑芥炒肉。一则这个菜来得快;二则极下饭,且经吃。

韭菜花出曲靖。名为韭菜花,其实主料是切得极细晾干的萝卜丝。这是中国咸菜里的"神品"。这一味小菜按说不用多少成本,但价钱却颇贵,想是因为腌制很费工。昆明人家也有自己腌韭菜花的。这种韭菜花和北京吃涮羊肉作调料的韭菜花不是一回事,北京人万勿误会。

茄子酢是茄子切细丝,风干,封缸,发酵而成。我很怀疑这属于古代的菹。菹,郭沫若以为可能是泡菜。《说文解字》"菹"字下注云:"酢菜也",我觉得可能就是茄子酢一类的东西。中国以酢为名的小菜别处也有,湖南有"酢辣子"。古书里凡从酉的字都跟酒有点关系。茄子酢和酢辣子都是经过酒化了的,吃起来带酒香。

注　释

① 本篇原载《滇池》1987 年第一期;初收《汪曾祺全集》第四卷,北京师范大学出版社,1998 年 8 月。

金岳霖先生①

　　西南联大有许多很有趣的教授,金岳霖先生是其中的一位。金先生是我的老师沈从文先生的好朋友。沈先生当面和背后都称他为"老金"。大概时常来往的熟朋友都这样称呼他。关于金先生的事,有一些是沈先生告诉我的。我在《沈从文先生在西南联大》一文中提到过金先生。有些事情在那篇文章里没有写进去,觉得还应该写一写。

　　金先生的样子有点怪。他常年戴着一顶呢帽,进教室也不脱下。每一学年开始,给新的一班学生上课,他的第一句话总是:"我的眼睛有毛病,不能摘帽子,并不是对你们不尊重,请原谅。"他的眼睛有什么病,我不知道,只知道怕阳光。因此他的呢帽的前檐压得比较低,脑袋总是微微地仰着。他后来配了一副眼镜。这副眼镜一只的镜片是白的,一只是黑的。这就更怪了。后来在美国讲学期间把眼睛治好了,——好一些了,眼镜也换了,但那微微仰着脑袋的姿态一直还没有改变。他身材相当高大,经常穿一件烟草黄色的麂皮夹克,天冷了就在里面围一条很长的驼色的羊绒围巾。联大的教授穿衣服是各色各样的。闻一多先生有一阵穿一件式样过时的灰色旧夹袍,是一个亲戚送给他的,领子很高,袖口极窄。联大有一次在龙云的长子,蒋介石的干儿子龙绳武家里开校友会,——龙云的长媳是清华校友,闻先生在会上大骂"蒋介石,王八蛋!混蛋!"那天穿的就是这件高领窄袖的旧夹袍。朱自清先生有一阵披着一件云南赶马人穿的蓝色毡子的一口钟。除了体育教员,教授里穿夹克的,好像只有金先生一个人。他的眼神即使是到美国治了后也还是不大好,走起路来有点深一脚浅一脚。他就这样穿着黄夹克,微仰着脑袋,深一脚浅一脚地在联大新校舍的一条土路上走着。

金先生教逻辑。逻辑是西南联大规定文学院一年级学生的必修课,班上学生很多,上课在大教室,坐得满满的。在中学里没有听说有逻辑这门学问,大一的学生对这课很有兴趣。金先生上课有时要提问,那么多的学生,他不能都叫得上名字来,——联大是没有点名册的,他有时一上课就宣布:"今天,穿红毛衣的女同学回答问题。"于是所有穿红衣的女同学就都有点紧张,又有点兴奋。那时联大女生在蓝阴丹士林旗袍外面套一件红毛衣成了一种风气。——穿蓝毛衣、黄毛衣的极少。问题回答得流利清楚,也是件出风头的事。金先生很注意地听着,完了,说:"yes! 请坐!"

　　学生也可以提出问题,请金先生解答。学生提的问题深浅不一,金先生有问必答,很耐心。有一个华侨同学叫林国达,操广东普通话,最爱提问题,问题大都奇奇怪怪。他大概觉得逻辑这门学问是挺"玄"的,应该提点怪问题。有一次他又站起来提了一个怪问题,金先生想了一想,说:"林国达同学,我问你一个问题:'Mr. 林国达 is perpendicular to the blackboard(林国达君垂直于黑板)'这是什么意思?"林国达傻了。林国达当然无法垂直于黑板,但这句话在逻辑上没有错误。

　　林国达游泳淹死了。金先生上课,说:"林国达死了,很不幸。"这一堂课,金先生一直没有笑容。

　　有一个同学,大概是陈蕴珍,即萧珊,曾问过金先生:"您为什么要搞逻辑?"逻辑课的前一半讲三段论,大前提、小前提、结论、周延、不周延、归纳、演绎……还比较有意思。后半部全是符号,简直像高等数学。她的意思是:这种学问多么枯燥! 金先生的回答是:"我觉得它很好玩。"

　　除了文学院大一学生必修课逻辑,金先生还开了一门"符号逻辑",是选修课。这门学问对我来说简直是天书。选这门课的人很少,教室里只有几个人。学生里最突出的是王浩。金先生讲着讲着,有时会停下来,问"王浩,你以为如何?"这堂课就成了他们师生二人的对话。王浩现在在美国。前些年写了一篇关于金先生的较长的文章,大概是论金先生之学的,我没有见到。

王浩和我是相当熟的。他有个要好的朋友王景鹤,和我同在昆明黄土坡一个中学教书,王浩常来玩。来了,常打篮球。大都是吃了午饭就打。王浩管吃了饭就打球叫"练盲肠"。王浩的相貌颇"土",脑袋很大,剪了一个光头,——联大同学剪光头的很少,说话带山东口音。他现在成了洋人——美籍华人,国际知名的学者,我实在想象不出他现在是什么样子。前年他回国讲学,托一个同学要我给他画一张画。我给他画了几个青头菌、牛肝菌,一根大葱,两头蒜,还有一块很大的宣威火腿。——火腿是很少入画的。我在画上题了几句话,有一句是"以慰王浩异国乡情"。王浩的学问,原来是师承金先生的。一个人一生哪怕只教出一个好学生,也值得了。当然,金先生的好学生不止一个人。

金先生是研究哲学的,但是他看了很多小说。从普鲁斯特到福尔摩斯,都看。听说他很爱看平江不肖生的《江湖奇侠传》。有几个联大同学住在金鸡巷。陈蕴珍、王树藏、刘北汜、施载宣(萧荻)。楼上有一间小客厅。沈先生有时拉一个熟人去给少数爱好文学,写写东西的同学讲一点什么。金先生有一次也被拉了去。他讲的题目是《小说和哲学》。题目是沈先生给他出的。大家以为金先生一定会讲出一番道理。不料金先生讲了半天,结论却是:小说和哲学没有关系。有人问:那么《红楼梦》呢?金先生说:"《红楼梦》里的哲学不是哲学。"他讲着讲着,忽然停下来:"对不起,我这里有个小动物。"他把右手伸进后领,捉出了一个跳蚤,捏在手指里看看,甚为得意。

金先生是个单身汉(联大教授里不少光棍,杨振声先生曾写过一篇游戏文章《释鳏》,在教授间传阅),无儿无女,但是过得自得其乐。他养了一只很大的斗鸡(云南出斗鸡)。这只斗鸡能把脖子伸上来,和金先生一个桌子吃饭。他到处搜罗大梨、大石榴,拿去和别的教授的孩子比赛。比输了,就把梨或石榴送给他的小朋友,他再去买。

金先生朋友很多,除了哲学系的教授外,时常来往的,据我所知,有梁思成、林徽因夫妇,沈从文,张奚若……君子之交淡如水,坐定之后,清茶一杯,闲话片刻而已。金先生对林徽因的谈吐才华,十分欣赏。现在的年轻人多不知道林徽因。她是学建筑的,但是对文学的趣味极高,精于鉴赏,所写的诗和小说如《窗子以外》、《九十九度中》风格清新,一时无二。林徽因死后,有一年,金先生在北京饭店请了一次客,老朋友收到通知,都纳闷:老金为什么请客?到了之后,金先生才宣布:"今天是徽因的生日"。

金先生晚年深居简出。毛主席曾经对他说:"你要接触接触社会"。金先生已经八十岁了,怎么接触社会呢?他就和一个蹬平板三轮车的约好,每天蹬着他到王府井一带转一大圈。我想象金先生坐在平板三轮上东张西望,那情景一定非常有趣。王府井人挤人,熙熙攘攘,谁也不会知道这位东张西望的老人是一位一肚子学问,为人天真、热爱生活的大哲学家。

金先生治学精深,而著作不多。除了一本大学丛书里的《逻辑》,我所知道的,还有一本《论道》。其余还有什么,我不清楚,须问王浩。

我对金先生所知甚少。希望熟知金先生的人把金先生好好写一写。

联大的许多教授都应该有人好好地写一写。

一九八七年二月二十三日

注　释

① 　本篇原载《读书》1987 年第五期;初收《蒲桥集》,作家出版社,1989 年
　　3 月。

午　门①

　　旧戏、旧小说里每每提到推出午门斩首，其实没有这回事。午门在紫禁城里，三大殿的外面，这个地方哪能杀人呢！从元朝以来，刑人多在柴市口（今菜市口）、交道口（原名"交颈口"）或西四牌楼。在闹市杀人，大概是汉朝以来就有的规矩，即所谓"弃市"。晁错就是"朝服斩于市"的。午门是逢甚么重要节日皇帝接见外国使节和接受献俘的地方。另外，也是大臣受廷杖的地方。"廷杖"不是在太和殿上打屁股，那倒是"推出午门"去执行的。"廷杖"是明代对大臣的酷刑。明以前，好像没听说过。原来打得不重，受杖时可以穿了厚棉裤，下面还垫了毡子，"示辱而已"。但挨了杖，也得躺几天起不来。到了刘瑾当权，因为他痛恨知识分子，"始去衣"，那就是脱了裤子，露出了屁股来挨揍了。行刑的是锦衣卫的太监，他们打得很毒，有的大臣立毙杖下，当场被打死的。

　　午门居北京城的正中。"午"者中也。这里的建筑是非常有特色的。一是建在和天安门的城墙一般高的城台之上，地基比故宫任何一座宫殿都高。二是它是五座建筑联成的。正中是一座大殿，两侧各有两座方形的亭式建筑，俗称"五凤楼"。旧戏曲里常用"五凤楼"作为朝廷的代称。《姚期》里姚期唱："到明朝陪王在那五凤楼"，《珠帘寨》里程敬思唱："为千岁懒登五凤楼"。其实五凤楼不是上朝的地方，姚期和程敬思也不会登上这样的地方。

　　五凤楼平常是没有人上去的，于是就成了燕子李三式的飞贼的藏身之所。据说飞贼作了案，就用一根粗麻绳，绳子有铁钩，把麻绳甩上去，勾搭住午门外侧的城墙，倒几次手，就"就"上去了。据说在民国以后，午门城楼上设立了历史博物馆，在修缮房屋时，曾在正殿的天花板上扫出了一些烧鸡骨头、桂圆、荔枝皮壳。那是飞贼遗留下来的。我未能亲见，只好姑妄听之。理或有之：躲在这里，是谁也找不到的。

一九四八年，我曾在历史博物馆工作过将近一年，而且住在午门的下面。除了两个工友，职员里住在这里的只我一个人。我住的房间在右掖门一边，据说是锦衣卫值宿的地方。我平生所住过的房屋，以这一处最为特别。夜晚，在天安门、端门、左右掖门都上锁之后，我独自站在午门下面的广大的石坪上，万籁俱静，满天繁星，此种况味，非常人所能领略。我曾写信给黄永玉说：我觉得全世界都是凉的，只我这里一点是热的。

于是，到一九四九年三月，我就离开了。

三月七日

注　释

① 本篇原载 1987 年 5 月 12 日香港《大公报》；初收《蒲桥集》，作家出版社，1989 年 3 月。

苏三、宋士杰和穆桂英①

洪洞县的出名,是因为有了京剧《玉堂春》。"苏三离了洪洞县",凡有井水处都有人会唱,至少听过。我到山西,曾特为到洪洞县去弯了一趟,去看苏三遗迹。

一位本地研究苏三传说的专家陪着我们参观。进了县政府的大堂,这位专家告诉我们:苏三就是在这里受审的。他还指了一块方砖,说:她就跪在这块砖上回话的。他说苏三的案卷原来还保存在县里,后来叫一个国民党军官拿走了。

我们参观了苏三监狱。这是一座很小的监狱。监门只有普通人家的独扇门那样大。门头上画着一个老虎脑袋,这就是所谓"狴犴"了。进门,外边是男监。往里走,过一个窄胡同,是女监。女监是一个小院子,除了开门的一边,三间都有监号。专家指指靠北朝南的一个号子,说苏三就是关在这里的。院子当中有一口井,不大,青石井栏。据说苏三就是从这口井里汲水洗头洗脸洗衣裳的。井栏的内圈已经叫井绳磨出一道一道很深的沟槽。没有几百年的功夫,是磨不出这样的沟的。这座监狱据说明朝就有,这是全国保存下来少数明代监狱里的一个,这是有记载可查的。如果有一个苏三,苏三曾蹲过洪洞县的监狱,那么便只能是在这里。苏三从这口井里汲水,这想象很美,同时不能不引起人的同情。

我们还去参观赵监生买砒霜的药铺。当年盛砒霜的药罐还在,白地青花,陈放在柜台的一头,下面垫了一块红布,——那当然是为了引人注目。这家药铺是明代就有的。砒霜是剧毒,盛砒霜的罐子是不能随便倒换的。如果有一个赵监生,他来买过砒霜,那么便只有取之于这个药罐。据我的一点关于瓷器的知识,这倒真是明青花。要是卖给施叔青,能要她一个好价钱!

　　据说洪洞县过去是禁演《玉堂春》的,因为戏里有一句"洪洞县内无好人"。洪洞县的人真可爱,何必那样认真呢?有人曾著文考证,力辟苏三监狱之无稽,苏三根本不是历史人物,《玉堂春落难逢夫》纯属小说家言,关于苏三的遗迹都是附会。这些有考据癖的先生也很可爱,何必那样认真呢?洪洞县的人愿意那样相信,你就让他相信去得了嘛!

　　河南信阳州宋士杰开的店原来还在,店门的门槛是铁的。铁门槛,这很有意思!这当然也是附会。

　　如果都认真考据,那就没完了。山海关外有多少穆桂英的点将台?几乎凡有一块比较平整的大石头,都是穆桂英的点将台!

　　老百姓相信许多虚构的戏曲人物是真有的,他们附会出许多戏曲人物的古迹,并且相信,这反映了市民和农民的爱憎。这是民族心理结构的一个层次,我们应该重视、研究,不只是"姑妄听之"而已。这一点,倒是可以认一点真。

三月九日

注　释

①　本篇原载《北京文学》1987 年第六期"草木闲篇"专栏;又载 1987 年 8 月
　　29 日香港《大公报》;初收《蒲桥集》,作家出版社,1989 年 3 月。

熬鹰・逮獾子^①

北京人骂晚上老耗着不睡的人:"你熬鹰哪!"北京过去有养活鹰的。养鹰为了抓兔子。养鹰,先得去掉它的野性。其法是:让鹰饿几天,不喂它食;然后用带筋的牛肉在油里炸了,外用细麻线缚紧;鹰饿极了,见到牛肉,一口就吞了;油炸过的牛肉哪能消化呀,外面还有一截细麻线哪;把麻线一拽,牛肉又拽出来了,还拽出了鹰肚里的黄油;这样吞几次,拽几次,把鹰肚里的黄油都拉干净了,鹰的野性就去了。鹰得熬。熬,就是不让它睡觉。把鹰架在胳臂上,鹰刚一迷糊,一闭眼,就把胳臂猛然一抬,鹰又醒了。熬鹰得两三个人轮流熬,一个人丁不住。干嘛要熬?鹰想睡,不让睡,它就变得非常烦躁,这样它才肯逮兔子。吃得饱饱的,睡得好好的,浑身舒舒服服的,它懒得动弹。架鹰出猎,还得给鹰套上一顶小帽子,把眼遮住。到了郊外,一摘鹰帽,鹰眼前忽然一亮,全身怒气不打一处来,一翅腾空,看见兔子的影儿,眼疾爪利,一爪子就把兔子叼住了。

北京过去还有逮獾子的。逮獾子用狗。一般的狗不行,得找大饭庄养的肥狗。有那种人,专门偷大饭庄的狗,卖给逮獾子的主。狗,先得治治它,把它的尾巴给擀了。把狗捆在一条长板凳上,用擀面杖把尾巴使劲一擀,只听见咯巴咯巴咯巴……狗尾巴的骨节都折了。瞧这狗,屎、尿都下来了。疼啊!干嘛要把尾巴擀了?狗尾巴老摇,到了草窝里,尾巴一摇,树枝草叶窸窸地响,獾子就跑了。尾巴擀了,就只能耷拉着了,不摇了。

你说人有多坏,怎么就想出了这些个整治动物的法子!

逮住獾子了,就到处去喝茶。有几个起哄架秧子,傍吃傍喝的帮闲食客"傍"着,提搂着獾子,往茶桌上一放。旁人一瞧:"喝,逮住獾子啦!"露脸!多会等九城的茶馆都坐遍了,脸露足了,獾子也臭了,才再想什么新鲜的玩法。

熬鹰、逮獾子,这都是八旗子弟、阔公子哥儿的"乐儿"。穷人家谁玩得起这个!不过这也是一种文化。

獾油治烧伤有奇效。现在不好淘换了。

三月十三日

注　释

① 本篇原载 1987 年 6 月 8 日香港《大公报》;初收《蒲桥集》,作家出版社,1989 年 3 月。

杜甫草堂·三苏祠·升庵祠①

　　几次到成都，总不免要去杜甫草堂。第一次是自己想去，以后都是陪别人。我对杜甫草堂有些失望。我希望能看到一点遗迹。既名草堂，总得有一个草堂。我知道唐代的草堂是不可能保存到今天的，但是以意为之，得其仿佛，重盖几间，总还是可以的。《茅屋为秋风所破歌》的茅屋在哪里呢？没有。"老妻画纸为棋局，稚子敲针作钓钩"大概在一个什么环境里？杜甫是在什么地方观察到"细雨鱼儿出，微风燕子斜"的？都无从想象。现在是一群相当高大轩敞，颇为阔气的建筑。我觉得草堂最好按照杜诗所描绘的样子改建。可以补种杜诗屡次提到的四松，栀木。待客的器皿也可用大邑青瓷，——我想现在都还能买到吧。纪念馆里有不少时贤字画。我想陈列的字画最好有点唐朝风格。字宜选用唐人写经、褚遂良、薛稷、欧阳询、怀素诸人体。现在挂的，画多是大红大绿的大写意，字多剑拔弩张的将军体，与杜甫、与草堂都不谐调。现在那里实际上是一个供人游览的公园。有人一边走，一边提了一架录音机，放邓丽君的流行歌曲。我仿佛看见杜甫躲在竹丛里苦笑。

　　三苏祠在眉山，情况比杜甫草堂要好得多。祠是苏氏故宅，以宅为祠。东坡文云："家有五亩之宅"，现在扩大了一些。当日房屋，不复存在。现有的都是重建的，但不甚华焕。有一口井，用当地所产红砂岩为井栏。据说这是当年的旧井，现在还能从井里打上水来。正屋西边有一株荔枝树。据说是苏东坡离家时家人所植，想等东坡回来时吃荔枝。东坡四方流寓，没有能吃上家园的荔枝。这株荔枝早已枯死，现在看到的是后来补栽的，现地方还是原来的地方。"祠"的负责人要求写几个字，写了四句诗：

当日家园有五亩，

至今文字重三苏。

红栏旧井犹堪汲，

丹荔重栽第几株？

据后来到三苏祠的人说：眉山招待所的东坡肘子极好。我们那次因为要赶路，未能一尝。

杨升庵是新都人，正德间试进士第一，后获罪谪戍云南永昌。他曾在新都的桂湖住过，死后，乡人在湖上建了升庵祠。他能诗能文，写词曲，还注意搜集古今谣谚，这和我好像有一点关系，我曾经编过《民间文学》，现在在搞戏，于是想去看看。桂湖不甚大，弯曲而长，南岸是一带高岗，三面是平陆。岸上都种了桂花，所以叫做桂湖。升庵祠在北面，不大，三开的大厅。祠内陈设颇朴素。有一些字画碑刻，皆不俗。祠内正准备为升庵立像，让我们参观了许多设计的小样，未能赞一词。在这些泥塑小样前想了四句诗：

桂湖老桂弄新姿，

湖上升庵旧有祠。

一种风流谁得似？

状元词曲罪臣诗。

三月二十一日

注 释

① 本篇原载《北京文学》1987 年第五期"草木闲篇"专栏，又载 1987 年 8 月 16 日香港《大公报》；初收《蒲桥集》，作家出版社，1989 年 3 月。

泰山拾零①

　　游过泰山的人很多,关于泰山的书籍、文章、导游的小册子也很多。凡别人已经记过的,不欲再记。且我往游泰山,距今已十好几年,印象淡忘,难以追忆。只记一些现在还记得的小事,少留鸿印去尔。

陈　庙　长

　　泰山管理处设在岱庙,主任姓陈。但是当地人都不叫他陈主任,而叫他陈庙长,因为他在庙里办公,在庙里住。陈庙长对泰山非常熟悉,有重要一点的客人来,都由他接待。陈庙长有一套讲究的衣服,毛料的中山装。有外宾来,他就换上这身衣服。当地人一看陈庙长走在街上,就互相传告:"今天有外国人来,陈庙长换衣服了!"这是一个很幽默健谈的人,他向我们介绍了泰山概况,背了几首咏泰山的诗,最后还背了韩复榘的大作。

　　韩复榘是国民党时期山东省政府主席,是个没有文化的军阀,有许多关于他的笑话。流传得最广的是,蒋介石规定行人靠左走,韩复榘说"蒋委员长提倡的事我都赞成,就是这一点不行。大家都靠左走,右边谁走呢?"

　　韩复榘咏泰山诗如下:

　　　　远看泰山黑乎乎,

　　　　上边细来下边粗。

　　　　有朝一日倒过来,

　　　　下边细来上边粗。

这是咏泰山诗的压卷之作！

韩复榘还有一首咏济南趵突泉的诗,也不错:

> 趵突泉,
>
> 泉趵突,
>
> 三个泉眼一般粗,
>
> 咕嘟咕嘟又咕嘟。

陈庙长在陪我们游山途中还讲了一些韩复榘的轶事,以与泰山无关,不录。当然,韩复榘的故事和诗,都是别人编出来的。

经 石 峪

泰山留给我印象最深的是经石峪。

在半山的巉岩间忽然有一片巨大的石坂,石色微黄,是一整块,极平,略有倾斜,上面刻了一部《金刚经》,字大径斗,笔势雄浑厚重,大巧若拙,字体微偏,非隶非魏。郭沫若断为齐梁人所书,有人有不同意见。经石峪成为中国书法里的独特的字体。龚定庵谓:南书无过《瘗鹤铭》,北书无过《金刚经》。《瘗鹤铭》在镇江焦山,《金刚经》即指泰山经石峪。

为甚么在这里刻了一部经? 积雨之后,山水下注,流过石面,淙淙作响,有如梵唱,流水念经,亦是功德。

快 活 三 里

登泰山,紧十八,慢十八,不紧不慢又十八。"十八"指的是十八里还是十八盘,未详。反正爬完三个十八,就到南天门了。三个十八,爬起来都很累人。当中忽有一段平路,名曰"快活三里"。这名字起得好! 若在原隰,三里平路,有何稀奇! 但在陡峻的山路上,爬得上气不接下气,忽遇坦途,可以直起身来,均匀地呼吸,放脚走去,汗收体爽,真是快活。人生道路,亦犹如此。

讨　钱

泰山山道旁,有不少人家以讨钱为生。讨钱的大都是老婆婆和小孩子。她们坐在路边,并不出声,进香的善男信女,就自动把钱丢进她们面前的瓢里。小孩子有时缠着奶奶:"奶奶,我今天跟你去讨钱!"——"不叫你去!"——"要去嘛,要去嘛!"这些孩子不觉得讨钱有甚么羞耻,他要跟奶奶去讨钱,就跟要跟奶奶去逛庙会或上街买东西一样。这些人家的日子过得不错。每年香期,收入很可观。讨钱是山上居民的专利,山下乞丐不能分享。她们穿戴得整整齐齐,并不故作褴褛。

泰山老奶奶

泰山是道教的山。中国的山不是属于佛教就是属于道教。天下名山僧侣多。峨嵋、五台、普陀、九华山,是佛教的四大名山,各为普贤、文殊、观音、地藏的道场。青城、武当是道教的山。泰山的主神似为碧霞元君。碧霞元君是东岳大帝的女儿。但据陈庙长告诉我,当地老乡不知道甚么碧霞元君,都叫她泰山老奶奶。不知道为甚么,元君的塑像不是一个要眇的少女,却是一个很富态的半老的宫妆的命妇,秉笏端正,毫无表情。碧霞元君祠长年锁闭,参拜的人只能从窗格的窟窿间看一眼。善男信女,只能从窟窿里把奉献的香钱丢进去。一年下来,祠内堆满了钱。每年打开祠门,清点一次。明清以来有定制,这钱是皇后嫔妃的脂粉钱,别人不得擅用。

绣　球　花

泰山五大夫松附近有一家茶馆。爬了一气山,进去喝一壶热茶,太好了。水好,茶叶不错,房屋净洁,座位也舒服。

茶馆有一个院子,院里的石条上放了十多盆绣球花。这里的绣球的花头比我在别处看过的小。别处的绣球一球有一个脑袋大,这里的只比拳头略大一点。花瓣不像别处的是纯白的,是豆绿色的。花瓣较小而略厚。干不高,不到二尺;枝多横生。枝干皆老,如盆景。叶深墨绿色,甚整齐,无一叶残败。这些绣球显出一种充足而又极能自制的生命力。我不知道这样的豆绿色的绣球是泰山的水土使然,还是别是一种。茶馆的主人以茶客喝剩的茶水洗之,盆面积了颇厚的茶叶。这几盆绣球真美,美得使人感动。我坐在花前,谛视良久,恋恋不忍即去。别之已十几年,犹未忘。

山 顶 夜 宴

游泰山的,大都在山顶住一夜,等着第二天看日出。山顶有招待所。招待所供应晚餐,煮挂面,陈庙长特意给我们安排了一顿正式的晚餐。在泰山绝顶,这样的晚餐算是非常丰盛的了:烧鸡、卤肉、炒鸡蛋、炸花生米,还有炒棍儿扁豆。这棍豆是山上出的,照上海人的说法,真是"嫩得不得了"!我平生吃过的棍豆,以泰山顶上的最为鲜嫩。还有一种很特别的菜,油炸的绿叶。陈庙长说这是藿香,泰山的特产。颜色碧绿,入口酥脆而有清香,嚼之下酒,真是妙绝。这顿夜宴,不知费了几许人力,惭愧惭愧。

把青菜的叶子油炸了吃,这是山东特有的吃法,我后来在别处还吃过油炸菠菜,也很好吃。山东菜谱中皆未载此种做法。

看 日 出

游泰山的最大希望在看日出。很多人看不到,因为天气不好。

等着看日出,要受一点罪。山顶上夜里很冷,风大。招待所床位已经全部租出,有人只能裹了一件潮乎乎的棉大衣在庙下蜷缩一夜。

夜里下了雨。

次日拂晓，雨停了。有几个青年大叫："天晴了！快去！快去！"

天气还不很好，但总算看到日出了。但是并不像许多传文里所描写过的，气势磅礴，灿烂辉煌，红黄赤白，瞬息万变，使人目眩神移，欢喜赞叹。下山后有人问我："看到日出了么？怎么样？"我只能说："看到了，还不错。"这样的日出，我在别处也看见过。在井冈山黄洋界看到日出，所得印象即比在泰山看到的要深，因为是无意中看到的，更令人惊奇不置，想要高歌大叫。

世间事物，宣传太过，即使真的了不起，也很难使人满足。

耙　和　尚

泰山是道教的山，但后山山脚却有一座佛寺，寺名今忘（好像是叫宝庆寺）。寺里的罗汉塑得很好。据说这寺里的罗汉和苏州紫金庵的、昆明筇竹寺的鼎足而三，可以齐名。那两处的我都看过。紫金庵的比较小，罗汉神态安详，是坐像。筇竹寺门的罗汉有的踞坐，有的靠墙，有的向前探头，有的侧卧着，姿态各异，而彼此之间互相顾盼，有所交流，是一组有联系的、带一点戏剧性的群像。这寺里的罗汉是立像，各各站在一个龛里，比常人稍高大。塑得的确不错，眉目如生，肌肉似有弹性，衣纹繁复而流畅，涂色精细但不琐碎。龛面罩了玻璃，保存得很好。

寺后有一片庄稼地。陈庙长告诉我们，这有一段故事，寺里的和尚很霸道，强占了很多民田。这里的庄户人和和尚打了多年官司，一直打到皇帝那里。皇帝看了呈子，说"罢了吧"。"罢了吧"意思是算了吧，不要再打官司了。庄户人一听，圣旨下来了，就把寺里的和尚都活埋在地里，只露出一个个和尚脑袋，用耙地的耙都给耙了。这当然只是个故事，不过当地人说确实有过那么回事，他们这么说，咱就听着，不抬杠。

莱 芜 讴

我们顺便到莱芜看了看。莱芜有中国最大的淡水养鱼湖，据说湖的面积有三个西湖大。坐了汽艇在湖里游了一圈，确实很大。有几只船在捕鱼，鱼都很大。

午饭、晚饭都上了鳜鱼，鳜鱼有七八斤重，而且不止一条。可惜煮治不甚得法，太淡。凡做鱼，宁偏咸，毋偏淡。厨师口诀云："咸鱼淡肉"，——肉淡一点不妨。这样大的鱼，宜做松鼠鱼，红烧白煮皆不易入味。

晚上看了莱芜梆子。莱芜梆子的特别处是每逢尾腔都倒吸气，发出"讴——"的声音。所以叫做"莱芜讴"。倒吸气，向里唱，怎么能出声音呢？我试了试，不行。这种唱法不知是怎么形成的，别的剧种从无这样的唱法。由"莱芜讴"我想到"赵代秦楚之讴"会不会也是这种唱法？"讴歌"，讴和歌应该是有区别的。"讴"，会不会是吸气发声？这当然是瞎想，毫无佐证。不过我在内蒙确曾遇到一个蒙古人，他的说话方式很特别，一句话的上半句是呼气说出的，下半句却是吸着气说的。说不定古代曾有过吸气而讴的讴法，后来失传了。

一九八七年三月廿四日

注 释

① 本篇原载香港《文学家》1987 年第一卷第二期；初收《汪曾祺全集》第四卷，北京师范大学出版社，1998 年 8 月。

猴王的罗曼史[①]

在索溪峪,陪我游山的老万说:有一个姓吴的老人,通猴语,会唱猴歌。他一唱猴歌,能把山里的野猴子引下来。我们去找他。他住在一个山窝窝里,有几间房子,我们去的时候,他没有在。那几间房子对面的平地上有一个很大的铁条笼子,笼子里外都是猴子。有三个青年工人正跟猴子玩,给它们吃葵花籽。猴子一点不怕人,它们拉人的胳臂,爬上人的肩膀,三四个猴子一同挤在人的怀里……这三个青年工人和猴子拍了好多张照片。人很高兴,猴子也很高兴。

只有一只猴子,独自蹲在一边,神情很阴郁,像一个哲学家。

吴老人回来了。老万问他是不是会唱猴歌,他不置可否,只含糊地说:"猴歌哇?……"他倒是蹲在铁笼前面和我们闲聊了半天。他说他五代都在山里抓猴子,对猴子是很熟悉的。

他说,猴有猴群。大猴群有一百多只,小的也有二三十只。猴群有王。猴王是打出来的。谁都打它不赢,它就是猴王。猴王一来,所有的猴子都让出一条路来,让猴王走。有大王,还有二王、三王——一把手、二把手、三把手。猴王老了,打不赢别的公猴,就退休。猴子是"群婚制",名义上,猴群里的母猴子都是猴王的老婆——它的姬妾;但是猴王有一个大老婆,——正宫娘娘,猴后。别的母猴子"乱搞男女关系",只要不当着猴王的面,猴王也就睁一只眼闭一只眼。大老婆可不行!

老吴说,这个猴群的一只母猴子,原是猴王的大老婆,就是因为和别的公猴子乱搞,被猴王赶出去的。这个猴皇后跑到山里住了一年半,和另一个猴群的二王结了婚,生了一个小猴子。后来,这个猴群的大王死了,母猴回来看了看,就把那位二王引了来,当了这个猴群的大王——招婿上门。

我们向笼子里看了看,问:"是不是这一只是猴王?"老吴说:"是的。"猴王是一眼就看得出来的:他比别的猴子要魁梧壮实得多,毛也长,有光泽,颜色金黄。猴王的面相也有点特别。猴子一般都是尖下颏,他的下颏却是方的。双目炯炯,很威严,确实有点王者气象。

老吴说:"猴话"有五十几种——能发出五十几种不同的声音。这些声音表达不同的意思。当然,严格地讲,这不能叫做"话",因为还不能构成句子。但是五十几种意思,也够丰富的了。

老吴在跟我们谈话时,猴王四脚着地站在笼边听着,接连发出吭吭的声音。我问老吴:"他说什么?"老吴说:"他讲我们在讲他。"猴王又吭吭了两声,表示正是这个意思。

我问猴王管什么事。"两个猴子吵架,他要管咧。他一吼,吵架的猴子就不作声了。""猴王是不是要照顾家属的生活?"——"那不,各人自己生活。它儿子吃的东西,它也要抢!"

我们问猴子能活多久,老吴说跟人差不多。猴王有三十多岁了。那一只——就是像一个哲学家的,是个母猴子,已经六十多岁。因为老了,别的猴子欺负她,她抢不到吃的,所以很瘦,毛也脱了很多。

那三个青年工人走了。猴王、猴后并肩蹲在高处,吭吭地高叫。我问老吴:"这是什么意思?"——"他讲:你们走啦?"青年工人走了一段路,猴王猴后又吭吭了两声。老吴说:"他说:慢慢走!"

老万和我有点不大相信。不料,我们走的时候,猴王、猴后同样并肩恭送。"吭吭吭吭"——"你们走啦?"——"吭吭……"——"慢慢走!"咦!

老吴名吴愈财,岁数并不大,五十多岁吧。他只有一只胳臂。那一只胳臂因为在山里打猎,猎枪走火伤了。

我们建议他把"猴语"录下音来,由他加以解释。他说管理处的小张已经录了一套。

注　释

① 本篇原载 1987 年 4 月 18 日《北京晚报》，又载 1987 年 7 月 6 日香港《大公报》；初收《蒲桥集》，作家出版社，1989 年 3 月。

建文帝的下落①

——滇游新记

　　我对建文帝有一点感情,是因为学唱过《惨睹》。《惨睹》是传奇《千忠戮》的一折。《千忠戮》作者无考,大约是明末清初人。这部传奇写的是燕王朱棣攻破南京后,建文帝与大臣程济化装为僧道,流亡湖广、云南,备受迫害的故事。《惨睹》的唱词写得很特别,一折中用了八个"阳"字,唱昆曲的人故又别称之为"八阳"。"八阳"的曲子十分慷慨悲壮。头一句"收拾起大地山河一担装,四大皆空相",破空而来,如果是有好嗓子的冠生,唱起来真是声如裂帛。这是昆曲里的名曲,一度十分流行。"家家'收拾起',户户'不提防'",可想见其盛况——"不提防"是《长生殿·弹词》的开头:"不提防余年值乱离"。我随中国作协作家赴云南访问团到云南,离昆明后第一站是武定狮子山。听说狮子山的正续禅寺,建文帝曾在那里住过,我于是很有兴趣。

　　狮子山郁郁葱葱,多奇树珍禽,流泉曲径,但山势并不很雄伟险峻。有人称它是"西南第一山",未免夸大。

　　正续禅寺也算不得是一座大寺庙。如果把中国的寺庙划分等级,至多只能列入三等。但是附近几县来烧香的人很多,因为这里曾经住过一位皇帝。寺不在大,有帝则名。来烧香的善男信女当中,有人未必知道这位皇帝是建文帝,更不知道建文帝是怎样的一个皇帝,反正只要是皇帝就好。中国的农民始终对皇帝保持着崇敬。何况这位皇帝又当了和尚,或者这位和尚曾经是皇帝,这就在他们的崇敬心理上更增加了一个层次。

　　建文帝的下落是一个谜。《明史》只说"城破,宫中火起,帝不知所终。""不知所终",留下一个疑案。他当时没有死,流亡出去,是有可能的。但是是不是经湖广，到云南，并无确证。至于是不是往来滇西一带，又常常在正续禅寺歇足，就更难说了。但是清代有些在云南做过地方官的文人是愿意把这件事坐实了的。正续禅寺的大雄宝殿楹柱上有一副对联：

叔误景隆军，一片婆心原是佛；
祖兴皇觉寺，再传天子复为僧。

这说得还比较含浑。寺后有惠帝祠，阁前有一副对联，就更加言之凿凿了：

僧为帝，帝亦为僧，数十载衣钵相传，正觉依然皇觉旧；
叔负侄，侄亦负叔，八千里芒鞋徒步，狮山更比燕山高。

大雄宝殿后面还有一座殿，据说布局不似佛殿，而像皇家的朝廷，有丹陛、品级台。莫非建文帝当了和尚还要坐朝？后殿和惠帝祠都正在修缮，我们没有能进去看。看了惠帝塑像的照片，仍作皇帝的打扮，龙袍，戴着没有翅子的纱帽，端坐着，眼睛细长，胖乎乎的，腮帮子有点下坠。

大雄宝殿东侧有一小院，院中有亭，亭外有联。上联是写景的，没有记住，下联是"小亭曾是帝王居"。据说建文帝生前就住在这亭子里。我们坐在帝王居里的矮凳上喝了一杯茶。亭前花木甚多，木香花花大如小儿拳。

寺里的负责人请大家写字，在所难免。用隶书写了一副对联：

皇权僧钵千年梦；
大地山河一担装。

还请写一个横披，用行书写了四个大字：

是耶非耶

武定出壮鸡。我原来以为壮鸡就是一肥壮的鸡。不是的。所谓"壮鸡"，是把母鸡骗了，长大了，样子就有点像公鸡，味道特别鲜嫩。

只有武定人会动这种手术。我只知道公鸡可骟，不知母鸡亦可骟也！

一九八七年四月三十日

注　释

① 本篇原载《大西南文学》1987 年第十二期；初收《蒲桥集》，作家出版社，1989 年 3 月。

杨慎在保山^①

我到保山,有一个愿望:打听杨升庵的踪迹。我请市文联的同志给我找几本地方志。感谢他们,找到了。

我对升庵并没有多少了解。五十年代在北京看过一出川戏《文武打》。这是一出格调古淡的很奇怪的戏,写的是一个迂阔的书生,路上碰到一个酒醉的莽汉,醉汉打了书生几砣,后来又认了错,让书生打他,书生怕打重了,乃以草棍轻击了醉汉几下。这出戏说不上有什么情节。事隔三十多年,我连那点几乎没有的情节也淡忘了。但这两个人物的扮相却分明记得:莽汉穿白布短衫,脖领里斜插了一只红布的灯笼;书生穿青褶子,脸上涂得雪白,浓墨描眉,眼角下弯,两片殷红的嘴唇,像戴了一个面具。这出戏以丑行应工,但完全没有后来丑角的科诨,演得十分古朴。有人告诉我,这出戏是杨升庵写的。我想这不是不可能的。我还想,很有可能杨升庵当时这出戏就是这样演的,这可以让我们窥见明杂剧的一种演法,这是一件活文物。我曾经搞过几年民间文学,读了升庵刊辑录的古令谣谚。因此,对升庵颇有好感。

七十年代,我到过四川新都,这是杨升庵的老家。新都有个桂湖,环湖都植桂花。湖畔有升庵祠。桂湖不大,逛一圈毫不吃力。看了一点关于升庵的材料,想了四句诗:

> 桂湖老桂弄新姿,
> 湖上升庵旧有祠。
> 一种风流谁得似?
> 状元词曲罪臣诗。

升庵名慎,字用修,升庵乃其别号。他年轻时即负才名。正德间试进士第一，其时他大概是十八九岁，可谓少年得志。到明世宗时以"议大礼"得罪，谪戍永昌，这时他大概三十四岁左右。他死于1559年，七十一岁，一直流放在永昌，未能归蜀。永昌府在明代管属地区甚广，一直延及西双版纳，但是府治在今保山。杨升庵也以住保山的时候为多。算起来，他在保山呆了大概有三十七年左右。可谓久矣。

杨慎在保山是如何度过这三十七年的呢？

曾在一本书里看到，他醉则乘篮舆过市，插花满头。

《康熙通志》曰："杨慎戍永昌，遍游诸郡，所至携倡伶以随。曼酋欲求其诗不可得，乃以白绫作裓，遗服之。酒后乞诗，杨欣然命笔，醉墨淋漓，挥满裙袖，重价购归。杨知之更以为快。"

"裓"字未经见，《辞海》也不收，我怀疑这是倡伶的水袖。

这样看起来，升庵在保山是仍然保持诗人气质，放诞不羁的。"所至携倡伶以随"，生活也相当优裕，不像是下放劳动，靠挣工分吃饭。但是他的内心是痛苦的。放诞，正是痛苦的一种表现。他在保山，多亏了他的母叔保山张志淳和忘年诗友张志淳的儿子张含的照顾。张含《丙寅除夕简杨用修》诗曰："征途易老百年身，底事光阴改换频。子美生涯浑烂醉，叔伦寥落又逢春。诗魂豪荡不可捉，乡梦渺茫何足真。独把一杯饯残岁，尽情灯火伴愁人。"

丙寅是1566年，其时升庵已经死了七年了，"寅"字可能是个错字，或当作"丙辰"。丙辰是1556年，距升庵谪戍已经有多年了。这些年他只能于烂醉中度过。

增加杨升庵生活的悲剧性，是他和夫人黄娥的长期离别。黄娥也是才女，能诗。

《永昌府志》曰"杨用修久戍滇中，妇黄氏寄一律曰：'雁飞曾不到衡湘，锦字何由寄永昌。三春花柳妾薄命，六诏风烟君断肠。曰归曰归愁岁暮，其雨其雨怨朝阳。相怜空有刀环约，何日金鸡下夜郎？'"这首诗我在升庵祠的壁上曾见过石刻的原迹。我很怀疑这只是黄夫人独自的思念，没有寄到升庵手里，"锦字何由寄永昌"，只是欲寄而不达，说得很清楚。一个女诗人，盼丈夫回来，盼了三十多年，想一想，能不令人泪下？

"何日金鸡下夜郎？"杨慎本来可以赦回四川了，但是，《康熙通志》曰"杨慎归蜀，年已七十余，而滇士有谗之抚臣王昺者。昺，俗戾人也，使四指挥以银铛锁来滇。慎不得已至滇，则昺以墨败；然慎不能归，病寓禅寺以殁。"

乍一看这一条材料，我颇觉新奇，"以银铛锁来滇"，用银链子把杨升庵锁回云南，那是很好看的。后来一想，这"银"字是个刻错了的字，原字当是"银"。"银铛"是铁链。杨升庵还是被用铁链锁回来的。王昺是个"俗戾人"，不会干出用银链锁人这样的韵事。这位王昺不过是地区和省一级之间的干部，竟能随便把一位诗人用铁链锁回来，令人发指！王昺因贪污而垮台（"以墨败"），然而杨慎却以七十余岁的高龄病死在寺庙里了。

杨慎到底犯了什么罪？"议大礼"。"议大礼"是怎么回事？我没有弄清楚。也不大容易弄清楚，因为《升庵集》大概不会收这篇文章。但是想起来不外是于当时的某种制度发表了一通议论，杨升庵犯的是言论自由罪。

一九八七年五月一日

注　释

①　本篇原载《大西南文学》1987 年第十二期；初收《蒲桥集》，作家出版社，
1989 年 3 月。

滇 游 新 记(三篇)①

泼水节印象

作家访问团四月六日离京赴云南,是为了能赶上泼水节。

十一日到芒市。这是泼水节的前一天。这天干部带领群众上山采花。采的花名锥栗花,是一串一串繁密而细碎的白色的小花,略带点浅浅的豆绿。我们到时,全市已经用锥栗花装饰起来了。

泼水节由来的传说是大家都知道的:有一魔王,具无上魔力,猛恶残暴,祸祟人民。他有七个妻子。一日,魔王酒醉,告诉最年轻的妻子:"我虽有无上魔力,亦有弱点。如拔下我的一根头发,在我颈上一勒,我头即断。"其妻乃乘魔王酣睡,拔取其头发一根,将魔王头颈勒断。不料魔王头落在哪里,哪里即起大火。魔王之妻只好将头抱着,七个妻子轮流抱持。她们身上沾染血污,气味腥臭,诸邻居人,乃各以香水,泼向她们,为除不洁,世代相沿,遂成节日。

这大概只是口头传说,并无文字记载。泼水节仪式中看不出和这个传说直接有关的痕迹。傣族人所以重视这个节,是因为这是傣历的新年。作为节日的象征的,是龙。节日广场的中心有一条木雕彩画的巨龙。傣族的龙和汉族的不大一样。汉族的龙大体像蛇,蜿蜒盘屈;傣族的龙有点像鸟,头尾高昂,如欲轻举。这是东南亚的龙,不是北方的龙。龙治水,这是南方人北方人都相信的。泼水节供养木龙,顺理成章。泼水节是水的节。

节日还没有正式开始,一早起来,远近已经是一片铓锣象脚鼓的声音。铓锣厚重,声音发闷而能传远,象脚鼓声也很低沉,节拍也似很单调,只是一股劲地咚咚咚咚……,蓬蓬蓬蓬……,不像北方锣鼓打出许多花点。不强烈,不高昂激越,而极温柔。

仪式很简单。先由地方负责同志讲话,然后由一个中年的女歌手祝福,女歌手神情端肃,曼声吟诵,时间不短,可惜听不懂祝福的词句,同时,有人分发泼水粑粑和金米饭。泼水粑粑乃以糯米粉和红糖,包在芭蕉叶中蒸熟;金米饭是用一种山花把糯米染黄蒸熟了的。

泼水开始。每人手里都提了一只小水桶,塑料的或白铁的,内装多半桶清水,水里还要滴几点香水,桶内插了花枝。泼水,并不是整桶的往你身上泼,只是用花枝蘸水,在你肩膀上掸两下,一面用傣语说:"好吃好在"。我们是汉人,给我们泼水的大都用汉语说:"祝你健康"。"祝你健康"太一般了,不如"好吃好在"有意思。接受别人泼水后,可以也用花枝蘸水在对方肩头掸掸,或在肩上轻轻拍三下。"好吃好在",——"祝你健康"。但是少男少女互泼,常常就不那么文雅了。越是漂亮的,挨泼的越多。主席台上有一个身材修长,穿了一身绿纱的姑娘,不大一会已经被泼得浑身上下都湿透了。

主席台上的桌椅都挪开了,为什么?有人告诉我:要在这里跳舞,跳"嘎漾"。台上跳,台下也跳。不知多少副铓锣象脚鼓都敲响了,蓬蓬咚咚,混成一片,分不清是哪一面锣哪一腔鼓敲出来的声音。

"嘎漾"的舞步比较简单。脚下一步一顿,手臂自然摆动,至胸前一转手腕。"嘎漾"是鹭鸶舞的意思。舞姿确是有点像鹭鸶。傣族人很喜欢鹭鸶。在碧绿的田野里时常可以看到成群的白鹭。"嘎漾"有十五六种姿式,主要的变化在腕臂。虽然简单,却很优美。傣族少女,著了筒裙,小腰秀颈,姗姗细步,跳起"嘎漾",极有韵致。在台上跳"嘎漾"的,就是方才招呼我们吃泼水粑粑,用花枝为我们泼水的服务人员,全都打扮得花枝招展,一个赛似一个。我问陪同人:"她们是不是都是演员?"——"不是,有的是机关干部,有的是商店的营业员。"

跳"嘎漾"的大部分是水傣,也有几个旱傣,她们也是服务人员。旱傣少女的打扮别是一样:头上盘了极粗的发辫,插了一头各种颜色的绢花。白纱上衣,窄袖,胸前别满了黄灿灿的镀金饰物,一边龙,一边凤,还有一些金花、金蝶、金葫芦。下面是黑色的喇叭裤,系黑短围裙,垂下两根黑地彩绣的长飘带。水傣少女长裙曳地,仪态万方;旱傣少女则显得玲珑而带点稚气。

泼水节是少女的节,是她们炫耀青春,比赛娇美的节日。正是由于这些著意打扮、到处活跃的少女,才把节日衬托得如此华丽缤纷,充满活力。

晚上有宴会,到各桌轮流敬酒的,还是她们。一个一个重新梳洗,换了别样颜色的衣裙,容光焕发,精力盛旺。她们的敬酒,有点霸道。杯到人到,非喝不可。好在砂仁酒度数不高而气味芳香,多喝两杯也无妨。我问一个岁数稍大的姑娘:"你们今天是不是把全市的美人都动员来了?"她笑着说:"哪里哟!比我们好看的有的是!"

第二天,我们到法帕区又参加了一次泼水节。规模不能与芒市比,但在杂乱中显出粗豪,另是一种情趣。

归时已是黄昏。德宏州时差比北京晚一小时,过七点了,天还不暗。但是泼水高潮已过。泼水少女,已经兴尽,三三两两,阑珊归去,只余少数顽童,还用整桶泥水,泼向行人车辆。

有一个少女在河边洗净筒裙,晾在树上。同行的一位青年小说家,有诗人气质,说他看了两天泼水节,没有觉得怎么样,看了这个少女晾筒裙,忽然非常感动。

> 泼水归来日未矄,
> 散抛锥栗入深林。
> 铓锣象鼓声犹在,
> 缅桂梢头晾筒裙。

泼水,泼人、被泼,都是未婚少女的事。一出嫁,即不再参与。已婚妇女的装束也都改变了。不再著鲜艳的筒裙,只穿白色衫裤,头上系一个衬有硬胎的高高的黑绸圆筒。背上大都用兜布背了一个孩子。她们也过泼水节,但只是来看看热闹。她们的神情也变了,冷静、淡漠,也许还有点惆怅、凄凉,不再像少女那样笑声琅琅,神采飞扬,眼睛发光。

一九八七年五月四日

大　等　喊

云南省作协的同志安排我们在一个傣族寨子里住一晚上。地名大等喊。

车从瑞丽出发,经过一个中缅边界的寨子,云井寨。一条宽路从缅甸通向中国,可以直来直往。除了有一个水泥界桩外,无任何标志。对面有一家卖饵丝的铺子。有人买了一碗饵丝。一个缅甸女孩把饵丝递过来,这边把钱递过去。他们的手已经都伸过国界了。只要脚不跨过界桩,不算越境。

中缅边界真是和平边界。两国之间,不但毫无壁垒,连一道铁丝网都没有,简直不像两国的分界。我们到畹町的界桥头看过。桥头有一个检查站,旗竿上飘着中华人民共和国的国旗。一个缅甸小女孩提了饭盒走过界桥。她妈在畹町街上摆摊子做生意,她来给妈送饭来了。她每天过来,检查站的人都认得她。她大摇大摆地走过来,脸上带着一点笑。意思是:我又来了,你们好!站在国境线上,我才真正体会到中缅人民真是胞波。陈毅同志诗:"共饮一江水",是纪实,不是诗人的想象。

车经喊撒。喊撒有一个比较大的奘房,要去看看。

进寨子,有一家正在办丧事,陪同的同志说:"可以到他家坐坐。"傣族人对生死看得比较超脱,人过五十五岁死去,亲友不哭。这也许和信小乘佛教有关,这家的老人是六十岁死的,算是"喜丧"了。进寨,寨里的人似都没有哀戚的神色,只是显得很沉静。有几个中年人在糊扎引魂的幡幢——傣族人死后,要给他制一个缅塔尖顶似的纸幡幢,用竹竿高高地竖起来,这样他的灵魂才能上天。几个年轻人不紧不慢地敲铓锣、象脚鼓,另外一些人好像在忙着做饭。傣族的风俗,人死了,亲友要到这家来坐五天。这位老人死已三日,已经安葬,亲友们还要坐两天,我们脱鞋,登木梯,上了竹楼。竹楼很宽敞,一侧堆了很多叠得整整齐齐的被子,有二十来个岁数较大的男男女女在楼板上坐着,抽烟、喝茶,他们也极少说话,静静的。

奘房是赕佛的地方。赕是傣语,本意是以物献佛,但不如说听经拜佛更确切些。傣族的赕佛,大体上是有一个男人跪在佛的前面诵念经文,很多信佛的跪在他身后听着。诵经人穿著如常人,也并无钟鼓法器,只是他一个人念,声音平直。偶尔拖长,大概是到了一个段落。傣族的跪,实系中国古代人的坐。古人席地而坐。膝着地,臀部落于脚跟,谓之坐。——如果直身,即为“长跪”。傣族赕佛时的姿势正是这样。

喊撒奘房的出名,除了比较大,还因为有一位佛爷。这位佛爷多年在缅甸,前三年才被请了回来。他并不领头赕佛,却坐在偏殿上。佛爷名叫伍并亚温撒,是全国佛教协会的理事,岁数不很大。他著了一身杏黄色的僧衣。这种僧衣不知叫什么,不是褊衫,也不是袈裟,上身好像只是一块布,缠裹着,袒其右臂。他身前坐了一些善男子。有人来了,向他合十为礼,他也点头笑答。有些信徒抽用一种树叶卷成的像雪茄似的烟。佛爷并不是道貌岸然,很随和。他和信徒们随意交谈。谈的似乎不是佛理,只是很家常的话,因为他不时发出很有人情味的笑声。

近午,至大等喊。等喊,傣语是堆金子的地方。因为有两个寨子都叫等喊,汉族人就在前面多加了一个字,一个叫大等喊,一个叫小等喊。傣语往往用很少的音节表很多的意思,如畹町,意思是太阳当顶的地方。因为电影《葫芦信》、《孔雀公主》都在大等喊拍过外景,所以旅游的人都想来看看。

住的旅馆名“醉仙楼”,这是个汉族名字,老板在招牌下面于是又加了两个字:傣家。老板是汉人,夫人是傣族。两层的木结构建筑,作曲尺形。房间不多,作家访问团二十余人,就基本上住满了。房间里有床,并不是叫我们睡在地板上。房屋样式稍稍有点像竹楼。老板又花了钱把拍《葫芦信》和《孔雀公主》的布景上的装饰零件如木雕的佛龛之类买了下来,配置在廊厦角落,于是就很有点傣味了。

一住下来,泡一杯茶,往藤椅一坐,觉得非常舒服。连日坐汽车,参加活动,大家都累了,需要休息。

　　醉仙楼在寨口。一条平路,通到寨子里。寨里有几条岔路,也极平整。寨里极安静。到处都是干干净净的。空气好极了。到处是树,一丛一丛的凤尾竹,很多柚子树。大等喊的柚子是很有名的。现在不是柚子成熟的时候,只看见密密的深绿的树叶。空气里有一种淡淡的清苦味道,就是柚树叶片散发出来的。这里那里安置了一座一座竹楼,错落有致。傣家的竹楼不是紧挨着的,各家之间都有一段距离。除了当路的正门,竹楼的三面都是树。有一座奘房,大门锁着。我们到寨里一家首富的竹楼上作了一会客,女主人汉话说得很好,善于应酬。楼上真是纤尘不染。

　　醉仙楼的傣族特点不在住房,而在饭食。我们在这里吃了四顿地道的傣族饭。芭蕉叶蒸豆腐。拿上来的是一个绿色的芭蕉叶的包袱,解开来,里面是豆腐,还加了点碎肉、香料,鲜嫩无比。竹筒烤牛肉。一截二尺许长的青竹,把拌了佐料的牛肉塞在里面,筒口用树叶封住,放在柴火里烤熟,切片装盘。牛肉外面焦脆,闻起来香,吃起来有嚼头。牛肉丸子。傣族人很会做牛肉。丸子小小的,我们吃了都以为是鱼丸子,因为极其细嫩。问了问,才知道是牛肉的。做这种丸子不用刀剁,而是用两根铁棒敲,要敲两个小时。苦肠丸子。苦肠是牛肠里没有完全消化的青草。傣族人生吃,做调料,蘸肉,是难得的美味。听说要请我们吃苦肠,我很高兴。只是老板怕我们吃不来,是和在肉丸子里蒸了的。有一点苦味,大概是因为碎草里有牛的胆汁。其实我倒很想尝尝生苦肠的味道。弄熟了,意思就不大了。当然,还少不了傣家的看家菜:酸笋煮鸡。不过这道菜我们在畹町、芒市都已经吃过了。小菜是酸腌菜、鱼眼睛菜——一种树的嫩头,有小骨朵如鱼眼,酸渍。傣族人喜食酸。

　　醉仙楼的老板不俗。他供应我们这几顿傣家饭是没有多少赚头的。他要请我们写几个字,特地大老远地跑到县城,和一位画家匀来了几张宣纸。醉仙楼每个房间里都放着一个缅甸细陶水壶,通身乌黑,造型很美。好几个作家想托他买。因为这两天没有缅甸人过来赶集,老板就按原价卖给了他们。这些作家于是一人攥了一个陶壶,上路了。

大等喊小住两天,印象极好。

这里的乌鸦比北方的小,鸟身细长,鸣声也较尖细,不像北方乌鸦哇哇地哑叫。

一九八七年五月八日

滇南草木状

尤加利树　尤加利树北方没有。四十六年前到昆明始识此树。树叶厚重,风吹作金石声。在屋里静坐读书,听着哗啦哗啦的声音,会忽然想起:这是昆明。说不上是乡愁,只是有点觉得此身如寄。因此对尤加利树颇有感情。

尤加利树木理旋拧,有一个特殊的用途,作枕木,经得起震,不易裂。现在枕木大都改成钢或水泥制造的了,这种树就不那么受到重视了。树叶提汁,可制糖果,即桉叶糖。爱吃桉叶糖的人也不是很多。

连云宾馆门内有一棵大尤加利树,粗可合抱,少见。

叶子花　昆明叶子花多,楚雄更多。龙江公园到处都是叶子花。这座公园是新建的,建筑物的墙壁栏杆的水泥都发干净的灰白色,叶子花的紫颜色更把公园衬托得十分明朗爽洁。芒市宾馆一丛叶子花攀附在一棵大树上。树有四丈高,花一直开到树顶。

叶子花的紫,紫得很特别,不像丁香,不像紫藤,也不像玫瑰。它就是它自己那样的一种紫。

叶子花夏天开花。但在我的印象里,它好像一年到头都开,老开着,没有见它枯萎凋谢过。大概它自己觉得不过是叶子,就随便开开吧。

叶子花不名贵,但不讨厌。

马缨花　走进龙江公园,我对市文联的同志说:"楚雄如果选市花,可以选叶子花。"文联的同志说:"彝族有自己的花,——马缨花。"马缨花?马缨花即合欢,北方多得很。"这是杜鹃科,杜鹃的一种。"那么这不是合欢。走进开座谈会的会议室,桌上摆了一盆很大的花,我问:"这是不是马缨花?"——"是的,是的。"名不虚传!这株马缨花干粗如酒杯口,横卧而出,矫矢如龙,似欲冲盆飞去。叶略似杜鹃而长,一丛一丛的,相抱如莲花瓣。周围的叶子深绿色,中心则为嫩绿。干端叶较密集,绿叶中开出一簇火红的花。花有点像杜鹃,但花瓣较坚厚,不像杜鹃那样的薄命相。花真是红。这是正红,大红。彝族人叫它马缨花是有道理的。云南的马缨不是麻丝攒成的,而是用一方红布扎成一个绣球。马缨不是缀在马的颈下,而是结在马的前额,如果是白马或黑马,老远就看得见,非常显眼。额头有马缨的马,多半是马帮里的头马。把这种花叫做马缨花,神似。马缨花大红大绿,颜色华贵,而姿态又颇奔放,于端庄中透出粗野,真是难得!

车行在高黎贡山中,公路两边的丛岭中,密林深处,时时可以看到一树通红通红的马缨花。

令箭　云南人爱种花。楚雄街上两边楼房的栏杆上摆得满满的花,各色各样,令箭尤其多。令箭北方常见,但不如楚雄的开花开得多。北方令箭,开十几朵就算不错,楚雄的令箭一盆开花上百朵。一片叶子上密密匝匝地涨出了好多骨朵,大概都有三十几个,真不得了!滇南草木,得天独厚,没有话说。

一品红　北京的一品红是栽在盆里的,高二三尺。芒市、盈江的一品红长成一人多高的树,绿叶少而红叶多,这也未免太过分了!

兰　云南兰花品类极多。盈江县招待所庭中有一棵香樟树,树丫里寄生的兰花就有四种。这都是热带兰花。有一种是我认得的,虎头兰。花大,浅黄色。有一舌,色白,舌端有紫色斑点。其余三种都未见过。一种开白花,一种开浅绿花。另一种开淡银红色的花,花瓣近似剪秋罗,很长的一串,除了有兰花一样的长叶子披下来,真很难说这是兰花。

兰中最贵重的是素心兰。大理街上有一家门前放了两盆素心兰,旁贴一纸签:"出售"。一看标价:二百。大理是素心兰的产地,本地昂贵如此,运到外地,可想而知。素心兰种在高高的泥盆里。盆腹鼓起,如一小坛。

在保山，有人要送我一盆虎头兰。怎么带呢？

茶花　茶花已经开过了。遗憾。

闻丽江有一棵茶花王，每年开花万朵，号称"万朵茶花"，——当然这是累计的，一次开不了那样多。不过这也是奇迹了。有人告诉过我，茶花最多只能开三百朵。

大青树　大青树不成材，连烧火都不燃，故能不遭斤斧，保其天年，唯堪与过往行人遮阴，此不材之材。滇南大青树多"一树成林"。

紫薇　紫薇我没有见过很大的。昆明金殿两边各有一棵紫薇，树上挂一木牌，写明是"明代紫薇"，似可信。树干近根部已经老得不成样子，疙瘩流秋。梢头枝叶犹繁茂，开花时，必有可观。用手指搔搔它的树干，无反应。它已经那么老了，不再怕痒痒了。

一九八七年五月十一日

注　释

① 本篇原载《滇池》1987 年第八期；初收《蒲桥集》，作家出版社，1989 年
3 月。

吴 三 桂[①]

高邮县志办公室把新修的县志初稿寄来给我,我翻看了一遍,提了几点不成熟的意见。有一条记不得是否提过:应该给吴三桂立一个传。

我的家乡出过两个大人物,一个是张士诚,一个是吴三桂。张士诚不是高邮人,是泰州的白驹场人,但是他于元至正十三年(1553)[②]攻下了高邮,并于次年在承天寺自称诚王。吴三桂的家不知什么时候迁到了辽东,但祖籍是高邮。他生于1612年。"五百年必有王者兴",敝乡于六十年[③]之间出过两位皇上,——吴三桂后来是称了帝的,大概曾经是有过一点"王气"的。

我知道吴三桂很早了。小时读《正续三字经》,里面就有"吴三桂,请清兵"。长大后到昆明住了七年,听到一些关于吴三桂的传闻。昆明五华山下有一斜坡,叫做"逼死坡",据说是吴三桂逼死明朝最后一个皇帝永历帝的地方。永历帝兵败至云南,由腾冲逃到缅甸,吴三桂从缅甸把他弄回来杀了。云南人说是吴三桂逼得他上吊死的。这大概是可靠的。另外的传说则大概是附会的了。昆明市东凤鸣山顶有一座金殿,梁柱门窗,都是铜铸的,顶瓦也是铜的。说是吴三桂冬天住在这里,殿外烧了火,殿里暖和而无烟气,他在里面饮酒作乐。这大概是不可能的。昆明冬天并不冷,无须这样烤火。而且住在一间不大的铜房子里,又有多大趣味呢? 此外,昆明大西门外莲花池畔有一座陈圆圆石像。石像是用单线刻在石碑上的,外面有一石龛,高约四尺,额上题:"比丘尼陈圆圆像",是一个中年的尼姑的样子。据说陈圆圆是投莲花池死的。吴三桂镇云南,握重兵,形成割据势力,清圣祖为了加强统一,实行撤藩。康熙十二年(1673),吴三桂叛,自称周王。十七年在衡州称帝。吴三桂举兵叛乱时,已经六十一岁,这时陈圆圆也相当老了,她大概是没有跟着。死于昆明，是可能的。是不是投了莲花池，就难说了。陈圆圆晚年为女道士，改名寂静，字玉庵。莲花池畔的石像却说她是比丘尼，不知是什么缘故。

逼死坡今犹在，金殿也还好好的。莲花池畔的陈圆圆像则已于"文化大革命"中被毁掉了。干吗要毁陈圆圆的像呢？毁像的红卫兵大概是受了吴梅村的影响，相信"痛哭六军俱缟素，冲冠一怒为红颜"，认为吴三桂的当汉奸，陈圆圆是罪魁祸首。冤哉！

"冲冠一怒为红颜"，早就有人说没有这回事，一宗巨大的历史变故，原因岂能如此简单！如果说吴三桂引清兵入关，与陈圆圆有一定关系，那么他后来穷追永历帝以至将其逼死，再后来又从拥兵自重到叛乱称王，又将怎样解释呢？这和陈圆圆又有什么关系呢？吴三桂自是吴三桂，陈圆圆对他的一生负不了责。

我希望有人能认真研究一下吴三桂其人，给他写一个传。写成历史小说也可以，但希望忠实一些，不要有太多的演义。

一九八七年五月二十四日

注 释

① 本篇原载《北京文学》1987 年第七期"草木闲篇"专栏；初收《蒲桥集》，作家出版社，1989 年 3 月。

② 应为 1353。

③ 此说不成立，应为三百年。

藻　鉴　堂^①

我曾在藻鉴堂住过一阵，初春，为了写一个剧本。同时住在那里的有《红岩》的作者罗广斌、杨益言，歌剧《江姐》的作者阎肃，还有我们剧团的几个编剧。藻鉴堂在颐和园的极西，围墙外就不是颐和园了。这是园内的一个偏僻的去处，原本就很少有游人来，自从辟为一个休养所，就更没有人来了。堂在一个半岛上，三面环水，岛西面往南往北都有通路，地方极为幽静。这个堂原来不知是干什么用的。大概盖得了之后，慈禧太后从来也没有来住过。这是一座两层楼的建筑，内部经过改修，有暖气、自来水、卫生设备，已经相当现代化了。外面看，还是一座带有宫廷风格的别墅。在这里写作，堪称福地。香港同行，恐难梦见。

我们白天讨论，写作。到了傍晚，已经"净园"——北京的公园到了快闭园门的时候，摇铃通知游人离去，叫做"净园"——我们常从北面的小路上走出来，沿颐和园绕一大圈，从南边回去。花木无言，鸟凫自乐，得园之趣，非白日摩肩继踵的游人所能受用。

藻鉴堂北有一个很怪的东西。这是一个砖砌大圆筒。半截在地面以上，从外面看像烟筒。半截在地面以下。露在地面上的半截，不到一人高。站在筒口，可以俯看。往下看，像一口没有水的干井。井底也是圆的，颇宽广，井底还有两间房屋。这是清廷"圈禁"犯罪的亲王的地方。据颐和园的工作人员告诉我，有一个有名的甚么甚么亲王曾经圈禁在这里。似乎在这里圈禁过的亲王也就是这一个。我于清史太无知，把亲王的名字忘记了。这可真是名副其实的"圈禁"，——关禁在一个圆圈里面。圈的底至口约有四丈，他是插翅也飞不出去的。这位亲王除了坐井观天之外，只有等死。我很纳闷，当初是怎么把亲王弄进去的呢？——这个圆筒没有门。亲王的饮食，包括他的粪便，又是如何解决的呢？嘻，我这都是多虑。爱新觉罗家族既有此祖宗遗规，必有一套周到妥善的处理。

前二年有一个大学生跳进这个圆筒自杀死了。等发现时，尸体已经干透。

我们在藻鉴堂的生活很好，只是新鲜蔬菜少一点。伙房里老给我们吃炒回锅猪头肉。炒猪头肉不难吃，只是老吃有点受不了。

服务员里有一位很健谈，山东清河县人，他极言西门庆没这个人，这是西门的一口磬。自来说《水浒》、《金瓶梅》者无此新解，录以备忘。

注 释

① 本篇原载 1987 年 5 月 25 日香港《大公报》；初收《蒲桥集》，作家出版社，1989 年 3 月。

狼 的 母 性 ①

　　香港大概没有狼。

　　中国很多地方有狼。

　　绍兴有狼。鲁迅写的祥林嫂的孩子阿毛就是被狼吃了的。

　　昆明有狼。我在昆明郊区看到一些人家的砖墙上用石炭画了一个一个的白圈，问人：这是干什么？答曰：是防狼的。狼性多疑，它怕中了圈套。

　　张家口有狼。口外长途车站有一个站名就叫狼窝沟。在张家口想买一件狼皮褥子毫不费事，也很便宜。狼皮褥子可以隔潮，垫了狼皮褥子不易得风湿。我在张家口的沙岭子下放劳动了三年，有一只狼老来偷果园里的葡萄，而且专偷"白香蕉"。白香蕉是葡萄的名种，果粒色白，而有香蕉味道。后来叫一个农业工人用步枪打死了。剖开肚子，一肚子都是白香蕉！

　　呼和浩特有狼。

　　大青山狼多。狼多昼伏夜出。有一个在山里打过游击的朋友告诉我："那几年，狼下山，我下山；狼回山，我回山。"有一个游击队员在半山睡着了，一只狼爬到他身上，他惊醒了，两手掐住狼脖子不放，竟把狼掐死了。后来熟人见他都开玩笑："武松打虎，××掐狼。"

　　游击队在山里行军，发现三只小狼埋在沙坑里，只露出三个小脑袋。一个小战士很奇怪，问人："这是怎么回事？"一个有经验的老战士告诉他："小狼出痘子，母狼就把它们用砂土埋起来，过几天再刨出来。"小战士把三只小狼刨出来，背走了。这一下惹了麻烦：游击队到哪里，母狼跟到哪里。蹲在不远的地方哀叫，一叫一黑夜。又不能开枪打，怕暴露目标。叫了几夜，后来小战士听了老战士的劝，把小狼放了，晚上宿营,才能睡个安生觉。

呼伦贝尔有狼。

海拉尔,离市区不远的山里有一窝狼,两只老狼,三只狼崽子。有一个农民知道了,趁老狼不在的时候把狼崽子掏了。畜产公司收购,大狼一只三十块钱,小狼十五。三只小狼能卖四十五块钱。老狼回来了。就找掏狼崽子的人。找到海拉尔桥头,没办法了。原来这个农民很有经验,知道老狼会循着他身上的气味跟踪的,——狼鼻子非常尖,他到了海拉尔桥就下了河,从河里走了。河水把他的气味冲走了。线索断了。这两只老狼就连夜祸害桥边的村子,咬死了几个孩子。狼急疯了,要报复。后来是动用了解放军,围剿了一夜,才把老狼打死了。

注 释

① 本篇原载 1987 年 6 月 25 日香港《大公报》;初收《蒲桥集》,作家出版社,
1989 年 3 月。

观　音　寺^①

——昆明忆旧之八

　　我在观音寺住过一年。观音寺在昆明北郊,是一个荒村,没有什么寺。——从前也许有过。西南联大有几个同学,心血来潮,办了一所中学。他们不知通过什么关系,在观音寺找了一处校址。这原是资源委员会存放汽油的仓库,废弃了。我找不到工作,闲着,跟当校长的同学说一声,就来了。这个汽油仓库有几间比较大的屋子,可以当教室,有几排房子可以当宿舍,倒也像那么一回事。房屋是简陋的,瓦顶、土墙,窗户上没有玻璃。——那些五十三加仑的汽油桶是不怕风雨的。没有玻璃有什么关系!我们在联大新校舍住了四年,窗户上都没有玻璃。在窗格上糊了桑皮纸,抹一点清桐油,亮堂堂的,挺有意境。教员一人一间宿舍,室内床一、桌一、椅一。还要什么呢?挺好。每个月还有一点微薄的薪水,饿不死。

　　这地方是相当野的。我来的前一学期,有一天,薄暮,有一个赶马车的被人捅了一刀,——昆明市郊之间通马车,马车形制古朴,一个有篷的车厢,厢内两边各有一条木板,可以坐八个人,马车和身上的钱都被抢去了,他手里攥着一截突出来的肠子,一边走,一边还问人:"我这是什么?我这是什么?"

　　因此这个中学里有几个校警,还有两枝老旧的七九步枪。

　　学校在一条不宽的公路边上,大门朝北。附近没有店铺,也不见有人家。西北围墙外是一个孤儿院。有二三十个孩子,都挺瘦。有一个管理员。这位管理员不常出来,不知道是什么样子,但是他的声音我们很熟悉。他每天上午、下午都要教这些孤儿唱戏。他大概是云南人,教唱的却是京戏。而且老是那一段:《武家坡》。他唱一句,孤儿们跟着唱一句。"一马离了西凉界,"——"一马离了西凉界";"不由人一阵阵泪洒胸怀,"——"不由人一阵阵泪洒胸怀"。听了一年《武家坡》,听得人真想泪洒胸怀。

孤儿院的西边有一家小茶馆,卖清茶,葵花子,有时也有两块芙蓉糕。还卖市酒。昆明的白酒分昇酒(玫瑰重昇)和市酒。市酒是劣质白酒。

再往西去,有一个很奇怪的单位,叫做"灭虱站"。这还是一个国际性的机构,是美国救济总署办的,专为国民党的士兵消灭虱子。我们有时看见一队士兵开进大门,过了一会,在我们附近散了一会步之后,又看见他们开了出来。听说这些兵进去,脱光衣服,在身上和衣服上喷一种什么药粉,虱子就灭干净了。这有什么用呢?过几天他们还不是浑身又长出虱子来了么?

我们吃了午饭、晚饭常常出去散步。大门外公路对面是一大片农田。田里种的不是稻麦,却是胡萝卜。昆明的胡萝卜很好,浅黄色,粗而且长,细嫩多水分,味微甜。联大学生爱买了当水果吃,因为很便宜。女同学尤其爱吃,因为据说这种胡萝卜含少量的砒,吃了可以驻颜。常常看见几个女同学一人手里提了一把胡萝卜。到了宿舍里,嘎吱嘎吱地嚼。胡萝卜田是很好看的。胡萝卜叶子琐细,颜色浓绿,密密地,把地皮盖得严严的,说它是"堆锦积绣",毫不为过。再往北,有一条水渠。渠里不常有水。渠沿两边长了很多木香花。开花的时候白灿灿的耀人眼目,香得不得了。

学校后面——南边是一片丘陵。山上有一口池塘。这池塘下面大概有泉眼,所以池水常满,很干净。这样的池塘按云南人的习惯应该叫做"龙潭"。龙潭里有鱼,鲫鱼。我们有时用自制的鱼竿来钓鱼。这里的鱼未经人钓过,很易上钩。坐在这样的人迹罕到的池边,仰看蓝天白云,俯视钓丝,不知身在何世。

东面是坟。昆明人家的坟前常有一方平地,大概是为了展拜用的。有的还有石桌石凳,可以坐坐。这里有一些矮柏树,到处都是蓝色的野菊花和报春花。这种野菊花非常顽强,连根拔起来养在一个破钵子里,可以开很长时间的花。这里后来成了美国兵开着吉普带了妓女来野合的场所。每到月白风清的夜晚，就可以听到公路上不断有吉普车的声音。美国兵野合，好像是有几个集中的地方的，并不到处撒野。他们不知怎么看中了这个地方。他们扔下了好多保险套，白花花的，到处都是。后来我们就不大来了。这个玩意，总是不那么雅观。

我们的生活很清简。教书、看书。打桥牌，聊大天。吃野菜、吃灰菜、野苋菜。还吃一种叫做豆壳虫的甲虫。我在小说《老鲁》里写的，都是真事。喔，我们还演过话剧，《雷雨》，师生合演。演周萍的叫王惠。这位老兄一到了台上简直是晕头转向。他站错了地位，导演着急，在布景后面叫他："王惠，你过来！"他以为是提词，就在台上大声嚷嚷"你过来！"弄得同台的演员莫名其妙。他忘了词，无缘无故在台上大喊："鲁贵！"我演鲁贵，心说：坏了，曹禺的剧本里没有这一段呀！没法子，只好上去，没话找话："大少爷，您明儿到矿上去，给您预备点什么早点？煮几个鸡蛋吧！"他总算明白过来了："好，随便，煮鸡蛋！去吧！"

生活清贫，大家倒没有什么灾病。王惠得了一次破伤风，——打篮球碰破了皮，感染了。有一个姓董的同学和另一个同学搭一辆空卡车进城。那个同学坐在驾驶舱里，他靠在卡车后面的挡板上，挡板的铁闩松开了，他摔了下去。等找到他的时候，坏了，他不会说中国话了，只会说英语，而且只有两句："I am cold, I am hungry"（我冷，我饿）。翻来覆去，说个不停。这二位都治好了。我们那时都年轻，很皮实，不太容易被疾病打倒。

炮仗响了。日本投降那天，昆明到处放炮仗，昆明人就把抗战胜利叫做"炮仗响了"。这成了昆明人计算时间的标记，如："那会炮仗还没响"，"这是炮仗响了之后一个月的事情"。大后方的人纷纷忙着"复员"，我们的同学也有的联系汽车，计划着"青春作伴好还乡"。有些因为种种原因，一时回不去，不免有点恓恓惶惶。有人抄了一首唐诗贴在墙上：

故园东望路漫漫，

双袖龙钟泪不干。

马上相逢无纸笔，

凭君传语报平安。

诗很对景，但是心情其实并不那样酸楚。昆明的天气这样好，有什么理由急于离开呢？这座中学后来迁到篆塘到大观楼之间的白马庙，我在白马庙又接着教了一年，到一九四六年八月，才走。

注　释

① 　本篇原载《滇池》1987 年第六期；初收《蒲桥集》，作家出版社，1989 年
　　3 月。

手 把 羊 肉 ①

到了内蒙，不吃几回手把羊肉，算是白去了一趟。

到了草原，进蒙古包作客，主人一般总要杀羊。蒙古人是非常好客的。进了蒙古包，不论识与不识，坐下来就可以吃喝。有人骑马在草原上漫游，身上只背了一只羊腿。到了一家，主人把这只羊腿解下来。客人吃喝一晚，第二天上路时，主人给客人换一只新鲜羊腿，背着。有人就这样走遍几个盟旗，回家，依然带着一只羊腿。蒙古人诚实，家里有什么，都端出来。客人醉饱，主人才高兴。你要是虚情假意地客气一番，他会生气的。这种风俗的形成，和长期的游牧生活有关。一家子住在大草原上，天苍苍，野茫茫，多见牛羊少见人，他们很盼望来一位远方的客人谈谈说说。一坐下来，先是喝奶茶，吃奶食。奶茶以砖茶熬成，加奶，加盐。这种略带咸味的奶茶香港人大概是喝不惯的，但为蒙古人所不可或缺。奶食有奶皮子、奶豆腐、奶渣子。这时候，外面已经有人动手杀羊了。

蒙古人杀羊极利索。不用什么利刃，就是一把普通的折刀就行了。一会儿的工夫，一只整羊剔剥出来了，羊皮晾在草地上，羊肉已经进了锅。杀了羊，草地上连一滴血都不沾。羊血和内脏喂狗。蒙古狗极高大凶猛，样子怕人，跑起来后爪搭至前爪之前，能追吉普车！

手把羊肉就是白煮的带骨头的大块羊肉。一手攥着，一手用蒙古刀切割着吃。没有什么调料，只有一碗盐水，可以蘸蘸。这样的吃法，要有一点技巧。蒙古人能把一块肉搜剔得非常干净，吃完，只剩下一块雪白的骨头，连一丝肉都留不下。咱们吃了，总要留下一些筋头巴脑。蒙古人一看就知道：这不是一个牧民。

吃完手把肉，有时也用羊肉汤煮一点挂面。蒙古人不大吃粮食，他们早午喝奶茶时吃一把炒米，——黄米炒熟了，晚饭有时吃挂面。蒙古人买挂面不是论斤，而是一车一车地买。蒙古人搬家，——转移牧场，总有几辆勒勒车——牛车。牛车上有的装的是毛毯被褥，有一车装的是整车的挂面。蒙古人有时也吃烙饼，牛奶和的，放一点发酵粉，极香软。

我们在达茂旗吃了一次"羊贝子"，羊贝子即全羊。这是招待贵客才设的。整只的羊，在水里煮四十五分钟就上来了。吃羊贝子有一套规矩。全羊趴在一个大盘子里，羊蹄剁掉了，羊头切下来放在羊的颈部，先得由最尊贵的客人，用刀子切下两条一定部位的肉，斜十字搭在羊的脊背上，然后，羊头撤去，其他客人才能拿起刀来各选自己爱吃的部位片切了吃。我们同去的人中有的对羊贝子不敢领教。因为整只的羊才煮四十五分钟，有的地方一刀切下去，会沁出血来。本人则是"照吃不误"。好吃么？好吃极了！鲜嫩无比，人间至味。蒙古人认为羊肉煮老了不好吃！也不好消化；带一点生，没有关系。

我在新疆吃过哈萨克族的手把肉，肉块切得较小，和面条同煮，吃时用右手抓了羊肉和面条同时入口，风味与内蒙的不同。

注　释

①　本篇原载 1987 年 7 月 1 日香港《大公报》；初收《蒲桥集》，作家出版社，1989 年 3 月。

鳜　　鱼①

读《徐文长佚草》,有一首《双鱼》:

> 如缬鳜鱼如枱鲋,鬐张腮呷跳纵横。遗民携立岐阳上,要就官船脍具烹。

> 青藤道士画并题。鳜鱼不能屈曲,如僵蹶也。缬音计,即今花毯,其鳞纹似之,故曰罽鱼。鲋鱼群附而行,故称鲋鱼。旧传败枱所化,或因其形似耳。

这是一首题画诗。使我发生兴趣的是诗后的附注。鳜鱼为什么叫做鳜鱼呢?是因为它"不能屈曲,如僵蹶也"。此说似有理。鳜鱼是不能屈曲的,因为它的脊刺很硬。但又觉得有些勉强,有点像王安石的《字说》。这种解释我没有听说过,很可能是徐文长自己琢磨出来的。但说它为什么又叫罽鱼,是有道理的。附注里的"即今花毯","毯"字肯定是刻错了或排错了的字,当作"毯"。"罽"是杂色的毛织品,是一种衣料。《汉书·高帝纪下》:"贾人毋得衣锦绣、绮縠、绤纻、罽"。这种毛料子大概到徐文长的时候已经没有了,所以他要注明"即今花毯"。其实罽有花,却不是毯子。用毯子做衣服,未免太厚重。用当时可见的花毯来比罽,原也是没有办法的办法。而且罽或缬,这个字十六世纪认得的人就不多了,所以徐文长注曰"音计"。鳜鱼有些地方叫做"鲈花鱼",如松花江畔的哈尔滨和我的家乡高邮。北京人则反过来读成"花鲈"。叫做"鲈花"是没有讲的。正字应写成"罽花"。鳜鱼身上有杂色斑点,大概古代的罽就是那样。不过如果有哪家饭馆里的菜单上写出"清蒸罽花鱼",绝大部分顾客一定会不知道这是什么东西。即使写成"鳜鱼",有人怕也不认识,很可能念成"厥鱼"(今音)。我小时候有一位老师教我们张志和的《渔父》,"西塞山前白鹭飞,桃花流水鳜鱼肥",就把"鳜鱼"读成"厥鱼"。因此,现在很多饭馆都写成"桂鱼"。其实这是都可以的吧,写成"鳜花鱼"、"桂鱼",都无所谓,只要是那个东西。不过知道"鳜花鱼"的由来,也不失为一件有趣的事。

鳜鱼是非常好吃的。鱼里头,最好吃的,我以为是鳜鱼。刀鱼刺多,鲥鱼一年里只有那么几天可以捕到。堪与鳜鱼匹敌的,大概只有南方的石斑,尤其是青斑,即"灰鼠石斑"。鳜鱼刺少,肉厚。蒜瓣肉。肉细,嫩,鲜。清蒸、干烧、糖醋、做松鼠鱼,皆妙。氽汤,汤白如牛乳,浓而不腻,远胜鸡汤鸭汤。我在淮安曾多次吃过"干炸鳜花鱼"。二尺多长的活治整鳜鱼入大锅滚油干炸,蘸椒盐,吃了令人咋舌。至今思之,只能如张岱所说:"酒醉饭饱,惭愧惭愧!"

鳜鱼的缺点是不能放养,因为它是吃鱼的。"大鱼吃小鱼",其实吃鱼的鱼并不多。据我所知,吃鱼的鱼,只有几种:鳜鱼、鮰鱼、黑鱼(鲨鱼、鲸鱼不算)。鮰鱼本名鮠。《本草纲目·鳞部四》:"北人呼鳠,南人呼鮠,并与鮰音相近,迩来通称鮰鱼,而鳠、鮠之名不彰矣。"黑鱼本石乌鳢。现在还有这么叫的。林斤澜《矮凳桥风情》里写了乌鳢,有人看了以为这是一种带神秘色彩的古怪东西,其实即黑鱼而已。

凡吃鱼的鱼,生命力都极顽强。我小时曾在河边看人治黑鱼,内脏都掏空了,此黑鱼仍跃入水中游去。我在小学时垂钓,曾钓着一条大黑鱼,心里喜欢得怦怦跳,不料大黑鱼把我的钩线挣断,嘴边挂着鱼钩和挺长的一截线游走了!

一九八七年七月八日

注　释

① 本篇原载《北京文学》1987年第十一期"草木闲篇"专栏;初收《蒲桥集》,作家出版社,1989年3月。

银　铛①

两个月前,我从云南回来,写了一篇《杨慎在保山》,引《康熙通志》:

> 杨慎归蜀,年已七十余,而滇士有谗之抚臣王昺者,昺,俗戾人也,使四指挥以银铛锁来滇。慎不得已至滇,则昺以墨败;然慎不能归,病寓禅寺以殁。

乍一看,觉得很新鲜。用银链子把一个曾经中过状元的绝代才子锁回来,可能是一种特殊待遇。如果允许他穿了大红官衣,戴甩发,那"扮相"是很美的。后来一想,王昺是"俗戾人",干不出这样的韵事。我于是断定:"银铛"的"银",是个误刻的错字。"银"当作"铟"。那么,杨升庵还是被用铁链子锁回云南的。七十多岁的老人,铁索银铛,一步一步,艰难地在崎岖的山路走着,惨!

近阅《升庵诗话》"银铛"条云:

> 《后汉书》:"崔烈以银铛锁",银铛,大锁也。今多讹作金银之银,至有"银锁三公脚,刀撞仆射头"之句(按,此不知何人诗)。其传讹习舛如此。

读后哑然。想不到升庵这一条小考证,后来竟应在自己的身上。他大概没有想到自己竟至被人"以银铛锁来滇";更没有想到志书上把"银铛"误为"银铛"。造化如小儿,真能恶作剧!

我到保山,曾希望找到一点升庵的遗迹,但知道这种可能性不大。王昶《滇行日录》曰:

> 访杨升庵谪居故址,为今甲仗库。入视之,有楼三楹,坏不可

70

憩矣。楼下有人书三春柳律句,庭前有桃株。

王昶是乾隆时人,距升庵也不过二百五十年左右,其时已荒败如此,今天升庵遗迹荡然,是不足怪的。所堪庆幸的是,保山保存关于杨升庵的文字资料还不少,保山人对升庵是很有感情的。

遗址不能寻觅,是不是可以择一好风景的地方给升庵盖一个小小的纪念馆?再小一点,叫做纪念室也可以。保山尽多佳山水,难道不能容升庵一席之地么?

升庵著作甚多,据云有七十种。这些著作大都雕印过。是不是可以搜集到两个全份,一份存新都升庵祠,一份存保山?

对于王昶,我觉得也可以整出一份材料,并且也可以给他辟一个纪念馆。馆内陈列,一概依从王昶的观点,不置可否。一个人迫害知识分子,总有他的道理。

一九八七年七月十一日

注　释

① 本篇原载《北京文学》1987 年第十二期"草木闲篇"专栏;初收《蒲桥集》,
作家出版社,1989 年 3 月。

家　常　酒　菜^①

家常酒菜，一要有点新意，二要省钱，三要省事。偶有客来，酒渴思饮。主人卷袖下厨，一面切葱姜，调佐料，一面仍可陪客人聊天，显得从容不迫，若无其事，方有意思。如果主人手忙脚乱，客人坐立不安，这酒还喝个什么劲儿！

拌　菠　菜

拌菠菜是北京大酒缸最便宜的酒菜。菠菜焯熟，切为寸段，加一勺芝麻酱、蒜汁。或要芥末，随意。过去（1948 年以前）才 3 分钱 1 碟。现在北京的大酒缸已经没有了。

我做的拌菠菜稍为细致。菠菜洗净，去根，在开水锅中焯至 8 成熟（不可盖锅煮烂），捞出，过凉水，加一点盐，剁成菜泥，挤去菜汁，以手在盘中抟成宝塔状。先碎切香干（北方无香干，可以熏干代），如米粒大，泡好虾米，切姜末、青蒜末。香干末、虾米、姜末、青蒜末，手捏紧，分层堆在菠菜泥上，如宝塔顶。好酱油、香醋、小磨香油及少许味精在小碗中调好。菠菜上桌，将调料轻轻自塔顶淋下。吃时将宝塔推倒，诸料拌匀。

这是我的家乡制拌枸杞头、拌荠菜的办法。北京枸杞头不入馔，荠菜不香。无可奈何，代以菠菜，亦佳。清馋酒客，不妨一试。

拌　萝　卜　丝

小红水萝卜，南方叫"杨花萝卜"，因为是杨花飘时上市的。洗净，去根须,不可去皮。斜切成薄片,再切为细丝,愈细愈好。加少糖,略腌,即可装盘。轻红嫩白,颜色可爱。扬州有一种菊花,即叫"萝卜丝"。临吃,浇以三合油(酱油、醋、香油)。

或加少量海蜇皮细丝同拌,尤佳。

家乡童谣曰:"人之初,鼻涕拖,油炒饭,拌萝菠",可见其普遍。

若无小水萝卜,可以心里美或卫青代,但不如杨花萝卜细嫩。

干 丝

干丝是扬州菜。北方买不到扬州那种质地紧密,可以片薄片,切细丝的方豆腐干,可以豆腐片代。但须选色白,质紧,片薄者。切极细丝,以凉水拔二三次,去盐卤味及豆腥气。

拌干丝。拔后的豆腐片细丝入沸水中煮两三开,捞出,沥去水,置浅汤碗中。青蒜切寸段,略焯,虾米发透,并堆置豆腐丝上。五香花生米搓去皮膜,撒在周围。好酱油、小磨香油,醋(少量),淋入,拌匀。

煮干丝。鸡汤或骨头汤煮。若无鸡汤骨汤,用高压锅煮几片肥瘦肉取汤亦可,但必须有荤汤。加火腿丝、鸡丝。亦可少加冬菇丝、笋丝。或入虾仁、干贝,均无不可。欲汤白者入盐。或稍加酱油(万不可多),少量白糖,则汤色微红。拌干丝宜素,要清爽;煮干丝则不厌浓厚。

无论拌干丝、煮干丝,都要加姜丝,多多益善。

扦 瓜 皮

黄瓜(不太老即可)切成寸段,用水果刀从外至内旋成薄条,如带,成卷。剩下带籽的瓜心不用。酱油、糖、花椒、大料、桂皮、胡椒(破粒)、干红辣椒(整个)、味精、料酒(不可缺)调匀。将扦好的瓜皮投入料汁,不时以筷子翻动,使瓜皮沾透料汁,腌约1小时,取出瓜皮装盘。先装中心,然后以瓜皮瓜面朝外,层层码好,如一小坟头,仍以所余料汁自坟头顶淋下。扦瓜皮极脆,嚼之有声,诸味均透,仍有瓜香。此法得之海拉尔—曾治过国宴的厨师。一盘瓜皮，所费不过四五角钱耳。

炒苞谷

昆明菜。苞谷即玉米。嫩玉米剥出粒，与瘦猪肉同炒，少放盐。略用葱花煸锅亦可，但葱花不能煸得过老，如成黑色，即不美观。不宜用酱油，酱油会掩盖苞谷的清香。起锅时可稍烹水，但不能多，多则成煮苞谷矣！我到菜市买玉米，挑嫩的，别人都很奇怪："挑嫩的干什么?"——"炒肉。"——"玉米能炒了吃?"北京人真是少见多怪。

松花蛋拌豆腐

北豆腐入开水焯过，俟冷，切为小骰子块，加少许盐。松花蛋（要腌得较老的），亦切为骰子块，与豆腐同拌。老姜在蒜臼中捣烂，加水，滗去渣，淋入。不宜用姜米，亦不加醋。

芝麻酱拌腰片

拌腰片要领：一、先不要去腰臊，只用快刀两面平片，剩下腰臊即可扔掉。如先将腰子平剖两半，剔出腰臊，再用平刀片，则腰片易残破不整。二、腰片须用凉水拔，频频换水，至腰片血水排净，方可用。三、焯腰片要锅大水多。等水大开，将腰片推下，旋即用笊篱抄出，不可等腰片复开。将第一次焯腰片的水泼去，洗净锅，再坐锅，水大开，将焯过一次的腰片投入再焯，旋即捞出，放凉水盆中。两次焯，则腰片已熟，而仍脆嫩。如一次焯，待腰片大开，即成煮矣。腰片凉透，挤去水，入盘，浇以生芝麻酱、剁碎的郫县豆瓣、葱末、姜米、蒜泥。

拌 里 肌 片

以四川制水煮牛肉法制猪肉,亦可。里肌或通脊斜切薄片,以芡粉抓过。烧开水一锅,投入肉片,以笊篱翻拢,至肉片变色,即可捞出,加调料。

如热吃,即可倾入水煮牛肉的调料:郫县豆瓣(剁碎)炒至出香味,加酱油、少量糖、料酒。最后撒碾碎的生花椒、芝麻。

焯过肉的汤,撇去浮沫,可做一个紫菜汤。

塞馅回锅油条

油条两股拆开,切成寸半长的小段。拌好猪肉(肥瘦各半)馅。馅中加盐、葱花、姜末。如加少量榨菜末或酱瓜末、川冬菜末,亦可。用手指将油条小段的窟窿捅通,将肉馅塞入,逐段下油锅炸至油条挺硬,肉馅已熟,捞出装盘。此菜嚼之酥脆。油条中有矾,略有涩味,比炸春卷味道好。

这道菜是本人首创,为任何菜谱所不载。很多菜都是馋人瞎捉摸出来的。

其 他 酒 菜

凤尾鱼、广东香肠,市上可以买到;茶叶蛋、油炸花生米、五香煮栗子、煮毛豆,人人会做;盐水鸭、水晶肘子,做起来太费事,皆不及。

一九八七年七月二十五日

注 释

① 本篇原载《中国烹饪》1988 年第六期;初收《汪曾祺全集》第四卷,北京师范大学出版社,1998 年 8 月。

钓　鱼　台[①]

　　我在钓鱼台西边住了好几年,不知道钓鱼台里面是什么样子。

　　钓鱼台原是一片野地,清代,清明前后,偶尔有闲散官员爱写写诗的,携酒来游。这地方很荒凉,有很多坟。张问陶《船山诗草·闰二月十六日清明与王香圃徐石溪查兰圃小山兄弟携酒游钓鱼台看桃花归过白云观法源寺即事二首》云:"荒坟沿路有,浮世几人闲"。可证。这里的景致大概是:"柳枝漠漠笼青烟,山桃欲开红可怜。人声渐远波声小,一片明湖出林杪"(《船山诗草·十九日习之招同子卿竹堂稚存琴山质夫立凡携酒游钓鱼台》)。不知道从什么时候起,逐渐营建,最后成了国宾馆。

　　钓鱼台的周围原来是竹竿扎成的篱笆,竹竿上涂绿漆,从篱笆窟窿中约略可见里面的房屋树木。"文化大革命"初期,不是一九六六年就是一九六七年,改筑了围墙,里面就什么也看不见了。围墙上安了电网,隔不远有一个红灯泡。晚上红灯一亮,瞧着有点瘆人。围墙东面、北面各开一座大门。东面大门里是一座假山;北面大门里砌了一个很大的照壁,遮住行人的视线。照壁上涂了红漆,堆出五个笔势飞动的金字:"为人民服务"。门里安照壁,本是常事,但是这五个字用在这里,似乎不怎么合适。为什么搞得这样戒备森严起来了呢?原因之一,是江青常常住在这里,"文化大革命"的许多重大决策都是由这里做出的。不妨说,这是"文革"的策源地。我每天要从"为人民服务"之前经过,觉得照壁后面,神秘莫测。

　　我们街坊有两个孩子爬到五楼房顶上拿着照相机对着钓鱼台拍照,刚按快门,这座楼已经被钓鱼台的警卫围上了。

　　钓鱼台原来有一座门,靠南边,朝西,像一座小城门,石额上有三个馆阁体的楷书:"钓鱼台"。附近的居民称之为"古门"。这座门正对玉渊潭。玉渊潭和钓鱼台原是一体。张问陶诗中的"一片明湖出林杪",指的正是玉渊潭。玉渊潭有一条贯通南北的堤,把潭分成东西两半,堤中有水闸,东西两湖的水是相通的。原本潭东、潭西和当中的土堤都是可以走人的。自从江青住进钓鱼台之后,把挨近钓鱼台的东湖沿岸都安了带毛刺的铁丝网,——老百姓叫它"铁蒺藜"。铁蒺藜是钉在沿岸的柳树上的。这样,东湖就成了禁地。行人从潭中的堤上走过时,不免要向东边看一眼,看看可望而不可即的钓鱼台,沉沉烟霭,苍苍树木。

"四人帮"垮台后,铁蒺藜拆掉了,东湖解放了。湖中有人划船、钓鱼、游泳。东堤上又可通行了。很多人散步、练气功、遛鸟。有些游人还爱趴在"古门"的门缝上往里看。警卫的战士看到,也并不呵叱。有一年,修缮西南角的建筑,为了运料方便,打开了古门,人们可以看到里面的"养元斋",一湾流水,几块太湖石,丛竹高树。钓鱼台不再那么神秘了。

原来的铁蒺藜有的是在柳树上箍一个圈,再用钉子钉上的。有一棵柳树上的铁蒺藜拆不净,因为它已经长进树皮里,拔不出来了。这棵柳树就带着外面拖着一截的铁蒺藜往上长,一天比一天高。这棵带着铁蒺藜的树,是"四人帮"作恶的一个历史见证。似乎这也像经了"文化大革命"一通折腾之后的中国人。

一九八七年八月十七日

注　释

①　本篇原载 1987 年 11 月 23 日香港《大公报》;初收《蒲桥集》,作家出版社,1989 年 3 月。

水母宫和张郎像①

　　山西太原晋祠在悬瓮山下,从悬瓮山流出一股很粗的泉水,泉名"难老泉",渊渊不绝,不知流了多少年了。泉流出处不远,有一座亭子,亭里有一块竖匾,文曰"永锡难老",是明末的小品文作家、书法家同时又是著名的妇科专家的傅青主写的。难老泉是晋水之源。晋水流经之处稻麦丰盛,草木华滋,女郎俊美。山西人对难老泉充满了感激。

　　晋祠很值得一看。有结构独特的圣母殿,殿里有四十二尊宋代粉塑侍女立像,好像都能说话。有全国少有的十字飞梁——十字形的桥。还有许多文物价值很高的古建筑。这里只想说说两件不大为人提起的文物,——姑且也算是文物吧。

　　一件是水母宫,在难老亭的上首。"宫"甚小,只有一间,红墙,穹门低窄,进门得低头。宫里有一座装金的水母塑像,只有二尺许高。这像的特别处是一点都不华贵,只是一个农村的小媳妇,穿的不是凤冠霞帔,只是普通的裤褂。她身下是一口水缸,缸上扣一口锅盖。她就用北方常见的妇女坐炕的姿态,盘膝坐在锅盖上,微侧着身,伸起手来正在挽发髻,神态很从容。

　　这有个故事:有一个地方,缺水,吃水艰难。这个少妇嫁到这里以后,每天要到很远的地方去挑水。有一天,来了一个过路人,要一点水喝。少妇舀给他一碗,他喝了还要喝。少妇就给他一个瓢,由他自己喝。不料他竟把一缸水全喝了。少妇心里着急:今天拿什么做饭呢?这过路人说:"我送你一样东西。"他把手里的马鞭子给了她,说:"你把鞭子插在水缸里,要水,把鞭子往上提一截,缸里就有水了。可记住,千万不要把鞭子拔出缸外!"说完了,过路人就不见了。有一天小媳妇回娘家去,她婆婆在家,把马鞭子狠劲往上提,一下子拔出缸外。坏了!

78

水不断流出来,村子淹了!小媳妇正在打开头发梳头,听说婆家村子发大水了,赶紧往回奔。急中生智,拿起一口锅盖扣在水缸上,自己腾地往上一坐。水止住了,村子保住了。水退后,小媳妇才顾得上梳头。

第二件是张郎像,在难老亭下首。

难老泉流出后,东边和西边的村子都要用。水要分。怎么分?两边的村子连年打官司、打架。后来有一个地方官想了一个办法,熬了一锅滚开的热油,扔进十个铜钱,说:"你们两边各出一个人,伸手到锅里去捞铜钱,哪边捞出几个钱,就分几股水。"东边村走出一个后生,伸手到油锅里捞出了七个铜钱。从此规定:东边用七股水,西边用三股水,永远不再打架,打官司。后人为了纪念小伙子,给他立了一个像。像不大,模样装束完全是一个农民。小伙子姓张,不知道名字,众口相传,叫他张郎。

有关这两件文物的故事当然是不可信的。水母宫我在别处也见过。张郎像则在离太原不远的赵城分水闸边也有一座。但是故事的思想内容却是极其真实的:水对人的生活太重要了。水不够用,要争,甚至用生命去争;水大了,又会泛滥成灾。

香港人吃的水一部分是从大陆送过去的,你们有没有兴趣听听大陆的土著编制出来的关于水的故事?

注　释

① 本篇原载 1987 年 9 月 17 日香港《大公报》;初收《蒲桥集》,作家出版社,1989 年 3 月。

坝　上 [①]

风梳着莜麦沙沙地响，
山药花翻滚着雪浪。
走半天见不到一个人，
这就是俺们的坝上。

——旧作《旅途》

香港人知道坝上的大概不多，但是不少人知道口蘑。口蘑的集散地在张家口市，但是出产在张家口地区的坝上。

张家口地区分坝上、坝下两个部分。我原来以为"坝"是水坝，不是的。所谓坝是一溜大山，齐齐的，远看倒像是一座大坝。坝上坝下，海拔悬殊。坝下七百公尺，坝上一千四，几乎是直上直下。汽车从万全县起爬坡，爬得很吃力。一上坝，就忽然开得轻快起来，撒开了欢。坝上是台地，非常平。北方人形容地面之平，说是平得像案板一样。而且非常广阔，一望无际。坝上下，温度也极悬殊。我上坝在九月初，原来穿的是衬衫，一上坝就披起了薄棉袄。坝上冬天冷到零下四十度。冬天上坝，汽车站都要检查乘客有没有大皮袄，曾经有人冻死在车上过。

坝上的地块极大。多大？说是有人牵了一头黄牛去犁地，犁了一趟回来，黄牛带回一只小牛犊，已经三岁了！

坝上的农作物也和坝下不同，不种高粱、玉米，种莜麦、胡麻、山药。莜麦和西藏的青稞麦是一类的东西，有点像做麦片的燕麦。这种庄稼显得非常干净，看起来像洗过一样，梳过一样。胡麻开着蓝花，像打着一把一把小伞，很秀气。山药即马铃薯。香港人是见过马铃薯的，但是种在地里的马铃薯恐怕见过的人不多。马铃薯开了花，真是像翻滚着雪浪。

坝上有草原，多马、牛、羊。坝上的羊肉不膻，因为羊吃了野葱，自己已经把膻味解了。据说过去北京东来顺卖涮羊肉的羊都是从坝上赶了去的。——不是用车运，而是雇人成群地赶去的。羊一路走，一路吃草，到北京才不掉膘。

口蘑很奇怪，长在一定的地方，不是到处长。长蘑菇的地方叫做"蘑菇圈"。在草地上远远看去，有一圈草特别绿，那就是蘑菇圈。蘑菇圈是正圆的。蘑菇就长在这一圈草里。——圈里不长，圈外也不长。有人说这地方过去曾扎过蒙古包，蒙古人把吃剩的肉汤、骨头丢在蒙古包周围，这一圈土特别肥，所以长蘑菇。但据研究蘑菇的专家告诉我，兹说不可信。我采过蘑菇。下过雨，出了太阳，空气潮暖，蘑菇就出来了。从土里顶出一个小小的白帽，雪白的。哈，蘑菇！我第一次采到蘑菇，其惊喜不下于小时候第一次钓到一条鱼。

口蘑品种很多。伞盖背面菌丝作紫黑色的，叫"黑片蘑"，品最次。比较名贵的是青腿子、鸡腿子、白蘑。我曾亲自采到一个白蘑，晾干了，带回北京。一个白蘑做了一大碗汤，一家人都喝了，都说："鲜极了！"口蘑要干制了才好吃，鲜口蘑不好吃，不像云南的鸡㙡或冬菇。我在井冈山吃过才摘的鲜冬菇，风味绝佳，无可比拟。

坝上还出百灵。过去有那种游手好闲，不好好种地的人，即靠采蘑菇和扣百灵为生。百灵为甚么要"扣"呢？因为它是落在地面上的。百灵的爪子不能拳曲，不能栖息在树上，——抓不住树枝。养百灵的笼里不要栖棍，只有一个"台"，百灵想唱歌，就登台表演。至于怎样"扣"，我则未闻其详。关里的百灵很多都是从"口外"去的。但是口外百灵到了关里得经过一段时间的调教，否则它叫起来带有口外的口音。咦，鸟还有乡音呀？

注　释

①　本篇原载 1987 年 9 月 27 日《大公报》；初收《蒲桥集》，作家出版社，1989
　　年 3 月。

夏天的昆虫[①]

蝈　蝈

蝈蝈我们那里叫做"叫蛐子"。因为它长得粗壮结实，样子也不大好看，还特别在前面加一个"侉"字，叫做"侉叫蛐子"。这东西就是会呱呱的叫。有时嫌它叫得太吵人了，在它的笼子上拍一下，它就大叫一声："呱！——"停止了。它什么都吃。据说吃了辣椒更爱叫，我就挑顶辣的辣椒喂它。早晨，掐了南瓜花（谎花）喂它，只是取其好看而已。这东西是咬人的。有时捏住笼子，它会从竹篾的洞里咬你的指头肚子一口！

别有一种秋叫蛐子，较晚出，体小，通身碧绿如玻璃料，叫声轻脆。秋叫蛐子养在牛角做的圆盒中，顶面有一块玻璃。我能自己做这种牛角盒子，要紧的是弄出一块大小合适的圆玻璃。把玻璃放在水盒里，用剪子剪，则不碎裂。秋叫蛐子价钱比侉叫蛐子贵得多。养好了，可以越冬。

叫蛐子是可以吃的。得是三尾的，腹大多子。扔在枯树枝火中，一会就熟了。味极似虾。

蝉

蝉大别有三类。一种是"海溜"，最大，色黑，叫声宏亮。这是蝉里的楚霸王，生命力很强。我曾捉了一只，养在一个断了发条的旧座钟里，活了好多天。一种是"嘟溜"，体较小，绿色而有点银光，样子最好看,叫声也好听:"嘟溜——嘟溜——嘟溜"。一种叫"叽溜",最小,暗赭色,也是因其叫声而得名。

蝉喜欢栖息在柳树上。古人常画"高柳鸣蝉",是有道理的。

北京的孩子捉蝉用粘竿,——竹竿头上涂了粘胶。我们小时候则用蜘蛛网。选一根结实的长芦苇,一头撅成三角形,用线缚住,看见有大蜘蛛网就一绞,三角里络满了蜘蛛网,很粘。瞅准了一只蝉,轻轻一捂,蝉的翅膀就被粘住了。

佝偻丈人承蜩,不知道用的是什么工具。

蜻　蜓

家乡的蜻蜓有三种。

一种极大,头胸浓绿色,腹部有黑色的环纹,尾部两侧有革质的小圆片,叫做"绿豆钢"。这家伙利害得很,飞时巨大的翅膀磨得嚓嚓地响。或捉之置室内,它会对着窗玻璃猛撞。

一种即常见的蜻蜓,有灰蓝色和绿色的。蜻蜓的眼睛很尖,但到黄昏后眼力就有点不济。他们栖息着不动,从后面轻轻伸手,一捏就能捏住。玩蜻蜓有一种恶作剧的玩法:掐一根狗尾巴草,把草茎插进蜻蜓的屁股,一撒手,蜻蜓就带着狗尾草的穗子飞了。

一种是红蜻蜓。不知道什么道理,说这是灶王爷的马。

另有一种纯黑的蜻蜓,身上,翅膀都是深黑色,我们叫它鬼蜻蜓,因为它有点鬼气。也叫"寡妇"。

刀　螂

刀螂即螳螂。螳螂是很好看的。螳螂的头可以四面转动。螳螂翅膀嫩绿,颜色和脉纹都很美。昆虫翅膀好看的,为螳螂,为纺织娘。

或问:你写这些昆虫什么意思?答曰:我只是希望现在的孩子也能

玩玩这些昆虫,对自然发生兴趣。现在的孩子大都只在电子玩具包围中长大,未必是好事。

注　释

① 本篇原载《北京文学》1987 年第九期"草木闲篇"专栏;初收《蒲桥集》,作家出版社,1989 年 3 月。

林肯的鼻子[①]

——美国家书

　　我们到伊里诺明州斯泼凌菲尔德市参观林肯故居。林肯居住过的房子正在修复。街道和几家邻居的住宅倒都已经修好了。街道上铺的是木板。几家邻居的房子也是木结构，样子差不多。一位穿了林肯时代服装(白洋布印黑色小碎花的膨起的长裙，同样颜色短袄，戴无指手套，手上还套一个线结的钱袋)的中年女士给我们作介绍。她的声音有点尖厉，话说得比较快，说得很多，滔滔不绝。也许林肯时代的妇女就是这样说话的。她说了一些与林肯无关的话，老是说她们姊妹的事。有一个林肯旧邻的后代也出来作了介绍。他也穿了林肯时代的服装，本色毛布的长过膝盖的外套，皮靴也是牛皮本色的，不上油。领口系了一条绿色的丝带。此人的话也很多，一边说，一边老是向右侧扬起脑袋，有点兴奋，又像有点愤世嫉俗。他说了一气，最后说："我是学过心理学的，我一看你的眼睛，就知道你说的是不是真话！——日安！"用一句北京话来说：这是哪儿跟哪儿呀？此人道罢日安，翩然而去，由印花布女士继续介绍。她最后说："林肯是伟大的政治家，但在生活上是个无赖。"我真有点怀疑我的耳朵。

　　第二天上午，参观林肯墓，墓的地点很好，很空旷，墓前是一片草坪，更前是很多高大的树。

　　这天步兵114旅特地给国际写作计划的作家们表演了升旗仪式。两个穿了当年的蓝色薄呢制服的队长模样的军人在旗杆前等着。其中一个挎了红缎子的值星带，佩指挥刀。在军鼓和小号声中走来一队士兵，也都穿蓝呢子制服。所谓一队，其实只有七个人。前面两个，一个打着美国国旗，一个打着州旗。当中三个背着长枪。最后两个，一个打鼓,一个吹号。走得很有节拍,但是轻轻松松的。立定之后,向左转,架好长枪。喊口令的就是那个吹小号的,他的军帽后边露着雪白的头发,大概岁数不小了。口令声音很轻,并不大声怒喝。——中国军队大声喊口令,大概是受了日本或德国的影响。口令是要练的。我在昆明时,每天清晨听见第五军校的学生练口令,那么多人一同怒吼,真是惊天动地。一声"升旗"后,老兵自己吹了号,号音有点像中国的"三环号"。那两个队长举手敬礼,国旗和州旗升上去。一会儿工夫,仪式就完了,士兵列队走去,小号吹起来,吹的是"咭里鲁亚"。打鼓的这回不是打的鼓面,只是用两根鼓棒敲着鼓边。这个升旗仪式既不威武雄壮,也并不怎么庄严肃穆。说是形同儿戏,那倒也不是。只能说这是美国式的仪式,比较随便。

林肯墓是一座白花岗石的方塔形的建筑,墓前有林肯的立像。两侧各有一组内战英雄的群像。一组在举旗挺进;一组有扬蹄的战马。墓基前数步,石座上还有一个很大的林肯的铜铸的头像。

我觉林肯墓是好看的,清清爽爽,干干净净。一位法国作家说他到过南京,看过中山陵,说林肯墓和中山陵不能相比。——中山陵有气魄。我说:"不同的风格。"——"对,完全不同的风格!"他不知道林肯墓是"墓",中山陵是"陵"呀。

我们到墓里看了一圈。这里葬着林肯,林肯的夫人,还有他的三个儿子。正中还有一个林肯坐在椅子里的铜像。他的三个儿子都有一个铜像,但较小。林肯的儿子极像林肯。纪念林肯,同时纪念他的家属,这也是一种美国式的思想。——这里倒没有林肯的"亲密战友"的任何名字和形象。

走出墓道,看到好些人去摸林肯的鼻子——头像的鼻子。有带着孩子的,把孩子举起来,孩子就高高兴兴的去摸。林肯的头像外面原来是镀了一层黑颜色的,他的鼻子被摸得多了,露出里面的黄铜,锃亮锃亮的。为什么要去摸林肯的鼻子?我想原来只是因为林肯的鼻子很突出,后来就成了一种迷信,说是摸了会有好运气。好几位作家握着林肯的鼻子照了像。他们叫我也照一张,我笑了笑,摇摇头。

归途中路过诗人艾德加·李·马斯特的故居。马斯特对林肯的一些观点是不同意的。我问接待我们的一位女士：马斯特究竟不同意林肯的哪些观点,她说她也不清楚,只知道他们关系不好。我说:"你们不管他们观点有什么分歧,都一样地纪念,是不是?"她说:"只要是对人类文化有过贡献的,我们都纪念,不管他们的关系好不好。"我说:"这大概就是美国的民主。"她说:"你说的很好。"我说:"我不赞成大家去摸林肯的鼻子。"她说:"我也不赞成!"

　　途次又经桑德堡故居。对桑德堡,中国的读者比较熟悉,他的短诗《雾》是传诵很广的。桑德堡写过长诗《林肯——在战争年代》。他是赞成林肯观点的。

　　回到住处,我想:摸林肯的鼻子,到底要得要不得? 最后的结论是:这还是要得的。谁的鼻子都可以摸,林肯的鼻子也可以摸。没有一个人的鼻子是神圣的。林肯有一句名言:"All men are created equal."(所有的人生来都是平等的)我还想到,自由、平等、博爱,是不可分割的概念。自由,是以平等为前提的。在中国,现在,很需要倡导这种"Created equal"的精神。

　　让我们平等地摸别人的鼻子,也让别人摸。

一九八七年十月一日爱荷华

注　释

① 本篇原载《散文世界》1988年第四期;初收《蒲桥集》,作家出版社,1989年3月。

昆明食菌①

我在昆明住过七年,离开已四十多年,忘不了昆明的菌子。

雨季一到,诸菌皆出,空气里到处是菌子气味。无论贫富,都能吃到菌子。

常见的是牛肝菌、青头菌。牛肝菌菌盖正面色如牛肝。其特点是背面无菌摺,是平的,只有无数小孔,因此菌肉很厚,可切成薄片,宜于炒食。入口滑细,极鲜。炒牛肝菌要加大量蒜片,否则吃了会头晕。菌香、蒜香扑鼻,直入脏腑,逗人食欲。牛肝菌价极廉。西南联大的大食堂的饭桌上都能有一盘。青头菌稍贵一点。青头菌菌盖正面微带苍绿色,菌摺雪白。炒或烩,宜放盐,用酱油颜色就不好看了。一般都认为青头菌格韵较高,但也有人偏嗜牛肝菌,以其滋味更为强烈浓厚。

最名贵的是鸡㙡。鸡㙡之名甚奇怪。"㙡"字别处少见,一般字典上查不到。为什么叫"鸡㙡",众说不一。有人说鸡㙡的菌盖"开伞"后,样子像公鸡脖子上的毛——鸡鬃。没有根据。我见过未经熟制的鸡㙡,样子并不像鸡鬃。——果系如此,何不径写作"鸡鬃"?这东西生长的地方也奇怪,生在田野间的白蚁窝上。为什么专长在白蚁窝上,这道理连专家也没有弄明白。鸡㙡菌盖小而菌把粗长,吃的主要便是形似鸡大腿似的菌把。鸡㙡是菌中之王。味道如何,真难比方。可以说这是植物鸡。味正似当年的肥母鸡。但鸡肉粗,有丝,而鸡㙡则极细腻丰腴,且鸡肉无此一种特殊的菌子香气。昆明甬道街有一家不大的云南馆子,制鸡㙡极有名。

菌子里味道最深刻(请恕我用了这样一个怪字眼),样子最难看的,是干巴菌。这东西像一个被踩破的马蜂窝,颜色如半干牛粪,乱七八糟,当中还夹杂了许多松毛(马尾松的针叶)、草茎,择起来很费事。

择也择不出大片，只是螃蟹小腿肉粗细的丝丝。洗净后，与肥瘦相间的猪肉、青辣椒同炒，入口细嚼，半天说不出话来。只觉得：世界上还有这么好吃的东西？干巴菌，菌也，但有陈年宣威火腿香味、宁波糟白鱼鲞香味、苏州风鸡香味、南京鸭胗肝香味，且杂有松毛的清香气味。干巴菌晾干，与辣椒同腌，可久藏，味与鲜时无异。

　　样子最好看的是鸡油菌，个个正圆，银元大，嫩黄色，但据说不好吃。干巴菌和鸡油菌，一个中吃不中看，一个中看不中吃。

注　释

① 　本篇原载 1987 年 10 月 11 日香港《大公报》；初收《蒲桥集》，作家出版社，1989 年 3 月。

口　蘑①

　　口蘑因在张家口集散,故名。其实张家口市附近是不出口蘑的。口蘑的产地在坝上,内蒙。对于"口蘑"的正确理解,应该是:口外之蘑。

　　口蘑生长的秘密,好像到现在还没有揭开。口蘑长在草原上。很怪,只长在"口蘑圈"上。草原上往往有一个相当大的圆圈,正圆,这一圈的草长得特别绿,绿得发黑,这就是蘑菇圈。九月间,这是草原最美的时候。雨晴之后,天气潮闷,这是出蘑菇的时候。远远看去,蘑菇圈上一点一点白的,那是蘑菇出来了。蘑菇圈是固定的。今年这里出蘑菇,明年还出。蘑菇圈的成因,谁也说不明白。有人说这地方曾扎过蒙古包,蒙古人把吃剩的羊肉汤、羊骨头倒在蒙古包的周围,这一圈土特别肥沃,故草色浓绿,长蘑菇。这是想当然耳。有人曾挖取蘑菇圈上的土,移之他处,布入菌丝,希望获得人工驯化的口蘑,没有成功。

　　口蘑品类颇多。我曾在张家口沙岭子农业科学研究所画过一套《口蘑图谱》,皆以实物置之案前对写,自信对口蘑略有认识。口蘑的主要品种有:

　　黑蘑。菌盖白色,菌摺棕黑色。此为最常见者;菌行称之为"黑片蘑",价贱,但口蘑香味仍甚浓。北京涮羊肉的"锅底"、浇豆腐脑的羊肉卤以及"炸丸子开锅"的汤里,放的都是黑片蘑。

　　白蘑。白蘑较小(黑蘑有大如碗口的),菌盖、菌摺都是白色。白蘑少,不易采到。味极鲜。我曾在沽源采到一枚白蘑,干制后带回北京,一只白蘑做了一大碗汤,全家人喝了,都说比鸡汤还鲜。

　　鸡腿子。菌把粗长,近根部鼓起,状如鸡腿。

　　青腿子。形状似鸡腿子,但微绿。干制后亦只是灰白色,几与鸡腿子无异。

　　鸡腿子、青腿子很少见，即张家口口蘑庄号中也不易买到。我画过，没有吃过。

　　此外还有"庙自行"、"蘑菇丁"……那都是商号巧立名目，只是初出即采得、未开伞者，不是特别的品种。

　　口蘑采得，即须穿线晾干，否则极易生蛆。口蘑干制后方有香味。我吃过自采的鲜口蘑，一点也不香，这也很奇怪。

　　口蘑宜重荤大油（制素什锦只用香菇，少有用口蘑者）。《老残游记》提到口蘑炖鸭，自是佳品。我曾在沽源吃过口蘑羊肉哨子蘸莜面，三者相得益彰，为平生难忘的一次口福。在呼和浩特一家饭馆吃过一盘炒口蘑，极滑润，油皆透入口蘑片中，盖以慢火炒成，虽名为炒，实是油焖。即使是口蘑烩豆腐，亦须荤汤，方出味。

注　释

①　本篇原载 1987 年 10 月 22 日香港《大公报》；初收《蒲桥集》，作家出版社，1989 年 3 月。

从桂林山水说到电视连续剧《红楼梦》①

应首届漓江旅游文学笔会之邀去了一趟桂林。"桂林山水甲天下",名不虚传。我到过一些风景名胜地区,看了之后,有时会感到失望,觉得盛名之下其实难副,累得腰酸腿疼,殊不值得。桂林不是这样。市境内即多山。屋后路边,随时可以忽然冒出来一座山,拔地而起,形状奇特,匪夷所思。由桂林往阳朔,船行在漓江里,两岸皆山。近山远山,重重叠叠,浓浓淡淡,彼此相望相携,相扶相倚,连绵不断,而皆有特点,无一雷同。坐在船顶,左顾右盼,真是应接不暇。那天下了雨。烟雨漓江,更增画意。参加笔会,免不了要发言,还要当场写字,应急的办法,是临时凑几句旧诗。在赴闭幕式之前,想了四句:

> 山皆奇特如盆景,
> 水尽温柔似女郎。
> 山水真堪天下甲,
> 桂林小住不思乡。

头一句写得很笨拙,也太实了,只是得其形似而已。第二句稍微有点意思。桂林的水的确是很温柔,和我前不久在云南看到的怒江大不一样。怒江真当得一个怒字,山险流急。

离开广西时曾想用文字捉住漓江之游的印象,枯坐多时,毫无办法。

> 描摹清景入新词,
> 烟雨漓江欲霁时。
> 待寄所思无一字,
> 桂林宜画不宜诗。

由此我想到游记其实是很难写的。"状难状之景如在目前",事实上很难办到。郦道元《水经注》写三峡:"两岸连山,略无缺处,自非停午夜分,不见曦月",可以说把三峡写绝了,然而也只能调动读者的想象,不会读了之后就如同到过三峡一样。具体地重现风景,绘画要比文学更具优越性。同样,调动人们对风景的想象和向往,有时文学优于绘画。各有所长,各有所短,分工不同,性能各异。彼此可以相通,不能代替。王摩诘诗中有画,画中有诗,但是他的画仍是画,诗仍是诗。

各类艺术,都是这样。比如电影和小说。电影常改编小说,电影也可以小说化,但是电影不是小说。小说的特点是作者的叙述语言起绝对作用,而电影是一次性的镜头艺术,画面不可能代替小说作者的叙述语言。有人说凌子风拍的《边城》没有充分表达沈从文的风格,固也;然而我觉得拍成那样就算不易。《边城》的结尾:"这个人也许永远不回来了,也许明天回来!"这在电影里怎么表现呢?

由此,我想到电视连续剧《红楼梦》。对这部电视剧评价不一。有人说好。有人说这是《红楼梦》连环画,有人说这是"郊区版"《红楼梦》,未免有些挖苦。相当多的人说:这不是《红楼梦》。我想说一句公道话:这本来就不是《红楼梦》。电视剧《红楼梦》的优劣姑且不论,但这是电视剧,不是小说。可以从电视剧的角度对它评价,但不能要求它全像小说。可以说长道短,不要强人所难。

注 释

① 本篇原载《北京文学》1987 年第十期"草木闲篇"专栏;初收《蒲桥集》,作家出版社,1989 年 3 月。

四　　僧①

游峨眉,遇四僧。

宿洪椿坪寺,来了两个外方的和尚。一个稍瘦,一个粗壮而黑。他们和寺僧谈好了食宿,上楼安顿。不一会,发现他们在后殿拜佛。拜下去,起来,再拜下去。这样要拜一百零八拜。这样的拜法,是要一点体力的。若叫我拜一百零八拜,非得脑充血不可。正拜着,黑和尚忽然起来,飞奔出殿。原来他内急了。到厕所里轻松一下,回来接着拜。

我们之中有人上楼和他们攀谈,得知他们是从五台山来的。他们发愿要朝四大名山。他们每个月有二十多块钱生活费,都省了下来,积攒了十几年,攒够了路费。四大名山是五台、普陀、峨眉和九华山,各为文殊、观音、普贤和地藏的道场。五台山是他们的本山,不必说。他们已经朝了普陀,在峨眉山已经拜了几处佛寺,明天就要下山了。接着,便要到安徽朝九华山。瘦和尚是河北人,家道小康,和妻子很恩爱。妻子死了,他万念俱灰,到处游逛,到五台山,出了家。黑胖和尚是五台本地人。

他们说他们在普陀看见观音显相了,善财、龙女,清清楚楚。昨天,他们从金顶下来时,又看见了普贤的法相。瘦和尚先看见的。黑壮和尚起先没看到,心里很急,后来也看到了。不过瘦和尚还看到普贤前面有飞天舞女,黑壮和尚说他没有看到,自愧诚修不如瘦和尚。瘦和尚是有文化的,说:"我们是唯心主义者,你们是唯物主义,说这些,你们不会相信。"

天热,晚饭后,住在寺里的游客坐在大殿前廊上凉快。有一个本寺的和尚也坐在长凳上。这和尚四十多岁了。但看起来很少相。他穿了僧衣,把一只脚从黄色的僧鞋里脱出来,脚上穿的却是葡萄灰色的尼龙丝袜。他架着二郎腿，把一只穿了葡萄灰丝袜的脚很风流地轻轻地抖动着。这坐态实在不大像个出家人。我们谈起那两个外来的和尚拜了一百零八拜，他说："那有什么！我们到了人家那里，还不是得拜！"我们问他为什么要拜一百零八拜，他说："那晓得咧！佛教的数目，常常是一百零八。我们用的数珠，也是一百零八颗。"有个冒冒失失的小伙子问："你吃不吃肉？"他很坦率地说："肉还是要吃的！"——"吃不吃酒？"——"酒还是要喝的！——'文化大革命'，我们都被赶出去了。回家，还了俗了。后来，就不管那些了！"听口音，他就是山下的人。

从三峡出川，在武汉到北京的火车上，对面卧铺上又是一个和尚。这位和尚穿了干干净净的茶褐色的尼龙丝短僧衣，——他告诉我们这叫"罗汉衫"，一看就是个有地位的和尚。和尚而坐卧铺，自然"不简单"。那两位朝四大名山的五台山僧是绝对舍不得坐卧铺的。他是汉阳某寺的方丈。到北京，是去参加佛教协会理事会的。讨论的内容是：今后各地寺庙归谁管。现在有三种情况：归文物局、归园林局、归和尚管。现在大部分意见是：归和尚管。他认为当然应该由和尚管。和尚管寺庙有一套经验，别人管管不好！这位方丈和尚是有学问的，他曾经在重庆、桂林，住了三次佛学院。我问他"三邈三菩提"是什么意思（我的小说《受戒》里用了这句），他说："这是译音，不能照字面讲。"我们谈起在峨眉山遇见两个五台山僧人，他们说看见了观音和普贤的法相了，有没有这种事；方丈说："那晓得咧！反正我是没有看到过！"我忽然想起，这位方丈我好像曾经见过。"你见过我？什么时候？"——"'文化大革命'后期。"——"那可能。"——"你的庙宇、佛像，都保存得很好，没有遭到破坏。"这一下引起了他的兴头："那是！几派红卫兵都曾经'进驻'我的寺院，就是没有破坏！"——"你有什么本事？"——"我跟他们搞好关系呀！我说宗教是宗教，庙宇、佛像是国家文物。"——"你有没有说佛教是迷信？"——"那就过分了！"他带了一些素鸡，说"这是本寺做的"（我知道这寺里的素斋很有名）。车里热，怕坏了。我们给他出主意，拿到餐车，请他们放在冰箱里。他去了，一会就办妥了。这位方丈人情练达，长于应酬，言谈得体，而眼角时时流露出一点狡黠。

这些素鸡他是带到北京送人的,就是说,去"搞关系"的。

这四个和尚:五台山的两个,自求多福,是和尚里的庸人;洪椿坪的和尚身在空门不出家,是和尚里的浪子;那位方丈,是穿了僧衣的国家干部。

和尚也是各色各样的。

注　释

①　本篇原载 1987 年 12 月 19 日香港《大公报》。

1988 年

菌　小　谱[①]

南方的很多地方把冬菇叫香蕈(xùn)。长江以北似不产冬菇。

我小时常随祖母到观音庵去。祖母吃长斋,杀生日都在庵中过。素席上总有一道菜:香蕈饺子。香蕈汤一大碗先上桌,素馅饺子油炸至酥脆,倾入汤,嗤啦一声,香蕈香气四溢,味殊不恶。这种做法近似口蘑锅巴,只是口蘑锅巴的汤是荤汤。香蕈饺子如用荤汤,当更味重,但饺子似宜仍用素馅,取其有蔬笋气,不压冬菇香味。

冬菇当以凉水发,方能保持香气。如以热水发,味减。

冬菇干制,可以致远。吃过鲜冬菇的人不多。我在井冈山吃过。大井山上有一个五保户老妈妈,生产队特批她砍倒一棵椴树生冬菇。冬菇源源不绝地生长。房东老邹隔两三天就为我们去买半篮。以茶油炒,鲜嫩腴美,不可名状。或以少许腊肉同炒,更香。鲜菇之外,青菜汤一碗,辣腐乳一小碟。红米饭三碗,顷刻下肚,意犹未足。

我在昆明住过七年,离开已四十年,不忘昆明的菌子。

雨季一到,诸菌皆出,空气里一片菌子气味。无论贫富,都能吃到菌子。

常见的是牛肝菌、青头菌。牛肝菌菌盖正面色如牛肝。其特点是背面无菌摺,是平的,只有无数小孔,因此菌肉很厚,可切成薄片,宜于炒食。入口滑细,极鲜。炒牛肝菌要加大量蒜片,否则吃了会头晕。菌香、蒜香扑鼻,直入脏腑。牛肝菌价极廉,青头菌稍贵。青头菌菌盖正面微带苍绿色,菌摺雪白,烩或炒,宜放盐,用酱油颜色就不好看了。或以为青头菌格韵较高,但也有人偏嗜牛肝菌,以其滋味较为强烈浓厚。

最名贵是鸡枞,鸡枞之名甚奇怪。"枞"字别处少见。为什么叫"鸡枞",众说不一。这东西生长的地方也奇怪,生在田野间的白蚁窝上。为什么专长在白蚁窝上,这道理连专家也没弄明白。鸡枞菌菌盖小而菌把粗长,吃的主要便是形似鸡大腿的菌把。鸡枞是菌中之王。味道如何?真难比方。可以说这是植物鸡。味正似当年的肥母鸡,但鸡肉粗而菌肉细腻,且鸡肉无此特殊的菌子香气。昆明甬道街有一家不大的云南馆子,制鸡枞极有名。

菌子里味道最深刻(请恕我用了这样一个怪字眼)、样子最难看的,是干巴菌。这东西像一个被踩破的马蜂窝,颜色如半干牛粪,乱七八糟,当中还夹杂了许多松毛、草茎,择起来很费事。择出来也没有大片,只是螃蟹小腿肉粗细的丝丝。洗净后,与肥瘦相间的猪肉、青辣椒同炒,入口细嚼,半天说不出话来。干巴菌是菌子,但有陈年宣威火腿香味、宁波油浸糟白鱼鲞香味、苏州风鸡香味、南京鸭胗肝香味,且杂有松毛清香气味。干巴菌晾干,加辣椒同腌,可以久藏,味与鲜时无异。

样子最好看的是鸡油菌。个个正圆,银元大,嫩黄色,但据说不好吃。干巴菌和鸡油菌,一个中吃不中看,一个中看不中吃!

未有人工培养的"洋蘑菇"之前,北京菜市偶尔有鲜蘑卖,是野生的,大概是柳蘑。肉片烩鲜蘑是一道时菜。五芳斋(旧在东安市场内)烩鲜蘑制作精细,无土腥气。但柳蘑没有多大吃头,只是吃个新鲜而已。

口蘑不像冬菇一样可以人工种植。口蘑生长的秘密,好像到现在还没有揭开。口蘑长在草原上。很怪,只长在"蘑菇圈"上。草原上往往有一个相当大的圆圈,正圆,圈上的草长得特别绿,绿得发黑,这就是蘑菇圈。九月间,雨晴之后,天气潮闷,这是出蘑菇的时候。远远一看,蘑菇圈从草间一点一点的白的,那是蘑菇出来了。蘑菇圈是固定的。今年这里出蘑菇,明年还出。蘑菇圈的成因,谁也说不明白。有人说这地方曾扎过蒙古包，蒙古人把吃剩的羊骨头、羊肉汤倒在蒙古包的周围，这一圈土特别肥沃，故草色浓绿，长蘑菇。这是想当然耳。有人曾挖取蘑菇圈的土，移之室内，布入口蘑菌丝，希望获得人工驯化的口蘑，没有成功。

口蘑品类颇多。我曾在张家口沙岭子农业科学研究所画过一套《口蘑图谱》，皆以实物置之案前摹写（口蘑颜色差别不大，皆为灰白色，只是形体有异，只须用钢笔蘸炭黑墨水描摹即可。不著色，亦为考虑印制方便故），自信对口蘑略有认识。口蘑主要的品种有：

黑蘑。菌摺棕黑色，此为最常见者。菌行称之为"黑片蘑"，价贱，但口蘑味仍甚浓。北京涮羊肉锅子中、浇豆腐脑的羊肉卤中及"炸丸子开锅"的铜锅里，所放的都是黑片蘑。"炸丸子开锅"所放的只是口蘑渣，无整只者。

白蘑。白蘑较小（黑蘑有大如碗口的），菌盖、菌摺都是白色。白蘑味极鲜。我曾在沽源采到一枚白蘑，干制后带回北京，一只白蘑做了一大碗汤，全家人喝了，都说比鸡汤还鲜。——那是"三年困难"时期，若是现在，恐怕就不能那样香美了。

鸡腿子。菌把粗长，近根部鼓起，状如鸡腿。

青腿子。形状似鸡腿子，但微绿。——干制后亦只是灰白色，几与鸡腿子无异。

鸡腿子、青腿子很少见，即张家口口蘑庄号中也不易买到。

此外还有"庙自行"、"蘑菇丁"……那都是商号巧立名目，其实不是特别的品种。

口蘑采得，即须穿线晾干，否则极易生蛆。口蘑干制后方有香味。我吃过自采的鲜口蘑，一点也不香，这也很奇怪。发口蘑当用开水。至少须发一夜。口蘑发涨后，将水滗出，这就是口蘑汤。口蘑菌摺中有沙，不可用手搓洗。以手搓，则沙永远不能清除。吃起来会牙碜。只能把发过的口蘑放入大碗中，满注清水，用筷子像打鸡蛋似的反复打。泥沙沉底后，换水再打。大约得换三四次水，打上千下，至碗内不复再有泥沙后，再用指扻去泥根。

口蘑宜重荤大油（制素什锦一般只用香菇，少有用口蘑者）。《老残游记》提到口蘑炖鸭，自是佳品。我曾在沽源吃过口蘑羊肉哨子（"哨"字我始终不知该怎么写）蘸莜面，三者相得益彰，为平生难忘的一次口福。在呼和浩特一家饭馆吃过一盘炒口蘑，极滑润，油皆透入口蘑片中，盖以慢火炒成，虽名为炒，实是油焖。即口蘑煨南豆腐，亦须荤汤，方出味。

湖南极重菌油。秋凉时，长沙饭馆多卖菌油豆腐、菌油面，味道很好，但不知是何种菌耳。

中国种植"洋蘑菇"的历史不久。最初引进的是平蘑，即圆蘑菇。这东西种起来也很简单，但要花一笔"基本建设"的钱。马粪、铡细的稻草，拌匀，即为培养基土，装入无盖的木箱中，布入菌丝丝，一箱一箱逐层置在木架上，用不几天，就会出蘑。平蘑在室内栽培，露地不能生长。室内须保持一定的湿度和温度。平蘑生长甚快。我在沙岭子农科所画口蘑谱，在蘑菇房外面的一间小办公室里。我在外面画，它在里面长。我画完一张，进去看看，每只木箱中都已经长出白白的一层蘑菇。平蘑一茬接一茬，每天可采。

春节加菜：新采未开伞的平蘑切薄片，加大量蒜黄、瘦猪肉同炒，一大盘，很解馋。平蘑片炒蒜黄，各种菜谱皆未载。这种搭配是很好的。平蘑要现采的，罐头平蘑不中吃。

北京近年菜市上平蘑少，但有大量的凤尾菇。乍出时，北京人觉得很新鲜，现在有点卖不动了。看来北京郊区洋蘑菇生产有点过剩了。

注　释

① 本篇原载《中国烹饪》1988 年第二期；初收《汪曾祺全集》第六卷，北京师范大学出版社，1998 年 8 月。

悬 空 的 人①

——美国家书

　　黑人学者赫伯特约我去谈谈。这是一个很有教养的人。他在爱荷华大学读了十年,得过四个学位。学过哲学,现在在教历史,但是他的兴趣在研究戏剧,——美国戏剧和别的国家的戏剧。我在一个酒会上遇见他。他说他对许多国家的戏剧都有所了解,唯独对中国戏剧不了解。他问我中国的丧服是不是白色的,我说:是的。他说欧洲的丧服是黑的,只有中国和黑人的丧服是白的。他觉得这有某种联系。

　　赫伯特很高大,长眉毛,大眼睛、阔唇,结实的白牙齿。说话时声音不高,从从容容,带着深思。听人说话时很专注,每有解悟,频频点头,或露出明亮的微笑。

　　和他住在一起的另一个黑人叫安东尼。比较瘦小,很文静,话很少,神情有点忧郁。他在南朝鲜研究过造纸、印刷和绘画,他想把这三者结合起来。他给我看了他的一张近作。纸是他自已造的,很厚,先印刷了一遍,再用中国毛笔画出来的。画的是爱丽斯漫游奇境里的镜中景象。当然,是抽象的。我觉得画的是痛苦的思维。他点点头。他现在在爱荷华大学美术馆负责。

　　赫伯特讲了他准备写的一个戏的构思。开幕是一个教堂,正在举行一个人的丧礼,大家都穿了白衣服。不一会,抬上来一具棺材。死者从棺材里爬了出来。别人问他:"你是来演戏的,还是来看戏的?"以下的一场,一些人在打篮球(当然是虚拟动作),剧情在球赛中进行。因为他的构思还没有完成,无法谈得很具体,我只能建议他把戏里存在的两个主题拧在一起,赋予打篮球以一个象征的意义。

　　以后就谈起美国的黑人问题。

赫伯特说:美国人都能说出他们是从哪里来的。从英格兰来的,苏格兰来的,荷兰来的,德国来的。我们说不出。我的来历,可以追溯到我的曾祖父。再往上,就不知道了。都是奴隶。我们不知道自己叫什么。Black people,negro,都是白人叫我们的。我们是从非洲来的,但是是从哪个国家,哪个部族来的? 不知道。我们只能把整个非洲当作我们的故乡,但是非洲很大,这个故乡是渺茫的。非洲人也不承认我们,说"你们是美国人!"我们没有文化传统,没有历史。

我说:这是一种很深刻的悲哀。

赫伯特和安东尼都说:很深刻的悲哀!

赫伯特说:美国政府希望我们接受美国文化,但是这不是我们的文化。

我说美国现在的种族歧视好像不那么厉害。

赫伯特说:有些州还有,有些州好些,比如爱荷华。所以我们愿意住在这里。取消对黑人的歧视,约翰逊起了作用。我出去当了四年兵,回来一看:这是怎么回事? ——黑人可以和白人同坐一列车,在一个饭馆里吃饭了。但是实际上还是有差别的。黑人杀了白人,要判很重的刑,常常是终身监禁;白人杀了黑人,关几年,很快就放出来了;黑人杀黑人,美国政府不管,——让你们杀去吧!

赫伯特承认,黑人犯罪率高(纽约哥伦比亚大学附近的一个公园、芝加哥的黑人区,晚上没有人敢去),脏。这应该主要由制度负责,还是应该黑人自己负责?

赫伯特说,主要是制度问题。二百年了,黑人没有好的教育,居住条件差,吃得不好,——黑人吃的东西和白人不一样。这不是一朝一夕能改变的。

(我想到改善人民的饮食和居住条件是直接和提高民族素质有关的事。住高楼大厦和大杂院,吃精米白面高蛋白和吃窝头咸菜的人就是不一样。)

我知道美国政府近年对黑人的政策有很大的改变,有意在黑人中培养出一部分中产阶级。美国的大学招生,政府规定黑人要占一定的百分比。完成不了比率,要受批评,甚至会削减学校的经费。黑人比较容易得到奖学金(美国奖学金很高,得到奖学金,学费、生活费可不成问题)。赫伯特、安东尼都在大学教书,爱荷华大学的副教务长(是一个诗人)是黑人。在芝加哥街头可以看到很多穿戴得相当讲究的黑人妇女(浑身珠光宝气,比有些白人妇女还要雍容华贵)。我问:是不是这样?

是这样。但是美国的大企业主没有一个是黑人的。

这样,美国的黑人就发生了分化:中产阶级的黑人和贫穷的黑人。

我问赫伯特和安东尼:你们的意识,你们的心态,是接近白人,还是接近贫穷的黑人?他们都说:接近白人。

因此,赫伯特说,贫穷的黑人也不承认我们。他们说:你们和我们不一样。

赫伯特说:我们希望我们替他们讲话,但是——我们不能。鞋子掉了,只能由自己提(他做一个提鞋的动作)。只能由他们当中产生领袖,出来说话。我们,只能写他们。

在我起身告辞的时候,赫伯特问我:我们没有历史,你说我们应该怎么办?

我说,既然没有历史,那就:从我开始!

赫伯特说:很对!

没有历史,是悲哀的。

一个人有祖国,有自己的民族,有文化传统,不觉得这有什么。一旦没有这些,你才会觉得这有多么重要,多么珍贵。

我在美国,听说有一个留学生说:"我宁愿在美国做狗,不愿意做中国人",岂有此理!

注 释

① 本篇原载《瞭望》1988 年第五期,又载 1988 年 6 月 3 日台湾《中国晚报》;初收《蒲桥集》,作家出版社,1989 年 3 月。

自 报 家 门①

——为熊猫丛书《汪曾祺小说选》作

京剧的角色出台,大都有一段相当长的独白,向观众介绍自己的历史,最近遇到什么事,他将要干什么,叫做"自报家门"。过去西方戏剧很少用这种办法。西方戏剧的第一幕往往是介绍人物,通过别人之口互相介绍出剧中人。这实在很费事。中国的"自报家门"省事得多。我采取这种办法,也是为了图省事,省得麻烦别人。

法国 Annie Curien 女士打算翻译我的小说。她从波士顿要到另一个城市去,已经订好了飞机票,听说我要到波士顿,特意把机票退了,好跟我见一面。她谈了对我的小说的印象,谈得很聪明。有一点是别的评论家没有提过,我自己也从来没有意识到的。她说我很多小说里都有水。《大淖记事》是这样。《受戒》写水虽不多,但充满了水的感觉。我想了想,真是这样。这是很自然的。我的家乡是一个水乡。江苏北部一个不大的城市,高邮。在运河的旁边。运河西边,是高邮湖。城的地势低,据说运河的河底和城墙垛子一般高。我们小时候到运河堤上去玩,可以俯瞰堤下人家的屋顶。因此,常常闹水灾。县境内有很多河道。出城到乡镇,大都是坐船。农民几乎家家都有船。水不但于不自觉中成了我的一些小说的背景,并且也影响了我的小说的风格。水有时是汹涌澎湃的,但我们那里的水平常总是柔软的,平和的,静静地流着。

我是1920年生的。3月5日。按阴历算,那天正好是正月十五,元宵节。这是一个吉祥的日子。中国一直很重视这个节日,到现在还是这样。到了这天,家家吃"元宵",南北皆然。沾了这个光,我每年的生日都不会忘记。

我的家庭是一个旧式的地主家庭。房屋、家具、习俗，都很旧。整所住宅，只有一处叫做"花厅"的三大间是明亮的，因为朝南的一溜大窗户是安玻璃的。其余的屋子的窗格上都糊的是白纸。一直到我读高中时，晚上有的屋里点的还是豆油灯。这在全城（除了乡下）大概找不出几家。

我的祖父是清朝末科的"拔贡"。这是略高于"秀才"的功名。据说要八股文写得特别好，才能被选为"拔贡"。他有相当多的田产，大概有两三千亩田，还开着两家药店，一家布店，但是生活却很俭省。他爱喝一点酒，酒菜不过是一个咸鸭蛋，而且一个咸鸭蛋能喝两顿酒。喝了酒有时就一个人在屋里大声背唐诗。他同时又是一个免费为人医治眼疾的眼科医生。我们家看眼科是祖传的。在孙辈里他比较喜欢我。他让我闻他的鼻烟。有一回我不停地打嗝，他忽然把我叫到跟前，问我他吩咐我做的事做好了没有。我想了半天：他吩咐过我做什么事呀？我使劲地想。他哈哈大笑："嗝不打了吧！"他说这是治打嗝的最好的办法。他教过我读《论语》，还教我写过初步的八股文，说如果在清朝，我完全可以中一个秀才（那年我才十三岁）。他赏给我一块紫色的端砚，好几本很名贵的原拓本字帖。一个封建家庭的祖父对于孙子的偏爱，也仅能表现到这个程度。

我的生母姓杨。杨家是本县的大族。在我三岁时，她就故去了。她得的是肺病，早就一个人住在一间偏屋里，和家人隔离了。她不让人把我抱去见她。因此我对她全无印象。我只能从她的遗像（据说画得很像）上知道她是什么样子。另外我从父亲的画室里翻出一摞她生前写的大楷，字写得很清秀。由此我知道我的母亲是读过书的。她嫁给我父亲后还能每天写一张大字，可见她还过着一种闺秀式的生活，不为柴米操心。

我父亲是我所知道的一个最聪明的人，多才多艺。他不但金石书画皆通，而且是一个擅长单杠的体操运动员，一名足球健将。他还练过中国的武术。他有一间画室，为了用色准确，裱糊得"四白落地"。他后来不常作画，以"懒"出名。他的画室里堆积了很多求画人送来的宣纸,上面都贴了一个红签:"敬求法绘,赐呼××"。我的继母有时提醒:"这几张纸,你该给人家画画了",父亲看看红签,说:"这人已经死了。"每逢春秋佳日,天气晴和,他就打开画室作画。我非常喜欢站在旁边看他画:对着宣纸端详半天,先用笔杆的一头或大拇指指甲在纸上划几道,决定布局,然后画花头、枝干、布叶、勾筋。画成了,再看看,收拾一遍;题字;盖章;用按钉钉在板壁上,再反复看看。他年轻时曾画过工笔的菊花,能辨别、表现很多菊花品种。因为他是阴历九月生的,在中国,习惯把九月叫做菊月,所以对菊花特别有感情。后来就放笔作写意花卉了。他的画,照我看是很有功力的。可惜局处在一个小县城里,未能浪游万里,多睹大家真迹,又未曾学诗,题识多用成句,只成"一方之士",声名传得不远。很可惜!他学过很多乐器,笙箫管笛,琵琶、古琴都会。他的胡琴拉得很好。几乎所有的中国乐器我们家都有过,包括唢呐、海笛。他吹过的箫和笛子是我一生中见过的最好的箫笛。他的手很巧,心很细。我母亲的冥衣(中国人相信人死了,在另一个世界——阴间还要生活,故用纸糊制了生活用物烧了,使死者可以"冥中收用",统称冥器)是他亲手糊的。他选购了各种砑花的色纸,糊了很多套,四季衣裳,单夹皮棉,应有尽有。"裘皮"剪得极细,和真的一样,还能分出"羊皮"、"狐皮"。他会糊风筝。有一年糊了一个蜈蚣——这是风筝最难糊的一种,带着儿女到麦田里去放。蜈蚣在天上矫夭摆动,跟活的一样。这是我永远不能忘记的一天。他放蜈蚣用的是胡琴的"老弦"。用琴弦放风筝,我还未见过第二人。他养过鸟、养过蟋蟀。他用钻石刀把玻璃裁成小片,再用胶水一片一片逗拢粘固,做成小船、小亭子、八面玲珑绣球,在里面养金铃子——一种金色的小昆虫,磨翅发声如金铃。我父亲真是一个聪明人。如果我还不算太笨,大概跟我从父亲那里接受的遗传因子有点关系。我的审美意识的形成,跟我从小看他作画有关。

我父亲是个随便的人,比较有同情心,能平等待人。我十几岁时就和他对座饮酒,一起抽烟。他说:"我们是多年父子成兄弟"。他的这种脾气也传给了我。不但影响了我和家人子女、朋友后辈的关系,而且影响了我对我所写的人物的态度以及对读者的态度。

我的小学和初中是在本县读的。

小学在一座佛寺的旁边，原来即是佛寺的一部分。我几乎每天放学都要到佛寺里逛一逛，看看哼哈二将、四大天王、释迦牟尼、迦叶阿难、十八罗汉、南海观音。这些佛像塑得很生动。这是我的雕塑艺术馆。

从我家到小学要经过一条大街，一条曲曲弯弯的巷子。我放学回家喜欢东看看，西看看，看看那些店铺、手工作坊：布店、酱园、杂货店、爆仗店、烧饼店、卖石灰麻刀的铺子、染坊……我到银匠店里去看银匠在一个模子上錾出一个小罗汉，到竹器厂看师傅怎样把一根竹竿做成笓草的笓子，到车匠店看车匠用硬木车旋出各种形状的器物，看灯笼铺糊灯笼……百看不厌。有人问我是怎样成为一个作家的，我说这跟我从小喜欢东看看西看看有关。这些店铺、这些手艺人使我深受感动，使我闻嗅到一种辛苦、笃实、轻甜、微苦的生活气息。这一路的印象深深注入了我的记忆，我的小说有很多篇写的便是这座封闭的、褪色的小城的人事。

初中原是一个道观，还保留着一个放生鱼池，池上有飞梁（石桥），一座原来供奉吕洞宾（八仙之一）的小楼和一座小亭子，亭子四周长满了紫竹（竹竿深紫色）。这种竹子别处少见。学校后面有小河，河边开着野蔷薇。学校挨近东门，出东门是杀人的刑场。我每天沿着城东的护城河上学、回家，看柳树，看麦田，看河水。

我自小学五年级至初中毕业，教国文的都是一位姓高的先生。高先生很有学问。他很喜欢我。我的作文几乎每次都是"甲上"（A$^+$）。在他所授古文中，我受影响最深的是明朝大散文家归有光的几篇代表作。归有光以轻淡的文笔写平常的人物，亲切而凄婉。这和我的气质很相近。我现在的小说里还时时回响着归有光的余韵。

我读的高中是江阴的南菁中学。这是一座创立很早的学校，至今已有百余年历史。这个学校注重数理化，轻视文史。但我买了一部词学丛书，课余常用毛笔抄宋词，既练了书法，也略窥了词意。词大都是抒情的,多写离别,这和少年人每易有的无端感伤情绪易于相合。到现在我的小说里还常有一点隐隐约约的哀愁。

读了高中二年级,日本人占领了江南,江北危急。我随祖父、父亲在离城稍远的一个村庄的小庵里避难。在庵里大概住了半年。我在《受戒》里写了和尚的生活。这篇作品引起注意,不少人问我当过和尚没有。我没有当过和尚。在这座小庵里我除了带了准备考大学的教科书,只带了两本书,一本《沈从文小说选》,一本屠格涅夫的《猎人笔记》。说得夸张一点,可以说这两本书定了我的终身。这使我对文学形成比较稳定的兴趣,并且对我的风格产生深远的影响。我父亲也看了沈从文的小说,说:"小说也是可以这样写的?"我的小说也有人说是不像小说,其来有自。

1939 年,我从上海经香港、越南到昆明考大学。到昆明,得了一场恶性疟疾,住进了医院。这是我一生第一次住院,也是唯一的一次。高烧超过四十度。护士给我注射了强心针,我问她:"要不要写遗书?"我刚刚能喝一碗蛋花汤,晃晃悠悠进了考场。考完了,一点把握没有。天保佑,发了榜,我居然考中了第一志愿:西南联大中国文学系!

我成不了语言文字学家。我对古文字有兴趣的只是它的美术价值——字形。我一直没有学会国际音标。我不会成为文学史研究者或文学理论专家,我上课很少记笔记,并且时常缺课。我只能从兴趣出发,随心所欲,乱七八糟地看一些书,白天在茶馆里,夜晚在系图书馆。于是,我只能成为一个作家了。

不能说我在投考志愿书上填了西南联大中国文学系是冲着沈从文去的,我当时有点恍恍惚惚,缺乏任何强烈的意志。但是"沈从文"是对我很有吸引力的,我在填表前是想到过的。

沈先生一共开过三门课:"各体文习作"、"创作实习"、"中国小说史",我都选了。沈先生很欣赏我。我不但是他的入室弟子,可以说是得意高足。

沈先生实在不大会讲课。讲话声音小,湘西口音很重,很不好懂。他讲课没有讲义,不成系统,只是即兴的漫谈。他教创作,反反复复,经常讲的一句话是:要贴到人物来写。很多学生都不大理解这是什么意思。我是理解的。照我的理解,他的意思是:在小说里,人物是主要的,主导的,其余的都是次要的,派生的。作者的心要和人物贴近,富同情,共哀乐。什么时候作者的笔贴不住人物,就会虚假。写景,是制造人物生活的环境,写景处即是写人,景和人不能游离。常见有的小说写景极美,但只是作者眼中之景,与人物无关,这样有时甚至会使人物疏远。即作者的叙述语言也须和人物相协调,不能用知识分子的语言去写农民。我相信我的理解是对的。这也许不是写小说唯一的原则(有的小说可以不着重写人,也可以有的小说只是作者在那里发议论),但是是重要的原则。至少在现实主义的小说里,这是重要原则。

沈先生每次进城(为了躲日本飞机空袭,他住在昆明附近呈贡的乡下,有课时才进城住两三天),我都去看他。还书、借书,听他和客人谈天。他上街,我陪他同去,逛寄卖行,旧货摊,买耿马漆盒(一种圆筒形的竹胎绘红黑两色花纹的缅甸漆盒),买火腿月饼。饿了,就到他的宿舍对面的小铺吃一碗加一个鸡蛋的米线(用米粉压制的面条)。有一次我喝得烂醉,坐在路边,他以为是一个生病的难民,一看,是我! 他和几个同学把我架到宿舍里,灌了好些酽茶,我才清醒过来。有一次我去看他,牙疼,腮帮子肿得老高,他不说一句话,出去给我买了几个大橘子。

我读的是中国文学系,但是大部分时间是看翻译小说。当时在联大比较时髦的是 A. 纪德,后来是萨特。我二十岁开始发表作品。外国作家我受影响较大的是契诃夫,还有一个西班牙作家阿左林。我很喜欢阿左林,他的小说像是覆盖着阴影的小溪,安安静静的,同时又是活泼的,流动的。我读了一些莤金妮亚·沃尔芙的作品,读了普鲁斯特小说的片段。我的小说有一个时期明显地受了意识流方法的影响,如《小学校的钟声》、《复仇》。

离开大学后,我在昆明郊区一个联大同学办的中学教了两年书。《小学校的钟声》和《复仇》便是这时写的。当时没有地方发表。后来由沈先生寄给上海的《文艺复兴》,郑振铎先生打开原稿,发现上面已经叫蠹虫蛀了好些小洞。

1946年初秋,我由昆明到上海,经李健吾先生介绍,到一个私立中学教了两年书,1948年初春离开。这两年写了一些小说,结为《邂逅集》。

到北京,失业半年,后来到历史博物馆任职。陈列室在午门城楼上,展出的文物不多,游客寥寥无几。职员里住在馆里的只有我一个人。我住的那间屋据说原是锦衣卫值宿的屋子。为了防火,当时故宫范围内都不装电灯,我就到旧货摊上买了一盏白磁罩子的古式煤油灯。晚上灯下读书,不知身在何世。北京一解放,我就报名参加了四野南下工作团。

我原想随四野一直打到广州,积累生活,写一点刚劲的作品,不想到武汉就被留下来接管文教单位,后来又被派到一个女子中学当副教导主任。一年之后,我又回到北京,到北京市文联工作。1954年,调中国民间文艺研究会。

自1950年至1958年,我一直当文艺刊物编辑。编过《北京文艺》、《说说唱唱》、《民间文学》。我对民间文学是很有感情的。民间故事丰富的想象和农民式的幽默,民歌的比喻新鲜和韵律的精巧使我惊奇不已。但我对民间文学的感情被割断了。1958年,我被划成右派,下放到长城外面的一个农业科学研究所劳动。将近四年。

这四年对我来说是很重要的。我和农业工人(即是农民)一同劳动,吃一样的饭,晚上睡在一间大宿舍里,一铺大炕上(枕头挨着枕头,虱子可以自由地从最东边一个人的被窝里爬到最西边的被窝里)。我比较切实地看到中国的农村和中国的农民是怎么回事。

1962年初,我调到北京京剧团当编剧,一直到现在。

我二十岁开始发表作品,今年六十八岁,写作时间不可谓不长,但我的写作一直是断断续续,一阵一阵的,因此数量很少。过了六十岁,就听到有人称我为"老作家",我觉得很不习惯。第一,我不大意识到我是一个作家;第二,我没有觉得我已经老了。近两年逐渐习惯了。有什么办法呢,岁数不饶人。杜甫诗:"座下人渐多",现在每有宴会,我常被请到上席。我已经出了几本书，有点影响，再说我不是作家，就有点矫情了。我算个什么样的作家呢？

我年轻时受过西方现代派的影响，有些作品很"空灵"，甚至很不好懂。这些作品都已散失。有人说翻翻旧报刊，是可以找到的，劝我搜集起来出一本书。我不想干这种事。实在太幼稚，而且和人民的疾苦距离太远。我近年的作品渐趋平实。在北京市作协讨论我的作品的座谈会上，我作了一个简短的发言，题为"回到民族传统，回到现实主义"，这大体上可以说是我现在的文学主张。我并不排斥现代主义。每逢有人诋毁青年作家带有现代主义倾向的作品时，我常会为他们辩护。我现在有时也偶尔还写一点很难说是纯正的现实主义的作品，比如《昙花、鹤和鬼火》。就是在通体看来是客观叙述的小说中有时还夹带一点意识流片段，不过评论家不易察觉。我的看似平常的作品其实并不那么老实。我希望能做到融奇崛于平淡，纳外来于传统，不今不古，不中不西。

我是较早意识到要把现代创作和传统文化结合起来的。和传统文化脱节，我以为是开国以后，五十年代文学的一个缺陷。——有人说这是中国文化的"断裂"，这说得严重了一点。有评论家说我的作品受了老庄思想的影响，可能有一点。我在昆明教中学时案头常放的一本书是《庄子集解》。但是我对庄子感到极大的兴趣的，主要是其文章，至于他的思想，我到现在还不甚了了。我自己想想，我受影响较深的，还是儒家。我觉得孔夫子是个很有人情味的人，并且是个诗人。他可以发脾气，赌咒发誓。我很喜欢《论语·子路曾皙冉有公西华侍坐章》。

"点，尔何如？"

鼓瑟希，铿尔，舍瑟而作，对曰："异乎三子者之撰。"

子曰："何伤乎，亦各言其志也！"

曰："暮春者，春服既成，冠者五六人，童子六七人，浴乎沂，风乎舞雩，咏而归。"

夫子喟然叹曰："吾与点也。"

这写得实在非常的美。曾点的超功利的率性自然的思想是生活境界的美的极致。

我很喜欢宋儒的诗：

　　　万物静观皆自得，
　　　四时佳兴与人同。

说得更实在的是：

　　　顿觉眼前生意满，
　　　须知世上苦人多。

我觉得儒家是爱人的，因此我自许为"中国式的人道主义者"。

我的小说似乎不讲究结构。我在一篇谈小说的短文中，说结构的原则是：随便。有一位年龄略低我的作家每谈小说，必谈结构的重要。他说："我讲了一辈子结构，你却说：随便！"我后来在谈结构的前面加了一句话："苦心经营的随便"，他同意了。我不喜欢结构痕迹太露的小说，如莫泊桑，如欧·亨利。我倾向"为文无法"，即无定法。我很向往苏轼所说的："如行云流水，初无定质，但常行于所当行，常止于所不可不止，文理自然，姿态横生"。我的小说在国内被称为"散文化"的小说。我以为散文化是世界短篇小说发展的一种（不是唯一的）趋势。

我很重视语言，也许过分重视了。我以为语言具有内容性，语言是小说的本体，不是外部的，不只是形式、是技巧。探索一个作者气质，他的思想（他的生活态度，不是观念），必须由语言入手，并始终浸在作者的语言里。语言具有文化性。作品的语言映照出作者的全部文化修养。语言的美不在一个一个句子，而在句与句之间的关系。包世臣论王羲之字，看来参差不齐，但如老翁携带幼孙，顾盼有情，痛痒相关。好的语言正当如此。语言像树，枝干内部液汁流转，一枝摇，百枝摇。语言像水，是不能切割的。一篇作品的语言，是一个有机的整体。

我认为一篇小说是作者和读者共同创作的。作者写了，读者读了，创作过程才算完成。作者不能什么都知道，都写尽了。要留出余地，让读者去捉摸，去思索，去补充。中国画讲究"计白当黑"。包世臣论书以为当使字之上下左右皆有字。宋人论崔颢的《长干行》"无字处皆有字"。短篇小说可以说是"空白的艺术"。办法很简单：能不说的话就不说。这样一篇小说的容量就会更大，传达的信息就更多。以己少少许，胜人多多许。短了，其实是长了。少了，其实是多了。这是很划算的事。

我这篇"自报家门"实在太长了。

一九八八年三月廿日

注　释

① 　本篇原载《作家》1988 年第七期；初收《蒲桥集》，作家出版社，1989 年
　　3 月。

西南联大中文系^①

西南联大中文系的教授有清华的,有北大的,应该也有南开的。但是哪一位教授是南开的,我记不起来了。清华的教授和北大的教授有什么不同,我实在看不出来。联大的系主任是轮流坐庄。朱自清先生当过一段系主任。担任系主任时间较长的,是罗常培先生。学生背后都叫他"罗长官"。罗先生赴美讲学,闻一多先生代理过一个时期。在他们"当政"期间,中文系还是那个老样子,他们都没有一套"施政纲领"。事实上当时的系主任"为官清简",近于无为而治。中文系的学风和别的系也差不多:民主、自由、开放。当时没有"开放"这个词,但有这个事实。中文系似乎比别的系更自由。工学院的机械制图总要按期交卷,并且要严格评分的;理学院要做实验,数据不能马虎。中文系就没有这一套。记得我在皮名举先生的《西洋通史》课上交了一张规定的马其顿帝国的地图,皮先生阅后,批了两行字:"阁下之地图美术价值甚高,科学价值全无。"似乎这样也可以了。总而言之,中文系的学生更为随便,中文系体现的"北大"精神更为充分。

如果说西南联大中文系有一点什么"派",那就只能说是"京派"。西南联大有一本《大一国文》,是各系共同必修。这本书编得很有倾向性。文言文部分突出地选了《论语》,其中最突出的是《子路曾晳冉有公西华侍坐》。"暮春者,春服既成,冠者五六人,童子六七人,浴乎沂,风乎舞雩,咏而归",这种超功利的生活态度,接近庄子思想的率性自然的儒家思想对联大学生有相当深广的潜在影响。还有一篇李清照的《金石录后序》。一般中学生都读过一点李清照的词,不知道她能写这样感情深挚、挥洒自如的散文。这篇散文对联大文风是有影响的。语体文部分,鲁迅选的是《示众》。选一篇徐志摩的《我所知道的康桥》,

是意料中事。选了丁西林的《一只马蜂》，就有点特别。更特别的是选了林徽音的《窗子以外》。这一本《大一国文》可以说是一本"京派国文"。严家炎先生编中国流派文学史，把我算作最后一个"京派"，这大概跟我读过联大有关，甚至是和这本《大一国文》有点关系。这是我走上文学道路的一本启蒙的书。这本书现在大概是很难找到了。如果找得到，翻印一下，也怪有意思的。

　　"京派"并没有人老挂在嘴上。联大教授的"派性"不强。唐兰先生讲甲骨文，讲王观堂（国维）、董彦堂（董作宾），也讲郭鼎堂（沫若）——他讲到郭沫若时总是叫他"郭沫（读如妹）若"。闻一多先生讲（写）过"擂鼓的诗人"，是大家都知道的。

　　联大教授讲课从来无人干涉，想讲什么就讲什么，想怎么讲就怎么讲。刘文典先生讲了一年庄子，我只记住开头一句："《庄子》嘿，我是不懂的喽，也没有人懂。"他讲课时东拉西扯，有时扯到和庄子毫不相干的事。倒是有些骂人的话，留给我的印象颇深。他说有些搞校勘的人，只会说"甲本作某，乙本作某，——到底应该作什么？"骂有些注释家，只会说甲如何说，乙如何说，"你怎么说？"他还批评有些教授，自己拿了一个有注解的本子，发给学生的是白文，"你把注解发给学生！要不，你也拿一本白文！"他的这些意见，我以为是对的。他讲了一学期《文选》只讲了半篇木玄虚的《海赋》。好几堂课大讲"拟声法"。他在黑板上写了一个挺长的法国字，举了好些外国例子。曾见过几篇老同学的回忆文章，说闻一多先生讲楚辞，一开头总是"痛饮酒熟读《离骚》，方称名士"。有人问我，"是不是这样？"是这样。他上课，抽烟。上他的课的学生，也抽。他讲唐诗，不蹈袭前人一语。讲晚唐诗和后期印象派的画一起讲，特别讲到"点画派"。中国用比较文学的方法讲唐诗的，闻先生当为第一人。他讲《古代神话与传说》非常"叫座"。上课时连工学院的同学都穿过昆明城，从拓东路赶来听。那真是"满坑满谷"，昆中北院大教室里里外外都是人。闻先生把自己在整张毛边纸上手绘的伏羲女娲图钉在黑板上，把相当繁琐的考证，讲得有声有色，非常吸引人。还有一堂"叫座"的课是罗庸（膺中）先生讲杜诗。罗先生上课，不带片纸。不但杜诗能背写在黑板上，连仇注都背出来。唐兰（立庵）先生讲课是另一种风格。他是教古文字学的，有一年忽然开了一门"词选"，不知道是没有人教，还是他自己感兴趣。他讲"词选"主要讲《花间集》（他自己一度也填词，极艳）。他讲词的方法是：不讲。有时只是用无锡腔调念（实是吟唱）一遍："'双鬟隔香红，玉钗头上凤'——好！真好！"这首词就 pass 了。沈从文先生在联大开过三门课："各体文习作"、"创作实习"、"中国小说史"。沈先生怎样教课，我已写了一篇《沈从文先生在西南联大》，发表在《人民文学》上，兹不赘。他讲创作的精义，只有一句"贴到人物来写"。听他的课需要举一隅而三隅反，否则就会觉得"不知所云"。

联大教授之间，一般是不互论长短的。你讲你的，我讲我的。但有时放言月旦，也无所谓。比如唐立庵先生有一次在系公室当着一些讲师助教，就评论过两位教授，说一个"集穿凿附会之大成"，一个"集啰唆之大成"。他不考虑有人会去"传小话"，也没有考虑这两位教授会因此而发脾气。

西南联大中文系教授对学生的要求是不严格的。除了一些基础课，如文字学（陈梦家先生授）、声韵学（罗常培先生授）要按时听课，其余的，都较随便。比较严一点的是朱自清先生的"宋诗"。他一首一首地讲，要求学生记笔记，背，还要定期考试，小考，大考。有些课，也有考试，考试也就是那么回事。一般都只是学期终了，交一篇读书报告。联大中文系读书报告不重抄书，而重有无独创性的见解。有的可以说是怪论。有一个同学交了一篇关于李贺的报告给闻先生，说别人的诗都是在白地子上画画，李贺的诗是在黑地子上画画，所以颜色特别浓烈，大为闻先生激赏。有一个同学在杨振声先生教的"汉魏六朝诗选"课上，就"车轮生四角"这样的合乎情悖乎理的想象写了一篇很短的报告《方车轮》。就凭这份报告，在期终考试时，杨先生宣布该生可以免考。

联大教授大都很爱才。罗常培先生说过，他喜欢两种学生：一种，刻苦治学；一种，有才。他介绍一个学生到联大先修班去教书，叫学生拿了他的亲笔介绍信去找先修班主任李继侗先生。介绍信上写的是

"……该生素具创作夙慧。……"一个同学根据另一个同学的一句新诗(题一张抽象派的画的)"愿殿堂毁塌于建成之先"填了一首词,作为"诗法"课的练习交给王了一先生,王先生的评语是:"自是君身有仙骨,剪裁妙处不须论。"具有"夙慧",有"仙骨",这种对于学生过甚其辞的评价,恐怕是不会出之于今天的大学教授的笔下的。

我在西南联大是一个不用功的学生,常不上课,但是乱七八糟看了不少书。有一个时期每天晚上到系图书馆去看书。有时只我一个人。中文系在新校舍的西北角,墙外是坟地,非常安静。在系里看书可以不用经过什么借书手续,架上的书可以随便抽下一本来看。而且可抽烟。有一天,我听到墙外有一派细乐的声音。半夜里怎么会有乐声,在坟地里? 我确实是听见的,不是错觉。

我要不是读了西南联大,也许不会成为一个作家。至少不会成为一个像现在这样的作家。我也许会成为一个画家。如果考不取联大,我准备考当时也在昆明的国立艺专。

注　释

① 本篇原载散文集《精神的魅力》,北京大学出版社,1988 年 4 月;初收《汪曾祺全集》第四卷,北京师范大学出版社,1998 年 8 月。

淡泊的消逝①

——悼吾师沈从文先生

开了一上午会,回家,妻子告诉我:"沈公去世了。"她说小龙(沈先生的大儿子)打电话来,说"爸爸昨天晚上去世了"。下午,我打电话到沈家,接电话的是三姐(沈师母,我们习惯上叫她三姐),她说:"昨天晚上八点钟心痛,——以前没有这样的症状,痛得很厉害,抢救了,没有用。"我问:"沈先生八十几了?"——"八十六。"我很遗憾,去年年底从美国回来后一直想去看沈先生,因为事忙,没有去成。妻子打电话给三姐,三姐说:"我们知道,曾祺忙。"我们和三姐都认为有的是时候,——沈先生这几年的病情是平稳的,而且渐有好转,没有想到突然恶化。三姐也说:"没有想到。"我问三姐:"你还好吗?"——"我挺好。"从电话里听起来,三姐的情绪很镇定,很平静,我说:"我新出了一本书《晚翠文谈》本想送给沈先生和你看看的",三姐说:"那就寄给我吧。"晚上,我又打了一个电话去,接电话的是小红(沈先生二儿子小虎的女儿),我问了沈先生临终的情况,小红说了一点,说:"我叫大伯(小龙)给您谈吧。"小龙接了电话,比较详细地说了沈先生的病情。小红、小龙的语调也很镇定,很平静。

晚上我有客人,不能到沈家去,明天我就要动身到浙江桐庐去,机票已经定好,想写一副挽联送去,妻子说:"不用了,沈先生有遗言,一切从简,不开追悼会……"我知道,沈先生一生最反对对个人的纪念活动。他八十岁那年,曾有少数作家想举办一个小小的庆典,他坚决拒绝,生日那天,到一个亲戚家"避寿",只吃了一顿面条算数。沈先生一生不慕荣利,他的全家都非常淡泊,他的丧事多半是会无声无息地了结的。

沈先生不要什么"哀荣",也不会有多么盛大的"哀荣"。但是他一生的工作会永远流传下去,他的作品在海内外已经产生越来越卓著,越来越深刻的影响。我们能够无视于这样的事实?"盖棺事则已",什么时候能够给沈从文一个公正的评价,在中国现代文学史上给他一个正确的位置!

一九八八年五月十一日

注 释

① 本篇原载 1988 年 5 月 14 日台湾《中国时报》。

星斗其文　赤子其人[①]

——怀念沈从文老师

　　沈从文逝世后,傅汉斯、张充和从美国电传来一副挽辞。字是晋人小楷,一看就知道是张充和写的。词想必也是她拟的。只有四句:

　　　　不折不从　亦慈亦让

　　　　星斗其文　赤子其人

　　这是嵌字格,但是非常贴切,把沈先生的一生概括得很全面。这位四妹对三姐夫沈二哥真是非常了解。——荒芜同志编了一本《我所认识的沈从文》,写得最好的一篇,我以为也应该是张充和写的《三姐夫沈二哥》。

　　沈先生的血管里有少数民族的血液。他在填履历表时,"民族"一栏里填土家族或苗族都可以,可以由他自由选择。湘西有少数民族血统的人大都有一股蛮劲,狠劲,做什么都要做出一个名堂。黄永玉就是这样的人。沈先生瘦瘦小小(晚年发胖了),但是有用不完的精力。他小时是个顽童,爱游泳(他叫"游水")。进城后好像就不游了。三姐(师母张兆和)很想看他游一次泳,但是没有看到。我当然更没有看到过。他少年当兵,飘泊转徙,很少连续几晚睡在同一张床上。吃的东西,最好的不过是切成四方的大块猪肉(煮在豆芽菜汤里),行军、拉船,锻炼出一副极富耐力的体魄。二十岁冒冒失失地闯到北平来,举目无亲。连标点符号都不会用,就想用手中一支笔打出一个天下。经常为弄不到一点东西"消化消化"而发愁。冬天屋里生不起火,用被子围起来,还是不停地写。我一九四六年到上海,因为找不到职业,情绪很坏,他写信把我大骂了一顿,说:"为了一时的困难,就这样哭哭啼啼的,甚至想到要自杀,真是没出息!你手中有一支笔,怕什么!"他在信里说了一些他刚到北京时的情形,同时又叫三姐从苏州写了一封很长的信安慰我。他真的用一支笔打出了一个天下了。一个只读过小学的人,竟成了一个大作家,而且积累了那么多的学问,真是一个奇迹。

沈先生很爱用一个别人不常用的词:"耐烦"。他说自己不是天才(他应当算是个天才),只是耐烦。他对别人的称赞,也常说"要算耐烦"。看见儿子小虎搞机床设计时,说"要算耐烦"。看见孙女小红做作业时,也说"要算耐烦"。他的"耐烦",意思就是锲而不舍,不怕费劲。一个时期,沈先生每个月都要发表几篇小说,每年都要出几本书,被称为"多产作家"。但他写东西不是很快的,从来不是一挥而就。他年轻时常常日以继夜地写。他常流鼻血。血液凝聚力差,一流起来不易止住,很怕人。有时夜间写作,竟致晕倒,伏在自己的一摊鼻血里,第二天才被人发现。我就亲眼看到过他的带有鼻血痕迹的手稿。他后来还常流鼻血,不过不那么厉害了。他自己知道,并不惊慌。他的作品看起来很轻松自如,若不经意,但都是苦心刻琢出来的。《边城》一共不到七万字,他告诉我,写了半年。他这篇小说是《国闻周报》上连载的,每期一章。小说共二十一章,21×7 = 147,我算了算,差不多正是半年。这篇东西是他新婚之后写的,那时他住在达子营。巴金住在他那里。他们每天写。巴老在屋里写,沈先生搬个小桌子,在院子里树荫下写。巴老写了一个长篇,沈先生写了《边城》。他称他的小说为"习作",并不完全是谦虚。有些小说是为了教创作课给学生示范而写的,因此试验了各种方法。为了教学生写对话,有的小说通篇都用对话组成,如《若墨医生》;有的,一句对话也没有。《月下小景》确是为了履行许给张家小五的诺言"写故事给你看"而写的。同时,当然是为了试验一下"讲故事"的方法(这一组"故事"明显地看得出受了《十日谈》和《一千零一夜》的影响)。同时,也为了试验一下把六朝译经和口语结合的文体。这种试验,后来形成一种他自己说是"文白夹杂"的独特的沈从文体,在四十年代的文字(如《烛虚》)中尤为成熟。他的亲戚,语言学家周有光曾说"你的语言是古英语",甚至是拉丁文。沈先生讲创作,不大爱说"结构",他说是"组织"。我也比较喜欢"组织"这个词。"结构"过于理智,"组织"更带感情,较多作者的主观。他曾把一篇小说一条一条地裁开,用不同方法组织,看看哪一种形式更为合适。沈先生爱改自己的文章。他的原稿,一改再改,天头地头页边,都是修改的字迹,蜘蛛网似的,这里牵出一条,那里牵出一条。作品发表了,改。成书了,改。看到自己的文章,总要改。有时改了多次,反而不如原来的,以至三姐后来不许他改了(三姐是沈先生文集的一个极其细心,极其认真的义务责任编辑)。沈先生的作品写得最快,最顺畅,改得最少的,只有一本《从文自传》。这本自传没有经过冥思苦想,只用了三个星期,一气呵成。他不大用稿纸写作。在昆明写东西,是用毛笔写在当地出产的竹纸上的,自己摺出印子。他也用钢笔,蘸水钢笔。他抓钢笔的手势有点像抓毛笔(这一点可以证明他不是洋学堂出身)。《长河》就是用钢笔写的,写在一个硬面的练习簿上,直行,两面写。他的原稿的字很清楚,不潦草,但写的是行书。不熟悉他的字体的排字工人是会感到困难的。他晚年写信写文章爱用秃笔淡墨。用秃笔写那样小的字,不但清楚,而且顿挫有致,真是一个功夫。

他很爱他的家乡。他的《湘西》、《湘行散记》和许多篇小说可以作证。他不止一次和我谈起棉花坡,谈起枫树坳,——一到秋天满城落了枫树的红叶。一说起来,不胜神往。黄永玉画过一张凤凰沈家门外的小巷,屋顶墙壁颇零乱,有大朵大朵的红花——不知是不是夹竹桃,画面颜色很浓,水气泱泱。沈先生很喜欢这张画,说:"就是这样!"八十岁那年,他和三姐一同回了一次凤凰,领着她看了他小说中所写的各处,都还没有大变样。家乡人闻知沈从文回来了,简直不知怎样招待才好。他说:"他们为我捉了一只锦鸡!"锦鸡毛羽很好看。他很爱那只锦鸡,还抱着它照了一张相,后来知道竟作了他的盘中餐,对三姐说"真煞风景!"他在家乡听了傩戏,这是一种古调犹存的很老的弋阳腔,打鼓的是一位七十多岁的老人,他对年轻人打鼓失去旧范很不以为然。沈先生听了,说:"这是楚声,楚声!"他动情地听着"楚声",泪流满面。沈先生八十岁生日,我曾写了一首诗送他,开头两句是:

犹及回乡听楚声，

此身虽在总堪惊。

端木蕻良看到这首诗，认为"犹及"二字很好。我写下来的时候就有点觉得这不大吉利，没想到沈先生再也不能回家乡听一次了！他的家乡每年有人来看他，沈先生非常亲切地和他们谈话，一坐半天。每有同乡人来了，原来在座的朋友或学生就只有退避在一边，听他们谈话。沈先生很好客，朋友很多。老一辈的有林宰平、徐志摩。沈先生提及他们时充满感情。没有他们的提挈，沈先生也许就会当了警察，或者在马路旁边"瘪了"。我认识他后，他经常来往的有杨振声、张奚若、金岳霖、朱光潜诸先生，梁思成林徽音夫妇。他们的交往真是君子之交，既无朋党色彩，也无酒食征逐。清茶一杯，闲谈片刻。杨先生有一次托沈先生带信，让我到南锣鼓巷他的住处去，我以为有什么事。去了，只是他亲自给我煮一杯咖啡，让我看一本他收藏的姚茫父的册页。这册页的芯子只有火柴盒那样大，横的，是山水，用极富金石味的墨线勾轮廓，设极重的青绿，真是妙品。杨先生对待我这个初露头角的学生如此，则其接待沈先生的情形可知。杨先生和沈先生夫妇曾在颐和园住过一个时期，想来也不过是清晨或黄昏到后山谐趣园一带走走，看看湖里的金丝莲，或写出一张得意的字来，互相欣赏欣赏，其余时间各自在屋里读书做事，如此而已。沈先生对青年的帮助真是不遗余力。他曾经自己出钱为一个诗人出了第一本诗集。一九四七年，诗人柯原的父亲故去，家中拉了一笔债，沈先生提出卖字来帮助他。《益世报》登出了沈从文卖字的启事，买字的可定出规格，而将价款直接寄给诗人。柯原一九八〇年去看沈先生，沈先生才记起有这回事。他对学生的作品细心修改，寄给相熟的报刊，尽量争取发表。他这辈子为学生寄稿的邮费，加起来是一个相当可观的数字。抗战时期，通货膨胀，邮费也不断涨，往往寄一封信，信封正面反面都得贴满邮票。为了省一点邮费，沈先生总是把稿纸的天头地头页边都裁去，只留一个稿芯，这样分量轻一点。我在昆明写的稿子，几乎无一篇不是他寄出去的。一九四六年，郑振铎、李健吾先生在上海创办《文艺复兴》，沈先生把我的《小学校的钟声》和《复仇》寄去。这两篇稿子写出已经有几年，当时无地方可发表。稿子是用毛笔楷书写在学生作文的绿格本上的，郑先生收到，发现稿纸上已经叫蠹虫蛀了好些洞，使他大为激动。沈先生对我这个学生是很喜欢的。为了躲避日本飞机空袭，他们全家有一阵住在呈贡新街后迁跑马山桃源新村。沈先生有课时进城住两三天。他进城时，我都去看他。交稿子，看他收藏的宝贝，借书。沈先生的书是为了自己看，也为了借给别人看的。"借书一痴，还书一痴"，借书的痴子不少，还书的痴子可不多。有些书借出去一去无踪。有一次，晚上，我喝得烂醉，坐在路边，沈先生到一处演讲回来，以为是一个难民，生了病，走近看看，是我！他和两个同学把我扶到他住处，灌了好些酽茶，我才醒过来。有一回我去看他，牙疼，腮帮子肿得老高。沈先生开了门，一看，一句话没说，出去买了几个大橘子抱着回来了。沈先生的家庭是我见到的最好的家庭，随时都在亲切和谐气氛中，两个儿子，小龙小虎，兄弟怡怡。他们都很高尚清白，无丝毫庸俗习气，无一句粗鄙言语，——他们都很幽默，但幽默得很温雅。一家人于钱上都看得很淡。《沈从文文集》的稿费寄到，九千多元，大概开过家庭会议，又从存款中取出几百元，凑成一万，寄到家乡办学。沈先生也有生气的时候，也有极度烦恼痛苦的时候，在昆明，在北京，我都见到过，但多数时候都是笑眯眯的。他总是用一种善意的、含情的微笑，来看这个世界的一切。到了晚年，喜欢放声大笑，笑得合不拢嘴，且摆动双手作势，真像一个孩子。只有看破一切人事乘除，得失荣辱全置度外，心地明净无渣滓的人，才能这样畅快地大笑。

沈先生五十年代后放下写小说散文的笔（偶然还写一点，笔下仍极活泼，如写纪念陈翔鹤文章，实写得极好），改业钻研文物，而且钻出了很大的名堂，不少中国人、外国人都很奇怪。实不奇怪。沈先生很早就对历史文物有很大兴趣。他写的关于展子虔游春图的文章，我以为是一篇重要文章，从人物服装颜色式样考订图画的年代和真伪，是别的鉴赏家所未注意的方法。他关于书法的文章，特别是对宋四家的看法，很有见地。在昆明，我陪他去遛街，总要看看市招，到裱画店看看字画。昆明市政府对面有一堵大照壁，写满了一壁字（内容已不记得，大概不外是总理遗训），字有七八寸见方大，用二爨掺一点北魏造象题记笔意，白墙蓝字，是一位无名书家写的，写得实在好。我们每次经过，都要去看看。昆明碰碰撞撞都可见到黑漆金字抱柱楹联上钱南园的四方大颜字，也还值得一看。沈先生到北京后即喜欢搜集瓷器。有一个时期，他家用的餐具都是很名贵的旧瓷器，只是不配套，因为是一件一件买回来的。他一度专门搜集青花瓷。买到手，过一阵就送人。西南联大好几位助教、研究生结婚时都收到沈先生送的雍正青花的茶杯或酒杯。沈先生对陶瓷赏鉴极精，一眼就知是什么朝代的。一个朋友送我一个梨皮色釉的粗瓷盒子，我拿去给他看，他说：“元朝东西，民间窑！”有一阵搜集旧纸，大都是乾隆以前的。多是染过色的、瓷青的、豆绿的、水红的，触手细腻到像煮熟的鸡蛋白外的薄皮，真是美极了。至于茧纸、高丽发笺，那是凡品了。（他搜集旧纸，但自己舍不得用来写字，晚年写字用糊窗户的高丽纸，他说：“我的字值三分钱。”）在昆明，搜集了一阵耿马漆盒。这种漆盒昆明的地摊上很容易买到，且不贵。沈先生搜集器物的原则是“人弃我取”。其实这种竹胎的，涂红黑两色漆，刮出极繁复而奇异的花纹的圆盒是很美的。装点心，装花生米，装邮票杂物均合适，放在桌上也是个摆设。这种漆盒也都陆续送人了。客人来，坐一阵，临走时大都能带走一个漆盒。有一阵研究中国丝绸，弄到许多大藏经的封面，各种颜色都有：宝蓝的、茶褐的、肉色的；花纹也是各式各样。沈先生后来写了一本《中国丝绸图案》。有一阵研究刺绣。除了衣服、裙子，弄了好多扇套、眼镜盒、香袋。不知他是从哪里“寻摸”来的。这些绣品的针法真是多种多样。我只记得有一种绣法叫“打子”，是用一个一个丝线疙瘩缀出来的。他给我看一种绣品，叫“七色晕”，用七种颜色的绒绣成一个团花，看了真叫人发晕。他搜集、研究这些东西，不是为了消遣，是从中发现，证实中国历史文化的优越这个角度出发的，研究时充满感情。我在他八十岁生日写给他的诗里有一联：

> 玩物从来非丧志，
>
> 著书老去为抒情。

这全是纪实。沈先生提及某种文物时常是赞叹不已。马王堆那副不到一两重的纱衣，他不知说了多少次。刺绣用的金线原来是盲人用一把刀，全凭手感，就金箔上切割出来的。他说起时非常感动。有一个木俑（大概是楚俑）一尺多高，衣服非常特别：上衣的一半（连同袖子）是黑色，一半是红的；下裳正好相反，一半是红的，一半是黑的。沈先生说："这真是现代派！"如果照这样式（一点不用修改）做一件时装，拿到巴黎去，由一个长身细腰的模特儿穿起来，到表演台上转那么一转，准能把全巴黎都"镇"了！他平生搜集的文物，在他生前全都分别捐给了几个博物馆、工艺美术院校和工艺美术工厂，连收条都不要一个。

　　沈先生自奉甚薄。穿衣服从不讲究。他在《湘行散记》里说他穿了一件细毛料的长衫，这件长衫我可没见过。我见他时总是一件洗得褪了色的蓝布长衫，夹着一摞书，匆匆忙忙地走。解放后是蓝卡其布或涤卡的干部服，黑灯芯绒的"懒汉鞋"。有一年做了一件皮大衣（我记得是从房东手里买得的一件旧皮袍改制的，灰色粗线呢面），他穿在身上，说是很暖和，高兴得像一个孩子。吃得很清淡。我没见他下过一次馆子。在昆明，我到文林街20号他的宿舍去看他，到吃饭时总是到对面米线铺吃一碗一角三分钱的米线。有时加一个西红柿，打一个鸡蛋，超不过两角五分。三姐是会做菜的，会做八宝糯米鸭，炖在一个大砂锅里。但不常做。他们住在中老胡同时，有时张充和骑自行车到前门月盛斋买一包烧羊肉回来，就算加了菜了。在小羊宜宾胡同时，常吃的不外是炒四川的菜头，炒茨菰。沈先生爱吃茨菰，说"这个好，比土豆'格'高"。他在《自传》里说他很会炖狗肉，我在昆明，在北京都没见他炖过一次。有一次他到他的助手王亚蓉家去，先来看看我（王亚蓉住在我们家马路对面，——他七十多了，血压高到二百多，还常为了一点研究资料上的小事到处跑），我让他过一会来吃饭。他带来一卷画，是古代马戏图的摹本，实在是很精彩。他非常得意地问我的女儿："精彩吧？"那天我给他做了一只烧羊腿，一条鱼。他回家一再向三姐称道："真好吃"。他经常吃的荤菜，是：猪头肉。

　　他的丧事十分简单。他凡事不喜张扬，最反对搞个人的纪念活动，反对"办生做寿"。他生前屡次嘱咐家人，他死后，不开追悼会，不举行遗体告别。但火化之前，总要有一点仪式。新华社消息的标题是沈从文告别亲友和读者，是合适的，只通知少数亲友。——有一些景仰他的人是未接通知自己去的。不收花圈，只有约二十多个布满鲜花的花篮，很大的白色的百合花、康乃馨、菊花、菖兰。参加仪式的人也不戴纸制的白花，但每人发给一枝半开的月季，行礼后放在遗体边。不放哀乐，放沈先生生前喜爱的音乐，如贝多芬的"悲怆"奏鸣曲等。沈先生面色如生，很安详地躺着。我走近他身边，看着他，久久不能离开。这样一个人，就这样地去了。我看他一眼，又看一眼，我哭了。

沈先生家有一盆虎耳草，种在一个椭圆形的小小钧窑盆里。很多人不认识这种草。这就是《边城》里翠翠在梦里采摘的那种草，沈先生喜欢的草。

一九八八年五月二十六日

注　释

① 本篇原载《人民文学》1988 年第七期；初收《蒲桥集》，作家出版社，1989 年
3 月。

踢 毽 子①

我们小时候踢毽子，毽子都是自己做的。选两个小钱（制钱），大小厚薄相等，轻重合适，叠在一起，用布缝实，这便是毽子托。在毽托一面，缝一截鹅毛管，在鹅毛管中插入鸡毛，便是一只毽子。鹅毛管不易得，把鸡毛直接缝在毽托上，把鸡毛根部用线缠缚结实，使之向上直挺，较之插于鹅毛管中者踢起来尤为得劲。鸡毛须是公鸡毛，用母鸡毛做毽子的，必遭人笑话，只有刚学踢毽子的小毛孩子才这么干。鸡毛只能用大尾巴之前那一部分，以够三寸为合格。鸡毛要"活"的，即从活公鸡的身上拔下来的，这样的鸡毛，用手抹煞几下，往墙上一贴，可以粘住不掉。死鸡毛粘不住。后来我明白，大概活鸡毛经抹煞会产生静电。活鸡毛做的毽子毛茎柔软而有弹性，踢起来飘逸潇洒。死鸡毛做的毽子踢起来就发死发僵。鸡毛里讲究要"金绒帚子白绒哨子"，即从五彩大公鸡身上拔下来的，毛的末端乌黑闪金光，下面的绒毛雪白。次一等的是芦花鸡毛。赭石的、土黄的，就更差了。我们那里养公鸡的人家很多，入了冬，快腌风鸡了，这时正是公鸡肥壮，羽毛丰满的时候，孩子们早就"贼"上谁家的鸡了，有时是明着跟人家要，有时乘没人看见，摁住一只大公鸡，噌噌拔了两把毛就跑。大多数孩子的书包里都有一两只足以自豪的毽子。踢毽子是乐事，做毽子也是乐事。一只"金绒帚子白绒哨子"，放在桌上看看，也是挺美的。

我们那里毽子的踢法很复杂，花样很多。有小五套，中五套，大五套。小五套是"扬、拐、尖、托、笃"，是用右脚的不同部位踢的。中五套是"偷、跳、舞、环、踩"，也是用右脚踢，但以左脚作不同的姿势配合。大五套则是同时运用两脚踢，分"对、岔、绕、掼、挝"。小五套技术比较简单，运动量较小，一般是女生踢的。中五套较难，大五套则难度很大，运动量也很大。要准确地描述这些踢法是不可能的。这些踢法的名称也是外地人所无法理解的，连用通用的汉字写出来都困难，如"舞"读如"吴"，"掼"读 kuàn，"笃"和"挞"都读入声。这些名称当初不知是怎么确立的。我走过一些地方，都没有见到毽子有这样多的踢法。也许在我没有到过的地方，毽子还有更多的踢法。我希望能举办一次全国毽子表演，看看中国的毽子到底有多少种踢法。

踢毽子总是要比赛的。可以单个地赛。可以比赛单项，如"扬"踢多少下，到踢不住为止；对手照踢，以踢多少下定胜负。也可以成套比赛，从"扬、拐、尖、托、笃""偷、跳、舞、环、踩"踢到"对、岔、绕、掼、挞"。也可以分组赛。组员由主将临时挑选，踢时一对一，由弱至强，最弱的先踢，最后主将出马，累计总数定胜负。

踢毽子也有名将，有英雄。我有个堂弟曾在县立中学踢毽子比赛中得过冠军。此人从小爱玩，不好好读书，常因国文不及格被一个姓高的老师打手心，后来忽然发愤用功，现在是全国有名的心脏外科专家。他比我小一岁，也已经是抱了孙子的人了，现在大概不会再踢毽子了。我们县有一个姓谢的，能在井栏上转着圈子踢毽子。这可是非常危险的事，重心稍一不稳，就会扑通一声掉进井里！

毽子还有一种大集体的踢法，叫做"嗨（读第一声）卯"。一个人"喂卯"——把毽子扔给嗨卯的，另一个人接到，把毽子使劲向前踢去，叫做"嗨"。嗨得极高，极远。嗨卯只能"扬"，——用右脚里侧踢，别种踢法踢不到这样高，这样远。下面有一大群人，见毽子飞来，就一齐纵起身来抢这只毽子。谁抢着了，就有资格等着接递原嗨卯的去嗨。毽子如被喂卯的抢到，则他就可上去充当嗨卯的，嗨卯的就下来喂卯。一场嗨卯，全班同学出动，喊叫喝彩，热闹非常。课间十分钟，一会儿就过去了。

踢毽子是冬天的游戏。刘侗《帝京景物略》云"杨柳死，踢毽子"，大概全国皆然。

踢毽子是孩子的事，偶尔见到近二十边上的人还踢，少。北京则有老人踢毽子。有一年，下大雪，大清早晨，找去逛天坛，在天坛门洞里见到几位老人踢毽子。他们之中最年轻的也有六十多了。他们轮流传递着踢，一个传给一个，那个接过来，踢一两下，传给另一个。"脚法"大都是"扬"，间或也来一下"跳"。我在旁边也看了五分钟，毽子始终没有落到地下。他们大概是"毽友"，经常，也许是每天在一起踢。老人都腿脚利落，身板挺直，面色红润，双眼有光。大雪天，这几位老人是一幅画，一首诗。

一九八八年六月六日

注 释

① 本篇原载 1988 年 7 月 12 日《中国体育报》；初收《蒲桥集》，作家出版社，1989 年 3 月。

严子陵钓台①

我小时即对桐庐向往,因为看过影印的黄子久的《富春山居图》,知道那里有个严子陵钓台,还听过一个饶有情趣的故事:严子陵和汉光武帝同榻,把脚丫子放在刘秀的肚子上,弄得观察天文的太史大惊失色,次日奏道"昨天晚上客星犯帝座"……因此,友人约作桐庐小游,便欣然同意。

桐庐确实很美。吴均《与朱元思书》是古今写景名作。"自富阳至桐庐一百许里,奇山异水,天下独绝",并非虚语。严子陵是余姚人,为什么会跑到桐庐来钓鱼?我想大概是因为这里的风景好。蔡襄说:"清风敦薄俗,岂是爱林泉"。恐怕"敦薄俗"是客观效果,"爱林泉"是主观愿望。

中国叫钓鱼台的地方很多,钓鱼为什么要有个台?据我的经验,钓鱼无一定去处,随便哪里一蹲即可,最多带一个马扎子坐坐,没见过坐在台上钓鱼的。"钓鱼台"多半是假的。严子陵钓台在富春江边山上,山有东西两台。西台是谢翱恸哭天祥处,东台即子陵钓台。严子陵怎么会到山顶上钓鱼呢?那得多长的钓竿,多长的钓丝?袁宏道诗:"路深六七寻,山高四五里,纵有百尺竿,岂能到潭底?"诗有哲理,也很幽默。唐人崔儒《严先生钓台记》就提出:"吕尚父不应饵鱼,任公子未必钓鳌,世人名之耳。钓台之名,亦犹是乎?"这是很有见地的话。死乞白赖地说这里根本不是严子陵钓台,或者死乞白赖地去考证严子陵到底在哪里垂钓,这两种人都是"傻帽"。

对严子陵这个人到底该怎么看?

中国历史上有两个有名的钓鱼人,一个是姜太公,一个是严子陵。王世贞《钓台赋》说"渭水钓利,桐江钓名",这说得有点刻薄。不过严子陵确是有争议的人物。

他的事迹很简单，《后汉书》有传。大略谓："严光……少有高名，与光武同游学。及光武即位，乃变名姓，隐身不见。帝思其贤，乃令以物色访之。后齐国上言，有一男子披羊裘钓泽中。帝疑其光……"《后汉书》未说明这是什么季节，但后来写诗的大都认为这是夏天。盛暑披裘，是因为没有钱，换不下季来？还是"心静自然凉"，不怕热？无从猜测。于是，"乃备安车玄纁遣使聘之。三反而后至。舍北军。"他是住在警备部队的营房里的。刘秀派了司徒侯霸去看他，希望他晚上进宫去和刘秀说说话。严光不答，只口授了一封给刘秀的信，信只两句："怀仁辅义天下悦，阿谀顺旨要领绝。"刘秀说："狂奴故态也！"于是，当天就亲自去看他。严光躺着不起来，刘秀就在他的卧所，摸摸严光的肚子，说："咄咄子陵，不可相助为理耶？"严光不应，过了好一会儿，才张开眼睛看了光武帝，说："昔唐尧著德，巢父洗耳，士故有志，何至相迫乎？"帝曰："子陵，我竟不能下汝耶？"于是叹息而去。过两天，又带严子陵进宫叙旧，这回倒是聊了很长时间，聊困了，"因共偃卧，光以足加帝腹上。"刘秀则抚摸严子陵的肚子，严子陵以足加帝腹，他们确实到了忘形的地步，君臣之间如此，很不容易。

刘秀封了严子陵一个官，谏议大夫。他不受。乃耕于富春山。建武十七年复特征，不至。年八十，终于家。

刘秀有《与严子陵书》，不知是哪一年写的，文章实在写得好，"古大有为之君，必有不召之臣，朕何敢臣子陵哉，惟此鸿业，若涉春冰，辟之疮痏须杖而行。若绮里不少高皇，奈何子陵少朕也。箕山颍水之风，非朕所敢望。"汉人文章多短峭而情致宛然。光武此书，亦足以名世。

对于严子陵，有不以为然的。说得直截了当的是元代的贡师泰："百战山河血未干，汉家宗社要重安。当时尽著羊裘去，谁向云台画里看？"说得很清楚，都像你们的反穿皮袄当隐士，这个国家谁来管呢？刘基的诗前两句比较委婉："伯夷清节太公功，出处行藏岂必同。"后两句即讽刺得很深刻："不是云台兴帝业，桐江无用一丝风！"刘伯温是帮助朱元璋打天下的，他当然不赞成严子陵的做法。

对严子陵颂扬的诗文甚多，不具引。最有名的是范仲淹的《严先生祠堂记》。范仲淹有两篇有名的"记"，一篇是《岳阳楼记》，一篇便是《严先生祠堂记》。此记最后的四句歌尤为千载传诵："云山苍苍，江水泱泱。先生之风，山高水长。"范仲淹是政治家，功业甚著，他主张"先天下之忧而忧，后天下之乐而乐"，是很入世的，为什么又这样称颂严子陵这样出世的隐士呢？想了一下，觉得这是范仲淹衡量读书人的两种尺度，也是中国知识分子的两面。这两面常常同时存在于一个人的身上：立功与隐逸，或者各偏于一面，也无不可。范仲淹认为严子陵的风格可以使"贪夫廉，懦夫立，是大有功于名教也"。我想即到今天，这对人的精神还是有作用的。

注　释

① 　本篇原载《作家》1988 年第七期，又载 1988 年 7 月 31 日《人民日报》（海外版）；初收《蒲桥集》，作家出版社，1989 年 3 月。

退役老兵不"退役"①

马少波同志值得我们学习的第一点是坚守岗位。目前戏曲很不景气,北京京剧院的一流演员也只卖二百座。戏曲的创作人才水土流失得很厉害。大家都觉得干得没意思。写了戏没人演;演了,没人看,干个什么劲儿呢?很多人都改了行,或兼营副业。在戏曲创作队伍人心思散的时候,少波同志却一直坚持写戏曲剧本,今年还发表了两个本子。"我自岿然不动",成为戏曲界的一块"泰山石敢当"。他是个已经退役的老兵,本来可以在家享清福,书画自娱,寄情山水,为什么还孜孜不倦地写剧本呢?这只能说明他对戏曲有一种始终不渝的忠贞,对戏曲一定还有前途的不可动摇的信念。少波同志的这种精神足以使贪夫廉,顽夫立,会对戏曲界产生很大影响的。

少波同志值得学习的第二点是老当益壮。从我认识他时,他差不多就是这样,没变样,不见老。我那时还是个小伙子,如今已是皤然一翁,他却依然风度翩翩,不减当年。少波同志是胶东才子。一般说来,才子一老了,就没有什么意思了。江郎才尽,写不出什么东西了。少波同志却不是这样,功力才华,与日俱增。这几年,他写了多少剧本!昆曲、京剧、越调、蒲剧……什么都写。读他的剧本,没有任何衰老之感,依然是才气纵横。为什么他能够保持新鲜活泼的艺术感觉和语言感觉?因为他始终不断地写。宝刀不老,是因为天天磨。古人说"仁者寿",照我看应该是"劳者寿"。少波同志坚持精神劳动,他的创作生命会很长,希望他再写二三十年。

少波同志熟悉戏曲规律,熟悉舞台,他的剧本不是案头之作,演出常有很好的舞台效果;同时又具有很高的文学性,可读性。他的剧本能把政治性和抒情性很好地结合起来,即使是满台恸哭,也还是风流蕴藉。他并不故步自封,不断对自己有所突破,晚年作品多有新意。作为一个老剧作家,尤为难得。

少波同志值得学习的第三点是爱才若渴。他除了自己写作,还要给青年作者看很多稿子。我是很怕看别人的稿子的,尤其怕看剧本。看到一篇好稿子,那是很愉快的,但这样的时候不多。一般说来,这是一桩苦差事。少波同志却不以为苦,收到剧本,他都仔细地看,提意见,挂号退还。他认识很多演员,对他们多方勉励奖掖。《乐耕园诗词二百首》中,少波同志的诗有五十多首是题赠给演员,尤其是青年演员的。

我集了少波同志自己的诗,成一绝句,为少波同志寿:

> 红花岁岁炫颜色,
> 青史滔滔唱海桑。
> 信是明妍天下甲,
> 西厢双至咏西厢。

注　释

① 本篇原载《作家》1988 年第七期,又载 1988 年 8 月 31 日《文艺报》;初收《汪曾祺全集》第四卷,北京师范大学出版社,1998 年 8 月。

沈从文转业之谜①

　　沈先生忽然改了行。他的一生分成了两截。1949 年以前,他是作家,写了 40 多本小说和散文;1949 年以后,他变成了一个文物研究专家,写了一些关于文物的书,其中最重大(真是又重又大)的一本是《中国古代服饰研究》。近十年沈先生的文学作品重新引起注意,尤其是青年当中,形成了"沈从文热"。一些读了他的小说的年轻一些的读者觉得非常奇怪,他为什么不再写了呢? 国外有些研究中国现代文学的学者也为之大惑不解。我是知道一点内情的,但也说不出个究竟。在他改行之初,我曾经担心他能不能在文物研究上搞出一个名堂,因为从我和他的接触(比如讲课)中,我觉得他缺乏"科学头脑"。后来发现他"另有一功",能把抒情气质和科学条理完美地结合起来,搞出了成绩,我松了一口气,觉得"这样也好"。我就不大去想他的转业的事了。沈先生去世后,沈虎雏整理沈先生遗留下来的稿件、信件。我因为刊物约稿,想起沈先生改行的事,要找虎雏谈谈。我爱人打电话给三姐(师母张兆和),三姐说:"叫曾祺来一趟,我有话跟他说。"我去了,虎雏拿出几封信。一封是给一个叫吉六的青年作家的退稿信(一封很重要的信),一封是沈先生在 1961 年 2 月 2 日写给我的很长的信(这封信很长,是在练习本撕下来的纸上写的,钢笔小字,两面写,共 12 页,估计不下 6 千字,是在医院里写的,这封信,他从医院回家后用毛笔在竹纸上重写了一次寄给我,这是底稿,当时我正戴着右派分子帽子,下放张家口沙岭子劳动,沈先生寄给我的原信我一直保存,"文化大革命"中遗失了)。还有 1947 年我由上海寄给沈先生的两封信。看了这几封信,我对沈先生转业的前因后果,逐渐形成一个比较清晰的轮廓。

　　从一个方面说,沈先生的改行,是"逼上梁山",是他多年挨骂的结果。左、右都骂他。沈先生在写给我的信上说：

> 我希望有些人不要骂我，不相信，还是要骂。根本连我写什么
> 也不看，只图个痛快。于是骂倒了，真的倒了。但是究竟是谁的
> 损失？

沈先生的挨骂，以前的，我不知道。我知道的，对他的大骂，大概有
三次。

一次是抗日战争时期，约在 1942 年，从桂林发动，有几篇很锐利的
文章。我记得有一篇是聂绀弩写的。聂绀弩我后来认识，是一个非常
好的人。他后来也因黄永玉之介去看过沈先生，认为那全是一场误会。
聂和沈先生成了很好的朋友，彼此毫无芥蒂。

第二次是 1947 年，沈先生写了两篇杂文，引来一场围攻。那时我
在上海，到巴金先生家，李健吾先生在座。李健吾先生说，劝从文不要
写这样的杂论，还是写他的小说。巴金先生很以为然。我给沈先生写
的两封信，说的便是这样的意思。

第三次是从香港发动的。1948 年 3 月，香港出了一本《大众文艺
丛刊》，撰稿人为党内外的理论家。其中有一篇郭沫若写的《斥反动文
艺》，文中说沈从文"一直是有意识地作为反动派而活动着"，这对沈先
生是致命的一击。可以说，是郭沫若的这篇文章，把沈从文从一个作家
骂成了一个文物研究者。事隔 30 年，沈先生的《中国古代服饰研究》
却由前科学院院长郭沫若写了序。人事变幻，云水悠悠，逝者如斯，谁
能逆料？这也是历史。

已经有几篇文章披露了沈先生在解放前后神经混乱的事（我本来
是不愿意提及这件事的），但是在这以前，沈先生对形势的估计和对自
己前途的设想是非常清醒，非常理智的。他在 1948 年 12 月 7 日写给
吉六君的信中说：

> 大局玄黄未定……一切终得变。从大处看发展，中国行将进
> 入一个崭新时代，则无可怀疑。

基于这样的信念，才使沈先生在北平解放前下决心留下来。留下

来不走的，还有朱光潜先生、杨振声先生。朱先生和沈先生同住在中老胡同，杨先生也常来串门。对于"玄黄未定"之际的行止，他们肯定是多次商量过的。他们决定不走，但是心境是惶然的。

一天，北京大学贴出了一期壁报，全文抄出了郭沫若的《斥反动文艺》。不知道这是什么人的授意，还是进步学生社团自己干的。在那样的时候，贴出这样的大字报，是什么意思呢？这不是"为渊驱鱼"，把本来应该争取，可以争取的高级知识分子一齐推出去么？

这篇壁报对沈先生的压力很大，沈先生因此神经极度紧张，患了类似迫害狂的病症（老是怀疑有人监视他，制造一些尖锐声音来刺激他），直接的原因，就是这张大字壁报。

沈先生在精神濒临崩溃的时候，脑子却又异常清楚，所说的一些话常有很大的预见性。40年前说的话，今天看起来还是很准确。

"一切终得变"，沈先生是竭力想适应这种"变"的。他在写给吉六君的信上说：

> 用笔者求其有意义，有作用，传统写作方式以及对社会态度，值得严肃认真加以检讨，有所抉择。对于过去种种，得决心放弃，从新起始来学习。这个新的起始，并不一定即能配合当前需要，惟必能把握住一个进步原则来肯定，来完成，来促进。

但是他又估计自己很难适应：

> 人近中年，情绪凝固，又或因情绪内向，缺乏适应能力，用笔方式，20年30年统统由一个"思"字出发，此时却必需用"信"字起步，或不容易扭转。过不多久，即未被迫搁笔，亦终得把笔搁下。这是我们一代若干人必然结果。

不幸而言中。沈先生对自己搁笔的原因分析得再清楚不过了。不断挨骂，是客观原因；不能适应，有主观成分，也有客观因素。解放后搁笔的，在沈先生一代人中不止沈先生一个人，不过不像沈先生搁得那样彻底，那样明显，其原因，也不外是"思"与"信"的矛盾。30多年来，直到"文化大革命"结束，中国文艺的主要问题也是强调"信"，忽略

"思"。十一届三中全会以后,新时期十年文学的转机,也正是由"信"回复到"思",作家可以真正地独立思考,可以用自己的眼睛观察生活,用自己的脑和心思索生活,用自己的手表现生活了。

北京一解放,我们就觉得沈先生无法再写作,也无法再在北京大学教书。教什么呢? 在课堂上他能说些什么话呢? 他的那一套肯定是不行的。

沈先生为自己找到一条出路,也可以说是一条退路:改行。

沈先生的改行并不是没有准备、没有条件的。据沈虎雏说,他对文物的兴趣比对文学的兴趣产生得更早一些。他18岁时曾在一个统领官身边作书记。这位统领官收藏了百来轴自宋至明清的旧画,几十付铜器及古瓷,还有十来箱书籍,一大批碑帖。这些东西都由沈先生登记管理。由于应用,沈先生学会了许多知识。无事可作时,就把那些古画一轴一轴地取出,挂到壁间独自欣赏,或翻开《西清古鉴》、《薛氏彝器钟鼎款识》来看。"我从这方面对于这个民族在一段长长的年份中,用一片颜色,一把线,一块青铜或一堆泥土,以及一组文字,加上自己生命作成的种种艺术,皆得了一个初步普遍的认识。由于这点初步知识,使一个以鉴赏人类生活与自然现象为生的乡下人,进而对人类智慧光辉的领会,发生了极宽泛而深切的兴味。"(见《从文自传·学历史的地方》)沈先生对文物的兴趣,自始至终,一直是从这一点出发的,是出于对民族,对于民族的历史和文化的深爱。他的文学创作、文物研究,都浸透了爱国主义的感情。从热爱祖国这一点上看,也可以说沈先生并没有改行。我心匪石,不可转也,爱国爱民,始终如一,只是改变了一下工作方式。

沈先生的转业并不是十分突然的,是逐渐完成的。北京解放前一年,北大成立了博物馆系,并设立了一个小小的博物馆。这个博物馆是在杨振声、沈从文等几位热心的教授的赞助下搞起来的,馆中的陈列品很多是沈先生从家里搬去的。历史博物馆成立以后,因与馆长很熟,时常跑去帮忙。后来就离开北大,干脆调过去了。沈先生改行,心情是很矛盾的,他有时很痛苦,有时又觉得很轻松。他名心很淡,不大计较得失。沈先生到了历史博物馆,除了鉴定文物,还当讲解员。常书鸿先生带了很多敦煌壁画的摹本在午门楼上展览，他自告奋勇，每天都去。我就亲眼看见他非常热情兴奋地向观众讲解。一个青年问我："这人是谁，他怎么懂得那么多？"从一个大学教授到当讲解员，沈先生不觉有什么"丢份"。他那样子不但是自得其乐，简直是得其所哉。只是熟人看见他在讲解，心里总不免有些凄然。

沈先生对于写作也不是一下就死了心。"跛者不忘履"，一个人写了30年小说，总不会彻底忘情，有时是会感到手痒的。他对自己写作是很有信心的。在写给我的信上说："拿破仑是伟人，可是我们羡慕也学不来。至于雨果、莫里哀、托尔斯泰、契诃夫等等的工作，想效法却不太难（我初来北京还不懂标点时，就想到这并不太难）。"直到1961年写给我的长信上还说，因为高血压，馆（历史博物馆）中已决定"全休"，他想用一年时间"写本故事"（一个长篇）写三姐家堂兄三代闹革命。他为此两次到宣化去，"已得到十万字材料，估计写出来必不会太坏……"想重新提笔，反反复复，经过多次，终于没有实现。一是客观环境不允许，他自己心理障碍很大。他在写给我的信上说："幻想……照我的老办法，呆头呆脑用契诃夫作个假对象，竞赛下去，也许还会写个十来个本本的……可是万一有个什么人在刊物上寻章摘句，以为这是什么，修正主义。如此或如彼的一说，我还是招架不住，也可说不费吹灰之力，一切努力，即等于白费。想到这一点，重新动笔的勇气，不免就消失一半。"二是，他后来一头扎进了文物，"越陷越深"，提笔之念，就淡忘了。他手里有几十个研究选题待完成，他有很大的责任感和紧迫感，时间精力全为文物占去，实在顾不上再想写作了。

从写小说到治文物，而且搞出丰硕的成果，失之东隅，收之桑榆，就沈先生个人说，无所谓得失。就国家来说，失去一个作家，得到一个杰出的文物研究专家，也许是划得来的。但是从一个长远的文化史角度来看，这算不算损失？如果是损失，那么，是谁的损失？谁为为之，孰令致之？这问题还是很值得我们深思的。我们应该从沈从文的转业得出应有的历史教训。

一九八八年八月二十四日

注　释

① 本篇原载《真善美》1989 年第一、二期合刊号,后作为"代序"收入《花花朵朵　坛坛罐罐——沈从文文物与艺术研究文集》,外文出版社,1994 年;初收《汪曾祺散文随笔选集》,沈阳出版社,1993 年 6 月。

美 国 短 简①

美 国 旗

美国人很爱插国旗。爱荷华市不少人家门外的草地上立着一根不高的旗杆，上面是一面星条旗。人家关着门，星条旗安安静静的，轻轻地飘动着。应该说这也表现了一点爱国情绪，但更多的似是当作装饰。国旗每天都可以挂，不像中国要到五一、十一才挂，显得过于隆重。大抵中国人对于国旗有一种崇拜心理，美国人则更多的是亲切。美国可以把星条图案印在体操女运动员的紧身露腿的运动衣上，这在中国大概不行，一定会有人认为这是对于国旗的亵渎。

美国各州都有州旗，州旗大都是白地子，上面画（印）了花里胡哨的图案，照中国人看，简直是儿童趣味。国旗、州旗升在州政府的金色圆顶的旗杆上，国旗在上，州旗在下。——美国州政府的建筑大都是一个金色的圆顶，上面矗立着旗杆。衣阿华州治已经移到邻近一个市，但爱荷华市还保留着老州政府，每天也都升旗。爱荷华市有一个人死了，那天就要下半旗，不论死的是什么人，一视同仁，不像中国要死了大人物才下半旗。这一点看出美国和中国的价值观念很不一样。别的州、市有没有这样的风俗，就不知道了。

夜 光 马 杆

美国也有马杆。我在爱荷华街头看到一个盲人。是个年轻人，穿得很干净，白运动衫裤，白运动鞋。步履轻松，走得和平常人一样的快。

他手执一根马杆探路。这根马杆是铝制的,很轻便,样子也很好看。马杆着地的一端有一个小轮子。马杆左右移动,轮子灵活地转动着。马杆不离地面,不像中国盲人的竹马杆,得不停地戳戳戳戳点在地上。因此,这个青年给人的印象是很健康,不像中国盲人总让人觉得有些悲惨。后来我又看到一个岁数大的盲人,用的也是这种马杆。据台湾诗人蒋勋告诉我,这种马杆是夜光的,——夜晚发光。这样在黑地里走,别人会给盲人让路。这种马杆,中国似可引进,造价我想不会很贵。

美国对残疾人是很尊重的。到处是画了白色简笔轮椅图案的蓝色的长方形的牌子。有这种蓝牌子的门,是专供残疾人进出的;有这种蓝牌子的停车场,非残疾人停车,要罚款。很多有台阶的商店,都在台阶边另铺设了一道斜坡,供残疾人的轮椅上下。爱荷华大学有专供残疾人连同轮椅上楼下楼的铁笼子。街上常见到残疾人,他们的神态都很开朗,毫不压抑。博物馆里总有一些残疾人坐着轮椅,悠然地观赏伦布朗的画,亨利·摩尔的雕塑。

中国近年也颇重视对残疾人的工作。但我觉得中国人对残疾人的态度总带有怜悯色彩,"恻隐之心"。这跟儒家思想有些关系。美国人对残疾人则是尊重。这是不同的态度。怜悯在某种意义上是侮辱。

花　草　树

美国真花像假花,假花像真花。看见一丛花,常常要用手摸摸叶子,才能断定是真花,是假花。旅美多年的美籍华人也是这样,摸摸,凭手感,说是"真的! 真的!"美国人家大都种花。美国的私人住宅是没有围墙的,一家一家也不挨着,彼此有一段距离,门外有空地,空地多栽花。常见的是黄色的延寿菊。美国的延寿菊和中国的没有两样。还有一种通红的,不知是什么花。我在诗人桑德堡故居外小花圃中发现两棵凤仙花,觉得很亲切,问一位美国女士:"这是什么花?"她不知道。美国人家种花大都是随便撒一点花籽,不甚设计。有一种设计则不敢领教:在草地上划出一个正圆的圆圈,沿着圆圈等距离地栽了一撮一撮鲜艳的花。这种布置实在是滑稽。美国人家室内大都有绿色植物,如中国的天门冬、吊兰之类,栽在一个锃亮的黄铜的半球里,挂着。这种趣味我也不敢领教。美国人家多插花,常见的是菊花,短瓣,紫红的、白的。我在美国没有见过管瓣、卷瓣、长瓣的菊花。即使有,也不会有"麒麟角"、"狮子头"、"懒梳妆"之类的名目。美国人插花只是取其多,有颜色,一大把,插在一个玻璃瓶子里。美国人不懂中国插花讲究姿态,要高低映照,欹侧横斜,瓶和花要相称。美国静物画里的花也是这样,乱烘烘的一瓶。美国人不会理解中国画的折枝花卉。美国画里没有墨竹,没有兰草。中国各项艺术都与书法相通。要一个美国人学会欣赏王献之的"鸭头丸帖",是永远办不到的。美国也有荷花,但未见入画,美国人不会用宣纸、毛笔、水墨。即便画,也绝不可能有石涛、八大那样的效果。有荷花,当然有莲蓬。美国人大概不会吃冰糖莲子。他们让莲蓬结老了,晒得干干的,插瓶,这倒也别致,大概他们认为这种东西形状很怪,有的人家插的莲蓬是染得通红的,这简直是恶作剧,不敢领教!美国人用芦花插瓶,这颇可取。在德国移民村阿玛纳看见一个铺子里有芦花卖,50美分一把。

美国年轻,树也年轻。自爱荷华至斯泼凌菲尔德高速公路两旁的树看起来像灌木。阿玛纳有一棵橡树,大概是当初移民来的德国人种的,有上百年的历史了,用木栅围着,是罕见的老树了。像北京中山公园、天坛那样的五百年以上的柏树,是找不出来的。美国多阔叶树,少针叶树。最常见的是橡树。松树也有,少。林肯墓前、马克·吐温家乡有几棵松树。美国松树也像美国人一样,非常健康,很高,很直,很绿。美国没有苏州"清、奇、古、怪"那样松树,没有黄山松,没有泰山的五大夫松。中国松树多姿态,这种姿态往往是灾难造成的,风、雪、雷、火。松之奇者,大都伤痕累累。中国松是中国的历史,中国的文化和中国人的性格所形成的。中国松是按照中国画的样子长起来的。

美国草和中国草差不多。狗尾巴草的穗子比中国的小,颜色发红。"五月花"公寓对面有一片很大的草地。蒲公英吐絮时,如一片银色的薄雾。羊胡子草之间长了很多草苜蓿。这种草的嫩头是可以炒了吃的,上海人叫做"草头"或"金花菜",多放油,武火急炒,少滴一点高粱酒,很好吃。美国人不知道这能吃。知道了,也没用,美国人不会炒菜。

Graffiti

这是一个意大利字,意思是在墙上乱画。台湾翻成"涂鸦",我看不如干脆翻成"鬼画符"。纽约,芝加哥,很多城市地下铁的墙上,比较破旧的建筑物的墙上、桥洞里,画得一塌胡涂。这是青少年干的。他们不是用笔画,而是用喷枪喷,嗞——一会儿就喷一大片。照美国的法律,这不犯法,无法禁止。有一些,有一点意思。我在爱荷华大学附近的桥下,看到:"中央情报局=谋杀",这可以说是一条政治标语。有的是一些字母,不知是什么意思。还有些则是莫名其妙的圆圈、曲线、弧线。为什么美国的青少年要干这种事呢?——据说他们还有一个松散的组织,类似协会什么的。听说美国有心理学家专门研究这问题,大体认为这是青少年对现状不满的表现。这样到处乱画,我觉得总不大好,希望中国不发生这种事。

怀　旧

正因为美国历史短,美国人特别爱怀旧。

爱荷华市的河边有一家饭馆,菜很好,星期天的自助餐尤其好,有多种沙拉、水果,各种味道调料。这原是一个老机器厂,停业了,饭馆老板买了下来,不加改造,房顶、墙壁上保留了漆成暗红色的拐来拐去的粗大的铁管道,很粗的铁链。顾客就在这样的环境里,临窗而坐,喝加了苏打的金酒,吃烤牛肉,炸土豆条,觉得别有情调。

阿玛纳原来是一个德国移民村。据说这个村原来是保留老的生活习惯的:不用汽车,用马车。现在不得不改变了,村里办了很大的制冷机厂和微波炉厂。不过因为曾是古村,每逢假日,还是有不少人来参观。"古"在哪里呢?不大看得出来。我们在一个饭店吃饭,饭店门外悬着一副牛轭,作为标志,唔,这有点古。饭店的墙上挂着一排长长短短的老式的木匠工具,也许这原是一个木匠作坊。这也古。点的灯是有玻璃罩子煤油灯。我问接待我们的小姐:"这是煤油灯?"她笑了:"假的。"是做成煤油灯状的电灯。这位小姐不是德国血统,祖上是英国人,一听她的姓就不禁叫人肃然起敬:莎士比亚。她承认是莎士比亚的后代。她和我聊了几句,不知道为什么说起她不打算结婚,认为女人结婚不好。这是不是也是古风? 阿玛纳有一个博物馆,陈列着当年的摇床、木椅。有一个"文物店"。卖的东西的"年份"都是百年以内的,但标价颇昂,一个祖母用过的极其一般的铜碟子,50美金。这样的村子在中国到处都可以找得出来,这样的"文物"嘛,中国的废品收购站里多的是。阿玛纳卖"农民"自酿的葡萄酒,有好几家。买酒之前每种可以尝一小杯。我尝了两三杯,没有买,因为我对葡萄酒实在是外行,喝不出所以然。

江·迪尔是一家很现代化的大农机厂,厂部大楼是有名的建筑,全都用钢材和玻璃建成,利用钢材的天然锈色和透亮的玻璃的对比造成极稳定坚实而又明净疏朗的效果。在一口小湖的中心小岛上安置了亨利·摩尔的青铜的抽象化的雕塑。但是在另一侧,完好地保存了曾祖父老迪尔的作坊。这是江·迪尔厂史的第一页。

全美保险公司是一个很大的企业。我们参观了衣阿华州的分公司。大办公室上百张桌子,每个桌上一架电脑。这家公司收藏了很多现代艺术作品,接待室里,走廊上,到处都是。每个单人办公的小办公室里也有好几件抽象派的绘画和雕塑。我很奇怪:这家公司的经理这样喜欢现代艺术? 后来知道,原来美国政府有规定,凡企业购买当代艺术作品的,所付的钱可于应付税款中扣除,免缴一部分税。那么,这些艺术品等于是白得的。用企业养艺术,这政策不错!

上午参观了一个现代化的大公司,看了数不清的现代派的艺术作品,下午参观了一个截然不同的地方:"活历史农庄"。这里保持着一百年前的样子。我们坐了用老式拖拉机拉着的有几排座位的大车逛了一圈,看了原来印第安人住的小窝棚,在橡树林里的坎坷起伏的小路上钻了半天。有一家打铁的作坊,一位铁匠在打铁。他这打铁完全是表演,烧烟煤碎块,拉着皮老虎似的老式风箱。有一家杂货店,卖的都是旧货。一个店主用老式的办法介绍一些货品的特点,口若悬河。他介绍的货品中竟有一件是中国的笙。他介绍得很准确:"这是一件中国的乐器,叫做'笙'。"这家杂货店卖一百年前美国人戴的黑色的粗呢帽(是新制的),卖本地传统制法的果子露饮料。

我们各处转了一圈,回来看看那位铁匠,他已经用熟铁打出了一件艺术品,一条可以插蜡烛的小蛇,头在下,尾在上,蛇身盘扭。

参观了林肯年轻时居住过的镇。这个镇尽量保持当年模样。土路、木屋。林肯旧居犹在,他曾经在那里工作过的邮局也在。有一个老妈妈在光线很不充足的木屋里用不同颜色的碎布拼缀一条百衲被。一个师傅在露地里用棉线心醮蜡烛,一排一排晾在木架上(这种蜡烛北京现在还有,叫做"洋蜡")。林肯故居檐下有一位很肥白壮硕的少妇在编篮子。她穿着林肯时代的白色衣裙,赤着林肯时代的大白脚,一边编篮子,一边与过路人应答。老妈妈、蜡烛师傅、赤着白脚的壮硕妇人,当然都是演员。他们是领工资的。白天在这里表演,下班驾车回家,吃饭,喝可口可乐,看电视。

公　　园

美国的公园和中国的公园完全不同,这是两个概念。美国公园只是一大片草地,很多树,不像北京的北海公园、中山公园、颐和园,也不像苏州园林。没有亭台楼阁,回廊幽径,曲沿流泉,兰畦药圃。中国的造园讲究隔断、曲折、借景,在不大的天地中布置成各种情趣的小环境,美国公园没有这一套,一览无余。我在美国没有见过假山,没有扬州平山堂那样人造削壁似的假山,也没有苏州狮子林那样人造峰峦似的假山。美国人不懂欣赏石头。对美国人讲石头要瘦、绉、透,他一定莫名其妙。颐和园一进门的两块高大而玲珑的太湖石,花很多银子从米万锺的勺园移来的一块横卧的大石头,以及开封相国寺传为艮岳遗石的

147

石头,美国人都绝不会对之下拜。美国有风景画,但没有中国的"山水画"。公园,在中国是供人休息、漫步、啜茗、闲谈、沉思、觅句的地方。美国人在公园里扔橄榄球,掷飞碟,男人脱了上衣、女人穿了比基尼晒太阳。美国公园大都有一些铁架子,是供野餐的人烤肉用的。

注　释

① 本篇原载《上海文学》1988 年第八期;初收《蒲桥集》,作家出版社,1989 年
　　3 月。

甓 射 珠 光①

我小时学刻图章,第一块刻的是长方形的阳文:"珠湖人"。

沈括《梦溪笔谈》:

> 嘉祐中,扬州有一珠甚大,天晦多见。初出于天长县陂泽中,后转入甓社湖,又后乃在新开湖中,凡十余年,居民行人,常常见之。予友人书斋在湖上,一夜忽见其珠甚近。初微开其房,光自吻中出,如横一金线;俄顷忽张壳,其大如半席,壳中白光如银,珠大如拳,烂然不可正视,十余里间林木皆有影,如初日所照,远处但见天赤如野火;倏然远去,其行如飞,浮于波中,杳杳如日。古有明月之珠,此珠殊不类月,荧荧有芒焰,殆类日光。崔伯易尝为《明珠赋》。伯易,高邮人,盖常见之。近岁不复出,不知所往。樊良镇正当珠往来处,行人至此,往往维船数宵以待现,名其亭为"玩珠"。

这就是所谓"甓射珠光"。甓射湖即高邮湖。"甓射珠光"是"秦邮八景"之一,甚至是八景之首。因为曾经有过那么一颗珠子,高邮湖又称"珠湖"。这个地名平常不大有人用,只有画家题画时偶尔一用。

关于这颗珠子最早的记载大概是沈括的《笔谈》(崔伯易的《明珠赋》今不传)。这则笔谈不但详细,而且写得非常生动,使人有如目睹。"十余里间林木皆有影,如初日所照,远处但见天赤如野火;倏然远去,其行如飞,浮于波中,杳杳如日"这是何等神奇的景象呵!我们小时候都听大人谈过这颗神珠,与《笔谈》所记相差不多,其所根据,大概也就是《笔谈》。高邮人都应该感谢沈括,多亏他记载了这颗珠子,使我们的家乡多了一笔美丽的虹彩。否则,即使口耳相传,一代又一代,因为不曾见诸文字,听的人也是不会相信的,因为这颗珠子实在太"神"了。

沈括的记载大概是可靠的。沈括是个很严肃的人,《笔谈》虽亦记"神奇"、"异事",但他不是专门搜神志怪的人,即使是神奇、异事,也多有根据,不是道听途说,捕风捉影。这则《笔谈》所以可信,一是有准确的时间,"嘉祐中"(距今约930年);二是他是亲自听"友人"说的。这位友人不会造谣。

这究竟是什么东西?曾经有人写过一篇文章,认为这是从外星发来的异物,地球上是不可能有发出那样的强光,其行如飞的东西的。这只是猜测。我宁可相信,这就是一颗很大的珠子。这颗大珠子早已不知所往,不会再出现了(多么神奇的珠贝也活不到九百多年)。但是它会永远存在于人们的想象之中。在修县志时也不妨仍然把"鼊射珠光"这个事实上不存在的一景列入"八景"之中。珠子没有了,湖却是在的。

我刻的那块"珠湖人"的图章早已不知去向。我还记得图章的样子,长一寸,阔三分,是一块肉红色的寿山石。

一九八八年十月八日

注　释

① 本篇原载 1988 年 11 月 17 日《中国物资报》;初收《汪曾祺全集》第四卷,北京师范大学出版社,1998 年 8 月。

早 茶 笔 记(三则)①

解题:我每天早起第一件事便是喝茶。喝茶就是喝茶而已,和我们家乡"吃早茶"不一样。我的家乡人有吃早茶的习惯。吃早茶其实是吃早点,吃包子、蒸饺、烧卖,还有煮干丝或烫干丝,有点像广东的"饮茶",——当然,茶是要喝的。扬州一带人"早上皮包水",即是指的吃早茶。我空着肚子喝茶时总要一个人坐着胡思乱想。有时想到一点有意思的事,就写了下来。把这些随手写下来的片段叫个什么名字好呢?就叫做《早茶笔记》吧。

我是爱读笔记的。我的某些小说也确是受了笔记的影响,但我并无创立现代笔记小说这一文体之意。现在有的评论家像这样的称呼我的小说了,也是可以的吧。

现代笔记小说当然是要接续古代笔记小说的传统的,但是不必着意摹仿古人。既是现代笔记,总得有点"现代"的东西。第一是思想,不能太旧;第二是文笔,不能有假古董气。老实说,现在笔记体小说颇为盛行,我是有几分担心的。

断 笔

这个故事已经有很多人写过了。

昆明人都知道这个故事。

昆明西山龙门,陡峭壁立,直上直下。登龙门,俯瞰滇池,帆影烟波,尽在眼底。不能久看,久看使人眩目。山顶有座魁星阁。据说由山下登山的石级,魁星阁,是一个道士以一人之力依山形开凿出来的。魁星阁的阁顶、屋脊、梁柱都是在整块的岩石山凿出来的。阁中的魁星像也是就特意留出的一块青石上凿成的。这道士把魁星像凿成了，只剩下魁星手中点斗的一枝笔了，他松了一口气，微微一笑。不想手中的錾子用力稍猛，铿的一声，笔断了！道士扔下锤子錾子，张开双臂，从山上跳了下去。

（现在魁星手中的笔是后配的。）

这个故事是真实的吗？

故事也许是虚构的。

但是故事的思想是真实的。

八 指 头 陀

八指头陀法号指南，是我的祖父学佛的师父。他原是我们县最大的寺庙善因寺的方丈，退居后住在三圣庵。祖父曾带我去看过他（我到现在还不明白祖父为什么要带我去看这位老和尚，那时我还很小）。三圣庵是一个很小的庙子，地方很荒僻，在大淖旁边，周围没有人家，只是一些黄叶枯枝的杂树林子，一片吐着白絮的芦苇。一条似有若无的小路，小路平常似乎没有人走。小路尽处，是一个青砖瓦顶的小庵，孤伶伶的。

我记不清老和尚的年龄，只记得他干瘦干瘦的，穿了一件很旧的，但是干干净净的衲衣。

指南和尚没有什么特别处。一是他退居得比较早（后来善因寺的方丈是他的徒弟铁桥），一是祖父告诉我，他曾在香炉里把两只手的食指烧掉，因此自号八指头陀。

我没有看见他烧掉食指的手是什么样子，因为他始终把他的手放在衲衣的袖子里。

我不知道和尚为什么要烧掉手指，我想无非是考验自己的坚忍吧。不管怎么说，这是常人办不到的。

祖父对他很恭敬。我对他也很恭敬。我一直记得那座隐藏在黄叶芦苇中的小庵。

耿 庙 神 灯

我小时候非常向往耿庙神灯,总希望能够看到一次。

天气突变,风浪大作,高邮湖上,天色浓黑,伸手不见五指,客船、货船、渔船全都失去方向,在大风浪里乱转,弄船的舵师水手惊慌失措。正在危急之际,忽然抬头一望,只见半空中出现了红灯。据说,有时两盏,有时四盏,有时六盏,多的时候能有八盏。或排列整齐,或错落有序,微微起落,红光熠熠。水手们欢呼:"七公显灵了! 七公显灵了!"船户朝红灯奋力划去,就会直达高邮县城。这就是"耿庙神灯","秦邮八景"之一。

多美的红灯呀!

七公是真有这个人的,姓耿,名遇德,生于北宋大中五年,山东兖州府东平州梁山泊人,排行第七,人称七公。后来隐居高邮,在高邮湖边住,有人看到他坐了一个蒲团泛湖上。

七公为高邮人做了很多好事,死后邑人为他立了庙,叫做"七公殿"。

有一年,运河决口,黑夜中见一盏红灯渐渐移近决口处,不知从哪里漂来很多柴草,把决口堵住了。人们隐隐约约看到一个紫衣人坐在柴草上,相貌很像七公殿里的七公塑像。

七公殿是一座庙,也是一个地名。我们小时常到七公殿去玩。

我的侄孙辈大概已经不知道什么"耿庙神灯"了。

一九八八年十月二十一日

注 释

① 本篇原载《今古传奇》1989 年第二期;初收《汪曾祺全集》第四卷,北京师范大学出版社,1998 年 8 月。

野鸭子是候鸟吗？[①]

——美国家书

　　爱荷华河里常年有不少野鸭子，游来游去，自在得很。听在这个城市里住了二十多年的老住户说，这些野鸭子原来也是候鸟，冬天要飞走的（爱荷华气候跟北京差不多，冬天也颇冷，下大雪），近二三年，它们不走了，因为吃得太好了。你拿面包扔在它们的身上，它们都不屑一顾。到冬天，爱荷华大学的学生用棉花给它们在大树下絮了窝，它们就很舒服地躲在里面。它们不但是"寓公"，简直像要永久定居了。动物的生活习性也是可以改变的。这些野鸭都长得极肥大，看起来和家鸭差不多。

　　在美国，汽车压死一只野鸭子是要罚钱的。高速公路上有一只野鸭子，汽车就得停下来，等它不慌不忙地横穿过去。

　　诗人保罗·安格尔的家（他家的门上钉了一块铜牌，下面一行是安格尔的姓，上面一行是两个隶书的中国字"安寓"，这一定是夫人聂华苓的主意）在一个小山坡上，下面即是公路。由公路到安寓也就是二百米。他家后面有一小块略为倾斜的空地。每天都有一些浣熊来拜访。给这些浣熊投放面包，成了安格尔的日课。安格尔七十九岁生日，我写了一首打油诗送给他，中有句云：

> 心闲如静水，
>
> 无事亦匆匆。
>
> 弯腰拾山果，
>
> 投食食浣熊。

　　聂华苓说："他就是这样，一天为这样的事忙忙叨叨。"浣熊有点像小熊猫,尾巴有节,但较短,颜色则有点像大熊猫,黑白相间,胖乎乎的,样子很滑稽。它们用前爪捧着面包片,忙忙地嚼啮,有时停下来,向屋里看两眼。我们和它们只隔了一扇安了玻璃的门,真是近在咫尺。除了浣熊,还有鹿。有时三只,四只,多的时候会有七只。安格尔喂它们玉米粒,它们的"餐厅"地势较浣熊的略高,玉米粒均匀地撒在草地上。一般情况下,它们大都在下午光临。隔着窗户,可以静静地看它们半天。它们吃玉米粒,安格尔和我喝"波尔本",彼此相安无事。离开汽车不断奔驰的公路只有两百米的地方有浣熊,有鹿,这在中国是不可想象的事。乌热尔图②曾和安格尔开玩笑,说:"我要是有一支枪,就可以打下一只鹿",安格尔说:"你拿枪打它,我就拿枪打你!"

美国的动物不知道怕人。我在爱荷华大学校园里看见一只野兔悠闲地穿过花圃,旁若无人。它不时还要停下来,四边看看。它是在看风景,不是看有没有"敌情"。

在斯勃凌菲尔德的林肯故居前草地看见一只松鼠走过。我在中国看到的松鼠总是窜来窜去,惊惊慌慌,随时作逃走的准备,像这样在平地上"走"着的松鼠,还是头一次见到。

白宫前面草坪上有很多松鼠,有人用面包喂它们,松鼠即于人的手掌中就食,自来自去,对人了无猜疑。

在保护动物这一点上,我觉得美国人比咱们文明。他们是绝对不会用枪打死白天鹅的。

一九八八年十一月七日

注　释

① 本篇原载 1988 年 11 月 20 日《经济日报》;初收《汪曾祺全集》第四卷,北京师范大学出版社,1998 年 8 月。

② 乌热尔图,我国鄂温克族小说家。

淡 淡 秋 光①

秋葵·凤仙花·秋海棠

秋葵叶似鸡脚，又名鸡脚葵、鸡爪葵。花淡黄色，淡若无质。花瓣内侧近蒂处有檀色晕斑。花心浅白，柱头深紫。秋葵不是名花，然而风致楚楚。古人诗说秋葵似女道士，我觉得很像，虽然我从未见过一个女道士。

凤仙花有单瓣、复瓣。单瓣者多为水红色。复瓣者为深红、浅红、白色。复瓣者花似小牡丹，只是看不见花蕊。花谢，结小房如玉搔头。凤仙花极易活，子熟，花房裂破，子实落在泥土、砖缝里，第二年就会长出一棵一棵的凤仙花，不烦栽种。凤仙花可染指甲。凤仙花捣烂，少加矾，用花叶包于指尖，历一夜，第二天指甲就成了浅浅的红颜色。北京人即谓凤仙为"指甲花"。现在大概没有用凤仙花染指甲的了，除非偏远山区的女孩子。

我们那里的秋海棠只有一种，矮矮的草本，开浅红色四瓣的花，中缀黄色的花蕊如小绒球。像北京的银星海棠那样硬杆、大叶、繁花的品种是没有的。

我母亲生肺病后（那年我才三岁）移居在一小屋中，与家人隔离。她死后，这间小屋就成了堆放她生前所用家具什物的贮藏室。有时需要取用一件什么东西，我的继母就打开这间小屋，我也跟着进去看过。这间小屋外面有一小天井，靠墙有一个秋叶形的小花坛。花坛里开着一丛秋海棠。也没有人管它，它自开自落。我母亲没有给我留下什么记忆。我记得的只有两件事。一件是我父亲陪母亲乘船到淮安去就

156

医,把我带在身边。船篷里挂了好些船家自腌的大头菜(盐腌的,白色,有点像南浔大头菜,不像云南的"黑芥"),我一直记着这大头菜的气味。另一件便是这丛秋海棠。我记住这丛秋海棠的时候,我母亲去世已经有两三年了。我并没有感伤情绪,不过看见这丛秋海棠,总会想到母亲去世前是住在这里的。

香橼·木瓜·佛手

我家的"花园"里实在没有多少花。花园里有一座"土山"。这"土山"不知是怎么形成的,是一座长长的隆起的土丘。"山"上只有一棵龙爪槐,旁枝横出,可以倚卧。我常常带了一块带筋的酱牛肉或一块榨菜,半躺在横枝上看小说,读唐诗。"山"的东麓有两棵碧桃,一红一白,春末开花极繁盛。"山"的正面却种了四棵香橼。我不知道我的祖父在开园堆山时为什么要栽了这样几棵树。这玩意就是"橘逾淮南则为枳"的枳(其实这是不对的,橘与枳自是两种)。这是很结实的树。木质坚硬,树皮紧细光滑。叶片经冬不凋,深绿色。树枝有硬刺。春天开白色的花。花后结圆球形的果,秋后成熟。香橼不能吃,瓤极酸涩,很香,不过香得不好闻。凡花果之属有香气者,总要带点甜味才好,香橼的香气里却带有苦味。香橼很肯结,树上累累的都是深绿色的果子。香橼算是我家的"特产",可以摘了送人。但似乎不受欢迎。没有什么用处,只好听它自己碧绿地垂在枝头。到了冬天,皮色变黄了,放在盘子里,摆在水仙花旁边,也还有点意思,其时已近春节了。总之,香橼不是什么佳果。

香橼皮晒干,切片,就是中药里的枳壳。

花园里有一棵木瓜,不过不大结。我们所玩的木瓜都是从水果摊上买来的。所谓"玩",就是放在衣口袋里,不时取出来,凑在鼻子跟前闻闻。——那得是较小的,没有人在口袋里揣一个茶叶罐大小的木瓜的。木瓜香味很好闻。屋子里放几个木瓜,一屋子随时都是香的,使人心情恬静。

我们那里木瓜是不吃的。这东西那么硬，怎么吃呢？华南切为小薄片，制为蜜饯。——厦门人是什么都可以做蜜饯的，加了很多味道奇怪的药料。昆明水果店将木瓜切为大片，泡在大玻璃缸里。有人要买，随时用筷子夹出两片。很嫩，很脆，很香。泡木瓜的水里不知加了什么，否则这木头一样的瓜怎么会变得如此脆嫩呢？中国人从前是吃木瓜的。《东京梦华录》载"木瓜水"，这大概是一种饮料。

佛手的香味也很好。不过我真不知道一个水果为什么要长得这么奇形怪状！佛手颜色嫩黄可爱。《红楼梦》贾母提到一个蜜腊佛手，蜜腊雕为佛手，颜色、质感都近似，设计这件摆设的工匠是个聪明人。蜜腊不是很珍贵的玉料，但是能够雕成一个佛手那样大的蜜腊却少见，贾府真是富贵人家。

佛手、木瓜皆可泡酒。佛手曲微有黄色，木瓜酒却是红色的。

橡　栗

橡栗即"狙公赋芧"的芧，不知道为什么我们小时候却叫它"茅栗子"。这是"形近而讹"么？不过我小时候根本不认得这个"芧"字。橡即栎。我们也不认得"栎"字，只是叫它"茅栗子树"。我们那里茅栗子树极少，只有西门外小校场的西边有一棵，很大。到了秋天，茅栗子熟了，落在地下，我们就去捡茅栗子玩。茅栗有什么好玩的？形状挺有趣，有一点像一个小坛子，不过底是尖的。皮色浅黄，很光滑。如此而已。我们有时在它的像个小盖子似的蒂部扎一个小窟窿，插进半截火柴棍，成了一个"捻捻转"。用手一捻，它就在桌面上旋转，像一个小陀螺。如此而已。

小校场是很偏僻的地方，附近没有什么人家。有一回，我和几个女同学去捡茅栗子，天黑下来了，我们忽然有些害怕，就赶紧往城里走。路过一家孤零零的人家门外，门前站着一个岁数不大的人，说："你们要茅栗子么？我家里有！"我们立刻感到：这是个坏人。我们没有搭理他，只是加快了脚步，拼命地走。我是同学里的唯一的男子汉，便像一个勇士似的走在最后。到了城门口,发现这个坏人没有跟上来,才松了一口气。当时的紧张心情,我过了很多年还记得。

梧　桐

一叶落而知天下秋,梧桐是秋的信使。梧桐叶大,易受风。叶柄甚长,叶柄与树枝连接不很结实,好像是粘上去的。风一吹,树叶极易脱落。立秋那天,梧桐树本来好好的,碧绿碧绿,忽然一阵小风,欻的一声,飘下一片叶子,无事的诗人吃了一惊:啊! 秋天了! 其实只是桐叶易落,并不是对于时序有特别敏感的"物性"。梧桐落叶早,但不是很快就落尽。《唐明皇秋夜梧桐雨》证明秋后梧桐还有叶子的,否则雨落在光秃秃的枝干上,不会发出使多情的皇帝伤感的声音。据我的印象,梧桐大批地落叶,已是深秋,树叶已干,梧桐籽已熟。往往是一夜大风,第二天起来一看,满地桐叶,树上一片也不剩了。

梧桐籽炒食极香,极酥脆,只是太小了。

我的小学校园中有几棵大梧桐,大风之后,我们就争着捡梧桐叶。我们要的不是叶片,而是叶柄。梧桐叶柄末端稍稍鼓起,如一小马蹄。这个小马蹄纤维很粗,可以磨墨。所谓"磨墨",其实是在砚台上注了水,用粗纤维的叶柄来回磨蹭,把砚台上干硬的宿墨磨化了,可以写字了而已。不过我们都很喜欢用梧桐叶柄来磨墨,好像这样磨出的墨写出字来特别的好。一到梧桐落叶那几天,我们的书包里都有许多梧桐叶柄,好像这是什么宝贝。对于这样毫不值钱的东西的珍视,是可以不当一回事的么? 不啊! 这里凝聚着我们对于时序的感情。这是"俺们的秋天"。

一九八八年十一月九日

注　释

① 本篇原载《散文世界》1989 年第一期;初收《汪曾祺全集》第四卷,北京师范大学出版社,1998 年 8 月。

吴大和尚和七拳半[①]

我的家乡有"吃晚茶"的习惯。下午四五点钟,要吃一点点心,一碗面,或两个烧饼或"油端子"。1981年,我回到阔别40余年的家乡,家乡人还保持着这个习惯。一天下午,"晚茶"是烧饼。我问:"这烧饼就是巷口那家的?"我的外甥女说:"是七拳半做的。""七拳半"当然是个外号,形容这人很矮,只有七拳半那样高,这个外号很形象,不知道是哪个尖嘴薄舌而又极其聪明的人给他起的。

我吃着烧饼,烧饼很香,味道跟40多年前的一样,就像吴大和尚做的一样。于是我想起吴大和尚。

我家除了大门、旁门,还有一个后门。这后门即开在吴大和尚住家的后墙上。打开后门,要穿过吴家,才能到巷子里。我们有时抄近,从后门出入,吴大和尚家的情况看得很清楚。

吴大和尚(这是小名,我们那里很多人有大名,但一辈子只以小名"行")开烧饼饺面店。

我们那里的烧饼分两种。一种叫作"草炉烧饼",是在砌得高高的炉里用稻草烘熟的。面粗,层少,价廉,是乡下人进城时买了充饥当饭的。一种叫作"桶炉烧饼"。用一只大木桶,里面糊了一层泥,炉底燃煤炭,烧饼贴在炉壁上烤熟。"桶炉烧饼"有碗口大,较薄而多层,饼面芝麻多,带椒盐味。如加钱,还可"插酥",即在擀烧饼时加较多的"油面",烤出,极酥软。如果自己家里拿了猪油渣和霉干菜去,做成霉干菜油渣烧饼,风味独绝。吴大和尚家做的是"桶炉"。

原来,我们那里饺面店卖的面是"跳面"。在墙上挖一个洞,将木杠插在洞内,下置面案,木杠压在和得极硬的一大块面上,人坐在木杠上,反复压这一块面。因为压面时要一步一跳,所以叫作"跳面"。"跳面"可以切得极细极薄,下锅不浑汤,吃起来有韧劲而又甚柔软。汤料只有虾子、熟猪油、酱油、葱花,但是很鲜。如不加汤,只将面下在作料里,谓之"干拌",尤美。我们把馄饨叫作饺子。吴家也卖饺子。但更多的人去,都是吃"饺面",即一半馄饨,一半面。我记得40年前吴大和尚家的饺面是120文一碗,即12个当10铜元。

吴家的格局有点特别。住家在巷东,即我家后门之外,店堂却在对面。店堂里除了烤烧饼的桶炉,有锅台,安了大锅,卖面及饺子用;另有一张(只一张)供顾客吃面的方桌。都收拾得很干净。

吴家人口简单。吴大和尚有一个年轻的老婆,管包饺子、下面。他这个年轻的老婆个子不高,但是身材很苗条。肤色微黑。眼睛狭长,睫毛很重,是所谓"桃花眼"。左眼上眼皮有一小疤,想是小时生疮落下来。这块小疤使她显得很俏。但她从不和顾客眉来眼去,卖弄风骚,只是低头做事,不声不响。穿着也很朴素,只是青布的衣裤。她和吴大和尚生了一个孩子,还在喂奶。吴大和尚有一个妈,整天也不闲着,翻一家的棉袄棉裤,纳鞋底,摇晃睡在摇篮里的孙子。另外,还有个小伙计,"跳"面、烧火。

表面上看起来,这家过得很平静,不争不吵。其实不然。吴大和尚经常在夜里打他的老婆,因为老婆"偷人"。我们那里把和人发生私情叫作"偷人"。打得很重,用劈柴打,我们隔着墙都能听见。这个小个子女人很倔强,不哭,不喊,一声不出。

第二天早起,一切如常,该干什么还干什么。吴大和尚擀烧饼,烙烧饼;他老婆包饺子,下面。

终于有一天吴大和尚的年轻的老婆不见了,跑了,丢下她的奶头上的孩子,不知去向。我们始终不知道她的"孤佬"(我们那里把不正当的情人,野汉子,叫作"孤佬")是谁。

我从小就对这个女人充满了尊敬,并且一直记得她的模样,记得她的桃花眼,记得她左眼上眼皮上的那一小块疤。

吴大和尚和这个桃花眼、小身材的小媳妇大概都已经死了。现在,这条巷口出现了七拳半的烧饼店。我总觉得七拳半和吴大和尚之间有某种关联,引起我一些说不清楚的感慨。

　　七拳半并不真是矮得出奇,我估量他大概有一米五六。是一个很有精神的小伙子。他是一个名副其实的"个体户",全店只有他一个人。他不难成为万元户,说不定已经是万元户,他的烧饼做得那样好吃,生意那样好。我无端地觉得,他会把本街的一个最漂亮的姑娘娶到手,并且这位姑娘会真心爱他,对他很体贴。我看看七拳半把烧饼贴在炉膛里的样子,觉得他对这点充满信心。

　　两个做烧饼的人所处的时代不同。我相信七拳半的生活将比吴大和尚的生活更合理一些,更好一些。

　　也许这只是我的希望。

注　释

① 本篇原载 1988 年 12 月 7 日《人民日报》;初收《中国当代作家选集丛书·汪曾祺》,人民文学出版社,1992 年 12 月。

冬　天①

　　天冷了,堂屋里上了槅子。槅子,是春暖时卸下来的,一直在厢屋里放着。现在,搬出来,刷洗干净了,换了新的粉连纸,雪白的纸。上了槅子,显得严紧,安适,好像生活中多了一层保护。家人闲坐,灯火可亲。

　　床上拆了帐子,铺了稻草。洗帐子要拣一个晴朗的好天,当天就晒干。夏布的帐子,晾在院子里,夏天离得远了。稻草装在一个布套里,粗布的,和床一般大。铺了稻草,暄腾腾的,暖和,而且有稻草的香味,使人有幸福感。

　　不过也还是冷的。南方的冬天比北方难受,屋里不升火。晚上脱了棉衣,钻进冰凉的被窝里,早起,穿上冰凉的棉袄棉裤,真冷。

　　放了寒假,就可以睡懒觉。棉衣在铜炉子上烘过了,起来就不是很困难了。尤其是,棉鞋烘得热热的,穿进去真是舒服。

　　我们那里生烧煤的铁火炉的人家很少。一般取暖,只是铜炉子、脚炉和手炉。脚炉是黄铜的,有多眼的盖。里面烧的是粗糠。粗糠装满,铲上几铲没有烧透的芦柴火(我们那里烧芦苇,叫做"芦柴")的红灰盖在上面。粗糠引着了,冒一阵烟,不一会,烟尽了,就可以盖上炉盖。粗糠慢慢延烧,可以经很久。老太太们离不开它。闲来无事,抹抹纸牌,每个老太太脚下都有一个脚炉。脚炉里粗糠太实了,空气不够,火力渐微,就要用"拨火板"沿炉边挖两下,把粗糠拨松,火就旺了。脚炉暖人。脚不冷则周身不冷。焦糠的气味也很好闻。仿日本俳句,可以作一首诗:"冬天,脚炉焦糠的香。"手炉较脚炉小,大都是白铜的,讲究的是银制的。炉盖不是一个一个圆窟窿,大都是镂空的松竹梅花图案。手炉有极小的,中置炭墼(煤炭研为细末,略加蜜,筑成饼状),以纸煤头引着。一个炭墼能经一天。

冬天吃的菜,有乌青菜、冻豆腐、咸菜汤。乌青菜塌棵,平贴地面,江南谓之"塌苦菜",此菜味微苦。我的祖母在后园辟小片地,种乌青菜,经霜,菜叶边缘作紫红色,味道苦中泛甜。乌青菜与"蟹油"同煮,滋味难比。"蟹油"是以大螃蟹煮熟剔肉,加猪油"炼"成的,放在大海碗里,凝成蟹冻,久贮不坏,可吃一冬。豆腐冻后,不知道为什么是蜂窝状。化开,切小块,与鲜肉、咸肉、牛肉、海米或咸菜同煮,无不佳。冻豆腐宜放辣椒、青蒜。我们那里过去没有北方的大白菜,只有"青菜"。大白菜是从山东运来的,美其名曰"黄芽菜",很贵。"青菜"似油菜而大,高二尺,是一年四季都有的,家家都吃的菜。咸菜即是用青菜腌的。阴天下雪,喝咸菜汤。

冬天的游戏:踢毽子,抓子儿,下"逍遥"。"逍遥"是在一张正方的白纸上,木版印出螺旋的双道,两道之间印出八仙、马、兔子、鲤鱼、虾……;每样都是两个,错落排列,不依次序。玩的时候各执铜钱或象棋子为子儿,掷骰子,如果骰子是五点,自"起马"处数起,向前走五步,是兔子,则可向内圈寻找另一个兔子,以子儿押在上面。下一轮开始,自里圈兔子处数起,如是六点,进六步,也许是铁拐李,就寻另一个铁拐李,把子儿押在那个铁拐李上。如果数数至里圈的什么图上,则到外圈去找,退回来。点数够了,子儿能进入终点(终点是一座宫殿式的房子,不知是月宫还是龙门),就算赢了。次后进入的为"二家"、"三家"。"逍遥"两个人玩也可以,三个四个人玩也可以。不知道为什么叫做"逍遥"。

早起一睁眼,窗户纸上亮晃晃的,下雪了!雪天,到后园去折腊梅花、天竺果。明黄色的腊梅、鲜红的天竺果,白雪,生意盎然。腊梅开得很长,天竺果尤为耐久,插在胆瓶里,可经半个月。

春粉子。有一家邻居,有一架碓。这架碓平常不大有人用,只在冬天由附近的一二十家轮流借用。碓屋很小,除了一架碓,只有一些筛子、箩。踩碓很好玩,用脚一踏,吱扭一声,碓嘴扬了起来,嘭的一声,落在碓窝里。粉子春好了,可以蒸糕,做"年烧饼"(糯米粉为蒂,包豆沙白糖,作为饼,在锅里烙熟),搓圆子(即汤团)。春粉子,就快过年了。

一九八八年十二月二十二日

注 释

① 本篇原载《中国作家》1998 年第一期;初收《汪曾祺全集》第四卷,北京师
范大学出版社,1998 年 8 月。

吴雨僧先生二三事[①]

吴宓（雨僧）先生相貌奇古。头顶微尖，面色苍黑，满脸刮得铁青的胡子，有学生形容他的胡子之盛，说是他两边脸上的胡子永远不能一样：刚刮了左边，等刮右边的时候，左边又长出来了。他走路很快，总是提了一根很粗的黄藤手杖。这根手杖不是为了助行，而是为了矫正学生的步态。有的学生走路忽东忽西，挡在吴先生的前面，吴先生就用手杖把他拨正。吴先生走路是笔直的，总是匆匆忙忙的。他似乎没有逍遥闲步的时候。

吴先生是西语系的教授。他在西语系开了什么课我不知道。他开的两门课是外系学生都可以选读或自由旁听的。一门是"中西诗之比较"，一门是"红楼梦"。

"中西诗之比较"第一课我去旁听了。不料他讲的第一首诗却是：

一去二三里，烟村四五家，楼台六七座，八九十枝花。

吴先生认为这种数字的排列是西洋诗所没有的。我大失所望了，认为这讲得未免太浅了，以后就没有再去听，其实讲诗正应该这样：由浅入深。数字入诗，确也算得是中国诗的一个特点。骆宾王被人称为"算博士"。杜甫也常以数字为对，如"两个黄鹂鸣翠柳，一行白鹭上青天"，"窗含西岭千秋雪，门泊东吴万里船"。吴先生讲课这样的"卑之无甚高论"，说明他治学的朴实。

"红楼梦"是很"叫座"的，听课的学生很多，女生尤其多。我没有去听过，但知道一件事。他一进教室，看到有些女生站着，就马上出门，到别的教室去搬椅子。——联大教室的椅子是不固定的,可以搬来搬去。吴先生以身作则,听课的男士也急忙蜂拥出门去搬椅子。到所有女生都已坐下,吴先生才开讲。吴先生讲课内容如何,不得而知。但是他的行动,很能体现"贾宝玉精神"。

文林街和府甬道拐角处新开了一家饭馆,是几个湖南学生集资开的,取名"潇湘馆",挂了一个招牌。吴先生见了很生气,上门向开馆子的同学抗议:林妹妹的香闺怎么可以作为一个饭馆的名字呢!开饭馆的同学尊重吴先生的感情,也很知道他的执拗的脾气,就提出一个折中的方案,加一个字,叫做"潇湘饭馆"。吴先生勉强同意了。

听说陈寅恪先生曾说吴先生是《红楼梦》里的妙玉,吴先生以为知己。这个传说未必可靠,也许是哪位同学编出来的。但编造得颇为合理,这样的编造安在陈先生和吴先生的头上,都很合适。

吴先生长期过着独身生活,吃饭是"打游击"。他经常到文林街一家小饭馆去吃牛肉面。这家饭馆只有一间门脸,卖的也只是牛肉面。小饭馆的老板很尊重吴先生。抗战期间,物价飞涨,小饭馆随时要调整价目。每次涨价,都要征得吴先生同意。吴先生听了老板说明涨价的理由,把老的价目表撤下,在一张红纸上毛笔正楷写一张新的价目表贴在墙上:炖牛肉多少钱一碗,牛肉面多少钱一碗,净面多少钱一碗。

抗战胜利,三校(西南联大是清华、北大、南开联合起来的)复员,不知道为什么吴先生没有回清华(他是老清华了),我就没有再见到吴先生。有一阵谣传他在四川出了家,大概是因为他字"雨僧"而附会出来的。后来打听到他辗转在武汉大学、香港大学教书,最后落到北碚师范学院。"文化大革命"中挨斗得很厉害。罪名之一,是他曾是"学衡派",被鲁迅骂过。这是一篇老账了,不知道造反派怎么翻了出来。他在挨斗中跌断了腿。他不能再教书,一个月只能领五十元生活费。他花三十七块钱雇了一个保姆,只剩十三块钱,实在是难以度日。后来他回到陕西,死在老家。吴先生可以说是穷困而死。一个老教授,落得如此下场,哀哉!

一九八九年一月七日

注　释

①　本篇原载《今古传奇》1989 年第三期,系"早茶笔记"系列中的第二篇;初收《汪曾祺全集》第四卷,北京师范大学出版社,1998 年 8 月。

我的"解放"①

我的"解放"很富于戏剧性,是江青下的命令。江青知道我,是因为《芦荡火种》。这出戏彩排的时候,她问陪她看戏的导演(也是剧团团长)肖甲:"词写得不错,谁写的?"她看戏,导演都得陪着,好随时记住她的"指示"。其时大概是一九六四年夏天。

《芦荡火种》几经改写,定名为《沙家浜》,重排后在北京演了几场。

我又被指定参加《红岩》的改编。一九六四年冬,某日,党委书记薛恩厚带我和阎肃到中南海去参加关于《红岩》改编的座谈会。地点在颐年堂。这是我第一次见江青。在座的有《红岩》小说作者罗广斌和杨益言,林默涵,好像还有袁水拍。他们对《红岩》改编方案已经研究过,我是半路插进来的,对他们的谈话摸不着头脑,一句也插不上嘴,只是坐在沙发里听着,心里有些惶恐。江青说了些什么,我也全无印象,只因为觉得奇怪才记住她最后跟罗广斌说的那句话:"将来剧本写成了,小说也可以按照戏来改。"

自六四年冬至六五年春我们就集中起来改《红岩》剧本。先是在六国饭店,后来改到颐和园的藻鉴堂。到藻鉴堂时昆明湖结着冰,到离开时已解冻了。

其后,我们随剧团大队,浩浩荡荡,到四川"体验生活"。在渣滓洞坐了牢(当然是假的),大雨之夜上华蓥山演习了"扯红"(暴动)。这种"体验生活"实在如同儿戏,只有在江青直接控制下的剧团才干得出来。"体验"结束,剧团排戏(排《沙家浜》),我们几个编剧住在北温泉的"数帆楼"改《红岩》剧本。

一九六五年四月中旬剧团由重庆至上海,排了一些时候戏,江青到剧场审查通过,定为"样板",决定五一公演。"样板戏"的名称自此时始。剧团那时还不叫"样板团",叫"试验田",全称是"江青同志的试验田"。

江青对于样板戏确实是"抓"了的,而且抓得很具体,从剧本、导演、唱腔、布景、服装,包括《红灯记》铁梅的衣服上的补丁,《沙家浜》沙奶奶家门前的柳树,事无巨细,一抓到底,限期完成,不许搪塞。有人说"样板戏"都是别人搞的,江青没有做什么,江青只是"剽窃",这种说法是不科学的。对于"样板戏"可以有不同看法,但是企图在"样板戏"和江青之间"划清界限",以此作为"样板戏"可以"重出"的理由,我以为是不能成立的。这一点,我同意王元化同志的看法。作为"样板戏"的过来人,我是了解情况的。

从上海回来后,继续修改《红岩》。"样板戏"的创作,就是没完没了的折腾。一直折腾到年底,似乎这回可以了。我们想把戏写完了好过年。春节前两天,江青从上海打来电话,给市委宣传部长李琪,叫我们到上海去。我对阎肃说:"戏只差一场,写完了再去行不行?"李琪回了电话,复电说:"不要写了,马上来!"李琪于是带着薛恩厚、阎肃、我,乘飞机到上海。住东湖饭店。

李琪是不把江青放在眼里的。到了之后,他给江青写了一个便条:"我们已到上海,何时接见,请示。"下面的礼节性的词句却颇奇怪,不是通常用的"此致敬礼",而是"此问近祺"。我和阎肃不禁相互看了一眼。稍为知道一点中国的文牍习惯的,都知道这至少不够尊敬。

江青在锦江饭店接见了我们。江青对李琪说:"对于他们的戏,我希望你了解情况,但是不要过问。"(这是什么话呢?我们剧团是市委领导的剧团,市委宣传部长却对我们的戏不能过问!)她对我们说:"上次你们到四川去,我本来也想去。因为飞机经过一个山,我不能适应。有一次飞过的时候,几乎出了问题,幸亏总理叫来了氧气,我才缓过来。你们去,有许多情况,他们不会告诉你们。我万万没有想到:那个时候,四川党还有王明路线!"

我们当时听了虽然感到有点诧异,但是没有感到这句话的严重性,以为她掌握了什么内部材料。"文化大革命"以后,回想起来,才觉出这是一句了不得的话,她要整垮四川党的决心,早就有了。

她决定,《红岩》不搞了,另外搞一个戏:由军队党派一个干部(女的),不通过地方党,找到一个社会关系,打进兵工厂,发动工人护厂,迎接解放。

(哪有这样的事呢?一个地下工作者,不通过党的组织,去开展工作,这根本不符合党的工作原则;一个人,单枪匹马,通过社会关系,发动群众,这可能么?)

我和阎肃,按照她的意思,两天两夜,赶编了一个提纲。阎肃解放前夕在重庆,有一点生活,但是也绝没有她说的那样的生活,——那样的生活根本没有。我是一点生活也没有,但是我们居然编出一个提纲来了!"样板戏"的编剧都有这个本事:能够按照江青的意图,无中生有地编出一个戏来。不这样,又有什么办法呢?提纲出来了,定了剧名:《山城旭日》。

我们在"编"提纲时,李琪同志很"清闲",他买了一包上海老城隍庙的奶油五香豆,一边"荡马路",一边喗哑倒嗒。

江青虽然不让李琪过问我们的戏,我们还有点"组织性",我们把提纲向李琪汇报了。李琪听了,说了一句不凉不酸的话:"看来,没有生活也是可以搞创作的哦?"

我们向江青汇报了提纲,她挺满意!说:"回去写吧!"

回到北京,着手"编"剧。

三月中,她又从上海打电话来:"叫他们来一下,关于戏,还有一些问题。"

这次到上海,气氛已经很紧张了。批《海瑞罢官》已经达到高潮。李琪带了一篇他写的批判文章(作为北京市委宣传部长,他不得不写一篇文章)。他把文章交给江青看看。第二天,江青还给了他,只说了一句:"太长了吧。"江青这时正在炮制军队文艺座谈会纪要。我和薛恩厚对这个座谈会一无所知。阎肃是知道这个会的,李琪当然也会知道。李琪的神色不像上一次到上海时显得那么自在了。据薛恩厚说(他们的房间相对着,当中隔一个小客厅),他半夜大叫(想是做了噩梦）。

一天，江青叫秘书打电话来，叫我们到"康办"（张春桥在康平路的办公室）去见她。李琪说："我不去了，——她找你们谈剧本。"我说："不去不好吧，还是去一下。"李琪在屋里来来回回地走。汽车已经开出来在门口等着了，但还是来回走。最后，才下了决心："好！去！"

关于剧本，其实没有谈多少意见，她这次实际上是和李琪、薛恩厚谈"试验田"的事。他们谈些什么，我和阎肃都没有注意。大概是她提了一些要求，李琪没有爽快地同意，只见她站了起来，一边来回踱步，一边说："叫老子在这里试验，老子就在这里试验！不叫老子在这里试验，老子到别处去试验！"声音不很大，但是语气分量很重。回到东湖饭店，李琪在客厅里坐着，沉着脸，半天没有说话。薛恩厚坐在一边，汗流不止。我和阎肃看着他们。我们知道她这是向北京市摊牌。我和阎肃回到房间，阎肃说："一个女同志，'老子'、'老子'的！唉！"我则觉得江青说话时的神情，完全是一副"白相人面孔"。

《山城旭日》写出来了，排练了，彩排了几场，"文化大革命"起来了，戏就搁下了。江青忙着"闹革命"，也顾不上再过问这个戏。

剧团的领导都被揪了出来，他们是"走资派"。我也被揪了出来，因为是"老右派"，而且我和薛恩厚曾合作写过一个剧本《小翠》，被认为是反党反社会主义的大毒草。剧中有一个傻公子，救了一只狐狸，他说是猫，别人告诉他这不是猫，你看，这是个大尾巴，傻公子愣说"大尾巴猫"！这就不得了了，这影射什么！"文化大革命"中许多"革命群众"的想象力真是特别丰富，他们能从一句话里挖出你想象不到的意思。

批斗、罚跪、在头发当中推一剪子开出一条马路，在院内游街，挨几下打，这些都是题中应有之义，全国皆然，不必细说。

后来把我们都关到一间小楼上。这时两派斗了起来，"革命群众"对我们也就比较放松，不大管了。

小楼上关的，有被江青在"11·28"大会上点名的剧团领导，几个有历史问题的"反革命"，还有得罪了江青的赵燕侠。虽然只十来个人,但小楼很小,大家围着一张长桌坐着,凳子挨着凳子,也够挤的。坐在里边的人要下楼解手,外边的人就得站起来让他过去。我有一次下楼,要从赵燕侠身前过,她没有站起来,却刷的一下把一只左脚高举过了头顶。赵老板有《大英节烈》的底子,腿功真不错!我们按时上下班,比起"革命群众"打派仗,热火朝天,卜昼卜夜,似乎还更清静一些。每天的日程是学毛选,交待问题,劳动。"问题"只是那些,交待起来没个完,于是大家都学会了车轱辘话来回转,这次是"一、二、三、四、五",下次是"五、四、三、二、一"。劳动主要是两项。一是劈劈柴。剧团隔一个胡同有一个小院子,里面有许多破桌子烂椅子,我们就把这些桌椅破碎供生炉子取暖用。这活劳动量不大,关起院门,与世隔绝,可以自由休息,随便说话。另外一项是抬煤。两个人抬一筐,不算太沉。吃饭自己带。有人竟然带了干烧黄鱼中段、煨牛肉、三鲜馅的饺子来,可以彼此交换品尝。应该说,我们的小楼一统的日子,没有受太大的罪。但是一天一天这么下去,到哪儿算一站呢?

一天,薛恩厚正在抬煤,李英儒(当时是中央文革小组的联络员,隔十天半月到剧团来看看)对他说:"老薛,像咱们这么大的年纪,这样重的活就别干了。"我一听,奇怪,何态度亲切乃尔? 过了几天,我在抬煤,李英儒看见,问我:"汪曾祺,你最近在干什么哪?"我说:"检查、交待。"他说:"检查什么! 看看《毛选》吧。"我心里明白,我们的问题大概快要解决了。

四月二十七日上午,革委会的一位委员上小楼叫我,说"李英儒同志找你"。我到了办公室,李英儒说:"准备解放你,你准备一下,向群众作一次检查。"我回到小楼,正考虑怎样检查,李英儒又派人来叫我,说:"不用检查了,你表一个态。——不要长,五分钟就行了。"我刚出办公室,走了几步,又把我叫回去,说:"不用五分钟,三分钟就行了!"

过不一会,群众已经集合起来。三分钟,说什么? 除了承认错误,我说:"江青同志如果还允许我在'样板戏'上尽一点力,我愿意鞠躬尽瘁,死而后已!"这几句话在四人帮垮台后,我不知道检查了多少次。但是我当时说的是真心话,而且是非常激动的。

表了态，我就"回到革命队伍当中"了，先在"干部组"呆着。和八九个月以前朝夕相处的老同志坐在一起，恍同隔世。

刚刚坐定，一位革委会委员拿了一张戏票交给我："江青同志今天来看《山城旭日》，你晚上看戏。"

过了一会，委员又把戏票要走。

过了一会，给我送来一张请帖。

过了一会，又把请帖要走。

我不知道这是怎么回事。李英儒派人来叫我到办公室，告诉我："江青同志今天来看戏，你和阎肃坐在她旁边。"

我当时囚首垢面，一身都是煤末子，衣服也破烂不堪。回家换衣服，来不及了，只好临时买了一套。

开戏前，李英儒早早在贵宾休息室坐着。我记得闻捷和李丽芳来，李英儒和他们谈了几句（这是我唯一一次见到闻捷）。快开演前，李英儒嘱咐我："不该说的话不要说。"我不知道这句话是什么意思。我没有什么话要跟江青说，也不知道有什么话不该说。恍恍惚惚，如在梦里。

快开戏了，江青来，坐下后只问我一个她所喜欢的青年演员在运动中表现怎么样，我不了解情况，只好说："挺好的。"

看戏过程中，她说了些什么，我全不记得了，只记得她说："你们用毛主席诗词作每场的标题，倒省事啊！不要用！"

散了戏，座谈。参加的人，限制得很严格。除了剧作者，只有杨成武、谢富治、陈亚丁。她坐下后，第一句话是："你们开幕的天幕上写的是'向大西南进军'（这个戏开幕后是大红的天幕，上写六个白色大字：'向大西南进军'），我们这两天正在研究向大西南进军。"

当时我们就理解，她所谓"向大西南进军"，就是搞垮大西南的党政领导，把"革命"的烈火在大西南烧得更猛。后来西南几省，尤其是四川，果然乱得一塌糊涂。

除了陈亚丁长篇大论地谈了一些对戏的意见外，他们所谈的都是关于"文化大革命"的事。我和阎肃只好装着没听见。

忽然江青发现一个穿军装的年轻女同志在一边不停地记,她脸色一变,问:"你是哪来的?"

"我是军报的。"

"谁让你进来的?"

"⋯⋯"

"我们在这里漫谈,你来干什么? 出去!"

这位女记者满面通红,站起来往外走。

"把你的笔记本留下。你这样做,我很不放心!"

江青有个脾气,她讲话,不许记录。何况今天的讲话,非同小可,这位女同志冒冒失失闯了进来,可谓"不知天高地厚"。

杨成武说了几句,门外喊"报告!",杨成武听出是秘书的声音。"进来!"秘书在杨成武耳边说了几句话。杨成武起立,说:"打下了一架无人驾驶飞机,我去处理一下。"江青轻轻一扬手:"去吧!"

江青这种说话语气,我们见过不止一次。她对任何干部,都是"见官大一级",用"一朝国母"的语气说话。

谢富治发言,略谓"打开了重庆,我是头一个到渣滓洞去看了的。根据我对地形的观察,根本不可能跑出一个人来"!

我当时就想:坏了! 按照他的逻辑,渣滓洞的幸存者,全是叛徒。我马上想到罗广斌。罗广斌后来不明不白地死掉了,我一直想,这和谢富治这句斩钉截铁的断言是有(尽管不是直接的)关系的。

座谈结束,已经是凌晨两点多钟。公共汽车、电车早已停驶。剧团不会给我留车。我也绝没想到让剧团给我派一辆车。我只好由虎坊桥步行回甘家口,走到家,天都快亮了。

我在"文化大革命"中的遭遇,我的"解放",尘芥浮沤而已。我要揭出的是我亲自听到的江青的两句话:"我万万没有想到,那个时候,四川党还有王明路线",和"我们这两天正在研究向大西南进军"。我是一个侧面的历史见证人。因为要衬出这个历史片段的来龙去脉,遂不惮其烦地述说了我的"解放",否则说不清楚,我的缕述,细节、日期或不准确,但是江青的这两句话,我可以保证无讹。

注　释

① 本篇原载《东方纪事》1989 年第一期；初收《汪曾祺全集》第四卷，北京师
范大学出版社，1998 年 8 月。

韭　菜　花^①

　　五代杨凝式是由唐代的颜柳欧褚到宋四家苏黄米蔡之间的一个过渡人物。我很喜欢他的字。尤其是"韭花帖"。不但字写得好,文章也极有风致。文不长,录如下:

　　　　昼寝乍兴,辋饥正甚,忽蒙简翰,猥赐盘飧。当一叶报秋之初,乃韭花逞味之始。助其肥羜(zhù 音柱),实谓珍羞。充腹之余,铭肌载切,谨修状陈谢,伏惟鉴察,谨状。

　　　　　　　　　　　　　　　　七月十一日　凝式状

　　使我兴奋的是:

　　一、韭花见于法帖,此为第一次,也许是惟一的一次。此帖即以"韭花"名,且文字完整,全篇可读,读之如今人语,至为亲切。我读书少,觉韭花见之于"文学作品",这也是头一回。韭菜花这样的虽说极平常,但极有味的东西,是应该出现在文学作品里的。

　　二、杨凝式是梁、唐、晋、汉、周五朝元老,官至太子太保,是个"高干",但是收到朋友赠送的一点韭菜花,却是那样的感激,正儿八经地写了一封信(杨凝式多作草书,黄山谷说:"谁知洛阳杨风子,下笔便到乌丝阑","韭花帖"却是行楷),这使我们想到这位太保在口味上和老百姓的离脱不大。彼时亲友之间的馈赠,也不过是韭菜花这样的东西。今天,恐怕是不行的了。

　　三、这韭菜花不知道是怎样做成的,是清炒的,还是腌制的? 但是看起来是配着羊肉一起吃的。"助其肥羜","羜"是出生五个月的小羊,杨凝式所吃的未必真是五个月的羊羔子,只是因为《诗·小雅·伐木》有"既有肥羜"的成句,就借用了吧。但是以韭花与羊肉同食,却是可以肯定的。北京现在吃涮羊肉，缺不了韭菜花，或以为这办法来自蒙古或西域回族，原来中国五代时已经有了。杨凝式是陕西人，以韭菜花蘸羊肉吃，盖始于中国西北诸省。

北京的韭菜花是腌了后磨碎了的，带汁。除了是吃涮羊肉必不可少的调料外，就这样单独地当咸菜吃也是可以的。熬一锅虾米皮大白菜，佐以一碟韭菜花，或臭豆腐，或卤虾酱，就着窝头、贴饼子，在北京的小家户，就是一顿不错的饭食。从前在科班里学戏，给饭吃，但没有菜，韭菜花、青椒糊、酱油，拿开水在大木桶里一沏，这就是菜。韭菜花很便宜，拿一只空碗，到油盐店去，3 分钱、5 分钱，售货员就能拿铁勺子舀给你多半勺。现在都改成用玻璃瓶装，不卖零，一瓶要一块多钱，很贵了。

过去有钱的人家自己腌韭菜花，以韭花和沙果、京白梨一同治为碎齑，那就很讲究了。

云南的韭菜花和北方的不一样。昆明韭菜花和曲靖韭菜花不同。昆明韭菜花是用酱腌的，加了很多辣子。曲靖韭菜花是白色的，乃以韭花和切得极细的、风干了的萝卜丝同腌成，很香，味道不很咸而有一股说不出来淡淡的甜味。曲靖韭菜花装在一个浅白色的茶叶筒似的陶罐里。凡到曲靖的，都要带几罐送人。我常以为曲靖韭菜花是中国咸菜里的"神品"。

我的家乡是不懂得把韭菜花腌了来吃的，只是在韭花还是骨朵儿，尚未开放时，连同掐得动的嫩薹，切为寸段，加瘦猪肉，炒了吃。这是"时菜"，过了那几天，菜薹老了，就没法吃了。作虾饼，以爆炒的韭菜骨朵儿衬底，美不可言。

注　释

① 　本篇原载《三月风》1989 年第一期；初收《汪曾祺文集·散文卷》，江苏文艺出版社，1993 年 9 月。

四 方 食 事^①

（一）口味

"口之于味，有同嗜焉"。好吃的东西大家都爱吃。宴会上有烹大虾（得是极新鲜的），大都剩不下。但是也不尽然。羊肉是很好吃的。"羊大为美"。中国吃羊肉的历史大概和这个民族的历史同样久远。中国羊肉的吃法很多，不能列举。我以为最好吃的是手把羊肉。维吾尔、哈萨克都有手把肉，但似以内蒙为最好。内蒙很多盟旗都说他们那里的羊肉不膻，因为羊吃了草原上的野葱，生前已经自己把膻味解了。我以为不膻固好，膻亦无妨。我曾在达茂旗吃过"羊贝子"，即白煮全羊。整只羊放在锅里只煮45分钟（为了照顾远来的汉人客人，多煮了15分钟，他们自己吃，只煮半小时），各人用刀割取自己中意的部位，蘸一点作料（原来只备一碗盐水，近年有了较多的作料）吃。羊肉带生，一刀切下去，会汪出一点血，但是鲜嫩无比。内蒙人说，羊肉越煮越老，半熟的，才易消化，也能多吃。我几次到内蒙，吃羊肉吃得非常过瘾。同行有一位女同志，不但不吃，连闻都不能闻。一走进食堂，闻到羊肉气味就想吐。她只好每顿用开水泡饭，吃咸菜，真是苦煞。全国不吃羊肉的人，不在少数。

"鱼羊为鲜"，有一位老同志是获鹿县人，是回民，他倒是吃羊肉的，但是一生不解何所谓鲜。他的爱人是南京人，动辄说："这个菜很鲜"，他说："什么叫'鲜'？我只知道什么东西吃着'香'。"要解释什么是"鲜"，是困难的。我的家乡以为最能代表鲜味的是虾子。虾子冬笋、虾子豆腐羹，都很鲜。虾子放得太多，就会"鲜得连眉毛都掉了"

的。我有个小孙女，很爱吃我配料煮的龙须挂面。有一次我放了虾子，她尝了一口，说"有股什么味！"不吃。

中国不少省份的人都爱吃辣椒。云、贵、川、黔、湘、赣。延边朝鲜族也极能吃辣。人说吃辣椒爱上火。井冈山人说："辣子冇补（没有营养），两头受苦"。我认识一个演员，他一天不吃辣椒，就会便秘！我认识一个干部，他每天在机关吃午饭，什么菜也不吃，只带了一小饭盒油炸辣椒来，吃辣椒下饭，顿顿如此。此人真是个吃辣椒专家，全国各地的辣椒，都设法弄了来吃。据他的品评，认为土家族的最好。有一次他带了一饭盒来，让我尝尝，真是又辣又香。然而有人是不吃辣的。我曾随剧团到重庆体验生活。四川无菜不辣，有人实在受不了。有一个演员带了几个年轻的女演员去吃汤圆，一个唱老旦的演员进门就嚷嚷："不要辣椒！"卖汤圆的白了她一眼："汤圆没有放辣椒的！"

北方人爱吃生葱生蒜。山东人特爱吃葱，吃煎饼、锅盔，没有葱是不行的。有一个笑话：婆媳吵嘴，儿媳妇跳了井。儿子回来，婆婆说："可了不得啦，你媳妇跳井啦！"儿子说："不咋！"拿了一根葱在井口逛了一下，媳妇就上来了。山东大葱的确很好吃，葱白长至半尺，是甜的。江浙人不吃生葱蒜，做鱼肉时放葱，谓之"香葱"，实即北方的小葱，几根小葱，挽成一个疙瘩，叫做"葱结"。他们把大葱叫做"胡葱"，即做菜时也不大用。有一个著名女演员，不吃葱，她和大家一同去体验生活，菜都得给她单做。"文化大革命"斗她的时候，这成了一条罪状。北方人吃炸酱面，必须有几瓣蒜。在长影拍片时，有一天我起晚了，早饭已经开过，我到厨房里和几位炊事员一块吃。那天吃的是炸油饼，他们吃油饼就蒜。我说，"吃油饼哪有就蒜的！"一个河南籍的炊事员说："嘿！你试试！"果然，"另一个味儿"。我前几年回家乡，接连吃了几天鸡鸭鱼虾，吃腻了，我跟家里人说："给我下一碗阳春面，弄一碟葱，两头蒜来。"家里人看我生吃葱蒜，大为惊骇。

有些东西，本来不吃，吃吃也就习惯了。我曾经夸口，说我什么都吃，为此挨了两次捉弄。一次在家乡。我原来不吃芫荽（香菜），以为有臭虫味。一次，我家所开的中药铺请我去吃面，——那天是药王生日，铺中管事弄了一大碗凉拌芫荽，说："你不是什么都吃吗?"我一咬牙，吃了。从此我就吃芫荽了。比来北地，每吃涮羊肉，调料里总要撒上大量芫荽。一次在昆明。苦瓜，我原来也是不吃的，——没有吃过。我们家乡有苦瓜，叫做癞葡萄，是放在磁盘里看着玩，不吃的。有一位诗人请我下小馆子，他要了三个菜:凉拌苦瓜、炒苦瓜、苦瓜汤。他说:"你不是什么都吃吗?"从此，我就吃苦瓜了。北京人原来是不吃苦瓜的，近年也学会吃了。不过他们用凉水连"拔"三次，基本上不苦了，那还有什么意思!

有些东西，自己尽可不吃，但不要反对旁人吃。不要以为自己不吃的东西，谁吃，就是岂有此理。比如广东人吃蛇，吃龙虱;傣族人爱吃苦肠，即牛肠里没有完全消化的粪汁，蘸肉吃。这在广东人、傣族人，是没有什么奇怪的。他们爱吃，你管得着吗? 不过有些东西，我也以为以不吃为宜，比如炒肉芽——腐肉所生之蛆。

总之，一个人的口味要宽一点、杂一点，"南甜北咸东辣西酸"，都去尝尝。对食物如此，对文化也应该这样。

（二）切脍

《论语·乡党》:"食不厌精，脍不厌细"，中国的切脍不知始于何时。孔子以"食"、"脍"对举，可见当时是相当普遍的。北魏贾思勰《齐民要术》提到切脍。唐人特重切脍，杜甫诗累见。宋代切脍之风亦盛。《东京梦华录·三月一日开金明池琼林苑》:"多垂钓之士，必于池苑所买牌子，方许捕鱼。游人得鱼，倍其价买之。临水斫脍，以荐芳樽，乃一时佳味也。"元代，关汉卿曾写过"望江亭中秋切脍"。明代切脍，也还是有的，但《金瓶梅》中未提及，很奇怪。《红楼梦》也没有提到。到了近代，很多人对切脍是怎么回事，都茫然了。

脍是什么? 杜诗邵注:"鲙，即今之鱼生、肉生。"更多指鱼生，脍的繁体字是"鱠"，可知。

杜甫《阌乡姜七少府设鲙戏赠长歌》对切脍有较详细的描写。脍要切得极细,"脍不厌细",杜诗亦云:"无声细下飞碎雪"。脍是切片还是切丝呢? 段成式《酉阳杂俎·物革》云:"进士段硕尝识南孝廉者,善斫脍,縠薄丝缕,轻可吹起。"看起来是片和丝都有的。切脍的鱼不能洗。杜诗云:"落碪何曾白纸湿",邵注:"凡作鲙,以灰去血水,用纸以隔之",大概是隔着一层纸用灰吸去鱼的血水。《齐民要术》:"切鲙不得洗,洗则鲙湿。"加什么佐料? 一般是加葱的,杜诗:"有骨已剁觜春葱。"《内则》:"鲙,春用葱,夏用芥。"葱是葱花,不会是葱段。至于下不下盐或酱油,乃至酒、酢,则无从臆测,想来总得有点咸味,不会是淡吃。

切脍今无实物可验。杭州楼外楼解放前有名菜醋鱼带靶。所谓"带靶"即将活草鱼的脊背上的肉剔下,切成极薄的片,浇好酱油,生吃。我以为这很近乎切脍。我在1947年春天曾吃过,极鲜美。这道菜听说现在已经没有了,不知是因为有碍卫生,还是厨师无此手艺了。

日本鱼生我未吃过。北京西四牌楼的朝鲜冷面馆卖过鱼生、肉生。鱼生乃切成一寸见方、厚约二分的鱼片,蘸极辣的作料吃。这与"縠薄丝缕"的切脍似不是一回事。

与切脍有关联的,是"生吃螃蟹活吃虾"。生螃蟹我未吃过,想来一定非常好吃。活虾我可吃得多了。前几年回乡,家乡人知道我爱吃"呛虾",于是餐餐有呛虾。我们家乡的呛虾是用酒把白虾(青虾不宜生吃)"醉"死了的。解放前杭州楼外楼呛虾,是酒醉而不待其死,活虾盛于大盘中,上覆大碗,上桌揭碗,虾蹦得满桌,客人捉而食之。用广东话说,这才真是"生猛"。听说楼外楼现在也不卖呛虾了,惜哉!

下生蟹活虾一等的,是将虾蟹之属稍加腌制。宁波的梭子蟹是用盐腌过的,醉蟹、醉泥螺、醉蚶子、醉蛏鼻,都是用高粱酒"醉"过的。但这些都还是生的。因此,都很好吃。

我以为醉蟹是天下第一美味。家乡人贻我醉蟹一小坛。有天津客人来,特地为他剁了几只。他吃了一小块,问:"是生的?"就不敢再吃。

"生的",为什么就不敢吃呢? 法国人、俄罗斯人,吃牡蛎,都是生吃。我在纽约南海岸吃过鲜蚌,那是绝对是生的,刚打上来的,而且什么作料都不搁,经我要求,服务员才给了一点胡椒粉。好吃么? 好吃极了!

为什么"切脍"、生鱼活虾好吃？曰:存其本味。

我以为切脍之风,可以恢复。如果觉得这不卫生,可以仿照纽约南海岸的办法:用"远红外"或什么东西处理一下,这样既不失本味,又无致病之虞。如果这样还觉得"膈应",吞不下,吞下要反出来,那完全是观念上的问题。当然,我也不主张普遍推广,可以满足少数老饕的欲望,"内部发行"。

(三) 河豚

阅报,江阴有人食河豚中毒,经解救,幸得不死,杨花扑面,节近清明,这使我想起,正是吃河豚的时候了。苏东坡诗:

> 竹外桃花三两枝,
> 春江水暖鸭先知。
> 蒌蒿满地芦芽短,
> 正是河豚欲上时。

梅圣俞诗:

> 河豚当此时,
> 贵不数鱼虾。

宋朝人是很爱吃河豚的,没有真河豚,就用了不知什么东西做出河豚的样子和味道,谓之"假河豚",聊以过瘾,《东京梦华录》等书都有记载。

江阴当长江入海处不远,产河豚最多,也最好。每年春天,鱼市上有很多河豚卖。河豚的脾气很大,用小木棍捅捅它,它就把肚子鼓起来,再捅,再鼓,终至成了一个圆球。江阴河豚品种极多。我所就读的南菁中学的生物实验室里搜集了各种河豚,浸在装了福尔马林的玻璃器内。有的很大,有的小如金钱龟。颜色也各异,有带青绿色的,有白的,还有紫红的。这样齐全的河豚标本,大概只有江阴的中学才能搜集得到。

河豚有剧毒。我在读高中一年级时，江阴乡下出了一件命案，"谋杀亲夫"。"奸夫"、"淫妇"在游街示众后，同时枪决。毒死亲夫的东西，即是一条煮熟的河豚。因为是"花案"，那天街的两旁有很多人鹄立伫观。但是实在没有什么好看，奸夫淫妇都蠢而且丑，奸夫还是个黑脸的麻子。这样的命案，也只能出在江阴。

但是河豚很好吃，江南谚云："拼死吃河豚"，豁出命去，也要吃，可见其味美。据说整治得法，是不会中毒的。我的几个同学都曾约定请我上家里吃一次河豚，说是"保证不会出问题"。江阴正街上有一家饭馆，是卖河豚的。这家饭馆有一块祖传的木板，刷印保单，内容是如果在他家铺里吃河豚中毒致死，主人可以偿命。

河豚之毒在肝脏、生殖腺和血，这些可以小心地去掉。这种办法有例可援，即"洁本金瓶梅"是。

我在江阴读书两年，竟未吃过河豚，至今引为憾事。

（四）野菜

春天了，是挖野菜的时候了。踏青挑菜，是很好的风俗。人在屋里闷了一冬天，尤其是妇女，到野地里活动活动，呼吸一点新鲜空气，看看新鲜的绿色，身心一快。

南方的野菜，有枸杞、荠菜、马兰头……北方野菜则主要的是苣荬菜。枸杞、荠菜、马兰头用开水焯过，加酱油、醋、香油凉拌。苣荬菜则是洗净，去根，蘸甜面酱生吃。或曰吃野菜可以"清火"，有一定道理。野菜多半带一点苦味，凡苦味菜，皆可清火。但是更重要的是吃个新鲜。有诗人说："这是吃春天"，这话说得有点做作，但也还说得过去。

敦煌变文、《云谣集杂曲子》、打枣杆、挂枝儿、吴歌，乃至《白雪遗音》等等，是野菜。因为它新鲜。

一九八九年四月十八日

注　释

① 　本篇原载《中国文化》1989 年第一期（创刊号）"城南客话"专栏；初收《汪
　　曾祺小品》，中国人民大学出版社，1992 年 10 月。

凤　翥　街[①]

　　昆明大西门外有两条街,两条街的街名都起得富丽堂皇,一条叫凤翥街,一条叫龙翔街,其实是两条很小的街,与龙、凤一点关系没有。凤翥街是南北向的,从大西门前横过;龙翔街对着大西门,东西向,与凤翥街相交,成丁字形,龙翔街比较宽,也干净一些,但不如凤翥街热闹。

　　凤翥街北口有一座砖砌的小牌楼,大概是所谓里门。牌楼外有一小块空地,是背炭的苗族人卖炭的地方。这些苗族人是很辛苦的。他们从几十里外的山里把烧好的栎炭背到昆明来,一驮子不下二百斤,一路休息时炭驮子不卸下,只是找一个岩头或墙壁,把炭驮靠着,下面支一个T字形的木拐,人倚着一驮炭站一会,便算是休息了。他们吃的饭非常粗粝,只是通红的糙米饭,拌一点槌碎了的辣椒和盐。他们不用碗筷,饭装在一个本色白布口袋里,就着口袋吞食。边吃边把口袋口向外翻卷。吃完了,把口袋底翻过来,抖一抖,一顿饭就完事了。有学问的人讲营养,讲食物结构,人应该吃这个,需要吃那个,这些苗族人一辈子吃辣椒盐巴拌饭,也照样活。有一年日本飞机轰炸,这些苗族人没有防空常识,吓得四处乱跑,被机枪扫射,死伤了几个。

　　进这个小牌楼,才是正式的凤翥街。这条街主要是由茶馆、饭馆、纸烟店、骡马店、饼店和各色各样来来往往的行人构成的。

　　这条长约一百米左右的小街上倒有五家茶馆。

　　挨着小牌楼是一家很小的茶馆,只有三张茶桌。招呼茶座的是一个壮实而白皙的中年妇人。这女人很能生孩子。最小的一个已经四岁了,还不时自己解开妈妈的扣子,趴在胸前吸奶。她住家在街对面。丈夫是一个精瘦的老头子,他一天不露面,只在每天下午到茶馆里来,捧着一个蓝花大碗咕嘟咕嘟喝下一大碗牛奶。这是一头老种畜,除了抽鸦片，喝牛奶，就会制造孩子。这家茶馆还卖草鞋，房梁、墙壁，到处都是一串一串的草鞋。

走过几家，是一个绍兴人开的茶馆，这位绍兴老板很重乡情，只要不是本地人，他觉得都是同乡，他对西南联大的学生很有感情，联大学生去喝茶，没带钱，可以赊账。空手喝了茶，临了还能跟老板借几个钱到城里南屏大戏院去看一场电影。

街东一家是后来开的，用的是有盖带把的白瓷茶缸，有点洋气，——别家茶馆都用粗瓷青花盖碗。这一家是专卖西南联大学生的，本地人不来，喝不惯这种有把的茶缸，也听不懂这些大学生的高谈阔论。

从"洋"茶馆往南，隔一个牛肉馆，一个小饭馆，一家，茶桌茶具都很干净，给客人拿盖碗、冲开水的是一个十二三岁的半大孩子。这家孩子也多，三个，都是男孩子。这个小大人的身后老跟着一个弟弟，有时一边做生意，一边背上还用背兜背着一个小弟弟。这小大人手脚很勤快。他终年不穿鞋，赤脚在泥地上踏得叭答叭答地响。西南联大有个同学给这个小大人起了一个名字："主任儿子"。

"主任儿子"茶馆斜对面是一家本街最大，也是地道昆明味儿的茶馆。这家茶馆在风翥街的把角，茶馆的门面一边对着风翥街，一边对着龙翔街，两街风景，往来行人，尽在眼底，真是一个闲看漫听的好地方。进门的都是每天必至的老茶客。他们落座后第一件事便是卷叶子烟。叶子烟装在一个牛皮制成、外涂黑漆的圆盒里，在家里预先剪成等长的一段一段，上面覆着一片菜叶，以使烟叶潮润。取出几根，外面选一片完整的叶子裹紧，一枝一枝排在桌上，依次燃吸。这工作做得十分细致。茶馆里每天有一个盲人打扬琴说书，愿意听就听一会，不愿听尽可小声说话。偶尔也有看相的来，一手执一个面贴红纸的朝笏似的硬纸片，上写"××山人"、"××子"，一手拈着一根纸媒子，口称"送看手相不要钱"。走了一个，又来一个，但都无人答理。不时有女孩子来卖葵花子，小声吆唤："瓜子瓜"。这家茶馆每天要扫出很多瓜子皮。

凤翥街有三家纸烟店。一家挨着小牌楼，路东。架上没有几盒烟，主要卖花生米。卖东西的是姑嫂二人。小姑子脸盘和肩膀都很宽，涂脂抹粉，见人常作媚笑。她这儿卖花生米从来不上秤约，凭她的手抓，抓多少是多少。来买的如是个漂亮小伙子，就给得多；难看的，给得少，同样价钱，悬殊很大。联大同学发现了这个秘密，凡买花生米，都推一个"小生"去。嫂子也爱向人眉目传情，但眼光狡黠，不像小姑子那样直露。

　　另两家纸烟店门对门，各有主顾。除了卖纸烟火柴，当中还挂着一排金堂叶子。纸烟店代卖零酒。昆明的白酒分升酒、市酒两种。升酒美其名曰"玫瑰重升"，大体相当于北京的二锅头，和玫瑰了不相涉。市酒比升酒要便宜一半。昆明人有一种喝法，叫做"升掺市"，即一半升酒，一半市酒掺起来喝。

　　这条街上共有五家饭馆。最南的一家是一个扬州人开的，光顾的多为联大师生，本地人实在吃不惯这位大师傅的淮扬口味。他的拿手菜是过油肉，确实炒得很嫩。

　　街中有一家牛肉馆。这是一家回民馆，只卖牛肉。有冷片——大块牛肉白水煮得极酥，快刀切为薄片，蘸甜酱油吃；汤片——即将冷片铺在碗中浇以滚汤；红烧——牛肉的带筋不成形的小块染以红曲，炖焖，连汤卖，所谓"红烧"，其实并不放酱油；牛肚——肚板、肚领整块煮熟，切薄片，浇汤，不知道为什么没有牛白叶。牛肚谓之"领肝"，不知道是不是对"肚"有什么忌讳？牛舌，亦煮熟切片浇汤，牛舌有个特别名称，叫做"撩青"，细想一下，是可以理解的，牛的舌头可不是"撩"青草的么？不过这未免太费思索了；牛肉馆偶有"牛大筋"卖，牛大筋是牛鞭，即牛鸡巴也，这是非常好吃的。牛肉馆卖米饭。要一碗白米饭、一个"冷片"、一碗汤菜，好吃实惠。

　　牛肉馆隔壁是一家汉民小饭馆，只卖爨荤小炒。昆明人把荤菜分为大荤和爨荤。大荤即煨炖的大块肉，爨荤是蔬菜加一点肉爆炒。这家的炒菜都是七寸盘，两三个人吃饭最为相宜。青椒炒肉丝、炒灯笼椒（红柿子椒）、炒菜花（昆明人叫椰花菜）、番茄炒鸡蛋等等。菜的味道很好,因为肉菜新鲜,油多火大。有一个菜我在别处没有吃过:炒青苞谷(嫩玉米),稍放一点肉末,加一点青辣椒,极清香爽口。

街的南端有两家较大的饭馆,一家在街西,龙翔街口,大茶馆的对面;一家在大西门右侧。这是两家地地道道的云南饭馆,顾客以马锅头为最多。

马锅头是凤翥街的重要人物。三五七八个人,三二十匹马,由昆明经富民往滇西运日用百货,又从滇西运土产回昆明。他们的装束一看就看得出来。都穿白色的羊皮板的背心,不钉纽扣,对襟两边有细皮条编缀的图案,有点像美国的西部英雄,脚下是厚牛皮底,上边用宽厚的黑色布条缝成草鞋的样子,说草鞋不是草鞋,说布鞋不是布鞋的那么一种鞋,布条上大都绣几朵红花,有的还钉了"鬼眨眼"(亮片)。上路时则多戴了黑色漆布制的凉帽。马锅头是很苦的,他们是在风霜里生活的人。沿途食宿,皆无保证。有时到了站头,只能拾一把枯柴焖一锅饭,用随身带着的刀子削一点牛干巴——牛肉割成长条,盐腌后晒干,下饭。他们有钱,运一趟货能得不少钱。他们的荷包里有钞票。有时还有银圆(滇西有的地方还使银圆)甚至印度的"半开"(金币)。他们一路辛苦,到昆明,得痛快两天(他们连人带马都住在卖花生米那家隔壁的马店里)。这是一些豪爽剽悍的男人。他们喝酒、吸烟,都是大口。他们吸起烟来很猛,不经喉咙,由口里直接灌进肺叶,吸时带飕飕的风声,好像是喝,几口,一枝烟就吸完了。他们走进那两家云南馆子,一坐下首先要一盘"金钱片腿"——火腿的肘部,煮熟切片,一层薄皮,包一圈肥肉,里面是通红的瘦肉,状如金钱;然后要别的菜:粉蒸肉、黄焖鸡、炸乳扇(羊奶浮面的薄皮,揭出、晾干)、烩乳饼(奶豆腐)……他们当然都是吃得盘光碗净的。但是吃相并不粗野,喝酒是不出声的,不狂呼乱叫。

街西那家云南馆子,晚市卖羊肉。昆明羊肉都是切成大块,用红曲染了,加料,煮在一口大锅里(只有护国路有一家,卖白汤羊肉)。卖时也是分门别类,如"拐骨"、"油腰"(昆明羊腰子好像特别大,两个熟腰子切出后就够半碗)、"灯笼"(眼睛),羊舌是不是也叫"撩青"我就记不清了。

我们的体育老师侯先生有一次上课讲话，讲了一篇羊肉论。我们的体育课，除了跑步、投篮、跳高之外，教员还常讲讲话。这位侯先生名叫侯洛苟，学生便叫他侯老狗。其实侯先生是个很好的人，学生并不恨他，只怪他的名字起得不好。侯先生所论之羊肉，即大西门外云南馆子之羊肉也。上体育课怎么会讲起羊肉来呢？这是可以理解的。当时的大学生都很穷，营养不足，而羊肉则是偶尔还能吃得起一碗的。吃了羊肉，可增精力，这实在与体育有莫大之直接关系焉。侯先生上体育课谈羊肉的好处（主要是便宜）确实是出自对学生的关心，这一点我们是都感觉到的（他自己就常去吃一碗羊拐骨）。至于另一次他在上体育课时讲了半天狂犬病，我就不知道出于什么目的了。昆明有一阵闹狂犬病，但是大多数学生是不会被疯狗咬了的。倒是他说狂犬病亦名恐水病，得病人看到水就害怕，这倒是我以前没有听说过的，算是增长了一点知识。侯先生大概已经作古。这是个非常忠厚的人。

凤翥街有一家做一种饼，其实只是小酵的发面饼，在锅里先烙至半熟，再放在炉膛内两面烤一烤，炉膛里烧的是松毛——马尾松的针叶，因此有一点很特殊的香味。这种饼原来就叫做麦粑粑，因为联大的女生很爱吃这种饼，昆明人把女学生特别是外来的女学生叫"摩登"。有人便把这种饼叫做"摩登粑粑"。本是戏称，后来竟成了正式的名字。买两个摩登粑粑，到府甬道买四两叉烧肉夹着吃、喝一碗酽茶，真是上海人所说的"小乐胃"。昆明的叉烧比较咸，不像广东叉烧那样甜；比较干，不像广东的那样油乎乎、粘乎乎的，有一个广东女同学，一张长圆的脸，有点像个氢气球，我们背后就叫她"氢气球"。这位小姐上课总带一个提包。别的女同学们的提包里无非是粉盒、口红、手绢之类，她的提包里却装了一包叉烧肉。我和她同上经济学概论，是个大教室，我们几个老是坐在最后面，她就取出叉烧肉分发给几个熟同学，我们就一面吃叉烧，一面听陈岱孙先生讲"边际效用"。这位氢气球小姐现在也一定已经当了奶奶了。

1986年我回了一趟昆明，特意去看了看龙翔街、凤翥街。龙翔街已经拆建,成了一条颇宽的马路。凤翥街还很狭小,样子还看得出来。有些房屋还是老的,但都摇摇欲坠,残破不堪了。旧有店铺,无一尚存。我那天是早晨去的,只有街的中段有很多卖菜的摊子,碧绿生鲜,还似当年。

一九八九年六月二十二日

注　释

① 本篇原载《海南纪实》1989 年第二期(补),该期为终刊号。

"无事此静坐"①

我的外祖父治家整饬,他家的房屋都收拾得很清爽,窗明几净。他有几间空房,檐外有几棵梧桐,室内木榻、漆桌、藤椅。这是他待客的地方。但是他的客人很少,难得有人来。这几间房子是朝北的,夏天很凉快。南墙挂着一条横幅,写着五个正楷大字:

"无事此静坐"。

我很欣赏这五个字的意思。稍大后,知道这是苏东坡的诗,下面的一句是:

"一日当两日"。

事实上,外祖父也很少到这里来。倒是我常常拿了一本闲书,悄悄走进去,坐下来一看半天。看起来,我小小年纪,就已经有了一点隐逸之气了。

静,是一种气质,也是一种修养。诸葛亮云:"非淡泊无以明志,非宁静无以致远。"心浮气躁,是成不了大气候的。静是要经过锻炼的,古人叫做"习静"。唐人诗云:"山中习静朝观槿,松下清斋折露葵。""习静"可能是道家的一种功夫,习于安静确实是生活于扰攘的尘世中人所不易做到的。静,不是一味地孤寂,不闻世事。我很欣赏宋儒的诗:"万物静观皆自得,四时佳兴与人同。"唯静,才能观照万物,对于人间生活充满盎然的兴致。静是顺乎自然,也是合乎人道的。

世界是喧闹的。我们现在无法逃到深山里去,唯一的办法是闹中取静。毛主席年轻时曾采取了几种锻炼自己的方法,一种是"闹市读书"。把自己的注意力高度集中起来,不受外界干扰,我想这是可以做到的。

这是一种习惯,也是环境造成的。我下放张家口沙岭子农业科学研究所劳动，和三十几个农业工人同住一屋。他们吵吵闹闹，打着马锣唱山西梆子，我能做到心如止水，照样看书、写文章。我有两篇小说，就是在震耳的马锣声中写成的。这种功夫，多年不用，已经退步了，我现在写东西总还是希望有个比较安静的环境，但也不必一定要到海边或山边的别墅中才能构思。

大概有十多年了，我养成了静坐的习惯。我家有一对旧沙发，有几十年了。我每天早上泡一杯茶，点一支烟，坐在沙发里，坐一个多小时。虽是块然独坐，然而浮想连翩。一些故人往事，一些声音、一些颜色、一些语言、一些细节，会逐渐在我的眼前清晰起来，生动起来。这样连续坐几个早晨，想得成熟了，就能落笔写出一点东西。我的一些小说散文，常得之于清晨静坐之中。曾见齐白石一小幅画，画的是淡蓝色的野藤花，有很多小蜜蜂，有颇长的题记，说这是他家山的野藤，花时游蜂无数，他有个孙子曾被蜂螫，现在这个孙子也能画这种藤花了，最后两句我一直记得很清楚："静思往事，如在目底"。这段题记是用金冬心体写的，字画皆极娟好。"静思往事，如在目底"，我觉得这是最好的创作心理状态。就是下笔的时候，也最好心里很平静，如白石老人题画所说："心闲气静时一挥"。

我是个比较恬淡平和的人，但有时也不免浮躁，最近就有点如我家乡话所说"心里长草"。我希望政通人和，使大家能安安静静坐下来，想一点事，读一点书，写一点文章。

一九八九年八月十六日

注　释

① 本篇原载 1989 年 10 月 18 日《消费时报》"拈花小品"专栏；初收《汪曾祺小品》，中国人民大学出版社，1992 年 10 月。

寻 常 茶 话①

我对茶实在是个外行。茶是喝的,而且喝得很勤,一天换三次叶子。每天起来第一件事,便是坐水,沏茶。但是毫不讲究。对茶叶不挑剔。青茶、绿茶、花茶、红茶、沱茶、乌龙茶,但有便喝。茶叶多是别人送的,喝完了一筒,再开一筒。喝完了碧螺春,第二天就可以喝蟹爪水仙。但是不论什么茶,总得是好一点的。太次的茶叶,便只好留着煮茶叶蛋。《北京人》里的江泰认为喝茶只是"止渴生津利小便",我以为还有一种功能,是:提神。《陶庵梦忆》记闵老子茶,说得神乎其神。我则有点像董日铸,以为"浓、热、满三字尽茶理"。我不喜欢喝太烫的茶,沏茶也不爱满杯。我的家乡论为客人斟茶斟酒:"酒要满,茶要浅",茶斟得太满是对客人不敬,甚至是骂人。于是就只剩下一个字:浓。我喝茶是喝得很酽的。曾在机关开会,有女同志尝了我的一口茶,说是"跟药一样"。

我读小学五年级那年暑假,我的祖父不知怎么忽然高了兴,要教我读书。"穿堂"的右侧有两间空屋。里间是佛堂,挂了一幅丁云鹏画的佛像,佛的袈裟是朱红的。佛像下,是一尊乌斯藏铜佛。我的祖母每天早晚来烧一炷香。外间本是个贮藏室,房梁上挂着干菜,干的粽叶,靠墙有一坛"臭卤",面筋、百叶、笋头、苋菜秸都放在里面臭。临窗设一方桌,便是我的书桌。祖父每天早晨来讲《论语》一章,剩下的时间由我自己写大小字各一张。大字写《圭峰碑》,小字写《闲邪公家传》,都是祖父从他的藏帖里拿来给我的。隔日作文一篇,还不是正式的八股,是一种叫做"义"的文体,只是解释《论语》的内容。题目是祖父出的。我共做了多少篇"义",已经不记得了。只记得有一题是"孟子反不伐义"。

祖父生活俭省,喝茶却颇考究。他是喝龙井的,泡在一个深栗色的扁肚子的宜兴砂壶里,用一个细瓷小杯倒出来喝。他喝茶喝得很酽,一次要放多半壶茶叶。喝得很慢,喝一口,还得回味一下。

他看看我的字、我的"义";有时会另拿一个杯子,让我喝一杯他的茶。真香。从此我知道龙井好喝,我的喝茶浓酽,跟小时候的熏陶也有点关系。

后来我到了外面,有时喝到龙井茶,会想起我的祖父,想起孟子反。

我的家乡有"喝早茶"的习惯,或者叫做"上茶馆"。上茶馆其实是吃点心,包子、蒸饺、烧麦、千层糕……茶自然是要喝的。在点心未端来之前,先上一碗干丝。我们那里原先没有煮干丝,只有烫干丝。干丝在一个敞口的碗里堆成塔状,临吃,堂倌把装在一个茶杯里的佐料——酱油、醋、麻油浇入。喝热茶、吃干丝,一绝!

抗日战争时期,我在昆明住了七年,几乎天天泡茶馆。"泡茶馆"是西南联大学生特有的说法。本地人叫做"坐茶馆","坐",本有消磨时间的意思,"泡"则更胜一筹。这是从北京带过去的一个字,"泡"者,长时间地沉溺其中也,与"穷泡"、"泡蘑菇"的"泡"是同一语源。联大学生在茶馆里往往一泡就是半天。干什么的都有。聊天、看书、写文章。有一位教授在茶馆里读梵文。有一位研究生,可称泡茶馆的冠军。此人姓陆,是一怪人。他曾经徒步旅行了半个中国,读书甚多,而无所著述,不爱说话。他简直是"长"在茶馆里。上午、下午、晚上,要一杯茶,独自坐着看书。他连漱洗用具都放在一家茶馆里,一起来就到茶馆里洗脸刷牙。听说他后来流落在四川,穷困潦倒而死,悲夫!

昆明茶馆里卖的都是青茶,茶叶不分等次,泡在盖碗里。文林街后来开了一家"摩登"茶馆,用玻璃杯卖绿茶、红茶——滇红、滇绿。滇绿色如生青豆,滇红色似"中国红"葡萄酒,茶味都很厚。滇红尤其经泡,三开之后,还有茶色。我觉得滇红比祁(门)红、英(德)红都好,这也许是我的偏见。当然比斯里兰卡的"利普顿"要差一些——有人喝不来"利普顿",说是味道很怪。人之好恶,不能勉强。

我在昆明喝过烤茶。把茶叶放在粗陶的烤茶罐里,放在炭火上烤得半焦,倾入滚水,茶香扑人。几年前在大理街头看到有烤茶罐卖,犹豫一下,没有买。买了,放在煤气灶上烤,也不会有那样的味道。

1946年冬,开明书店在绿杨邨请客。饭后,我们到巴金先生家喝功夫茶。几个人围着浅黄色的老式圆桌,看陈蕴珍(萧珊)"表演":濯器、炽炭、注水、淋壶、筛茶。每人喝了三小杯。我第一次喝功夫茶,印象深刻。这茶太酽了,只能喝三小杯。在座的除巴先生夫妇,有靳以、黄裳。一转眼,43年了。靳以、萧珊都不在了。巴老衰病,大概没有喝一次功夫茶的兴致了。那套紫砂茶具大概也不在了。

我在杭州喝过一杯好茶。

1947年春,我和几个在一个中学教书的同事到杭州去玩。除了"西湖景",使我难忘的有两样方物,一是醋鱼带把。所谓"带把",是把活草鱼的脊肉剔下来,快刀切为薄片,其薄如纸,浇上好秋油,生吃。鱼肉发甜,鲜脆无比。我想这就是中国古代的"切脍"。一是在虎跑喝的一杯龙井。真正的狮峰龙井雨前新芽,每蕾皆一旗一枪,泡在玻璃杯里,茶叶皆直立不倒,载浮载沉,茶色颇淡,但入口香浓,直透脏腑,真是好茶!只是太贵了。一杯茶,一块大洋,比吃一顿饭还贵。狮峰茶名不虚传,但不得虎跑水不可能有这样的味道。我自此方知道,喝茶,水是至关重要的。

我喝过的好水有昆明的黑龙潭泉水。骑马到黑龙潭,疾驰之后,下马到茶馆里喝一杯泉水泡的茶,真是过瘾。泉就在茶馆檐外地面,一个正方的小池子,看得见泉水咕嘟咕嘟往上冒。井冈山的水也很好,水清而滑。有的水是"滑"的,"温泉水滑洗凝脂"并非虚语。井冈山水洗被单,越洗越白;以泡"狗古脑"茶,色味俱发,不知道水里含了什么物质。天下第一泉、第二泉的水,我没有喝出什么道理。济南号称泉城,但泉水只能供观赏,以泡茶,不觉得有什么特点。

有些地方的水真不好。比如盐城。盐城真是"盐城",水是咸的。中产以上人家都吃"天落水"。下雨天,在天井上方张了布幕,以接雨水,存在缸里,备烹茶用。最不好吃的水是菏泽,菏泽牡丹甲天下,因为菏泽土中含碱,牡丹喜碱性土。我们到菏泽看牡丹,牡丹极好,但茶没法喝。不论是青茶、绿茶，沏出来一会儿就变成红茶了，颜色深如酱油，入口咸涩。由菏泽往梁山，住进招待所后，第一件事便是赶紧用不带碱味的甜水沏一杯茶。

老北京早起都要喝茶，得把茶喝"通"了，这一天才舒服。无论贫富，皆如此。1948年我在午门历史博物馆工作。馆里有几位看守员，岁数都很大了。他们上班后，都是先把带来的窝头片在炉盘上烤上，然后轮流用水㕮坐水沏茶。茶喝足了，才到午门城楼的展览室里去坐着。他们喝的都是花茶。

北京人爱喝花茶，以为只有花茶才算是茶（北京很多人把茉莉花叫做"茶叶花"）。我不太喜欢花茶，但好的花茶例外，比如老舍先生家的花茶。

老舍先生一天离不开茶。他到莫斯科开会，苏联人知道中国人爱喝茶，倒是特意给他预备了一个热水壶。可是，他刚沏了一杯茶，还没喝几口，一转脸，服务员就给倒了。老舍先生很愤慨地说："他妈的！他不知道中国人喝茶是一天喝到晚的！"一天喝茶喝到晚，也许只有中国人如此。外国人喝茶都是论"顿"的，难怪那位服务员看到多半杯茶放在那里，以为老先生已经喝完了，不要了。

龚定庵以为碧螺春天下第一。我曾在苏州东山的"雕花楼"喝过一次新采的碧螺春。"雕花楼"原是一个华侨富商的住宅，楼是进口的硬木造的，到处都雕了花，八仙庆寿、福禄寿三星、龙、凤、牡丹……真是集恶俗之大成。但碧螺春真是好。不过茶是泡在大碗里的，我觉得这有点煞风景。后来问陆文夫，文夫说碧螺春就是讲究用大碗喝的。茶极细，器极粗，亦怪！

我还在湖南桃源喝过一次擂茶。茶叶、老姜、芝麻、米、加盐放在一个擂钵里，用硬木的擂棒"擂"成细末，用开水冲开，便是擂茶。

茶可入馔，制为食品。杭州有龙井虾仁，想不恶。裘盛戎曾用龙井茶包饺子，可谓别出心裁。日本有茶粥。《俳人的食物》说俳人小聚，食物极简单，但"唯茶粥一品，万不可少"。茶粥是啥样的呢？我曾用粗茶叶煎汁，加大米熬粥，自以为这便是"茶粥"了。有一阵子，我每天早起喝我所发明的茶粥，自以为很好喝。四川的樟茶鸭子乃以柏树枝、樟树叶及茶叶为薰料，吃起来有茶香而无茶味。曾吃过一块龙井茶心的巧克力，这简直是恶作剧！用上海人的话说：巧克力与龙井茶实在完全"弗搭界"。

一九八九年九月十六日

注　释

① 本篇原载 1990 年 3 月 20 日《光明日报》，又载《清风集》（袁鹰主编），中外文化出版公司，1990 年 12 月；初收《旅食集》，广东旅游出版社，1992 年4 月。

和　　尚①
——《早茶笔记》之三

铁　桥

我父亲续娶,新房里挂了一幅画,——一个条山,泥金地,画的是桃花双燕,题字是:"淡如仁兄新婚志喜弟铁桥遥贺";两边挂了一副虎皮宣的对联,写的是:

蝶欲试花犹护粉

莺初学啭尚羞簧

落款是杨遵义。我每天看这幅画和对子,看得很熟了。稍稍长大,便觉出这副对子其实是很"黄"的。杨遵义是我们县的书家,是我的生母的远房兄弟。一个舅爷为姐夫(或妹夫)续弦写了这样一副对子,实在不成体统。铁桥是一个和尚。我父亲在新房里挂了一幅和尚的画,全无忌讳;这位铁桥和尚为朋友结婚画了这样华丽的画,且和俗家人称兄道弟,也着实有乖出家人的礼数。我父亲年轻时的朋友大都有些放诞不羁。

我写过一篇小说《受戒》,里面提到一个和尚石桥,原型就是铁桥。他是我父亲年轻时的画友。他在本县最大的寺庙善因寺出家,是指南方丈的徒弟。指南戒行严苦,曾在香炉里烧掉两个指头,自称八指头陀。铁桥和师父完全是两路。他一度离开善因寺,到江南云游。曾在苏州一个庙里住过几年。因此他的一些画每署"邓尉山僧",或题"作于香雪海"。后来又回善因寺。指南退居后,他当了方丈。善因寺是本县第一大寺,殿宇精整,庙产很多。管理这样一个大庙,是要有点才干的,但是他似乎很清闲,每天就是画画画,写写字。他的字写石鼓,学吴昌硕,很有功力。画法任伯年,但比任伯年放得开。本县的风雅子弟都乐与往还。善因寺的素斋极讲究,有外面吃不到的猴头、竹荪。

铁桥有一个情人,年纪很轻,长得清清雅雅,不俗气。

我出外多年,在外面听说铁桥在家乡土改时被枪毙了。善因寺庙产很多,他是大地主。还有没其他罪恶,就不知道了。听说家乡土改中枪毙了两个地主。一个是我的一个远房舅舅,也姓杨。

1981年,我回了家乡一趟,饭后散步,想去看看善因寺的遗址,一点都认不出来了,拆得光光的。

因为要查一点资料,我借来一部民国年间修的县志翻了两天。在"水利"卷中发现:有一条横贯东乡的水渠,是铁桥主持修的。哦?铁桥还做过这样的事?

静 融 法 师

我有一方很好的图章,田黄"都灵坑",犀牛纽,是一个和尚送给我的。印文也是他自刻的,朱文,温雅似浙派,刻得很不错(田黄的印不宜刻得太"野",和石质不相称)。这个和尚法名静融,1951年和我一同到江西参加土改,回北京后,送了我这块图章。章不大,约半寸见方(田黄大的很少),我每为人作小幅字画,常押用,算来已经三十七八年了。

这次土改是全国性的,也是最后的一次,规模很大。我们那个土改工作团分到江西进贤。这个团的成员什么样的人都有。有大学教授、小学校长、中学教员、商业局的、园林局的、歌剧院的演员、教会医院的医生、护士长,还有这位静融法师。浩浩荡荡,热热闹闹。

我和静融第一次有较深的接触,是说服他改装。他参加工作团时穿的是僧衣——比普通棉袄略长的灰色斜领棉衲。到了进贤,在县委学文件,领导上觉得他穿了这样的服装下去,影响不好,决定让他换装。

静融不同意，很固执。找他谈了几次话，都没用。后来大家建议我找他谈谈，说是他跟我似乎很谈得来。我不知道跟他说了一通什么把马列主义和佛教教义混杂起来的歪道理，居然把他说服了。其实不是我的歪道理说服了他，而是我的态度较好，劝他一时从权，不像别的同志，用"组织性"、"纪律性"来压他。静融临时买了一套蓝咔叽布的干部服，换上了。

我们的小组分到王家梁。一进村，就遇到一个难题：一个恶霸富农自杀了。这个地方去年曾经搞过一次自发性的土改，这个恶霸富农被农民打得残废了，躺在床上一年多，听说土改队进了村，他害怕斗争，自杀了。他自杀的办法很特别，用一根扎腿的腿带，拴在竹床的栏杆上，勒住脖子，躺着，死了。我还没有听说过人躺着也是可以吊死的。我们对这种事毫无经验，不知应该怎么办。静融走上去，左右开弓打了富农两个大嘴巴，说："埋了！"我问静融："为什么要打他两个嘴巴？"他说："这是法医验尸的规矩。"原来他当过法医。

静融跟我谈起过他的身世。他是胶东人。除了当过法医，他还教过小学，抗日战争时期拉过一支游击队，后来出了家。在北京，他住在动物园后面的一个庙里（是五塔寺么）。北京解放，和尚都要从事生产。他组织了一个棉服厂，主办一切。这人的生活经历是颇为复杂的。可惜土改工作紧张，能够闲谈的时候不多，我所知者，仅仅是这些。

静融搞土改是很积极的。我实在不知道他是怎样把阶级斗争和慈悲为本结合起来的，他的社会经验多，处理许多问题都比我们有办法。比如算剥削账，就比我们算得快。

我一直以为回北京后能有机会找他谈谈，竟然无此缘分。他刻了一方图章，到我家来，亲自送给我，未接数言，匆匆别去。我后来一直没有再看到过他。

静融瘦瘦小小，但颇精干利索。面黑，微有几颗麻子。

阎 和 尚

阎长山（北京市民叫"长山"的特多）是剧院舞台工作队的杂工，但是大家都叫他阎和尚。我很纳闷：

"为什么叫他阎和尚？"

"他是当过和尚。"

我刚到北京时，看到北京和尚，以为极奇怪。他们不出家，不住庙，有家，有老婆孩子。他们骑自行车到人家去念佛。他们穿了家常衣服，在自行车后架上夹了一个包袱，里面是一件行头——袈裟，到了约好的人家，把袈裟一披，就和别人和尚一同坐下念经。事毕得钱，骑车回家吃炸酱面。阎和尚就是这样的和尚。

阎和尚后来到剧院当杂工，运运衣箱道具，也烧过水锅，管过"彩匣子"（化装用品），但并不讳言他当过和尚。剧院很多人都干过别的职业。一个唱二路花脸的在搭不上班的年头卖过鸡蛋，后来落下一个外号："大鸡蛋"。一个检场的卖过糊盐。早先北京有人刷牙不用牙膏牙粉，而用炒糊的盐，这一天能卖多少钱？有人蹬过三轮，拉过排子车。剧院这些人干过小买卖、卖过力气，都是为了吃饭。阎和尚当过和尚，也是为了吃饭。

注　释

① 本篇原载《今古传奇》1989 年第五期；初收《汪曾祺全集》第四卷，北京师范大学出版社，1998 年 8 月。

皖 南 一 到^①

草　木

　　合肥菊花很好，花大，棵矮，叶肥厚而颜色深。招待所廊前所放的菊花都可称为名种。金寨路边有卖菊花的摊子，狮子头、绿菊、金背大红，每盆均索价三元。这样的价钱在北京是买不到的（我想还可以还价）。大概合肥的土质、气候对菊花很相宜。

　　合肥多冬青树，甚高大，紫灰色的小果子累累结满一树。出合肥，公路两侧多植冬青。以冬青为公路的林荫树，我在别的省还没有见过。自屯溪至黟县，路边尽植乌桕，通红的叶子。沿路有茶山、竹山。屯溪附近小山上有油茶，正纷纷地开着白花。问之本地人，云是近年所推广。有几个县大面积种植了油菜。大概安徽人是吃菜子油的，能吃得惯茶油么？

屯　溪

　　到屯溪，住华山宾馆的三江楼。三江者：自镇海桥以西为横江；桥东为与横江成直角，南北向者率河。率河，直河也。又东，则为新安江。走到阳台上，三江在望。接待站的同志嘱为宾馆写字，即为书"三江一望"隶书大横幅。三江水皆清浅，两岸早晚都有妇女捶衣，槌声清越。

　　到屯溪，主要目的是看看一条老街。据说这本是一条明代的街，因遭匪掠，街尽毁于火，现在的老街是清代重建的，但规模还是老样子。街不宽，有一段两边店铺的风火墙尖几欲相接，但因禁车辆通行，故很安静。店铺中有放迪斯科音乐的，音量不大，不吵人。小小一条街有几家卖文房四宝、古玩瓷器的，使这条街有颇浓的文化气息。杂货店中卖桂圆、荔枝，黄山小胡桃尤其多。有一家酱园，酱油、醋都放在敞盖的缸里。有一家相当大的药店，放药的抽屉的位置很高，看样子是一家老药店了，药香直飘到街上。这虽是重建的街，但黑瓦白墙，犹存旧制，漫步街头，可以感受到一些历史气氛，比花了重赀新造的什么"宋街"之类的假古董要有意思。

歙　县

歙县谯楼的门洞是方的，两边各竖十二根巨大的木柱，柱皆向外倾侧，涂红漆，上建楼，甚宽广。这样的建筑别处未见过，——一般的钟楼鼓楼都是发券的拱形门洞。本地即称这座建筑为"二十四根柱子"。

"许国石坊"在正街中心，本地人叫做"八角牌坊"。牌基为长方形，实为两座同样的牌坊而左右连接，形制很特别，据说这样的石坊中国只有两座，为全国重点文物。石坊有横额两道。上面一道大书"大学士"，下面一道写的是"少保兼礼部尚书武英殿大学士许国"，皆阴刻涂黑漆。字极端正，或云为董其昌书。许国事迹待考。石坊柱子是方形的，四面都刻了狮子，颇生动，两侧的狮子是倒立的。倒立的石狮我还是头一回见到。石坊为"黟县青"所斫治。黟县青石多大材，硬度宜于雕凿，而又坚致不易风化，是造牌坊的好材料。皖南多石牌坊，牌坊大都是"黟县青"。

歙县是我的老家所在。在合肥，我曾戏称我是"寻根"来了。小时候听祖父说：我们本是徽州人，从他起往上数，第七代才迁居至高邮。祖父为修家谱，曾到过歙县。这家谱我曾见过，一开头是汪华的像。汪华大概是割据一方的豪侠，后来降了唐，受李渊封为越国公。"越国公"在隋唐之际是很高的爵位，隋炀帝时的司空杨素就封为越国公。他在当地被称为"汪王"，甚至称之为"汪王大帝"。据说汪家的老祠堂很大，叫做"汪王庙"。一说汪华降的是南唐，非李唐。我问徽州人，汪家老祠堂还在么？答云：早没有了,早年还能拾到一些残砖断瓦。汪家是歙县第一大姓,我在徽州碰到好几位姓汪的。我站在歙县的大街上,想：这是我的老家,竟有一种说不出来的感情。慎终追远,是中国人抹不掉的一种心态。而且,也似无可厚非。

黟　　县

到黟县,为看古民居。

先到西递。西递之名甚怪。据说镇中流水萦绕,先向东流,又折而向西,水可一直流到每一家的堂前、灶前;又说这原是通往西路的驿站,故名。似乎这都有点想当然尔。

传说西递始建于南宋。徽州商业是南宋以临安为行在所之后发达起来的。徽商在外面发了财,回乡盖房,聚居成镇,有这种可能。现在看起来,里巷曲折四通,一律铺了黟县青石;人家住宅分布得很有秩序,不是杂乱无章,随便乱盖,是一个古镇的样子,也可以说有一点南宋遗规,但房屋都是后来翻盖过的了。在两家看到他们家祖先的“影”,男的都是补服顶戴,顶子是水晶的,官不大,大概是捐的官（女的则是凤冠霞帔,据一个讲解员说,洪承畴的母亲死后,顺治帝特许以明代服饰成殓,相沿成风,人家祖先影像都是男的穿清代服装,女的穿明代服装,说或有据,我回忆我家从前的影像,都是如此）。看看人家挂的字画,题款年代多为咸、同之际。有一个绅董议事的厅堂,廊下挂了一副木制的对联：“之九万里而南;以八千岁为春”,字是郑板桥写的。那么这所厅堂的建筑年代最早也不会超过乾隆。

因为是商人的家（有一家的朱红对联上写道：“做官好营商好效好便好;创业难守成难知难不难”,很朴实地说出了商人哲学）,没有深宅大院。门小,进门是一个天井,天井石条上照例有几盆花。上水石积苔甚厚。有一家有一丛天竺,结实才如胡椒大,而颜色鲜红发亮,与别处常见的如梧桐子大者不同,或别是一种。正面为前堂、后堂,是待客起坐处,两侧是卧室。房屋不高大,谨谨慎慎,人口不多,住起来大概相当舒服。门窗雕镂类很精致,或有涂金漆者。我没有看到流水直到堂前灶前,倒看到一家"四水归堂"。堂中方砖下是空的,落雨,水由天井流至堂下。有一块石牌可以揭起,取水甚便。

有一家在两巷相交处有一转角楼,楼在围墙内,依势而起,透透迤迤,不方不正。屯溪人说这是小姐抛彩球的绣楼。这当然是无稽之谈。抛球择婿是戏文里的事,于史无征,而且即在戏里,也只有王宝钏抛过彩球,余无闻焉(据说广西侗族有抛彩球风俗,不知如何会传到山西梆子里——"彩楼配"最初大概是山西梆子)。明清以后,黟县何能有此风俗?抛球的彩楼是临时搭起的,怎么会有一个永久性的建筑?这家有多少小姐?每个小姐都用抛球的办法择婿么?再说这座楼下是两条相交的巷子,并非通衢广场,也容不下许多王孙公子挨挨挤挤地抢彩球。这座楼上有一白底黑字的横匾,文曰:"桃花源里人家",证明这是主人静处闲眺的地方,与小姐无涉。楼下围墙开一小门,黑色的大理石横额上刻了一行小篆,涂金,笔划细秀:"作退一步想",是这家的后门,而已。因为这座楼形制特别,小巧玲珑,望之有趣,因此生出小姐抛彩球的附会,也无足怪。

下午到宏村,参观一家旧宅。

我们是从后门进去的。房子是一个盐商盖的。盐商大概很发了点财,房子很考究。主房两进。两进之间是一个大天井,四面"跑马楼"。楼上无隔断,不能住人,想是庋藏财物的。楼下北面为大厅。木料都很粗大,涂生桐油。这宅子引起美术界的注意,是因为有极精细的木雕。徽州木雕是在素面的木枋上开出长方的一块,内刻人物故事。天井南面的木枋上刻的是"百子闹元宵",整整一百个孩子,敲锣打鼓,狮子龙灯,高跷旱船,很热闹,只是构图稍平。北面木枋上刻的是"唐肃宗宴客图"。两边的人物都微微向内倾侧,形成以肃宗为中心的画面,设计很聪明。据讲解同志说,这幅木雕共七层,层次分明,最后的人物的靴鞋都交代很清楚("百子闹元宵"只三层)。木雕右侧是一个侍仆在扇风炉烧茶水。左侧有一个大臣坐着,歪着头,眯着眼,由一个待诏为之挑耳。宴会上掏耳朵，这风俗很奇怪。也许是明清之际或唐肃宗时有此习俗，否则雕刻的细木匠不会无缘无故地刻出来。

前进是住人的。正中为堂屋，两侧是卧房，分别住着房主人的大小老婆。两边的槅扇都雕镂贴金，刻的是八仙，无特别处。我们还参观了房主人抽大烟的房子，打牌的房子。这家房主人有一个贴身丫头，前几年死了，八十几岁，她曾在这里住过，对于这座房的建造始末，各处作何用途，可以历述。这位贴身丫头死时八十多岁，那么这所房屋也就是八九十年，故能完好如新。房主只能算是个中等盐商，他的生活也止于娶小、抽大烟、打牌，房子也只能是这样。不像扬州大盐商可以盖得起大花园，养一些名士，附庸风雅。从这所房子看无一处匾额对联，可见此公无甚文化。但是他的房子里的木雕，特别是"唐肃宗宴客图"，实在是海内精品。在文化史上，可为此俗人记一小功。

木雕在"文化大革命"中由当地政府议决，用泥糊了，上写"毛主席万岁"，乃得幸存。

正屋右侧，有一块三角形的余地，即于其上建一间不规整的三角形的房屋，两边靠墙，一面敞开，形制很特别，亭子不像亭子，大概可称之为"簃"。中国建筑学家引美国同行参观，即以这间屋子作为中国建筑善于因地制宜，利用空间的实例。屋前阶下有石砌的养鱼池，也是三角形的，现在还有四五条鲤鱼在池底游着。这间房子是干什么用的呢？在这里下围棋倒是个好地方。但房主人大概不会下棋，只会坐在阶前，看池中鱼，命令厨子今天选哪一条宰了吃。

引导我们参观的讲解员捧了参观题名册，请写几个字。写什么呢？这家房主人姓汪，讲解员也姓汪，我也姓汪，于是写了四个大字："宗传越国"。

讲解员说："你们等一等，我给你们看一个宝。"他拿来一个布包，打开来，是一只干制的野人的脚！看起来，这像是人脚，从骨骼看，这"人"是可以直立的，不像是野兽的掌。脚趾甚尖利，脚面密被寸许长的棕黑色的粗毛。这到底是一个什么东西？据讲解员说，他母亲交给他时，说到她这儿，这只脚已经传了九十二代。奇怪！

讲解员一直把我们送出村口。这村子倒是家家墙外有石砌水沟，流水清澈，有人在沟边洗菜。讲解员说村中皆汪姓。村南有一圆门，外姓人只能住在圆门外。村外有南湖，湖上有南湖书院，旧制，凡汪姓子弟可免费在书院中读书六年。看来当初建村（或镇）是经过整体规划的，这些活水流通的水沟是盖房之前就设计好了的。宏村，和西递，都是研究中国村镇史的极好材料。

徽　　菜

　　徽菜专指徽州菜，不是泛指安徽菜。徽菜有特点，味重油多，臭鳜鱼是突出的代表作。据说过去贵池人以鱼篓挑鳜鱼至徽州卖，路上得走几天，至徽州，鱼已发臭，徽州人烹食之，味极美，遂为名菜。我们在合肥的徽菜馆中吃的，鳜鱼是新鲜的，但煎熟后浇以臭卤，味道也非常好，不失为使人难忘的异味。炸斑鸠，极香，骨尽酥，可以连骨嚼咽。毛豆腐是徽州人嗜吃的家常菜。宾馆和饭店做的毛豆腐都是用油炸出虎皮，浇以碎肉汁，加工过于精细，反不如我在屯溪老街一豆腐坊中所吃的，在平锅上煎熟，蘸以葱花辣椒糊，更有风味。屯溪烧饼以霉干菜肉末为馅，烤出脆皮，为他处所无，歙县人很爱吃，但亦不能仿制，不知有何诀窍。

一九八九年十一月十九日

注　释

　　① 本篇原载《花城》1990 年第二期；初收《汪曾祺全集》第四卷，北京师范大学出版社，1998 年 8 月。

1990 年

沽　源[①]

　　沙岭子农业科学研究所派我到沽源的马铃薯研究站去画马铃薯图谱。我从张家口一清早坐上长途汽车,近晌午时到沽源县城。

　　沽源原是一个军台。军台是清代在新疆和蒙古西北两路专为传递军报和文书而设置的邮驿。官员犯了罪,就会被皇上命令"发往军台效力"。我对清代官制不熟悉,不知道什么品级的官员,犯了什么样的罪名,就会受到这种处分,但总是很严厉的处分,和一般的贬谪不同。然而据龚定庵说,发往军台效力的官员并不到任,只是住在张家口,花钱雇人去代为效力。我这回来,是来画画的,不是来看驿站送情报的,但也可以说是"效力"来了,我后来在带来的一本《梦溪笔谈》的扉页上画了一方图章:"效力军台",这只是跟自己开开玩笑而已,并无很深的感触。我戴了右派分子的帽子,只身到塞外——这地方在外长城北侧,可真正是"塞外"了——来画山药(这一带人都把马铃薯叫作"山药"),想想也怪有意思。

　　沽源在清代一度曾叫"独石口厅"。龚定庵说他"北行不过独石口",在他看来,这是很北的地方了。这地方冬天很冷。经常到口外揽工的人说:"冷不过独石口"。据说去年下了一场大雪,西门外的积雪和城墙一般高。我看了看城墙,这城墙也实在太矮了点,像我这样的个子,一伸手就能摸到城墙顶了。不过话说回来,一人多高的雪,真够大的。

　　这城真够小的。城里只有一条大街。从南门慢慢地蹓跶着,不到十分钟就出北门了。北门外一边是一片草地,有人在套马;一边是一个水塘,有一群野鸭子自自在在地浮游。城门口游着野鸭子,城中安静可知。城里大街两侧隔不远种一棵树——杨树,都用土墼围了高高的一圈,为的是怕牛羊啃吃,也为了遮风,但都极瘦弱,不一定能活。在一处墙角竟发现了几丛波斯菊,这使我大为惊异了。波斯菊昆明是很常见的。每到夏秋之际,总是开出很多浅紫色的花。波斯菊花瓣单薄,叶细碎如小茴香,茎细长,微风吹拂,姗姗可爱。我原以为这种花只宜在土肥雨足的昆明生长,没想到它在这少雨多风的绝塞孤城也活下来了。当然,花小了,更单薄了,叶子稀疏了,它,伶仃萧瑟了。虽则是伶仃萧瑟,它还是竭力地放出浅紫浅紫的花来,为这座绝塞孤城增加了一分颜色,一点生气。谢谢你,波斯菊!

我坐了牛车到研究站去。人说世间"三大慢":等人、钓鱼、坐牛车。这种车实在太原始了,车轱辘是两个木头饼子,本地人就叫它"二饼子车"。真叫一个慢。好在我没有什么急事,就躺着看看蓝天;看看平如案板一样的大地——这真是"大地",大得无边无沿。

我在这里的日子真是逍遥自在之极。既不开会,也不学习,也没人领导我。就我自己,每天一早踏着露水,掐两丛马铃薯的花,两把叶子,插在玻璃杯里,对着它一笔一笔地画。上午画花,下午画叶子——花到下午就蔫了。到马铃薯陆续成熟时,就画薯块,画完了,就把薯块放到牛粪火里烤熟了,吃掉。我大概吃过几十种不同样的马铃薯。据我的品评,以"男爵"为最大,大的一个可达两斤;以"紫土豆"味道最佳,皮色深紫,薯肉黄如蒸栗,味道也似蒸栗;有一种马铃薯可当水果生吃,很甜,只是太小,比一个鸡蛋大不了多少。

沽源盛产莜麦。那一年在这里开全国性的马铃薯学术讨论会,与会专家提出吃一次莜面。研究站从一个叫"四家子"的地方买来坝上最好的莜面,比白面还细,还白;请来几位出名的做莜面的媳妇来做。做出了十几种花样,除了"搓窝窝"、"搓鱼鱼"、"猫耳朵",还有最常见的"压饸饹",其余的我都叫不出名堂。蘸莜面的汤汁也极精彩,羊肉口蘑潲(这个字我始终不知道怎么写)子。这一顿莜面吃得我终生难忘。

夜雨初晴,草原发亮,空气闷闷的,这是出蘑菇的时候。我们去采蘑菇。一两个小时,可以采一网兜。回来,用线穿好,晾在房檐下。蘑菇采得,马上就得晾,否则极易生蛆。口蘑干了才有香味,鲜口蘑并不好吃,不知是什么道理。我曾经采到一个白蘑。一般蘑菇都是"黑片蘑",菌盖是白的,菌摺是紫黑色的。白蘑则菌盖菌摺都是雪白的,是很珍贵的,不易遇到。年底探亲,我把这只亲手采的白蘑带到北京,一个白蘑做了一碗汤,孩子们喝了,都说比鸡汤还鲜。

一天,一个干部骑马来办事,他把马拴在办公室前的柱子上。我走过去看看这匹马,是一匹枣红马,膘头很好,鞍辔很整齐。我忽然意动,把马解下来,跨了上去。本想走一小圈就下来,没想到这平平的细沙地上骑马是那样舒服,于是一抖缰绳,让马快跑起来。这马很稳,我原来难免的一点畏怯消失了,只觉得非常痛快。我十几岁时在昆明骑过马,不想人到中年,忽然作此豪举,是可一记。这以后,我再也没有骑过马。

有一次,我一个人走出去,走得很远。忽然变天了,天一下子黑了下来,云头在天上翻滚,堆着,挤着,绞着,拧着。闪电熠熠,不时把云层照透。雷声訇訇,接连不断,声音不大,不是劈雷,但是浑厚沉雄,威力无边。我仰天看看凶恶奇怪的云头,觉得这真是天神发怒了。我感觉到一种从未体验过的恐惧。我一个人站在广漠无垠的大草原上,觉得自己非常的小,小得只有一点。

我快步往回走。刚到研究站,大雨下来了,还夹有雹子。雨住了,却又是一个很蓝很蓝的天,阳光灿烂。草原的天气,真是变化莫测。

天凉了,我没有带换季的衣裳,就离开了沽源。剩下一些没有来得及画的薯块,是带回沙岭子完成的。

我这辈子大概不会再有机会到沽源去了。

注　释

① 本篇原载 1990 年 1 月 10 日《消费时报》;初收《草花集》,成都出版社,1993 年 9 月。

初　访　福　建^①

漳　　州

　　漳州多三角梅。我们所住的漳州宾馆内到处都是。栽在路边大石盆里，种在花圃里。三角梅别处也有。云南谓之叶子花，因为花与叶形状无殊，只是颜色不同。昆明全种之墙头。楚雄叶子花有一层楼那样高，鲜丽夺目，但只有紫色的一种。漳州三角梅则有很多种颜色，除了紫的，有大红的、桃红的、浅红的，还有紫铜色的。紫铜色的花我还没有见过。有白色的，微带浅绿。三角梅花形不大好看，但是蓬勃旺盛，热热闹闹。这种花好像是不凋谢的。我没有看到枝头有枯败的花，地下也没有落瓣。

　　到处都是卖水仙花的。店铺中装在纸箱里成箱出售，标明20粒、30粒，谓一箱装20头、30头也。20粒者是上品。胜利路、延安北路人行道上摆了一溜水仙花头，装在花篮状的竹篓里。卖水仙的多是小姑娘。天很晚了，她们提着空篓，有的篓里还有几个没有卖掉的花头，结伴归去。她们一天能卖多少钱？

　　一个修钟表的小店当门的桌边放了两小盆水仙。修表的是一个年轻人。两盆水仙开得很好，已经冒出好几个花骨朵。修表的桌边放两盆水仙，很合适。

　　参观漳州八宝印泥厂。印泥是朱砂和蓖麻油调制的（加了少量金箔、珠粉、冰片），而其底料则为艾绒。漳州出艾绒。浙江、上海等地的印泥厂每年都要到漳州来买艾绒。漳州出印泥，跟出艾绒有关。印泥厂备好纸墨，请写字留念。纸很好，六尺夹宣。写了几句顺口溜：“天外霞,石榴花,古艳流千载,清芬入万家。"漳州八宝印泥颜色很正,很像石榴花。

凡到漳州者总要去看看百花村,因为很近便。百花村所培植的主要是榕树盆景。榕树是不材之材,不能做梁柱、打家具,烧火也不燃,却是制作盆景的极好材料。榕树盆景较大,不能置之客厅书室,但是公园、宾馆、大会堂、大餐厅,则只有这样大的盆景才相称,因此行销各地,"创汇"颇多。榕树盆景并不是栽到盆子里就算完事,须经相材、取势、锯截、修整,方能欹侧横斜,偃仰矫矢,这也是一门学问。百花村有一个兰圃,种建兰甚多,可惜我们去时管理员不在,门锁着,未能参观。

木棉庵在漳州市外。这个地方的出名,是因为贾似道是在这里被杀的。贾似道是历史上少见的专权误国、荒唐透顶的奸相。元军沿江南下,他被迫出兵,在鲁港大败,不久,被革职放逐,至漳州木棉庵为押送人郑虎臣所杀。今木棉庵外土坡上立有石碑两通,大字深刻"郑虎臣诛贾似道于此",两碑文字一样。贾似道被放逐,是从什么地方起解的呢?为什么走了这条路线?原本是要把他押到什么地方去的呢?郑虎臣为什么选了这么个地方诛了贾似道?郑虎臣的下落如何?他事后向上边复命了没有?按说一个押送人是没有权力把一个犯罪的大臣私自杀了的,尽管郑虎臣说他是"为天下诛贾似道"。想来南宋末年乱得一塌胡涂,没有人追究这件事,也就不了了之了。贾似道下场如此,在"太师"级的大员里是少见的。土坡后有一小庵,当是后建的,但还叫做木棉庵。庵中香火冷落,壁上有当代人题歪诗一首。

云　霄

云霄是果乡。到下畈山上看了看,遍山是果树,芦柑、荔枝、枇杷。枇杷树很大,树冠开张如伞盖,著花极繁。我没有见过枇杷树开这样多的花。明年结果,会是怎样一个奇观?一个承包山头的果农新摘了一篮芦柑,看见县委书记,交谈了几句,把一篮芦柑全倒在我们的汽车里了。在车上剥开新摘芦柑,吃了一路。芦柑瓣大,味甜,无渣。

云霄出蜜柚,因为产量少,不外销,外地人知道的不多。蜜柚甜而多汁,如其名。

在云霄吃海鲜,难忘。除了闽南到处都有的"蚝煎"——海蛎子裹鸡蛋油煎之外,有西施舌、泥蚶。西施舌细嫩无比。我吃海鲜,总觉得味道过于浓重,西施舌则味极鲜而汤极清,极爽口。泥蚶亦名血蚶,肉玉红色,极嫩。张岱谓不施油盐而五味俱足者唯蟹与蚶,他所吃的不知是不是泥蚶。我吃泥蚶,正是不加任何作料,剥开壳就进嘴的。我吃菜不多,每样只是夹几块尝尝味道,吃泥蚶则胃口大开,一大盘泥蚶叫我一个人吃了一小半,面前蚶壳堆成一座小丘,意犹未尽。吃泥蚶,饮热黄酒,人生难得。举杯敬谢主人,曰:"这才叫海味!"

云霄出矿泉水。矿泉水,深井水耳。有一位南京大学的水文专家,看了看将军山的地形,说:这样的地形,下面肯定有矿泉水。凿井深至1400米,水出。矿泉水是高级饮料,现已在中国流行,时髦青年皆以饮矿泉水为"有分"。

东　　山

听说东山的海滩是全国最大的海滩。果然很大。砂是硅砂,晶莹洁白。冬天,海滩上没有人。接待游客的旅馆、卖旅游纪念品的铺子、冷饮小店、更衣的棚屋,都锁着门。冬天的海滩显得很荒凉。问我有什么印象,只能说:我到过全国最大的海滩了。我对海没有记忆,因此也不易有感情。

东山城上有风动石。一块很大的浑圆的石头,上负一块很大的石头蛋。有大风,上面的石头能动。有个小伙子奔上去,仰卧,双脚蹬石头蛋,果然能动。这两块石头摞在一起,不知有多少年了。这是大自然的游戏。

厦　门

庙总要有些古。南普陀几乎是一座全新的庙。到处都是金碧辉煌。屋檐石柱、彩画油漆、香炉烛台、幡幢供果，都像是新的。佛像大概是新装了金，锃亮锃亮。

大雄宝殿里，百余僧众在做功课。他们的黄色袈裟也都很新，折线分明。一个年轻的和尚敲木鱼以齐节奏。木鱼槌颇大。他敲得很有技巧，利用木鱼槌反弹的力量连续地敲着。这样连续地敲很久，腕臂得有点功夫。节奏是快板——有板无眼：卜、卜、卜、卜……这个年轻和尚相貌清秀，样子极聪明。我觉得他会升成和尚里的干部的。

到后山逛了一圈，回到大殿外面，诵佛的节奏变成了原板——一板一眼：卜——卜——卜……

往鼓浪屿访舒婷。舒婷家在一山坡上，是一座石筑的楼房。看起来很舒服，但并不宽敞。她上有公婆，下有幼子，她需要料理家务，有客人来，还要下厨做饭。她住的地方，鼓浪屿，名声在外，一定时常有些省内外作家，不速而来，像我们几个，来吃她一顿菜包春卷。她的书房不大，满壁图书，她和爱人写字的桌子却只是两张并排放着的小三屉桌，于是经常发生彼此的稿纸越界的纠纷。我看这两张小三屉桌，不禁想起弗金尼·沃尔芙的《一间自己的屋子》。舒婷在这样的条件下还能写得出朦胧诗么？听说她的诗要变，会变成什么样子？

有人为铁凝、王安忆失去早期作品的优美而惋惜。无可奈何花落去，谁也没有办法。

福　州

鼓山顶有大石如鼓，故名。或云有大风雨则发出鼓声，恐是附会。山在福州市东，汽车可以一直开到涌泉寺山门，往返甚便，故游人多。福州附近山都不大，鼓山算是大山了。山不雄而甚秀，树虽古而仍荣，滋滋润润,郁郁葱葱。福州之山,与他处不同。

涌泉寺始建于唐代,是座古刹了,但现在殿宇精整,想是经过几次重建了。涌泉寺不像南普陀那样华丽,但是规模很大,有气派。大殿很高,只供三世佛。十八罗汉则分坐在殿外两边的廊子上,一边九位。这种布局我在别处庙里还没有见过。

寺里和尚很多,大都很年轻,十八九岁。这里的和尚穿了一种特别的僧鞋,黑灯芯绒鞋面,有鼻,厚胶皮底,看来很结实,也很舒服。一个小和尚发现我在看他的鞋,说:"这种鞋很贵,比社会上的鞋要贵得多。"他用的这个词很有意思:"社会上的"。这大概是寺庙中特有的用词。这个小和尚会说普通话。

涌泉寺有几口大锅,据说能供一千人吃饭,凡到寺的香客游人都要去看一看。锅大而深,为铜铁合铸,表面漆黑光滑,如涂了油。这样大的锅如何能把饭煮熟?

寺东山上多摩崖石刻。有蔡襄大字题名两处。一处题蔡襄;一处与苏才翁辈同来,则书"蔡君谟"。题名称字,或是一时风气。蔡襄登鼓山,大概有两次,一次与苏才翁等同来,一次是自来。蔡襄至和三年以枢密直学士知福州,登鼓山或当在此时。然襄是仙游人,到福州甚近便,是否至和间登鼓山,也不能肯定。我很喜欢蔡襄的字。有人以为"宋四家"(苏黄米蔡),实应以蔡为首。这两处题名,字大如斗,端重沉着,与三希堂所刻诸帖的行书不相似。盖摩崖题名别是一体。

西禅寺是新盖的,还没有最后完工,正在进行扫尾工程,石匠在敲錾石板石柱,但已经提前使用,和尚开始工作了。一家在追荐亡灵。八个和尚敲着木鱼铙钹,念着经,走着,走得很快。到一个偏殿里,分两边站下,继续敲打唱念,节奏仍然很快,好像要草草了事的样子。两个妇女在殿外,从一个相框里取出一张八寸放大照片,照片上是个中年男人,放进铁炉的火里焚化了。这两个妇女当然是死者的亲属,但看不出是什么关系。她们既没有跪拜,也没有悲泣,脸上是严肃的,但也有些平淡。焚化照片,祈求亡灵升天,此风为别处所未见,大概是华侨兴出来的。但兴起得不会太早,总在有了照相术以后。

后殿有一家在还愿。当初许的愿我也没听说过:三天三夜香烛不断。一个大红的绸制横标上缀着这样的金字。也没有人念经,只是香烟袅绕,烛光烨烨。

寺北正在建造一座宝塔,十三层,快要完工了,已经在封顶。这是座钢筋水泥结构的塔。看看这座用现代材料建成的灰白色的塔(塔尚未装饰,装饰后会是彩色的),不知人间何世。

寺、塔,都是华侨捐资所建。

福建人食不厌精,福州尤甚。鱼丸、肉丸、牛肉丸皆如小桂圆大,不是用刀斩剁,而是用棒捶之如泥制成的。入口不觉有纤维,极细,而有弹性。鱼饺的皮是用鱼肉捶成的。用纯精瘦肉加芡粉以木槌捶至如纸薄,以包馄饨(福州叫做"扁肉"),谓之燕皮。街巷的小铺小摊卖各种小吃。我们去一家吃了一"套"风味小吃,十道,每道一小碗带汤的,一小碟各样蒸的炸的点心,计二十样矣。吃了一个荸荠大的小包子,我忽然想起东北人。应该请东北人吃一顿这样的小吃。东北人太应该了解一下这种难以想象的饮食文化了。当然,我也建议福州人去吃吃李连贵大饼。

武 夷 山

武夷山的好处是景点集中。范围不算大,处处有景,在任何地方,从任何角度,都有可看的,不似有些风景区,走半天,才有一处可看,其余各处皆平平。山水对人都很亲切,很和善,迎面走来,似欲与人相就,欲把臂,欲款语,不高傲,不冷漠,不严峻。武夷属低山,游程"有惊无险"。自山麓至天游峰皆石级,走起来不累。我已经近七十,上天游峰不感到心脏有负担。

玉女峰亭亭而立,大王峰虎虎而蹲。晒布岩直挂而下,石色微红,寸草不生,壮观而耐看。天游是绝顶,一览众山,使人有出尘之想。

武夷的好处是有山有水。九曲溪是天造奇境。溪随山宛曲,水极清,溪底皆黑色大卵石。现在是枯水期,水浅,竹筏与卵石相摩,格格有声。坐在筏上,左顾右盼,应接不暇。

船棺不知是何代物。那时候的人是用什么办法把棺材弄到这样无路可通的悬崖绝壁的山洞里的?为什么要把死人葬在这样高的地方?这是无法解释的谜。

水帘洞不是像《西游记》所写的那样洞口有瀑布悬挂如帘,而是从峭壁上挂下一条很长的草绳,山上水沿草绳流注,被风吹散,如烟如雾,飘飘忽忽,如一片透明的薄帘。水帘洞下有田地人家,种植炊煮,皆赖山水。泉下有茶馆,有人在饮茶。

天车是一列巨大的木制绞车,因为嵌置在峭壁极高处的山缝间,如在天上,当地人谓之"天车"。据传,太平天国时有财主数姓,避乱入岩洞中,设此天车,把财物和食物绞上去,在洞中藏匿甚久,太平天国军仰攻之,竟不得上。峭壁有碑记其事。这块碑的措词很尴尬,当然要说太平天国是革命的,地主是反动的,但是游人仰看天车,则只有为天车感到惊奇,碑文想发一点感慨,可不知说什么好。

武夷山是道教山,入山处原有武夷宫,已毁,现在正在重建,结构存其旧制,而规模较小。看了檐口的大斗拱,知道这是宋式建筑。宫前有两棵桂花树,云是当年所植,数百年物也。宫外有荣观,亦宋式。

我们所住的银河饭店门前是崇安溪;屋后亦有小溪,溪水小有落差,入夜水声淙淙不绝。现在是旅游淡季,整个旅馆只住了我们五个人。经理为我们的饭菜颇费张罗,有炒新鲜冬笋,有武夷山的山珍石鳞,即石鸡,山间所产的大蛙也,有狗肉,有蛇汤。临行,经理嘱写字留念,写了一副对联:"四围山色临窗秀,一夜溪声入梦清。"

庚午年正月初四

注　释

① 本篇原载 1990 年 4 月 21 日、28 日《中国旅游报》;初收《旅食集》,广东旅游出版社,1992 年 4 月。

七 十 书 怀①

六十岁生日，我曾经写过一首诗：

冻云欲湿上元灯，

漠漠春阴柳未青。

行过玉渊潭畔路，

去年残叶太分明。

这不是"自寿"，也没有"书怀"，"即事"而已。六十岁生日那天一早，我按惯例到所居近处的玉渊潭遛了一个弯，所写是即目所见。为什么提到上元灯？因为我的生日是旧历的正月十五。据说我是日落酉时建生，那么正是要"上灯"的时候。沾了元宵节的光，我的生日总不会忘记。但是小时不做生日，到了那天，我总是鼓捣一个很大的，下面安四个轱辘的兔子灯，晚上牵了自制的兔子灯，里面插了蜡烛，在家里厅堂过道里到处跑，有时还要牵到相熟的店铺中去串门。我没有"今天是我的生日"的意识，只是觉得过"灯节"（我们那里把元宵叫做"灯节"）很好玩。十九岁离乡，四方漂泊，过什么生日！后来在北京安家，孩子也大了，家里人对我的生日渐渐重视起来。到了那天，总得"表示"一下。尤其是我的孙女和外孙女，她们对我的生日比别人更为热心，因为那天可以吃蛋糕。六十岁是个整寿。但我觉得无所谓。诗的后两句似乎有些感慨，因为这时"文化大革命"过去不久，容易触景生情，但是究竟有什么感慨，也说不清。那天是阴天，好像要下雪，天气其实是很舒服的，诗的前两句隐隐约约有一点喜悦。总之，并不衰瑟，更没有过一年少一年这样的颓唐的心情。

一晃，十年过去了，我七十岁了。七十岁生日那天写了一首《七十

219

书怀出律不改》：

> 悠悠七十犹耽酒，
>
> 唯觉登山步履迟。
>
> 书画萧萧余宿墨，
>
> 文章淡淡忆儿时。
>
> 也写书评也作序，
>
> 不开风气不为师。
>
> 假我十年闲粥饭，
>
> 未知留得几囊诗。

这需要加一点注解。

中国人的平均寿命比以前增高多了。我记得小时候看家里大人和亲戚，过了五十，就是"老太爷"了。我祖父六十岁生日，已经被称为"老寿星"。"人生七十古来稀"，现在七十岁不算稀奇了。不过七十总是个"坎儿"。不知从什么时候起，别人对我的称呼从"老汪"改成了"汪老"。我并无老大之感。但从去年下半年，我一想我再没有六十几了，不免有一点紧张。我并不太怕死，但是进入七十，总觉得去日苦多，是无可奈何的事。所幸者，身体还好。去年年底，还上了一趟武夷山。武夷山是低山，但总是山。我一度心肌缺氧，一般不登山。这次到了武夷绝顶天游，没有感到心脏有负担。看来我的身体比前几年还要好一些，再工作几年，问题不大。当然，上山比年轻人要慢一些。因此，去年下半年偶尔会有的紧张感消失了。

我的写字画画本是遣兴自娱而已，偶尔送一两件给熟朋友。后来求字求画者渐多。大概求索者以为这是作家的字画，不同于书家画家之作，悬之室中，别有情趣耳，其实，都是不足观的。我写字画画，不暇研墨，只用墨汁。写完画完，也不洗砚盘色碟，连笔也不涮。下次再写、再画，加一点墨汁。"宿墨"是记实。今年（1990）1 月 15 日，画水仙金鱼，题了两句诗：

> 宜入新春未是春，

残笺宿墨隔年人。

　　这幅画的调子是灰的，一望而知用的是宿墨。用宿墨，只是懒，并非追求一种风格。

　　有一个文学批评用语我始终不懂是什么意思，叫做"淡化"。淡化主题、淡化人物、淡化情节，当然，最终是淡化政治。"淡化"总是不好的。我是被有些人划入淡化一类了的。我所不懂的是：淡化，是本来是浓的，不淡的，或应该是不淡的，硬把它化得淡了。我的作品确实是比较淡的，但它本来就是那样，并没有经过一个"化"的过程。我想了想，说我淡化，无非是说没有写重大题材，没有写性格复杂的英雄人物，没有写强烈的、富于戏剧性的矛盾冲突。但这是我的生活经历，我的文化素养，我的气质所决定的。我没有经历过太多的波澜壮阔的生活，没有见过咤叱风云的人物，你叫我怎么写？我写作，强调真实，大都有过亲身感受，我不能靠材料写作。我只能写我所熟悉的平平常常的人和事，或者如姜白石所说"世间小儿女"。我只能用平平常常的思想感情去了解他们，用平平常常的方法表现他们。这结果就是淡。但是"你不能改变我"，我就是这样，谁也不能下命令叫我照另外一种样子去写。我想照你说的那样去写，也办不到。除非把我回一次炉，重新生活一次。我已经七十岁了，回炉怕是很难。前年《三月风》杂志发表我一篇随笔，请丁聪同志画了我一幅漫画头像，编辑部要我自己题几句话，题了四句诗：

　　　　近事模糊远事真，
　　　　双眸犹幸未全昏。
　　　　衰年变法谈何易，
　　　　唱罢莲花又一春。

　　《绣襦记》《教歌》两个叫花子唱的"莲花落"有句"一年春尽又是一年春"，我很喜欢这句唱词。七十岁了，只能一年又一年，唱几句莲花落。

　　《七十书怀出律不改》，"出律"指诗的第五六两句失粘，并因此影响最后两句平仄也颠倒了。我写的律诗往往有这种情况，五六两句失粘。为什么不改？因为这是我要说的主要两句话，特别是第六句，所书之怀，也仅此耳。改了，原意即不妥帖。

我是赞成作家写评论的，也爱看作家所写的评论。说实在的，我觉得评论家所写的评论实在有点让人受不了。结果是作法自毙。写评论的差事有时会落到我的头上。我认为评论家最让人受不了的，是他们总是那样自信。他们像我写的小说《鸡鸭名家》里的陆长庚一样，一眼就看出这只鸭是几斤几两，这个作家该打几分。我觉得写评论是非常冒险的事：你就能看得那样准？我没有这样的自信。人到一定岁数，就有为人写序的义务。我近年写了一些序。去年年底就写了三篇，真成了写序专家。写序也很难，主要是分寸不好掌握，深了不是，浅了不是。像周作人写序那样，不着边际，是个办法。但是一，我没有那样大的学问；二，丝毫不涉及所序的作品，似乎有欠诚恳。因此，临笔踌躇，煞费脑筋。好像是法朗士说过："关于莎士比亚，我所说的只是我自己。"写书评、写序，实际上是写写书评、写序的人自己。借题发挥，拿别人来"说事"，当然不太好，但是书评和序里总会流露出本人的观点，本人的文学主张。我不太希望我的观点、主张被了解，愿意和任何人保持一定的距离；但是自设屏障，拒人千里，把自己藏起来，完全不让人了解，似也不必。因此，"也写书评也作序"。

"不开风气不为师"，是从龚定庵的诗里套出来的。龚定庵的原句是："但开风气不为师"。龚定庵的诗貌似谦虚，实很狂傲。——龚定庵是谦虚的人么？但是龚定庵是有资格说这个话的。他确实是个"开风气"的。他的带有浓烈的民主色彩的个性解放思想撼动了一代人，他的宗法公羊家的奇崛矫矢的文体对于当时和后代都起了很大的影响。他的思想不成体系，不立门户，说是"不为师"倒也是对的。近四五年，有人说我是这个那个流派的始作俑者，这很出乎我的意外。我从来没有想到提倡什么，我绝无"来吾导乎先路也"的气魄，我只是"悄没声地"自己写一点东西而已。有一些青年作家受了我的影响，甚至有人有意地学我，这情况我是知道的。我要诚恳地对这些青年作家说：不要这样。第一，不要"学"任何人。第二，不要学我。我希望青年作家在起步的时候写得新一点，怪一点，朦胧一点，荒诞一点，狂妄一点，不要过早地归于平淡。三四十岁就写得很淡，那，到我这样的年龄，怕就什么也没有了。这个意思，我在几篇序文中都说到，是真话。

看相的说我能活九十岁，那太长了！不过我没有严重的器质性的病，再对付十年，大概还行。我不愿当什么"离休干部"，活着，就还得做一点事。我希望再出一本散文集，一本短篇小说集，把《聊斋新义》写完，如有可能，把酝酿已久的长篇历史小说《汉武帝》写出来。这样，就差不多了。

七十书怀，如此而已。

一九九〇年二月二十四日

注　释

① 本篇原载《现代作家》1990 年第五期；初收《汪曾祺小品》，中国人民大学出版社，1992 年 10 月。

人 间 草 木 ①

山 丹 丹

我在大青山挖到一棵山丹丹。这棵山丹丹的花真多。招待我们的老堡垒户看了看,说:"这棵山丹丹有十三年了。"

"十三年了? 咋知道?"

"山丹丹长一年,多开一朵花。你看,十三朵。"

山丹丹记得自己的岁数。

我本想把这棵山丹丹带回呼和浩特,想了想,找了把铁锹,在老堡垒户的开满了蓝色党参花的土台上刨了个坑,把这棵山丹丹种上了。问老堡垒户:

"能活?"

"能活。这东西,皮实。"

大青山到处是山丹丹,开七朵花、八朵花的,多的是。

　　　山丹丹花开花又落,

　　　一年又一年……

这支流行歌曲的作者未必知道,山丹丹过一年多开一朵花。唱歌的歌星就更不会知道了。

枸　　杞

枸杞到处都有。枸杞头是春天的野菜。采摘枸杞的嫩头,略焯过,切碎,与香干丁同拌,浇酱油醋香油;或入油锅爆炒,皆极清香。夏末秋初,开淡紫色小花,谁也不注意。随即结出小小的红色的卵形浆果,即枸杞子。我的家乡叫做狗奶子。

我在玉渊潭散步,在一个山包下的草丛里看见一对老夫妻弯着腰在找什么。他们一边走,一边搜索。走几步,停一停,弯腰。

"您二位找什么?"

"枸杞子。"

"有吗?"

老同志把手里一个罐头玻璃瓶举起来给我看,已经有半瓶了。

"不少!"

"不少!"

他解嘲似的哈哈笑了几声。

"您慢慢捡着!"

"慢慢捡着!"

看样子这对老夫妻是离休干部,穿得很整齐干净,气色很好。

他们捡枸杞子干什么?是配药?泡酒?看来都不完全是。真要是需要,可以托熟人从宁夏捎一点或寄一点来。——听口音,老同志是西北人,那边肯定会有熟人。

他们捡枸杞子其实只是玩!一边走着,一边捡枸杞子,这比单纯的散步要有意思。这是两个童心未泯的老人,两个老孩子!

人老了,是得学会这样的生活。看来,这二位中年时也是很会生活,会从生活中寻找乐趣的。他们为人一定很好,很厚道。他们还一定不贪权势,甘于淡泊。夫妻间一定不会为柴米油盐、儿女婚嫁而吵嘴。

从钓鱼台到甘家口商场的路上,路西,有一家的门头上种了很大的一丛枸杞,秋天结了很多枸杞子,通红通红的,礼花似的,喷泉似的垂挂下来,一个珊瑚珠穿成的华盖,好看极了。这丛枸杞可以拿到花会上去展览。这家怎么会想起在门头上种一丛枸杞?

槐　花

　　玉渊潭洋槐花盛开，像下了一场大雪，白得耀眼。来了放蜂的人。蜂箱都放好了，他的"家"也安顿了。一个刷了涂料的很厚的黑色的帆布篷子。里面打了两道土堰，上面架起几块木板，是床。床上一卷铺盖。地上排着油瓶、酱油瓶、醋瓶。一个白铁桶里已经有多半桶蜜。外面一个蜂窝煤炉子上坐着锅。一个女人在案板上切青蒜。锅开了，她往锅里下了一把干切面。不大会儿，面熟了，她把面捞在碗里，加了作料、撒上青蒜，在一个碗里舀了半勺豆瓣。一人一碗。她吃的是加了豆瓣的。

　　蜜蜂忙着采蜜，进进出出，飞满一天。

　　我跟养蜂人买过两次蜜，绕玉渊潭散步回来，经过他的棚子，大都要在他门前的树墩上坐一坐，抽一枝烟，看他收蜜，刮蜡，跟他聊两句，彼此都熟了。

　　这是一个五十岁上下的中年人，高高瘦瘦的，身体像是不太好，他做事总是那么从容不迫，慢条斯理的。样子不像个农民，倒有点像一个农村小学校长。听口音，是石家庄一带的。他到过很多省，哪里有鲜花，就到哪里去。菜花开的地方，玫瑰花开的地方，苹果花开的地方，枣花开的地方。每年都到南方去过冬，广西，贵州。到了春暖，再往北翻。我问他是不是枣花蜜最好，他说是荆条花的蜜最好。这很出乎我的意外。荆条是个不起眼的东西，而且我从来没有见过荆条开花，想不到荆条花蜜却是最好的蜜。我想他每年收入应当不错，他说比一般农民要好一些，但是也落不下多少：蜂具，路费；而且每年要赔几十斤白糖，——蜜蜂冬天不采蜜，得喂它糖。

　　女人显然是他的老婆。不过他们岁数相差太大了。他五十了，女人也就是三十出头。而且，她是四川人，说四川话。我问他：你们是怎么认识的？他说：她是新繁县人。那年他到新繁放蜂，认识了。她说北方的大米好吃，就跟来了。

有那么简单？也许她看中了他的脾气好，喜欢这样安静平和的性格？也许她觉得这种放蜂生活，东南西北到处跑，好耍？这是一种农村式的浪漫主义。四川女孩子做事往往很洒脱，想咋个就咋个，不像北方女孩子有那么多考虑。他们结婚已经几年了。丈夫对她好，她对丈夫也很体贴。她觉得她的选择没有错，很满意，不后悔。我问养蜂人：她回去过没有？他说：回去过一次，一个人。他让她带了两千块钱，她买了好些礼物送人，风风光光地回了一趟新繁。

一天，我没有看见女人，问养蜂人，她到哪里去了。养蜂人说：到我那大儿子家去了，去接我那大儿子的孩子。他有个大儿子，在北京工作，在汽车修配厂当工人。

她抱回来一个四岁多的男孩，带着他在棚子里住了几天。她带他到甘家口商场买衣服，买鞋，买饼干，买冰糖葫芦。男孩子在床上玩鸡啄米，她靠着被窝用勾针给他勾一顶大红的毛线帽子。她很爱这个孩子。这种爱是完全非功利的，既不是讨丈夫的欢心，也不是为了和丈夫的儿子一家搞好关系。这是一颗很善良，很美的心。孩子叫她奶奶，奶奶笑了。

过了几天，她把孩子又送了回去。

过了两天，我去玉渊潭散步，养蜂人的棚子拆了，蜂箱集中在一起。等我散步回来，养蜂人的大儿子开来一辆卡车，把棚柱、木板、煤炉、锅碗和蜂箱装好，养蜂人两口子坐上车，卡车开走了。

玉渊潭的槐花落了。

注　释

① 本篇原载《散文》1990 年第三期；初收《草花集》，成都出版社，1993 年
9 月。

作家谈吃第一集[①]

　　编完了这本书的稿子，说几句有关的和无关的话。

　　这本书还是值得看看的。里面的文章，风格各异，有的人书俱老，有的文采翩翩，都可读。不过书名起得有点冒失了。"人莫不饮食也，鲜能知味也"。知味实不容易，说味就更难。从前有人没有吃过葡萄，问人葡萄是什么味道，答曰"似软枣"，我看不像。"千里莼羹，末下盐豉"，和北方的酪可谓毫不相干。山里人不识海味，有人从海边归来盛称海错之美，乡间人争舐其眼。此人大概很能说味。我在福建吃过泥蚶，觉得好吃得不得了，但是回来之后，告诉别人，只能说非常鲜、嫩，不用任何佐料，剥了壳即可入口，而五味俱足，而且不会使人饱餍，越吃越想吃，而已。但是大家还是很爱谈吃。常听到的闲谈的话题是"精神会餐"。说的人津津有味，听的人倾耳入神。但是"精神会餐"者，精神也，只能调动人对某种食物的回忆和想象，谈是当不得吃的。此集所收文章所能达到的效果，也只是这样，使谈者对吃过的东西有所回味，对没吃过的有所向往，"吊吊胃口"罢了。读了一篇文章，跟吃过一盘好菜毕竟不一样（如是这样，就可以多开出版社，少开餐馆）。作家里有很会做菜的。本书的征稿小启中曾希望会做菜的作家将独得之秘公诸于众。本书也有少数几篇是涉及菜的做法的。做菜是有些要领的。炒多种物料放一起的菜，比如罗汉斋，要分别炒，然后再入锅混合，如果冬菇、冬笋、山药、百果、油菜……同时下锅，则将一塌糊涂，生的生，烂的烂。但是做菜主要靠实践，总要失败几次，才能取得经验。想从这本书里学几手，大概是不行的。这本书不是菜谱食单，只是一本作家谈吃的散文集子，读者也只宜当散文读。

　　数了数文章的篇数，觉得太少了。中国是一个吃的大国，只有这样几篇,实在是挂一漏万。而且谈大菜、名菜的少,谈小吃的多。谈大菜的只有王世襄同志的谈糟溜鱼片一篇。"八大菜系"里,只有一篇谈苏帮菜的,其余各系均付阙如,霍达的谈涮羊肉,只能算是谈了一种中档菜(她的文章可是高档的)。谈豆腐的倒有好几篇,豆腐是很好吃的东西,值得编一本专集,但和本书写到的和没有写到的肴馔平列,就有点过于突出,不成比例。这是什么原因呢? 一是大菜、名菜很不好写。山东的葱烧海参,只能说是葱香喷鼻而不见葱;苏州松鹤楼的乳腐肉,只能说是"嫩得像豆腐一样";四川的樟茶鸭子,只能说是鸭肉酥嫩,而有樟树茶叶香;镇江刀鱼,只能说:鲜! 另外,这本书编得有点不合时宜。名菜细点,如果仔细揣摩,能近取譬,还是可以使人得其仿佛的,但是有人会觉得:这是什么时候,谈吃! 再有,就是使人有"今日始知身孤寒"之感。我们的作家大都还是寒士。鲥鱼卖到一斤百元以上,北京较大的甲鱼 70 元一斤,作家,谁吃得起? 名贵的东西,已经成了走门子行贿的手段。买的人不吃,吃的人不买。而这些受贿者又只吃而不懂吃,瞎吃一通,或懂吃又不会写。于是,作家就只能写豆腐。

中国烹饪的现状到底如何? 有人说中国的烹饪艺术出现危机。我看这不无道理。时常听到:什么什么东西现在没有了,什么什么菜不是从前那个味儿了。原因何在? 很多。一是没有以前的材料。前几年,我到昆明,吃了汽锅鸡,索然无味;吃过桥米线,也一样。一问,才知道以前的汽锅鸡用的是武定壮鸡(武定特产,阉了的母鸡),现在买不到。过桥米线本来也应该是武定壮鸡的汤。我到武定,吃汽锅鸡,也不是"牡鸡"! 北京现在的"光鸡"只有人工饲养的"西装鸡"和"华都肉鸡",怎么做也是不好吃的。二是赔不起那功夫。过去北京的谭家菜要几天前预定,因为谭家菜是火候菜,不能嗟咄立办。张大千做一碗清炖吕宋黄翅,要用 14 天。吃安徽菜,要能等。现在大家都等不及。镇江的肴肉过去精肉肥肉都是实在的,现在的肴肉是软趴趴的,切不成片,我看是卤渍和石压的时间不够。淮扬一带的狮子头,过去讲究"细切粗斩",先把肥瘦各半的硬肋肉切成石榴米大,再略剁几刀。现在是一塌括子放进绞肉机里一绞,求其鲜嫩,势不可能。再有,我看是经营管理和烹制的思想有问题。过去的饭馆都有些老主顾，他们甚至常坐的座位都是固定的。菜品稍有逊色，便会挑剔。现在大中城市活动人口多，采购员、倒爷，吃了就走。馆子里不指望做回头生意，于是萝卜快了不洗泥，偷工减料，马马虎虎。近年来大餐馆的名厨都致力于"创新菜"。菜本来是应该不断创新的。我们现在不会回到把整牛放在毛公鼎里熬得稀烂的时代。看看《梦粱录》、《东京梦华录》，宋朝的菜的做法比现在似乎简单得多。但是创新要在色香味上下功夫，现在的创新菜却多在形上做文章。有一类菜叫做"工艺菜"。这本来是古已有之的。晋人雕卵而食，可以算是工艺菜。宋朝有一位厨娘能用菜肴在盘子里摆出"辋川小景"，这可真是工艺。不过就是雕卵、"辋川小景"，也没有多大意思。鸡蛋上雕有花，吃起来还不是鸡蛋的味道么？"辋川小景"没法吃。王维死后有知，一定会摇头：辋川怎么能吃呢？现在常见的工艺菜，是用鸡片、腰片、黄瓜、山楂糕、小樱桃、罐头豌豆……摆控出来的龙、凤、鹤，华而不实。用鸡茸捏出一个一个椭圆的球球，安上尾巴，是金鱼，实在叫人恶心。有的工艺菜在大盘子里装成一座架空的桥，真是匪夷所思。还有在工艺菜上装上彩色小灯泡的，闪闪烁烁，这简直是：胡闹！中国烹饪确是有些问题。如何继承和发扬传统，使中国的烹饪艺术走上一条健康的正路，需要造一点舆论。此亦弘扬民族文化之一端。而作家在这方面是可以尽一点力的：多写一点文章。看来《知味集》有出续集、三集的必要。然而有什么出版社会出呢？吁。

一九九〇年三月二十三日

注　释

① 本篇原载《中国烹饪》1990 年第八期，系作者编辑的饮食文化散文集《知味集》（中外文化出版公司，1990 年 12 月）后记；又收《独坐小品》，宁夏人民出版社，1996 年 11 月，以《〈知味集〉后记》为题。

沙　岭　子[①]

我曾在沙岭子农业科学研究所下放劳动过四个年头——1958至1961。

沙岭子是京包线宣化至张家口之间的一个小站。从北京乘夜车，到沙岭子，天刚刚亮。从车上下来十多个旅客，四散走开了。空气是青色的。下车看看，有点凄凉。我以后请假回北京，再返沙岭子，每次都是乘的这趟车，每次下车，都有凄凉之感。

这是一个极其普通的小车站。四年中，我看到它无数次了。它总是那样。四年不见一点变化。照例是涂成浅黄色的墙壁，灰色板瓦盖顶，冷清清的。

靠站的客车一天只有几趟。过境的货车比较多。往南去的最常见的是大兴安岭下来的红松。其次是牲口，马、牛，大概来自坝上或内蒙草原。这些牛马站在敞顶的车厢里，样子很温顺。往北去的常有现代化的机器，装在高大的木箱里，矗立着。有时有汽车，都是崭新的。小汽车的车头爬在前面小车的后座上，一辆搭着一辆，像一串甲虫。

运往沙岭子到站的货物不多。有时甩下一节车皮，装的是铁矿砂。附近有一个铁厂。铁矿砂堆在月台上。矿砂运走了，月台被染成了紫红色，有时卸一车石灰，月台就被染得雪白的。紫颜色、白颜色，被人们的鞋底带走了，过不几天，月台又恢复了原先的浅灰的水泥颜色。

从沙岭子起运的，只有石头。东边有一个采石场——当地叫做"片石山"，每天十一点半钟放炮崩山。山已经被削去一半了。

农科所原来的房子很好，疏疏朗朗，布置井然。迎面是一排青砖的办公室，整整齐齐。办公室后是一个空场。对面是种子仓库，房梁上挂了很多整株的作物良种。更后是食堂，再后是猪舍。东面是职工宿舍，有两间大的是单身合同工住的,每间可容三十人。我就在东边一间的一张木床上睡了将近三年,直到摘了右派帽子,结束劳动后,才搬到干部宿舍里,和一个姓陈的青年技术员合住一间。种子仓库西边有一条土路,略高出于地面。路之西,有一排矮矮的圆锥形的谷仓,状如蘑菇,工人们就叫它为"蘑菇仓库",是装牲口饲料玉米豆的。蘑菇仓库以西,是马号。更西,是菜园、温室。农科所的概貌尽于此。此外,所里还有一片稻田,在沙岭子堡(镇)以南;有一片果园,在车站南。

头两年参加劳动,扎扎实实的劳动。大部分农活我差不多都干过。除了一些全所工人一齐出动的集中的突击性的活,如插秧、锄地、割稻子之外,我相对固定在果园干活。干得最多的是喷波尔多液。硫酸铜加石灰兑水,这就是波尔多液。果园一年不知道要喷多少次波尔多液,这是果树防病所必需的。梨树、苹果要喷,葡萄更是十天八天就得喷一回。果园有一本工作日记似的本本,记录每天干的活,翻开到处是"葡萄喷波尔多液"。这日记是由果园组组长填写的。不知道什么道理,这里的干部工人都把葡萄写成"芍芍"。两个字一样,为什么会读出两个字音呢?因为我喷波尔多液喷得细致,到后来这活都交给了我。波尔多液是天蓝色的,很漂亮。因为喷波尔多液的次数太多,我的几件白衬衫都变成浅蓝的了。

结束劳动后暂时无法分配工作,我就留在所里打杂,主要是画画。我曾参加过张家口地区农业展览会的美术工作,在画布或三合板上用水粉画白菜、萝卜、大葱、大蒜、短角牛、张北马。布置过一个超声波展览馆——那年不知怎么兴起了超声波,很多单位都试验这东西,好像这是一种增产的魔术。超声波怎么表现呢?这东西又看不见。我于是画了许多动物、植物、水产,农林牧副渔,什么都有,而在所有的画面上一律加了很多同心圆,表示这是超声波的振幅!我画过一套颇有学术价值的画册:《中国马铃薯图谱》。沽源有个马铃薯研究站,集中了全国各地的,各种品种的马铃薯。研究站归沙岭子农科所领导。领导研究,要出版一套图谱,绘图的任务交给了我。在马铃薯花盛开的时候,我坐上二饼子牛车到了沽源研究站。每天蹚着露水到地里掐一把花,几枝叶子,拿回办公室,插在玻璃杯里,照着画。我的工作实在是舒服透顶,不开会,不学习,没人管,自由自在,也没有指标定额,画多少算多少。画起来是不费事的。马铃薯的花大小只有颜色的区别,花形都一样;叶片也都差不多,有的尖一点,有的圆一点。花和叶子画完,画薯块。一个整个的马铃薯,一个剖面。画完一种薯块,我就把它放进牛粪火里烤熟了,吃掉。这里的马铃薯不下七八十种,每一种我都尝过。中国吃过那么多种马铃薯的人,大概不多。天冷了,马铃薯块还没有画完,有一部分是运到沙岭子画的。还是那样的舒服。一个人一间屋子,升一个炉子,画一块,在炉子上烤烤,吃掉。我还画过一套口蘑图谱,钢笔画。口蘑都是灰白色,不需要著色。

我就这样在沙岭子度过了四个年头。

1983年,我应张家口市文联之邀,去给当地青年作家讲过一次课。市文联的两个同志是曾和我同时下放沙岭子农科所劳动过的,他们为我安排的活动,自然会有一项:到沙岭子看看。吉普车开到农科所门前,下车看看,可以说是面目全非。盖了一座办公楼,是灰绿色的。我没有进去,但是觉得在里面办公是不舒服的,不如原先的平房宽敞豁亮。楼上下来一个人,是老王,我们过去天天见。老王见我们很亲热。他模样未变,但是苍老了。他说起这些年的人事变化,谁得了癌症;谁受了刺激,变得胡涂了;谁病死了;谁在西边一棵树上上了吊死了。说不清是什么原因。他说起所里"文化大革命"的一些情况,说起我画的那套马铃薯图谱在"文化大革命"中毁了,很可惜。我在的时候,他是大学刚刚毕业,现在大概是室主任了。那时他还没有结婚,现在女儿已经上大学了。真是"昔别君未婚,儿女忽成行"。他原来是个很精神的小伙子,现在说话却颇有不胜沧桑之感。

老王领我们到后面去看看。原来的格局已经看不出多少痕迹。种子仓库没有了,蘑菇仓库没有了。新建了一些红砖的房屋,横七竖八。我们走到最后一排,是木匠房。一个木匠在干活,是小王!我住在工人集体宿舍的时候,小王的床挨着我的床。我在的时候,所里刚调他去学木匠，现在他已经是四级工，带两个徒弟了。小王已经有两个孩子。他说起他结婚的时候，碗筷还是我给他买的，锁门的锁也是我给他买的，这把锁他现在还在用着。这些，我可一点不记得了。

我们到果园看了看。果园可是大变样了。原来是很漂亮的，葱葱茏茏，蓬蓬勃勃。那么多的梨树。那么多的苹果。尤其是葡萄，一行一行，一架一架，整整齐齐，真是蔚为大观。葡萄有很多别处少见的名贵品种：白香蕉、柔丁香、秋紫、金铃、大粒白、白拿破仑、黑罕、巴勒斯坦……现在，全都不见了。果园给我的感觉，是荒凉。我知道果树老了，需要更新，但何至于砍伐成这样呢？有一些新种的葡萄，才一人高，挂了不多的果。

遇到一个熟人，在给葡萄浇水。我想不起他的名字了。他原来是猪倌，后来专管“下夜”，即夜间在所内各处巡看。这是个窝窝囊囊的人，好像总没有睡醒，说话含糊不清，而且他不爱洗脸。他的老婆跟他可大不一样，身材颀长挺拔，而且出奇的结实，我们背后叫她阿克西尼亚。老婆对他“死不待见”。有一天，我跟他一同下夜，他走到自己家门口，跟我说：“老汪，你看着点，俚去闹渠一棰。”他是柴沟堡人。那里人说话很奇怪，保留了一些古音。“俚”即我（像客家话），“渠”即她（像广东话）。“闹渠一棰”是搞她一次。他进了屋，老婆先是不答应，直骂娘。后来没有声音了。呆了一会儿，他出来了，继续下夜。我见了他，不禁想起那回事，问老王：“他老婆还是不待见他吗？”老王说：“他们已经有了两个孩子了。”我很想见见阿克西尼亚，不知她现在是什么样子。

去看看稻田。

稻田挨着洋河。洋河相当宽，但是常常没有水，露出河底的大块卵石。水大的时候可以齐腰。不能行船，也无需架桥。两岸来往，都是徒涉。河南人过来，到河边，就脱了裤子，顶在头上，一步一步蹚着水。因此当地人揶揄之道：“河南汉，咯吱咯吱两颗蛋。”

河南地薄而多山。天晴时，在稻田场上可以看到河南的大山，山是干山，无草木，山势险峻，皱皱褶褶，当地人说：“像羊肚子似的。”形容得很贴切。

稻田倒还是那样。地块、田埂、水渠、渠上的小石桥、地边的柳树、柳树下一间土屋，土屋里有供烧开水用的锅灶，全都没有变。二十多年了，好像昨天我们还在这里插过秧，割过稻子。

稻田离所里比较远。到稻田干活，一般中午就不回所里吃饭了，由食堂送来。都是蒸莜面饸饹，疙瘩白熬山药，或是一人一块咸菜。我们就攥着饸饹狼吞虎咽起来。稻田里有很多青蛙。有一个同我们一起下放的同志，是浙江人。他捉了好些青蛙，撕了皮，烧一堆稻草火，烤田鸡吃。这地方的人是不吃田鸡的，有几个孩子问："这东西好吃？"他们尝了一个："好吃好吃！"于是七手八脚捉了好多，大家都来烤田鸡，不知是谁，从土屋里翻出一碗盐，烤田鸡蘸盐水，就莜面，真是美味。吃完了，各在柳荫下找个地方躺下，不大一会，都睡着了。

在水渠上看见渠对面走来两个女的，是张素花和刘美兰。我过去在果园经常跟她们一起干活。我大声叫她们的名字。刘美兰手搭凉棚望了一眼，问："是不是老汪？"

"就是！"

"你咋会来了？"

"来看看。"

"一下来家吃饭。"

"不了，我要回张家口，下午有个会。"

"没事儿来！"

"来！——你和你丈夫还打架吗？"

刘美兰和丈夫感情不好，丈夫常打她，有一次把她的小手指都打弯了。

"俚都当了奶奶了！"

刘美兰和张素花不知道说了什么，两个人嘻嘻笑着，走远了。

重回沙岭子，我似乎有些感触，又似乎没有。这不是我所记忆、我所怀念的沙岭子。也不是我所希望的沙岭子。然而我所希望的沙岭子又应是什么样子的呢？我也说不出。我只是觉得这一代的人都胡里胡涂地老了。是可悲也。

注 释

① 本篇原载《作家》1990 年第三期；初收《汪曾祺全集》第四卷，北京师范大学出版社，1998 年 8 月。

闹 市 闲 民①

　　我每天在西四倒101路公共汽车回甘家口。直对101站牌有一户人家。一间屋,一个老人。天天见面,很熟了。有时车老不来,老人就搬出一个马扎儿来:"车还得会子,坐会儿。"

　　屋里陈设非常简单(除了大冬天,他的门总是开着),一张小方桌,一个方机凳,三个马扎儿,一张床,一目了然。

　　老人七十八岁了,看起来不像,顶多七十岁。气色很好。他经常戴一副老式的圆镜片的浅茶晶的养目镜——这副眼镜大概是他身上唯一值钱的东西。眼睛很大,一点没有混浊,眼角有深深的鱼尾纹。跟人说话时总带着一点笑意,眼神如一个天真的孩子。上唇留了一撮疏疏的胡子,花白了。他的人中很长,唇髭不短,但是遮不住他的微厚而柔软的上唇。——相书上说人中长者多长寿,信然。他的头发也花白了,向后梳得很整齐。他长年穿一套很宽大的蓝制服,天凉时套一件黑色粗毛线的很长的背心。圆口布鞋、草绿色线袜。

　　从攀谈中我大概知道了他的身世。他原来在一个中学当工友,早就退休了。他有家。有老伴。儿子在石景山钢铁厂当车间主任。孙子已经上初中了。老伴跟儿子,他不愿跟他们一起过,说是:"乱!"他愿意一个人。他的女儿出嫁了。外孙也大了。儿子有时进城办事,来看看他,给他带两包点心,说会子话。儿媳妇、女儿隔几个月来给他拆洗拆洗被窝。平常,他和亲属很少来往。

　　他的生活非常简单。早起扫扫地,扫他那间小屋,扫门前的人行道。一天三顿饭。早点是干馒头就咸菜喝白开水。中午晚上吃面。一年三百六十五天,天天如此。他不上粮店买切面,自己做。抻条,或是拨鱼儿。他的拨鱼儿真是一绝。小锅里坐上水,用一根削细了的筷子把稀面顺着碗口"赶"进锅里。他拨的鱼儿不断,一碗拨鱼儿是一根,而且粗细如一。我为看他拨鱼儿,宁可误一趟车。我跟他说:"你这拨鱼儿真是个手艺!"他说:"没什么,早一点把面和上,多搅搅。"我学着他的法子回家拨鱼儿,结果成了一锅面糊糊疙瘩汤。他吃的面总是一个味儿! 浇炸酱。黄酱,很少一点肉末。黄瓜丝、小萝卜,一概不要。白菜下来时,切几丝白菜,这就是"菜码儿"。他饭量不小,一顿半斤面。吃完面,喝一碗面汤(他不大喝水),涮涮碗,坐在门前的马扎儿上,抱着膝盖看街。

我有时带点新鲜菜蔬,青蛤、海蛎子、鳝鱼、冬笋、木耳菜,他总要过来看看:"这是什么?"我告诉他是什么,他摇摇头:"没吃过。南方人会吃。"他是不会想到吃这样的东西的。

他不种花,不养鸟,也很少遛弯儿。他的活动范围很小,除了上粮店买面,上副食店买酱,很少出门。

他一生经历了很多大事。远的不说。敌伪时期,吃混合面。傅作义。解放军进城,扭秧歌,呛呛七呛七。开国大典,放礼花。没完没了的各种运动。三年自然灾害,大家挨饿。"文化大革命"。"四人帮"。"四人帮"垮台。华国锋。华国锋下台……

然而这些都与他无关,没有在他身上留下多少痕迹。他每天还是吃炸酱面,——只要粮店还有白面卖,而且北京的粮价长期稳定——坐在门口马扎儿上看街。

他平平静静,没有大喜大忧,没有烦恼,无欲望亦无追求,天然恬淡,每天只是吃抻条面、拨鱼儿,抱膝闲看,带着笑意,用孩子一样天真的眼睛。

这是一个活庄子。

一九九〇年五月五日

注　释

① 本篇原载《天涯》1990 年第九期;初收《草花集》,成都出版社,1993 年
9 月。

二　愣　子①

　　他应该是有名有姓的,但是没人知道,大家都叫他二愣子。他是阜平人。文工团经过阜平时,他来要求"参加革命",文工团有些行李服装,装车卸车,需要一个劳动力,就吸收了他。进城以后,以文工团为基础,抽调了一些老区来的干部,加上解放前夕参加工作的大学生,组建成市文联和文化局,两个单位在一个院里办公。二愣子当了勤杂工。每天扫扫院子、整理会议室、小礼堂的桌椅,掸掸土;冬天,给办公室生炉子、搂火、添煤。他不爱说话,口齿不清,还有点结巴。告诉他一点什么事,他翻着白眼听着。问他听明白了没有,不大明白。二愣子这个名字大概就是这么来的。

　　为什么大家都记得有个二愣子? 因为他有个特点:爱诉苦。

　　那年七七,机关开了个纪念会。由一个干部讲了卢沟桥事变的经过,抗日战争的形势,八路军的战果,中国共产党的农村政策……当时开会,大都会有群众代表发言。被安排发言的是二愣子。他讲了日本兵在阜平的烧杀掳抢、三光政策,他的父母都被杀害了,他的一个妹妹被日本兵糟蹋了。他讲得声泪俱下,最后是号啕大哭。一个人事科的干部把他扶到座位上,他还抽泣了半天。所有新参加革命的青年,听了二愣子的诉苦,无不为之动容,女同志不停地擦眼泪。开这个座谈会,让二愣子诉苦,目的是教育这些大学生。看来,目的是达到了,青年的思想觉悟提高了。

　　二愣子对日本人有刻骨的仇恨。解放初几年,每年国庆节,都要游行。游行都要抬伟人像。除了马、恩、列、斯、毛、孙中山,还有世界各国共产党的领袖。领袖像是油画,安了木框,下面两根木棍。四个人抬一个。木框和木棍都做得很笨重。从东城抬到西城,压得肩膀够呛。我那时还年轻,也有抬伟人像的任务。有一年,我和二愣子分配在一个组。他把伟人像扛上肩,回头一看,放下了。"怎么啦?"——"我不抬这个老日本!"我们抬的是德田球一。跟他说:这个老日本是个好日本人,是日共的领袖。怎么说也不成。只好换一个人上来,把他调到后面去抬伊巴露丽。

解放初期,纪念会特多。三八妇女节、五一劳动节,都要开会。由文化局的副局长或文联副秘书长主持会议,一个政工干部讲讲节日的来历、意义。政工干部也不用什么准备,有印发的统一的宣传材料,他只要照本宣科摘要地念一念就行。这些宣传材料每年几乎都是一样,其实大可不必按期编印,汇集一本《革命节日宣讲手册》,便可一劳永逸,用几千年。这些节日纪念,照例有群众代表讲话。讲话的照例是二愣子。他对什么芝加哥女工罢工、示威游行、蔡特金、第二国际……这些全不理会,他只会诉苦,讲他的父母被杀害,妹妹被日本兵糟蹋了,声泪俱下,号啕大哭。到了七一,党的生日,八一建军节,他也上去诉苦,那倒是比较能沾得上边的。他的诉苦,起初是领导上布置的。后来,不布置,他也要自动诉苦。每回的内容都是一样。曾经受过感动的,后来,不感动了。终于,到了节日,人事处干部就说服他,不要再诉苦了。"不叫诉苦?"他很纳闷。

我后来调到别的单位,就没有看见二愣子。"文化大革命"以后,见到市文联、文化局的老人,我问起:"二愣子怎么样了?"他们告诉我:二愣子傻了,进了福利院。

一九九〇年五月八日

注　释

① 本篇原载《天涯》1990年第九期;初收《汪曾祺全集》第五卷,北京师范大学出版社,1998年8月。

萝　卜①

　　杨花萝卜即北京的小水萝卜。因为是杨花飞舞时上市卖的，我的家乡名之曰"杨花萝卜"。这个名称很富于季节感。我家不远的街口一家茶食店的檐下有一个岁数大的女人摆一个小摊子，卖供孩子食用的便宜的零吃。杨花萝卜下来的时候，卖萝卜。萝卜一把一把地码着。她不时用炊帚洒一点水，萝卜总是鲜红的。给她一个铜板，她就用小刀切下三四根萝卜。萝卜极脆嫩，有甜味，富水分。自离家乡后，我没有吃过这样好吃的萝卜。或者不如说自我长大后没有吃过这样好吃的萝卜——小时候吃的东西都是最好吃的。

　　除了生嚼，杨花萝卜也能拌萝卜丝。萝卜斜切为薄片，再切为细丝，加酱油、醋、香油略拌，撒一点青蒜，极开胃。小孩子的顺口溜唱道：

　　　　人之初，
　　　　鼻涕拖，
　　　　油炒饭，
　　　　拌萝菠。②

　　油炒饭加一点葱花，在农村算是美食，佐以拌萝卜丝一碟，吃起来是很香的。

　　萝卜丝与细切海蜇皮同拌，在我的家乡是上酒席的，与香干拌荠菜、盐水虾、松花蛋同为凉碟。

　　北京的拍水萝卜也不错，但宜少入白糖。

　　北京人用水萝卜切片，氽羊肉汤，味鲜而清淡。

　　烧小萝卜，来北京前我没有吃过（我的家乡杨花萝卜没有熟吃的），很好。有一位台湾女作家来北京，要我亲自做一顿饭请她吃。我给她做了几个菜,其中一个是烧小萝卜。她吃了赞不绝口。那当然是不难吃的:那两天正是小萝卜最好的时候,都长足了,但还很嫩,不糠;而且我是用干贝烧的。她说台湾没有这种小水萝卜。

我们家乡有一种穿心红萝卜,粗如黄酒盏,长可三四寸,外皮深紫红色,里面的肉有放射形的紫红纹,紫白相间。若是横切开来,正如中药里的槟榔片(卖时都是直切),当中一线贯通,色极深,故名穿心红。卖穿心红萝卜的挑担,与山芋(红薯)同卖,山芋切厚片。都是生吃。

紫萝卜不大,大小如一个大衣扣子,为扁圆形,皮色乌紫。据说这是五棓子染的。看来不是本色,因为它掉色,吃了,嘴唇牙肉也是乌紫乌紫的。里面的肉却是嫩白的。这种萝卜非本地所产,产在泰州。每年秋末,就有泰州人来卖紫萝卜,都是女的,挎一个柳条篮子,沿街吆唤:"紫萝——卜!"

我在淮安头一回吃到青萝卜。曾在淮安中学读过一个学期,一到星期日,就买了七八个青萝卜,一堆花生,几个同学,尽情吃一顿。后来我到天津吃过青萝卜,觉得淮安青萝卜比天津的好。大抵一种东西头一回吃,总是最好的。

天津吃萝卜是一种风气。五十年代初,我到天津,一个同学的父亲请我们到天华景听曲艺。座位之前有一溜长案,摆得满满的。除了茶壶茶碗,瓜子花生米碟子,还有几大盘切成薄片的青萝卜。听"玩艺儿"吃萝卜,此风为别处所无。天津谚云:"吃了萝卜喝热茶,气得大夫满街爬。"吃萝卜喝茶,此风亦为别处所无。

心里美萝卜是北京特色。1948年冬天,我到了北京,街头巷尾,每听到吆唤:"嗳萝卜,赛梨来——辣来换……"声音高亮打远。看来在北京做小买卖的,都得有条好嗓子。卖"萝卜赛梨"的,萝卜都是一个一个挑选过的,用手指头一弹,当当的;一刀切下去,咔嚓咔嚓的响。

我在张家口沙岭子劳动,曾参加过收获心里美萝卜。张家口土质于萝卜相宜,心里美皆甚大。收萝卜时是可以随便吃的。和我一起收萝卜的农业工人起出一个萝卜,看一看,不怎么样的,随手扔进了大堆。一看,这个不错,往地下一扔,叭嚓,裂成了几瓣,"行!"于是各拿一块啃起来。脆,甜,多汁,难可名状。他们说:"吃萝卜,讲究吃棒打萝卜。"

张家口的白萝卜也很大。我参加过张家口地区农业展览会的布置工作,送展的白萝卜都奇大。白萝卜有象牙白和露八分。露八分即八分露出土面,露出土面部分外皮淡绿色。

我的家乡无此大白萝卜,只是粗如小儿臂而已。家乡吃萝卜只是红烧,或素烧,或与臀尖肉同烧。

江南人特重白萝卜炖汤,常与排骨或猪肉同炖。白萝卜耐久炖,久则出味。或入淡菜,味尤厚。沙汀《淘金记》写幺吵吵每天用牙巴骨炖白萝卜,吃得一家脸上都是油光光的。天天吃是不行的,隔几天吃一次,想亦不恶。

四川人用白萝卜炖牛肉,甚佳。

扬州人、广东人制萝卜丝饼,极妙。北京东华门大街曾有外地人制萝卜丝饼,生意极好。此人后来不见了。

北京人炒萝卜条,是家常下饭菜。或入酱炒,则为南方人所不喜。

白萝卜最能消食通气。我们在湖南体验生活,有位领导同志,接连五天大便不通,吃了各种药都不见效,憋得他难受得不行。后来生吃了几个大白萝卜,一下子畅通了。奇效如此,若非亲见,很难相信。

萝卜是腌制咸菜的重要原料。我们那里,几乎家家都要腌萝卜干。腌萝卜干的是红皮圆萝卜。切萝卜时全家大小一齐动手。孩子切萝卜,觉得这个一定很甜,尝一瓣,甜,就放在一边,自己吃。切一天萝卜,每个孩子肚子里都装了不少。萝卜干盐渍后须在芦席上摊晒,水气干后,入罐,压紧,封实,一两个月后取食。我们那里说在商店学徒(学生意)要"吃三年萝卜干饭",谓油水少也。学徒不到三年零一节,不满师,吃饭须自觉,筷子不能往荤菜盘里伸。

扬州一带酱园里卖萝卜头,乃甜面酱所腌,口感甚佳。孩子们爱吃,一半也因为它的形状很好玩,圆圆的,比一个鸽子蛋略大。此北地所无,天源、六必居都没有。

北京有小酱萝卜,配粥甚佳。大腌萝卜咸得发苦,不好吃。

四川泡菜什么萝卜都可以泡，红萝卜、白萝卜。

湖南桑植卖泡萝卜。走几步，就有个卖泡萝卜的摊子。萝卜切成大片，泡在广口玻璃瓶里，给毛把钱即可得一片，边走边吃。峨嵋山道边也有卖泡萝卜的，一面涂了一层稀酱。

萝卜原产中国，亦以中国的为最好。有春萝卜、夏萝卜、秋萝卜、四季萝卜，一年到头都有，可生食、煮食、腌制。萝卜所惠于中国人者亦大矣。美国有小红萝卜，大如元宵，皮色鲜红可爱，吃起来则淡而无味。爱伦堡小说写几个艺术家吃奶油蘸萝卜，喝伏特加，不知是不是这种红萝卜。我在爱荷华南朝鲜人开的菜铺的仓库里看到一堆心里美，大喜。买回来一吃，味道满不对，形似而已。日本人爱吃萝卜，好像是煮熟蘸酱吃的。

注　释

① 本篇原载《十月》1990年第三期；又载《知味集》，中外文化出版公司，1990年12月；初收《旅食集》，广东旅游出版社，1992年4月。

② 我的家乡称萝卜为萝菠。

赵树理同志二三事^①

——《早茶笔记》之四

赵树理同志身高而瘦。面长鼻直，额头很高。眉细而微弯，眼狭长，与人相对，特别是倾听别人说话时，眼角常若含笑。听到什么有趣的事，也会咕咕地笑出声来。有时他自己想到什么有趣的事，也会咕咕地笑起来。赵树理是个非常富于幽默感的人。他的幽默是农民式的幽默，聪明，精细而含蓄，不是存心逗乐，也不带尖刻伤人的芒刺，温和而有善意。他只是随时觉得生活很好玩，某人某事很有意思，可发一笑，不禁莞尔。他的幽默感在他的作品里和他的脸上随时可见（我很希望有人写一篇文章，专谈赵树理小说中的幽默感，我以为这是他的小说的一个很大的特点）。赵树理走路比较快（他的腿长；他的身体各部分都偏长，手指也长），总好像在侧着身子往前走，像是穿行在热闹的集市的人丛中，怕碰着别人，给别人让路。赵树理同志是我见到过的最没有架子的作家，一个让人感到亲切的、妩媚的作家。

树理同志衣著朴素，一年四季，总是一身蓝咔叽布的制服。但是他有一件很豪华的"行头"，一件水獭皮领子、礼服呢面的狐皮大衣。他身体不好，怕冷，冬天出门就穿起这件大衣来。那是刚"进城"的时候买的。那时这样的大衣很便宜，拍卖行里总挂着几件。奇怪的是他下乡体验生活，回到上党农村，也是穿了这件大衣去。那时作家下乡，总得穿得像个农民，至少像个村干部，哪有穿了水獭领子狐皮大衣下去的？可是家乡的农民并不因为这件大衣就和他疏远隔阂起来，赵树理还是他们的"老赵"，老老少少，还是跟他无话不谈。看来，能否接近农民，不在衣裳。但是敢于穿了狐皮大衣而不怕农民见外的，恐怕也只有赵树理同志一人而已。——他根本就没有考虑穿什么衣服"下去"的问题。

他吃得很随便。家眷未到之前，他每天出去"打游击"。他总是吃最小的饭馆。霞公府（他在霞公府市文联宿舍住了几年）附近有几家小饭馆，树理同志是常客。这种小饭馆只有几个菜。最贵的菜是小碗坛子肉，最便宜的菜是"炒和菜盖被窝"——菠菜炒粉条，上面盖一层薄薄的摊鸡蛋。树理同志常吃的菜便是炒和菜盖被窝。他工作得很晚，每天十点多钟要出去吃夜宵。和霞公府相平行的一个胡同里有一溜卖夜宵的摊子。树理同志往长板凳上一坐，要一碗馄饨，两个烧饼夹猪头肉，喝二两酒，自得其乐。

喝了酒，不即回宿舍，坐在传达室，用两个指头当鼓箭，在一张三屉桌上打鼓。他打的是上党梆子的鼓。上党梆子的锣经和京剧不一样，很特别。如果有外人来，看到一个长长脸的中年人，在那里如醉如痴地打鼓，绝不会想到这就是作家赵树理。

赵树理是一个多才多艺的农村才子。王春同志在一篇文章中提到过树理同志曾在一个集上一个人唱了一台戏：口念锣经过门，手脚并用作身段，还误不了唱。这是可信的。我就亲眼见过树理同志在市文联内部晚会上表演过起霸。见过高盛麟、孙毓堃起霸的同志，对他的上党起霸不是那么欣赏，他还是口念锣经，一丝不苟地起了一趟"全霸"，并不是比划两下就算完事。虽是逢场作戏，但是也像他写小说、编刊物一样地认真。

赵树理同志很能喝酒，而且善于划拳。他的划拳是一绝：两只手同时用，一会儿出右手，一会儿出左手。老舍先生那几年每年要请两次客，把市文联的同志约去喝酒。一次是秋天，菊花盛开的时候，赏菊（老舍先生家的菊花养得很好，他有个哥哥，精于艺菊，称得起是个"花把式"）；一次是腊月二十三，那天是老舍先生的生日。酒、菜，都很丰盛而有北京特点。老舍先生豪饮（后来因血压高戒了酒），而且划拳极精。老舍先生划拳打通关，很少输的时候。划拳是个斗心眼的事，要捉摸对方的拳路，判定他会出什么拳。年轻人斗不过他，常常是第一个"俩好"就把小伙子"一板打死"。对赵树理，他可没有办法，树理同志

246

这种左右开弓的拳法,他大概还没有见过,很不适应,结果往往败北。

赵树理同志讲话很"随便"。那一阵很多人把中国农村说得过于美好,文艺作品尤多粉饰,他很有意见。他经常回家乡,回来总要做一次报告,说说农村见闻。他认为农民还是很穷,日子过得很艰难。他戏称他戴的一块表为"五驴表",说这块表的钱在农村可以买五头毛驴。——那时候谁家能买五头毛驴,算是了不起的富户了。他的这些话是不合时宜的,后来挨了批评,以后说话就谨慎一点了。

赵树理同志抽烟抽得很凶。据王春同志的文章说,在农村的时候,嫌烟袋锅子抽了不过瘾,用一个山药蛋挖空了,插一根小竹管,装了一"蛋"烟,狂抽几口,才算解气。进城后,他抽烟卷,但总是抽最次的烟。他抽的是什么牌子的烟,我不记得了,只记得是棕黄的皮儿,烟味极辛辣。他逢人介绍这种牌子的烟,说是价廉物美。

赵树理同志担任《说说唱唱》的副主编,不是挂一个名,他每期都亲自看稿,改稿。常常到了快该发稿的日期,还没有合用的稿子,他就把经过初、二审的稿子抱到屋里去,一篇一篇地看,差一点的,就丢在一边,弄得满室狼藉。忽然发现一篇好稿,就欣喜若狂,即交编辑部发出。他把这种编辑方法叫做"绝处逢生法"。有时实在没有较好的稿子,就由编委之一,自己动手写一篇。有一次没有像样的稿子,大概是康濯同志说:"老赵,你自己搞一篇!"老赵于是关起门来炮制。《登记》(即《罗汉钱》)就是在这种等米下锅的情况下急就出来的。

赵树理同志的稿子写得很干净清楚,几乎不改一个字。他对文字有"洁癖",容不得一个看了不舒服的字。有一个时候,有人爱用"妳"字。有的编辑也喜欢把作者原来用的"你"改"妳"。树理同志为此极为生气。两个人对面说话,本无需标明对方是不是女性。世界语言中第二人称代名词也极少分性别的。"妳"字读"奶",不读"你"。有一次树理同志在他的原稿第一页页边写了几句话:"编辑、排版、校对同志注意:文中所有'你'字一律不得改为'妳'字,否则要负法律责任。"

树理同志的字写得很好。他写稿一般都用红格直行的稿纸,钢笔。字体略长,如其人,看得出是欧字、柳字的底子。他平常不大用毛笔。

他的毛笔字我只见过一幅,字极潇洒,而有功力。是在劳动人民文化宫见到的。劳动人民文化宫刚成立,负责"宫务"的同志请十几位作家用宣纸毛笔题词,嵌以镜框,挂在会议室里。也请树理同志写了一幅。树理同志写了六句李有才体的通俗诗:

> 古来数谁大
>
> 皇帝老祖宗
>
> 今天数谁大
>
> 劳动众弟兄
>
> 还是这座庙②
>
> 换了主人翁

一九九〇年六月八日

注　释

① 本篇原载《今古传奇》1990 年第五期;初收《汪曾祺全集》第五卷,北京师范大学出版社,1998 年 8 月。

② 劳动人民文化宫原是太庙。

食 道 旧 寻①

《学人谈吃》,我觉得这个书名有点讽刺意味。学人是会吃,且善于谈吃的。中国的饮食艺术源远流长,千年不坠,和学人的著述是有关系的。现存的古典食谱,大都是学人的手笔。但是学人一般是比较穷的,他们爱谈吃,但是不大吃得起。

抗日战争以前,学人的生活是相当优裕的,大学教授一月可以拿到三四百元,有的教授家里是有厨子的。抗战以后,学人生活一落千丈。我认识一些学人正是在抗战以后。我读的大学是西南联大,西南联大是名教授荟萃的学府。这些教授肚子里有学问,却少油水。昆明的一些名菜,如"培养正气"的汽锅鸡、东月楼的锅贴乌鱼、映时春的油淋鸡,新亚饭店的过油肘子、小西门马家牛肉馆的牛肉、甬道街的红烧鸡枞……能够偶尔一吃的,倒是一些"准学人"——学生或助教。这些准学人两肩担一口,无牵无挂,有一点钱——那时的大学生大都在校外兼职,教中学,当家庭教师,作会计……不时有微薄的收入,多是三朋四友,一顿吃光。有一次有一个四川同学,家里给他寄了一件棉袍来,我们几个人和他一块到邮局去取。出了邮局,他把包裹拆了,把棉袍搭在胳臂上,站在文明街上,大声喊:"谁要这件棉袍?"当场有人买了。我们几个人钻进一家小馆子,风卷残云,一会的功夫,就把这件里面三新的棉袍吃掉了。教授们有家,有妻儿老小,当然不能这样的放诞。有一位名教授,外号"二云居士",谓其所嗜之物为云土与云腿,我想这不可靠。走进大西门外凤翥街的本地馆子里,一屁股坐下来,毫不犹豫地先叫一盘"金钱片腿"的,只有赶马的马锅头。教授只能看看。唐立厂②(兰)先生爱吃干巴菌,这东西是不贵的,但必须有瘦肉、青辣椒同炒,而且过了雨季,鲜干巴菌就没有了,唐先生也不能老吃。沈从文先生经常在米线居就餐。巴金同志的《怀念从文》中提到："我还记得在昆明一家小饭食店里几次同他相遇，一两碗米线作为晚餐，有西红柿，还有鸡蛋，我们就满足了。"这家米线店在文林街他的宿舍对面，我就陪沈先生吃过多次米线。文林街上除了米线店，还有两家卖牛肉面的小馆子。西边那一家有一位常客，是吴雨僧（宓）先生。他几乎每天都来。老板和他很熟，也对他很尊敬。那时物价以惊人的速度飞涨，牛肉面也随时要涨价。每涨一次价，老板都得征求吴先生的同意。吴先生听了老板的陈述，认为有理，就用一张红纸，毛笔正楷，写一张新订的价目表，贴在墙上。穷虽穷，不废风雅。云南大学成立了一个曲社，定期举行"同期"。参加拍曲的有陶重华（光）、张宗和、孙凤竹、崔芝兰、沈有鼎、吴征镒诸先生，还有一位在民航公司供职的许茹香老先生，"同期"后多半要聚一次餐。所谓"聚餐"，是到翠湖边一家小铺去吃一顿馅儿饼，费用公摊。不到吃完，账已经算得一清二楚，谁该多少钱。掌柜的直纳闷，怎么算得这么快？他不知道算账的是许宝騄先生。许先生是数论专家，这点小九九还在话下！许家是昆曲世家，他的曲子唱得细致规矩是不难理解的，从本书俞平伯先生文中，我才知道他的字也写得很好。昆明的学人清贫如洗，重庆、成都的学人也好不到哪里去。我在观音寺一中学教书时，于金启华先生壁间见到胡小石先生写给他的一条字，是胡先生自作的有点打油味道的诗。全诗已忘，前面说广文先生如何如何，有一句我是一直记得的："斋钟顿顿牛皮菜"。牛皮菜即莙菜，茎叶可炒食或做汤，北方叫做"根头菜"，也还不太难吃，但是顿顿吃牛皮菜，是会叫人"嘴里淡出鸟来"的！

抗战胜利，大学复员。我曾在北大红楼寄住过半年，和学人时有接触，他们的生活比抗战时要好一些，但很少于吃喝上用心的。谭家菜近在咫尺，我没有听说有哪几位教授在谭家菜预定过一桌鱼翅席去解馋。北大附近只有松公府夹道拐角处有一家四川馆子，就是本书李一氓同志文中提到过许倩云、陈书舫曾照顾过的，屋小而菜精。李一氓同志说是这家的菜比成都还做得好，我无从比较。除了鱼香肉丝、炒回锅肉、豆瓣鱼……之外，我一直记得这家的泡菜特别好吃，——而且是不算钱的。掌勺的是个矮胖子，他的儿子也上灶。不知为了什么事，两父子后来闹翻了。常到这里来吃的，以助教、讲师为多，教授是很少来的。除了这家四川馆，红楼附近只有两家小饭铺，卖筋面炒饼，还有一种叫做"炒和菜戴帽"或"炒和菜盖被窝"的菜——菠菜炒粉条，上面摊一层薄薄的鸡蛋盖住。从大学附近饭铺的菜蔬，可以大体测量出学人和准学人的生活水平。

教授、讲师、助教忽然阔了一个时期。国民党政府改革币制，从法币改为金元券，这一下等于增加薪水10倍。于是，我们几乎天天晚上到东安市场去吃。吃森隆、五芳斋的时候少，常吃的是"苏造肉"——猪肉及下水加砂仁、豆蔻等药料共煮一锅，吃客可以自选一两样，由大师傅夹出，剁块，和黄宗江在《美食随笔》里提到的言慧珠请他吃过的爆肚，和白汤杂碎。东安市场的爆肚真是一绝，脆，嫩，绝对干净，爆散丹、爆肚仁都好。白汤杂碎，汤是雪白的。可惜好景不长，阔也就是阔了一个月光景。金元券贬值，只能依旧回沙滩吃炒和菜。

教授很少下馆子。他们一般都在家里吃饭，偶尔约几个朋友小聚，也在家里。教授夫人大都会做菜。我的师娘，三姐张兆和是会做菜的。她做的八宝糯米鸭，酥烂入味，皮不破，肉不散，是个杰作。但是她平常做的只是家常炒菜。四姐张充和多才多艺，字写得极好；曲子唱得极好，——我们在昆明曲会学唱的《思凡》就是用的她的腔，曾听过她的《受吐》的唱片，真是细腻宛转；她善写散曲，也很会做菜。她做的菜我大都忘了，只记得她做的"十香菜"。"十香菜"，苏州人过年吃的常菜耳，只是用10种咸菜丝，分别炒出，置于一盘。但是充和所制，切得极细，精致绝伦，冷冻之后，于鱼肉饫饱之余上桌，拈箸入口，香留齿颊！

解放后我在北京市文联工作过几年。那时文联编着两个刊物：《北京文艺》和《说说唱唱》，每月有一点编辑费。编辑费都是吃掉。编委、编辑，分批开向饭馆。那两年，我们几乎把北京的有名的饭馆都吃遍了。预订包桌的时候很少，大都是临时点菜。"主点"的是老舍先生，执笔写菜单的是王亚平同志。有一次，菜点齐了，老舍先生又斟酌了一次,认为有一个菜不好,不要,亚平同志掏出笔来在这道菜四边画了一个方框,又加了一个螺旋形的小尾巴。服务员接过菜单,端详了一会,问:"这是什么意思?"亚平真是个老编辑,他把校对符号用到菜单上来了!

老舍先生好客,他每年要把文联的干部约到家里去喝两次酒,一次是菊花开的时候,赏菊;一次是腊二十三,他的生日。菜是地道老北京的味儿,很有特点。我记得很清楚的是芝麻酱炖黄花鱼,是一道汤菜。我以前没有吃过这个菜,以后也没有吃过。黄花鱼极新鲜,而且是一般大小,都是八寸。装这个菜得一个特制的器皿——瓷蓝子,即周壁直上直下的那么一个家伙。这样黄花鱼才能一条一条顺顺溜溜平躺在汤里。若用通常的大海碗,鱼即会拗弯甚至断碎。老舍夫人胡絜青同志善做"芥末墩",我以为是天下第一。有一次老舍先生宴客的是两个盒子菜。盒子菜已经绝迹多年,不知他是从哪一家订来的。那种里面分隔的填雕的朱红大圆漆盒现在大概也找不到了。

学人中有不少是会自己做菜的。但都只能做一两只拿手小菜。学人中真正精于烹调的,据我所知,当推北京王世襄。世襄以此为一乐。有时朋友请他上家里做几个菜,主料、配料、酱油、黄酒……都是自己带去。据说过去连圆桌面都是自己用自行车驮去的。听黄永玉说,有一次有几个朋友在一家会餐,规定每人备料去表演一个菜。王世襄来了,提了一捆葱。他做了一个菜:焖葱。结果把所有的菜全压下去了。此事不知是否可靠。如不可靠,当由黄永玉负责!

客人不多,时间充裕,材料凑手,做几个菜是很愉快的事。成天伏案,改换一下身体的姿势,也是好的,——做菜都是站着的。做菜,得自己去买菜。买菜也是构思的过程。得看菜市上有什么菜,捉摸一下,才能掂配出几个菜来。不可能在家里想做几个什么菜,菜市上准有。想炒一个雪里蕻冬笋,没有冬笋,菜架上却有新到的荷兰豆,只好"改戏"。买菜,也多少是运动。我是很爱逛菜市场的。到了一个新地方,有人爱逛百货公司,有人爱逛书店,我宁可去逛逛菜市。看看生鸡活鸭、鲜鱼水菜,碧绿的黄瓜、通红的辣椒,热热闹闹,挨挨挤挤,让人感到一种生之乐趣。

学人所做的菜很难说有什么特点，但大都存本味，去增饰，不勾浓芡，少用明油，比较清淡，和馆子菜不同。北京菜有所谓"宫廷菜"（如仿膳）、"官府菜"（如谭家菜、"潘鱼"）。学人做的菜该叫个什么菜呢？叫做"学人菜"，不大好听，我想为之拟一名目，曰"名士菜"，不知王世襄等同志能同意否。

编者叫我为《学人谈吃》写一篇序，我不知说什么好，就东拉西扯地写了上面一些。

一九九〇年六月三十日

注　释

① 本篇原载《中国烹饪》1990 年十一月号，系为聿君编《学人谈吃》一书（中国商业出版社，1991 年）所作序言；初收《草花集》，成都出版社，1993 年9 月。

② 这个字读庵，不是工厂的厂。

呼　雷　豹①

京剧《南阳关》有一句唱词：

> 尚司徒胯下呼雷豹

旧本《戏考》上是这样写的。小时候看戏，以为尚司徒骑的是一只豹，而且这只豹能够"呼雷"，以为这是个《封神榜》上的人物，虽然戏台上尚司徒只是摇着一根马鞭，看不出他骑的是什么。

十多年前，在内蒙认识一个抗日战争时期在草原打过游击的姓曹的同志，他说起他当时骑的是一匹"豹花马"。后来在草原上他指给我看一匹黑白斑点相杂的马，说："这就是豹花马"，我恍然大悟，"豹花马"的"豹"应该写成"驳"。《辞海》"驳"字条云"马毛色不纯"，引《诗·豳风·东山》："皇驳其马"。毛传："骊白曰驳。"马的毛色不纯，都可以叫做驳，不过似乎又专指黑白斑点相杂的马。有一种鸡，羽毛黑白斑点相杂，很多地方叫它"芦花鸡"，那位姓曹的同志告诉我，内蒙叫"驳花鸡"，可为旁证。那么尚司徒胯下的原是黑白斑点相杂的马，不是金钱豹。"驳"字《辞海》音 bó，读成 bào，只是字调的变化。

为什么叫"呼雷驳"？"呼雷"，即"忽律"，声之转也，"忽律"即鳄鱼（出处偶忘，但我是记不错的）。《水浒传》的朱贵绰号"旱地忽律"，是说他像一条旱地上的鳄鱼。鳄鱼身上是黑白相杂，斑斑点点的。"呼雷驳"者，有像鳄鱼那样黑白相杂的斑点的马也。

这种马是名马，曾见张大千抚宋人《杨妃上马图》，杨贵妃要骑上去的正是一匹驳花马。

由此想到《三国演义》上关云长骑的"赤兔马"的"兔"，大概也不能照字面解释。马像个兔子，无神骏可言，而且马哪儿都不像兔。曾在内蒙读过一本《内蒙文史资料》,记一个在包头做生意的山西掌柜的,因为急事,骑上他的千里驹"沙力兔"连夜直返太原,"兔"可能是骏马的一种,而且我怀疑"兔"是少数民族语言的译音。

中国古代人善于识马,《说文》、《尔雅》多有记载,其区别主要在毛色。现代人对马的知识就很少了。牧区的少数民族还能说出很多马的名称,汉民,即使生活在草原附近的,除了白马、黑马,大概只能说出"黄骠马"、"枣骝马"等等不多的几种。画马的名家如徐悲鸿、尹瘦石、刘勃舒……能够分辨出几种?居住在城市里的青年,能说得出好多汽车的牌号:丰田、福特、奔驰、皇冠,还有一些曲里拐弯很难念的牌号,并且一眼就分得出坐车人的级别;对马的区别,就茫然了。这是时地使然,原无足怪。但是我还是希望精通马道的人能写出一本《中国马谱》,否则读起古本书就很难得其仿佛。载涛②想是能写马谱的,可惜他已经故去了。

一九九〇年七月二十七日

注　释

① 本篇原载 1990 年 9 月 26 日《文汇报》;初收《汪曾祺小品》,中国人民大学出版社,1992 年 10 月。

② 载涛:爱新觉罗·溥仪之族叔。

《水浒》人物的绰号[①]

——鼓上蚤和拼命三郎

由"旱地忽律"想到《水浒》一百零八将的绰号。

有的绰号是起得很精彩的，很能写出人物的气质风度，很传神，耐人寻味。

如"鼓上蚤时迁"。曾看过一则小资料，跳蚤是世界动物中跳高的绝对冠军，以它的个头和能跳的高度为比例，没有任何动物能赶得上，这是有数据的。当时想把这则资料剪下来，忙乱中丢失了，很可惜。我所以对这则资料感兴趣，是因为当时就想到"鼓上蚤"。跳蚤本来跳得就高，于鼓上跳，鼓有弹性，其高可知。话说回来，谁见过鼓上的跳蚤？给时迁起这个绰号的人的想象力实在令人佩服。

时迁在《水浒》里主要做了三件事：一偷鸡，二盗甲，三火烧翠云楼。偷鸡无足称，虽然这是武丑的开门戏。写得最精彩的是盗甲。时迁是"神偷"型的人物。中国的市民对于神偷是很崇拜的。凡神偷都有共同的特点，除了身轻、手快，一双锐利的眼睛，更重要的是举重若轻，履险如夷，于间不容发之际能从容不迫。《水浒》写盗甲，一步一步，层次分明，交待清楚。甲到手，时迁"悄悄地开了楼门，款款地背着皮匣，下得胡梯，从里面直开到外门来，真是神不知鬼不觉"。"款款地"是不慌不忙的意思，现在山西、张家口还这么说。"款款"下加一"儿"字"款款儿地"，更有韵味。火烧翠云楼是打北京城的一大关目，这两回书都写得不精彩，李卓吾评之曰"不济不济"。时迁放火，写得很马虎。不过我小时看石印本绣像《水浒》，时迁在烈焰腾腾的翠云楼最高一层的檐角倒立着——拿起一把顶，印象还是很深刻的。

时迁在《水浒》里要算个人物，但石碣天书却把他排在地煞星的倒数第二,连白日鼠白胜都在他的前面,后面是毫无作为的"金毛犬段景住",这实在是委屈了他。

如"拚命三郎石秀"。"拚命"和"三郎"放在一起,便产生一种特殊的意境,产生一种美感。大郎、二郎都不成,就得是三郎。这有什么道理可说呢?大哥笨、二哥憨,只有老三往往是聪明伶俐的。中国语言往往反映出只可意会的、潜在复杂的社会心理。

拚命三郎不止是不怕死,敢拚命,路见不平,拔刀相助,为朋友两肋插刀,更重要的是说他办事脆快,凡事不干则已,干,就干净利落,绝不拖泥带水。这是个工于心计的人,绝不是莽莽撞撞。看他杀胡道,杀海阇黎、杀潘巧云、杀迎儿,莫不经过详实的调查,周密的安排,刀刀见血,下手无情。这个人给人的印象是未免太狠了一点。

石秀上山后无大作为,只是三打祝家庄探路有功,但《水浒》写得也较平淡,倒是昆曲《探庄》给他一个"单出头"的机会。曾见过侯永奎的《探庄》,黑罗帽,黑箭衣,英气勃勃。侯永奎的嗓子奇高而亮,只是有点左,不大挂味,但演石秀,却很对工。

一九九〇年八月十四日

注　释

① 本篇原载 1990 年 10 月 24 日《文汇报》;初收《汪曾祺小品》,中国人民大学出版社,1992 年 10 月。

五　　味①

　　山西人真能吃醋！几个山西人在北京下饭馆,坐定之后,还没有点菜,先把醋瓶子拿过来,每人喝了三调羹醋。邻座的客人直瞪眼。有一年我到太原去,快过春节了。别处过春节,都供应一点好酒,太原的油盐店却都贴出一个条子:"供应老陈醋,每户一斤。"这在山西人是大事。

　　山西人还爱吃酸菜,雁北尤甚。什么都拿来酸,除了萝卜白菜,还包括杨树叶子,榆树钱儿。有人来给姑娘说亲,当妈的先问,那家有几口酸菜缸。酸菜缸多,说明家底子厚。

　　辽宁人爱吃酸菜白肉火锅。

　　北京人吃羊肉酸菜汤下杂面。

　　福建人、广西人爱吃酸笋。我和贾平凹在南宁,不爱吃招待所的饭,到外面瞎吃。平凹一进门,就叫:"老友面!""老友面"煮酸笋肉丝氽汤下面也,不知道为什么叫做"老友"。

　　傣族人也爱吃酸。酸笋炖鸡是名菜。

　　延庆山里夏天爱吃酸饭。把好好的饭焐酸了,用井拔凉水一和,呼呼地就下去了三碗。

　　都说苏州菜甜,其实苏州菜只是淡,真正甜的是无锡。无锡炒鳝糊放那么多糖！包子的肉馅里也放很多糖,没法吃！

　　四川夹沙肉用大片肥猪肉夹了洗沙蒸,广西芋头扣肉用大片肥猪肉夹芋泥蒸,都极甜,很好吃,但我最多只能吃两片。

　　广东人爱吃甜食。昆明金碧路有一家广东人开的甜食店,卖芝麻糊、绿豆沙,广东同学趋之若鹜。"番薯糖水"即用白薯切块熬的汤,这有什么好喝的呢？广东同学曰："好也！"

北方人不是不爱吃甜，只是过去糖难得。我家曾有老保姆，正定乡下人，六十多岁了。她还有个婆婆，八十几了。她有一次要回乡探亲，临行称了二斤白糖，说她的婆婆就爱喝个白糖水。

北京人很保守，过去不知苦瓜为何物，近年有人学会吃了。菜农也有种的了。农贸市场上有很好的苦瓜卖，属于"细菜"，价颇昂。

北京人过去不吃蕹菜，不吃木耳菜，近年也有人爱吃了。

北京人在口味上开放了！

北京人过去就知道吃大白菜。由此可见，大白菜主义是可以被打倒的。

北方人初春吃苣荬菜。苣荬菜分甜荬、苦荬，苦荬相当的苦。

有一个贵州的年轻女演员在我们剧团学戏，她的妈妈远迢迢给她寄来一包东西，是"者耳根"，或名"则尔根"，即鱼腥草。她让我尝了几根。这是什么东西？苦倒不要紧，有一股强烈的生鱼腥味，实在招架不了！

剧团有一干部，是写字幕的，有时也管杂务。此人是个吃辣的专家。他每天中午饭不吃菜，吃辣椒下饭。全国各地的、少数民族的，各种辣椒，他都千方百计地弄来吃。剧团到上海演出，他帮助搞伙食，这下好，不会缺辣椒吃。原以为上海辣椒不好买，他下车第二天就找到一家专卖各种辣椒的铺子。上海人有一些是能吃辣的。

我的吃辣是在昆明练出来的，曾跟几个贵州同学在一起用青辣椒在火上烧烧，蘸盐水下酒。平生所吃辣椒亦多矣，什么朝天椒、野山椒，都不在话下。我吃过最辣的辣椒是在越南。1946 年，由越南转道往上海，在海防街头吃牛肉粉。牛肉极嫩，汤极鲜，辣椒极辣。一碗汤粉，放三四丝辣椒就辣得不行。这种辣椒的颜色是橘黄色的。在川北，听说有一种辣椒，本身不能吃，用一根线吊在灶上，汤做得了，把辣椒在汤里涮涮，就辣得不得了。云南佤佤族有一种辣椒，叫"涮涮辣"，与川北吊在灶上的辣椒大概不相上下。

四川可说是最能吃辣的省份。川菜的特点是辣而且麻，——搁很多花椒。四川的小面馆的墙壁上黑漆大书三个字：麻辣烫。麻婆豆腐，干煸牛肉丝、棒棒鸡，不放花椒不行。花椒得是川椒，捣碎，菜做好了，最后再放。

周作人说他的家乡整年吃咸极了的咸菜和咸极了的咸鱼。浙东人确是吃得很咸。有个同学，是台州人，到铺子里吃包子，掰开包子就往里倒酱油。口味的咸淡和地域是有关系的。北京人说南甜北咸东辣西酸，大体不错。河北、东北人口重，福建菜多很淡。但这与个人的性格习惯也有关。湖北菜并不咸，但闻一多先生却嫌云南蒙自的菜太淡。

中国人过去对吃盐很讲究，如桃花盐、水晶盐，"吴盐胜雪"，现在则全国都吃再制精盐。只有四川人腌咸菜还用自流井的井盐。

我不知世上还有什么国家的人爱吃臭。

过去上海、南京、汉口都卖油炸臭豆腐干。长沙火宫殿的臭豆腐因为一个大人物年轻时常吃而出了名。这位大人物后来还去吃过，说了一句话："火宫殿的臭豆腐还是好吃。""文化大革命"中火宫殿的影壁上就出现了两行大字：

最高指示：
火宫殿的臭豆腐还是好吃。

我们一个同志到南京出差，他的爱人是南京人，嘱咐他带一点臭豆腐干回来。他千方百计，居然办到了。带在火车上，引起一车厢的人强烈抗议。

除豆腐干外，面筋、百叶（千张）亦可臭。蔬菜里的莴苣、冬瓜、豇豆皆可臭。冬笋的老根咬不动，切下来随手就扔进臭坛子里。——我们那里很多人家都有个臭坛子，一坛子"臭卤"。腌芥菜挤下的汁放几天即成"臭卤"。臭物中最特殊的是臭苋菜秆。苋菜长老了，主茎可粗如拇指，高三四尺。截成二寸许小段，入臭坛。臭熟后，外皮是硬的，里面的芯成果冻状。噙住一夹，一吸，芯肉即入口中。这是佐粥的无上妙品。我们那里叫做"苋菜秸子"，湖南人谓之"苋菜咕"，因为吸起来"咕"的一声。

北京人说的臭豆腐指臭豆腐乳。过去是小贩沿街叫卖的：

"臭豆腐，酱豆腐，王致和的臭豆腐。"臭豆腐就贴饼子，熬一锅虾米皮白菜汤，好饭！现在王致和的臭豆腐用很大的玻璃方瓶装，很不方便，一瓶一百块，得很长时间才能吃完，而且卖得很贵，成了奢侈品。

我在美国吃过最臭的"气死"（干酪），洋人多闻之掩鼻，对我说起来实在没有什么，比臭豆腐差远了。

甚矣，中国人口味之杂也，敢说堪为世界之冠。

注　释

① 本篇原载《中国作家》1990 年第四期；初收《旅食集》，广东旅游出版社，1992 年 4 月。

多年父子成兄弟①

这是我父亲的一句名言。

父亲是个绝顶聪明的人。他是画家,会刻图章,画写意花卉。图章初宗浙派,中年后治汉印。他会摆弄各种乐器,弹琵琶,拉胡琴,笙箫管笛,无一不通。他认为乐器中最难的其实是胡琴,看起来简单,只有两根弦,但是变化很多,两手都要有功夫。他拉的是老派胡琴,弓子硬,松香滴得很厚——现在拉胡琴的松香都只滴了薄薄的一层。他的胡琴音色刚亮。胡琴码子都是他自己刻的,他认为买来的不中使。他养蟋蟀,养金铃子。他养过花。他养的一盆素心兰在我母亲病故那年死了,从此他就不再养花。我母亲死后,他亲手给她做了几箱子冥衣——我们那里有烧冥衣的风俗。按照母亲生前的喜好,选购了各种花素色纸作衣料,单夹皮棉,四时不缺。他做的皮衣能分得出小麦穗羊羔、灰鼠、狐腋。

父亲是个很随和的人,我很少见他发过脾气,对待子女,从无疾言厉色。他爱孩子,喜欢孩子,爱跟孩子玩,带着孩子玩。我的姑妈称他为"孩子头"。春天,不到清明,他领一群孩子到麦田里放风筝。放的是他自己糊的蜈蚣(我们那里叫"百脚"),是用染了色的绢糊的。放风筝的线是胡琴的老弦。老弦结实而轻,这样风筝可笔直的飞上去,没有"肚儿"。用胡琴弦放风筝,我还未见过第二人。清明节前,小麦还没有"起身",是不怕践踏的,而且越踏会越长得旺。孩子们在屋里闷了一冬天,在春天的田野里奔跑跳跃,身心都极其畅快。他用钻石刀把玻璃裁成不同形状的小块,再一块一块逗拢,接缝处用胶水粘牢,做成小桥、小亭子、八角玲珑水晶球。桥、亭、球是中空的,里面养了金铃子。从外面可以看到金铃子在里面自在爬行,振翅鸣叫。他会做各种灯。

262

用浅绿透明的"鱼鳞纸"扎了一只纺织娘,栩栩如生。用西洋红染了色,上深下浅,通草做花瓣,做了一个重瓣荷花灯,真是美极了。用小西瓜(这是拉秧的小瓜,因其小,不中吃,叫做"打瓜"或"笃瓜")上开小口挖净瓜瓤,在瓜皮上雕镂出极细的花纹,做成西瓜灯。我们在这些灯里点了蜡烛,穿街过巷,邻居的孩子都跟过来看,非常羡慕。

父亲对我的学业是关心的,但不强求。我小时了了,国文成绩一直是全班第一。我的作文,时得佳评,他就拿出去到处给人看。我的数学不好,他也不责怪,只要能及格,就行了。他画画,我小时也喜欢画画,但他从不指点我。他画画时,我在旁边看。其余时间由我自己乱翻画谱,瞎抹。我对写意花卉那时还不太会欣赏,只是画一些鲜艳的大桃子,或者我从来没有见过的瀑布。我小时字写得不错,他倒是给我出过一点主意。在我写过一阵"圭峰碑"和"多宝塔"以后,他建议我写写"张猛龙"。这建议是很好的,到现在我写的字还有"张猛龙"的影响。我初中时爱唱戏,唱青衣,我的嗓子很好,高亮甜润。在家里,他拉胡琴,我唱。我的同学有几个能唱戏的。学校开同乐会,他应我的邀请,到学校去伴奏。几个同学都只是清唱。有一个姓费的同学借到一顶纱帽,一件蓝官衣,扮起来唱《碰砂井》,但是没有配角,没有衙役,没有犯人,只是一个赵廉,摇着马鞭在台上走了两圈,唱了一段"郿坞县在马上心神不定",便完事下场。父亲那么大的人陪着几个孩子玩了一下午,还挺高兴。我十七岁初恋,暑假里,在家写情书,他在一旁瞎出主意!我十几岁就学会了抽烟喝酒。他喝酒,给我也倒一杯。抽烟,一次抽出两根,他一根,我一根。他还总是先给我点上火。我们的这种关系,他人或以为怪。父亲说:"我们是多年父子成兄弟。"

我和儿子的关系也是不错的。我戴了"右派分子"的帽子下放张家口农村劳动,他那时还从幼儿园刚毕业,刚刚学会汉语拼音,用汉语拼音给我写了第一封信。我也只好赶紧学会汉语拼音,好给他写回信。"文化大革命"期间,我被打成"黑帮",关进"牛棚"。偶尔回家,孩子们对我还是很亲热。我的老伴告诫他们"你们要和爸爸'划清界限'",儿子反问母亲:"那你怎么还给他打酒?"只有一件事,两代之间,曾有分歧。他下放山西忻县"插队落户"。按规定,春节可以回京探亲,我们等着他回来。不料他同时带回了一个同学。他的这个同学的父亲是一位正受林彪迫害,搞得人囚家破的空军将领。这个同学在北京已经没有家,按照大队的规定是不能回北京的,但是这孩子很想回北京,在一伙同学的秘密帮助下,我的儿子就偷偷地把他带回来了。他连"临时户口"也不能上,是个"黑人",我们留他在家住,等于"窝藏"了他。公安局随时可以来查户口,街道办事处的大妈也可能举报。当时人人自危,自顾不暇,儿子惹了这么一个麻烦,使我们非常为难。我和老伴把他叫到我们的卧室,对他的冒失行为表示很不满。我责备他:"怎么事前也不和我们商量一下!"我的儿子哭了,哭得很委屈,很伤心。我们当时立刻明白了:他是对的,我们是错的。我们这种怕担干系的思想是庸俗的,我们对儿子和同学之间义气缺乏理解,对他的感情不够尊重。他的同学在我们家一直住了四十多天,才离去。

对儿子的几次恋爱,我采取的态度是"闻而不问"。了解,但不干涉。我们相信他自己的选择,他的决定。最后,他悄悄和一个小学时期女同学好上了,结了婚。有了一个女儿,已近七岁。

我的孩子有时叫我"爸",有时叫我"老头子!"连我的孙女也跟着叫。我的亲家母说这孩子"没大没小"。我觉得一个现代的,充满人情味的家庭,首先必须做到"没大没小"。父母叫人敬畏,儿女"笔管条直",最没有意思。

儿女是属于他们自己的。他们的现在,和他们的未来,都应由他们自己来设计。一个想用自己理想的模式塑造自己的孩子的父亲是愚蠢的,而且,可恶!另外,作为一个父亲,应该尽量保持一点童心。

一九九〇年九月一日

注　释

① 本篇原载《福建文学》1991 年第一期;初收《汪曾祺小品》,中国人民大学出版社,1992 年 10 月。

264

米线和饵块①

　　未到昆明之前,我没有吃过米线和饵块。离开昆明以后,也几乎没有再吃过米线和饵块。我在昆明住过将近七年,吃过的米线饵块可谓多矣。大概每个星期都得吃个两三回。

　　米线是米粉像压饸饹似的压出来的那么一种东西,粗细也如张家口一带的莜面饸饹。口感可完全不同。米线洁白,光滑,柔软。有个女同学身材细长,皮肤很白,有个外号,就叫米线。这东西从作坊里出来的时候就是熟的,只需放入配料,加一点水,稍煮,即可食用。昆明的米线店都是用带把的小铜锅,一锅只能煮一两碗,多则三碗,谓之"小锅米线"。昆明人认为小锅煮的米线才好吃。米线配料有多种,除了爨肉之外,都是预先熟制好了的。昆明米线店很多,几乎每条街都有。文林街就有两家。

　　一家在西边,近大西门,坐南朝北。这家卖的米线花样多,有焖鸡米线、爨肉米线、鳝鱼米线、叶子米线。焖鸡其实不是鸡,是瘦肉,煸炒之后,加酱油香料煮熟。爨肉即鲜肉末。米线煮开,拨入肉末,见两开,即得。昆明人不知道为什么把这种做法叫做爨肉,这是个多么复杂难写的字! 云南因有二爨(《爨宝子》、《爨龙颜》)碑,很多人能认识这个字,外省人多不识。云南人把荤菜分为两类,大块炖猪肉以及鸡鸭牛羊肉,谓之"大荤",炒蔬菜而加一点肉丝或肉末,谓之"爨荤"。"爨荤"者零碎肉也。爨肉米线的名称也许是这样引申出来的。鳝鱼米线的鳝鱼是鳝鱼切段,加大蒜焖酥了的。"叶子"即炸猪皮。这东西有的地方叫"响皮",很多地方叫"假鱼肚",叫做"叶子",似只有云南一省。

　　街东的一家坐北朝南,对面是西南联大教授宿舍,沈从文先生就住在楼上临街的一间里面。这家房屋桌凳比较干净,米线的味道也较清淡,只有焖鸡和爨肉两种,不过备有鸡蛋和西红柿,可以加在米线里。巴金同志在纪念沈先生文中说沈先生经常以两碗米线,加鸡蛋西红柿,就算是一顿饭了,指的就是这一家。沈先生通常吃的是爨肉米线。这家还卖鸡头脚(卤煮)和油炸花生米,小饮极便。

苂忠寺坡有一家卖炔肉米线。白汤。大块臀尖肥瘦肉煮得极炔,放大瓷盘中。米线烫热浇汤后,用包馄饨用的竹片扒下约半两炔肉,堆在米线上面。汤肥,味厚。全城卖炔肉米线者只此一家。

青云街有一家卖羊血米线。大锅两口,一锅开水,一锅煮着生的羊血。羊血并不凝结,只是像一锅嫩豆腐。米线放在漏勺里在开水锅中冒得滚烫,抦羊血一大勺盖在米线上,浇芝麻酱,撒上香菜蒜泥,吃辣的可以自己加。有的同学不敢问津,或望望然而去之,因为羊血好像不熟,我则以为是难得的异味。

正义路有一个奎光阁,门面颇大,有楼,卖凉米线。米线,加好酱油、酸甜醋(昆明的醋有两种,酸醋和甜醋,加醋时店伙都要问:"吃酸醋嘛甜醋?"通常都答曰:"酸甜醋",即两样都要)、五辛生菜、辣椒。夏天吃凉米线,大汗淋漓,然而浑身爽快。奎光阁在我还在昆明时就关张了。

护国路附近一条老街,有一家专卖干烧米线,门面甚小,座位靠墙,好像摆在一个半截胡同里,没几张小桌子。干烧米线放大量猪油,酱油,一点儿汤,加大量的辣椒面和川花椒末,烧得之后,无汁水,是盛在盘子里吃的。颜色深红,辣椒和花椒的香气冲鼻子。吃了这种米线得喝大量的茶,——最好是沱茶,因为味道极其强烈浓厚,"叫水";而且麻辣味在舌上久留不去,不用茶水涮一涮,得一直张嘴哈气。

最为名贵的自然是过桥米线。过桥米线和汽锅鸡堪称昆明吃食的代表作。过桥米线以正义路牌楼西侧一家最负盛名。这家也卖别的饭菜,但是顾客多是冲过桥米线来的。入门坐定,叫过菜,堂倌即在每人面前放一盘生菜(主要是豌豆苗);一盘(九寸盘)生鸡片、腰片、鱼片、猪里肌片、宣威火腿片,平铺盘底,片大,而薄几如纸;一碗白胚米线。随即端来一大碗汤。汤看来似无热气,而汤温高于摄氏100度,因为上面封了厚厚的一层鸡油。我们初到昆明，就听到不止一个人的警告：这汤万万不能单喝。说有一个下江人司机，汤一上来，端起来就喝，竟烫死了。把生片推入汤中，即刻就都熟了；然后把米线、生菜拨入汤碗，就可以吃起来。鸡片腰片鱼片肉片都极嫩，汤极鲜，真是食品中的尤物。过桥米线有个传说，说是有一秀才，在村外小河对岸书斋中苦读，秀才娘子每天给他送米线充饥，为保持鲜嫩烫热，遂想出此法。娘子送吃的，要过一道桥。秀才问："这是什么米线？"娘子说："过桥米线！""过桥米线"的名称就是这样来的。此恐是出于附会。"过桥"之名我于南宋人笔记中即曾见过，书名偶忘。

饵块有两种。

一种是汤饵块和炒饵块。饵块乃以米粉压成大坨，于大甑内蒸熟，长方形，一坨有七八寸长，五寸来宽，厚约寸许，四角浑圆，如一小枕头。将饵块横切成薄片，再加几刀，切如骨牌大，入汤煮，即汤饵块；亦可加肉片青菜炒，即炒饵块。我们通常吃汤饵块，吃炒饵块时少。炒饵块常在小饭馆里卖，汤饵块则在较大的米线店里与米线同卖。饵块亦可以切成细条，名曰饵丝。米线柔滑，不耐咀嚼，连汤入口，便顺流而下，一直通过喉咙入肚。饵块饵丝较有咬劲。不很饿，吃米线；倘要充腹耐饥，吃饵块或饵丝。汤饵块饵丝，配料与米线同。青莲街逼死坡下，有一家本来是卖甜品的，忽然别出心裁，添卖牛奶饵丝和甜酒饵丝，生意颇好。或曰：饵丝怎么可以吃甜的？然而，饵丝为什么不能吃甜的呢？既然可以有甜酒小汤圆，当然也可以有甜酒饵丝。昆明甜酒味浓，甜酒饵丝香，醇，甜，糯。据本省人说：饵块以腾冲的最好。腾冲炒饵块别名"大救驾"。传南明永历帝朱由榔，败走滇西，至腾冲，饥不得食，土人进炒饵块一器，朱由榔吞食馨尽，说："这可真是救了驾了！"遂有此名。腾冲的炒饵块我吃过，只觉得切得极薄，配料讲究，吃起来与昆明的炒饵块也无多大区别。据云腾冲的饵块乃专用某地出的上等大米舂粉制成，粉质精细，为他处所不及。只有本省人能品尝各地的米质精粗，外省人吃不出所以然。

烧饵块的饵块是米粉制的饼状物，"昆明有三怪，粑粑叫饵块……"指的就是这东西。饵块是椭圆形的,形如北方的牛舌头饼而大,比常人的手掌略长一些,边缘稍厚。烧饵块多在晚上卖。远远听见一声吆唤:"烧饵块……"声音高亢,有点凄凉。走近了,就看到一个火盆,置于支脚的架子上,盆中炽着木炭,上面是一个横搭于盆口的铁箅子,饵块平放在箅子上,卖烧饵的用一柄柿油纸扇煽着木炭,炭火更旺了,通红的。昆明人不用葵扇,煽火多用状如葵扇的柿油纸扇。铁箅子前面是几个搪瓷把缸,内装不同的酱,平列在一片木板上。不大一会,饵块烧得透了,内层绵软,表面微起薄壳,即用竹片从搪瓷缸中刮出芝麻酱、花生酱、甜面酱、泼了油的辣椒面,依次涂在饵块的一面,对折起来,状如老式木梳,交给顾客。两手捏着,边吃边走,咸、甜、香、辣,并入饥肠。四十余年,不忘此味。我也忘不了那一声凄凉而悠远的吆唤:"烧饵块……"

一九八七年,我重回了一趟昆明。昆明变化很大。就拿米线饵块来说,也有了很大的变化。我住在圆通街,出门到青云街、文林街、凤翥街、华山西路、正义路各处走了走。我没有见到焖鸡米线、爨肉米线、鳝鱼米线、叶子米线。问之本地老人,说这些都没有了。代之而起的是到处卖肠旺米线。"肠"是猪肠子,"旺"是猪血,西南几省都把猪血叫做"血旺"或"旺子"。肠旺米线四十多年前昆明是没有的,这大概是贵州传过来的。什么时候传来的?为什么肠旺米线能把焖鸡爨肉……都打倒,变成肠旺米线的一统天下呢?是焖鸡、爨肉没人爱吃?费工?不赚钱?好像也都不是。我实在百思不得其解。

我没有去吃过桥米线,因为本地人告诉我,现在的过桥米线大大不如从前了。没有那样的鸡片、腰片,——没有那样的刀工。没有那样的汤。那样的汤得用肥母鸡才煨得出,现在没有那样的肥母鸡。

烧饵块的饵块倒还有,但是不是椭圆的,变成了圆的。也不像从前那样厚实,镜子样的薄薄一个圆片,大概是机制的。现在还抹那么多种酱么?还用栎炭火来烧么?

这些变化是怎么发生的?为什么会发生?

一九九〇年十一月二十四日

注　释

①　本篇原载《汪曾祺全集》第五卷,北京师范大学出版社,1998 年 8 月。

城隍・土地・灶王爷①

　　城隍，《辞海》"城隍"条云："护城河"，引班固《两都赋序》："京师修宫室，浚城隍，起苑囿，以备制度。"既说是浚，当有水。但同书"隍"字条又注云："没有水的护城壕。"到底是有水没有水？姑且不去管它，反正，城隍后来已经成为神。说是守护城池的神也可以，更准确一点，应说是坐镇一方之神。据《辞海》，最早见于记载的为芜湖城隍，建于三国吴赤乌二年。北齐慕容俨在郢城建城隍神祠一所。唐代以来郡县皆祭城隍。后唐清泰元年封城隍为王。宋以后祀城隍习俗更为普遍。明太祖洪武三年正式规定各府州县的城隍神，并加以祭祀。为什么历代这样重视城隍，以至朱元璋于立国之初就为此特别下了一个红头文件？

　　乾隆十七年，郑板桥在知潍县事任内曾修葺过潍县的城隍庙，撰过一篇《城隍庙碑记》。我曾见过拓本。字是郑板桥自己写的，写得很好，虽仍有"六分半书"笔意，但是是楷书，很工整，不似"乱石铺阶"那样狂气十足。这篇碑文实在是绝妙文章：

　　……故仰而视之，苍然者天也；俯而临之，块然者地也。其中之耳目口鼻手足而能言，衣冠揖让而能礼者，人也。岂有苍然之天而又耳目口鼻而人者哉？自周公以来，称为上帝，而俗世又呼为玉皇。于是耳目口鼻手足冕旒执玉而人之；而又写之以金，范之以土，刻之以木，琢之以玉；而又从之以妙龄之官，陪之以武毅之将。天下后世，遂哀哀然从而人之，俨在其上，俨在其左右矣。至如府州县邑皆各有城，如环无端，齿齿啮啮者是也；城之外有隍，抱城而流，而汤汤泪泪者是也。又何必乌纱袍笏而人之乎？而四海之大，九州之众，莫不以人祀之；而又予之以祸福之权，授之以死生之柄；

而又两廊森肃,陪以十殿之王;而又有刀花、剑树、铜蛇、铁狗、黑风、蒸锧以俱之。而人亦哀哀然从而惧之矣。非惟人惧之,吾亦惧之。每至殿庭之后,寝宫之前,其窗阴阴,其风吸吸,吾亦毛发竖栗,状如有鬼者,乃知古帝王神道设教信不虚也。……

这是一篇写得曲曲折折的无神论。城,城也;隍,河也,"又何必乌纱袍笏而人之乎?"这已经说得很清楚。然而大家都"以人祀之;而又予之以祸福之权,授之以死生之柄","予之"、"授之",很可玩味。神本无权,唯人授之,这种"神权人授"的思想很有进步意义。谁授予神这样的权柄呢?下文自明。不但授之以权,而且把城隍庙搞得那样恐怖,人亦哀哀然从而惧之。"非惟人惧之,吾亦惧之"矣,这句话说得很幽默。郑板桥是真的害怕了吗? 城隍庙总是阴森森的,"吾亦毛发竖栗,状如有鬼者",郑板桥是真觉得有鬼么?答案在下面:"乃知古帝王神道设教不虚也。"郑板桥对古帝王的用心是一清二楚的。但是郑板桥并未正面揭穿(这怎么可能呢),而且潍县的城隍庙是在他的倡议下,谋于士绅而葺新的,这真是最大的幽默!我们对于明清之后的名士的思想和行事,总要于其曲曲折折处去寻绎。不这样,他们就无法生存。我一向觉得板桥的思想很通达,不图其通达有如此。

我们县里的城隍庙的历史是颇久的,有两棵粗可合抱的白果(银杏)树为证。庙相当大,两进大殿,前殿和后殿。前殿面南坐着城隍老爷,也称城隍菩萨,——这与佛教的"菩提萨埵"无关,中国的老百姓是把一切的神都可称为菩萨的,叫"老爷"时多。发亮的油白大脸,长眉细目,五绺胡须。大红缎地平金蟒袍。按说他只是县团级,但是派头却比县知事大得多,县官怎么能穿蟒呢。而且封了爵,而且爵位甚高,"敕封灵应侯"。如此僭越,实在很怪。他的职权是管生死和祸福。人死之后,即须先到城隍那里挂一个号。京剧《琼林宴》范仲禹的唱词云:"在城隍庙内挂了号,在土地祠内领了回文"。城隍庙正殿上有几块匾,除了"威灵显赫"之类外,有一块白话文的特大的匾,写的是"你也来了"。我们二伯母(我是过继给她的)病重,她的母亲(我应该叫她外婆)有一天半夜里把我叫起来,把我带到城隍庙去。我迷迷糊糊地去了。干什么？去"借寿"，即求城隍老爷把我的寿借几年（好像是十年）给二伯母。半夜里到城隍庙里去，黑咕隆咚的，真有点怕人。我那时还小，借几年就借几年吧，无所谓，而且觉得这是应该的。到城隍老爷那里去借寿，我想这是古已有之的习俗，不是我的外婆首创，因为所有仪注好像都有成规。不过借寿并不成功，我的二伯母过了两天还是死了。

我们那里的城隍庙有一个特别处，即后殿还有一个神像，也是五绺长须，但穿章没有城隍那样阔气。这位神也许是城隍的副手。他的名称很奇怪，叫"老戴"。城隍和老戴之间好像有个什么故事的，我忘了。

正殿前的两廊塑着各种酷刑行刑时的景象，即板桥碑记中所说的"刀花、剑树……"。我们那里的城隍庙所塑的是上刀山、下油锅、锯人、磨人等等，一共七十二种酷刑，谓之"七十二司"，这"司"是阴司的意思。七十二司分为十个相通连的单间，左廊右廊各五间。每一间有一个阎王，即板桥所说的"十王"。阎王是"王"，应该是"南面而王"，坐在正面。《聊斋·陆判》所说的十王殿的十王大概是坐在正面的，但多数的十王都是屈居在两廊，变成了陪客，甚至是下属了。我们县里的城隍庙、泰山庙都是这样。中国诸神的品级官阶也乱得很。十王中我只记得一个秦广王，其余的，对不起，全忘了。《玉历宝钞》上好像有十王的全部称号，且各有像（虽然都长得差不多），不难查到的。

城隍庙正殿的对面，照例有一座戏台。郑板桥碑记云："岂有神而好戏者乎？是又不然。《曹娥碑》云：'盱能抚节安歌，婆娑乐神'，则歌舞迎神，古人已累有之矣。诗云：'琴瑟击鼓，以迓田祖'，夫田果有祖，田祖果爱琴瑟，谁则闻之？不过因人心之报称，以致其重叠爱媚于尔大神尔。今城隍既以人道祀之，何必不以歌舞之事娱之哉！"郑板桥这里说得有点不够准确。歌舞最初是乐神的，因为他是神，才以歌舞乐之，这是"神道"，并不是因为以人道祀之，才以歌舞之事娱之。到了后来，戏才是演给人看的，但还是假借了乐神的名义。很多地方的戏台都在庙里，都是"神台"。我们县城隍庙的戏台是演戏的重要场地，我小时看的许多戏都是站在戏台与正殿之间的砖地上看的。看的都是"大戏”,即京剧。但有一次在这个戏台上也演过梅花歌舞团那样的歌舞,这种节目演给城隍老爷看,颇为滑稽。

每年七月半,城隍要出巡,即把城隍的大驾用八抬大轿抬出来,在城里的主要街道上游一游。城隍出巡,前面是有许多文艺表演节目的,叫做“会”,许多地方叫“赛会”,“出会”,我们那里叫“迎会”。参与迎会的,谓之“走会”。我乡迎会的情形,我在小说《故里三陈·陈四》中有较详细的描述,不赘。各地赛会,节目有同有异,高跷、旱船,南北皆有。北京的“中幡”、“五虎棍”,我们那里没有。我们那里的“站高肩”,北方没有。

城隍的姓名大都无可稽考,但也有有案可查的。张岱《西湖梦寻·城隍庙》载:“吴山城隍庙,宋以前在皇山,旧名永固,绍兴九年徙建于此。宋初,封其神,姓孙名本。永乐时封其神为周新。”周新本是监察御史,弹劾敢言,被永乐杀了。“一日上见绯而立者,叱之,问为谁,对曰:‘臣新也,上帝谓臣刚直,使臣城隍浙江,为陛下治奸贪吏。’言已不见,遂封新为浙江都城隍。”这当然只是传说,永乐帝不会白日见鬼。但这记载说明一个问题,即城隍由上帝任命后,还得由人间的皇帝加封,否则大概是无效的。“都城隍”之名他书未见。周新是个省级城隍,比州、府、县的城隍要大,相当于一个巡抚了。都城隍不是各省都有。

《聊斋志异》以《考城隍》为全书第一篇,评书者都以为有深意焉,我看这只是寓言,寄托蒲松龄认为所有的官都应该考一考的愤慨耳。他说这是“予姊夫之祖宋公讳焘”的事情,宋焘亦未必有其人。

土地即社神。《风俗编·神鬼》:“凡今社神,俱呼土地。”其所管的地面是不大的,大体相当于明清的坊——凡土地都称为“当坊土地”,解放前的一个保。我家所住的一条街上,街的中段和东段即有两座土地祠。《聊斋·王六郎》后为招远县邬镇土地,管一个镇,也差不多。到了乡下,则随便哪个田头,都可立一个土地庙。《王六郎》是一篇写得很美的小说,文长,不具引。土地本也应是有名有姓的,但人都不知道。王六郎只名王六郎，那倒是因为他本没有名字，只是姓王，叫人"相见可呼王六郎"。他当了土地，仍叫王六郎么？这不免有失官体。有一位土地的名字倒是为人所知的，是北京国子监的土地，此人非别，乃韩愈也！韩愈当过国子祭酒，与国子监有点老关系，但让他当国子监的土地爷，实在有点不大像话。我曾看过国子监的土地祠，比一架自鸣钟大不了多少。

河北农村有俗话："别拿土地爷不当神仙！"事实上人们对土地爷是不大尊重的。土地祠（或亦称庙）很简陋，香火冷落，乡下给土地爷上供的只是一块豆腐。《西游记》孙悟空到了一处，遇到妖怪，不知是什么来头，便把土地召来，二话不说，叫土地老儿先把孤拐伸出来教老孙打五百棍解闷。孙悟空对土地的态度实即是吴承恩对土地的态度，也是老百姓对土地的态度：不当一回事。因为，他是最小的神，或神里最小的官。

我们县别有都土地，那可不一样了。都土地祠亦称都天庙，连庙所在的那条巷子也叫都天庙巷。都天庙和城隍庙不能相比，小得多，但也有殿有庑。殿上坐着都土地，比城隍小一号，亦红蟒亦面长圆而白亮，无五绺须。我的家乡把长圆而肥白的脸叫做"都天脸"，此专指女人的面相，男人这样的脸很少，不知道为什么没有人说"城隍脸"。都土地管辖地界大致相当于一个区。他的封爵次于城隍一等，是"灵显伯"。父老相传，我所住在的北城的都土地是张巡。张巡怎么会跑到我的家乡来当一个区长级的都土地呢？这里既不是他的家乡（河南南阳），又不是他战死的地方（河南睢阳）？说北城都土地是张巡，根据的是什么？有这样一个在安史之乱时和安禄山打仗，城破而死的有名的忠臣当都土地，我们那一区的居民是觉得很光荣的。都土地也不是每个区都有。

土地城隍属于一个系统，他们的关系是上下级，如表：

土地→都土地→城隍→都城隍

都城隍的上面是什么呢？没有了，好像是一直通到玉皇大帝。土地的下面呢？也没有了，因为土地祠里并未塑有衙役皂隶。他们是上下级，是不是要布置任务，汇报工作？也许要的，但是咱们不知道。

祭灶的起源盖甚早。

《史记·孝武本纪》："是时而李少君亦以祠灶、谷道、却老方见上，上尊之。"《索隐》："如淳云：'祠灶可以致福。'案：礼灶者，老妇之祭，盛于盆，尊于瓶。"这最初本是"老妇之祭"。晋代宗懔《荆楚岁时记》："按礼器，灶者老妇之祭，'尊于瓶，盛于盆'，言以瓶为樽，用盆盛馔也"，意思是拿瓶子当酒樽，用盆盛食物。老妇大概没钱，用不起正儿八经的器皿，只好这样马马虎虎，因陋就简。

祭灶本是求福，是很朴素的愿望，到了方士的手里，就变得神乎其神起来。《史记·孝武本纪》："少君言于上曰：'祠灶则致物，致物而丹沙可化为黄金，黄金成以为饮食器则益寿，益寿而海中蓬莱仙者可见，见之以封禅则不死，黄帝是也。'"从祠灶到不死，绕了这样大一个圈子，汉代的方士真能胡说八道！而汉武帝偏偏就相信这种胡说八道！

祭灶的礼俗一直相沿不替。唐、五代的材料我没有来得及查，宋代则讲风俗的书几乎没有一本不提到祭灶的。

《东京梦华录》："十二月……二十四日交年，都人至夜请僧道看经，备酒果送神，烧合家替代钱纸，帖灶马于灶上，以酒糟涂抹灶门，谓之'醉司命'。"

《梦粱录》："十二月……二十四日，不以穷富，皆备蔬食饧豆祀灶。"

《武林旧事》："……二十四日，谓之'交年'，祀灶用花饧米饵，及烧替代及作糖豆粥，谓之'口数'。"

祭灶的祭品不拘，但有一样东西是必有的：饧。饧是古糖字，指用麦芽或谷芽熬成的糖，熬干了，就成了关东糖。我们那里就叫做"灶糖"。为什么要请灶王爷吃关东糖？《抱朴子·微旨》："月晦之夜，灶神亦上天白人罪状。"原来灶王爷既是每一家的守护神，又是玉皇大帝的情报员，——一个告密者。人在家里，不是在公开场合，总难免说点错话,办点错事,灶王爷一天到晚窃听监视,这受得了吗! 人于是想出一个高招,塞他一嘴关东糖,叫他把牙粘住,使他张不开嘴,说不出人的坏话。不过灶王爷二十三或二十四上天,到除夕才回来,在天上要呆一个星期,在玉皇大帝面前一句话也不说,玉皇大帝不觉得奇怪么?

以酒糟涂抹灶门,其用意与祭之以饧同,让他醉末咕咚的,他还能打小报告么?

灶王爷上天,是骑马去的。《东京梦华录》云:"帖灶马于灶上。"我们那里是用红纸折一个小孩子折手工的纸马,祭毕烧掉。折纸马照例是我们一个堂姐的事。这实在有点儿戏。

我们那里的孩子捉蜻蜓,红蜻蜓是不捉的,说这是灶王爷的马。灶王爷骑了这样的马——蜻蜓,上天?

把灶王爷送上天,谓之"送灶"。送灶的日期各地不一样。我们那里一般人家是腊月二十四。俗话说:"君(或军)三,民四,龟五。"按规定,娼妓家送灶应是二十五,不过妓女都不遵守。二十五送灶,这不等于告诉别人:我们家是妓女?北京送灶,则都在二十三。

到除夕,把灶王爷接回来,或谓之"迎灶",我们那里叫做"接灶"。

谁参加祭灶? 各地,甚至各家不一样。有的人家只许男的参加,女的不参加;有的人家则只有女的跪拜,男人不参与;我们家则男女都拜,先由男的拜,后由女的拜。我觉得应该由女的祭拜合适。女人一天围着锅台转,与灶王爷关系密切,而且,这本是"老妇之祭",不关老爷们的事!

灶王爷是什么长相?《庄子·达生》:"灶有髻",司马彪注:"髻,灶神,著赤衣,状如美女。"我见过木刻彩印的灶王像,面孔略圆,有二三十根稀稀疏疏的胡子,并不像美女,倒像个有福气的老封翁。我们家灶王龛里则只贴了一张长方的红纸,上写"东厨司命定福灶君"。

灶王爷姓什么,叫什么?《荆楚岁时记》说他"姓苏名吉利"。不单他,连他老婆都有名字:"妇姓王名抟颊"。但我曾看过一个华北的民间故事,说他名叫张三,因为做了见不得人的事,钻进了灶膛里,弄得一脸乌七抹黑,于是成了灶王。北京俗曲亦云:"灶王爷本姓张"。他到底叫什么？吁,鬼神之事,难言之矣。

城隍、土地、灶君是和中国人民大众生活关系最密切的神。

这些神是"古帝王"造出来的神话,是谣言,目的是统一老百姓的思想,是"神道设教"。

老百姓也需要这样的神。这些神的意象一旦为老百姓所掌握,就会变成一种自觉的、宗教性的、固执的力量。没有这些神,他们就会失去伦理道德的标准、是非善恶的尺度,失去心理平衡,遑遑然不可终日。我们县的城隍,在北伐的时候曾由以一个姓黄的党部委员为首的一帮热血青年用粗绳拉倒,劈成碎片。这触怒了城乡的许多道婆子。我们县有很多的道婆子,她们没有任何文化,只会念一句"南无阿弥陀佛",是神就拜,念"南无阿弥陀佛",不管这神是什么教的神。不管哪个庙的香期,她们都去,一坐一大片,叫做"坐经"。她们的凝聚力很大,心很齐。她们听说城隍老爷被毁了,"哈!这还行!"她们一人拿了一炷香,要把姓黄的党部委员的家烧掉。黄某事先听到消息,越墙逃走,躲藏了好多天。这帮道婆子捐钱募化,硬是重新造了一个城隍老爷,和原来的一样。她们的道理很简单:"怎么可以没有城隍老爷!"

愚昧是一种伟大的力量。

大多数人对城隍、土地、灶王爷的态度是"诚惶诚恐,不胜屏营待命之至",但是也有人不是这样,有的时候不是这样。很多地方戏的"三小戏"都有《打城隍》、《打灶王》,和城隍老爷、灶王爷开了点小小玩笑,使他们不能老是那样俨乎其然,那样严肃。送灶时给灶王喂点关东糖,实在表现了整个民族的幽默感。

也许正是这点幽默感,使我们这个民族不至被信仰的铁板封死。

一九九〇年十二月八日

注　释

① 本篇原载《中国文化》(半年刊)1991年第一期(总第四期),是作者"城南客话"系列文章之一;初收《汪曾祺小品》,中国人民大学出版社,1992年10月。

李琪同志印象^①

李琪同志的办公室像一个书斋。靠墙几橱书,茶几上放着一副围棋子,一个棋盘。简简单单,清清爽爽,让人感觉到这位部长的书生本色。

李琪同志曾在1966年初和这年的春节,两次带我们剧团的编剧到上海去见江青。第一次去之前,正值邯郸地震^②过后不久,他领着我们去看了地震的资料影片。他的旅行箱里装了好多本线装二十四史的灾异卷,这当然不是为了旅途消遣。我们深深感到他的忧国忧民之思,同时也觉得这位宣传部长是一位学者型的部长。

李琪同志是研究《矛盾论》《实践论》的,但是他并不把毛主席当作神看,他对毛主席的著作是有很客观、很清醒的评价的。这在60年代,个人迷信高涨的时候,是很难得的。

李琪同志对江青是决不低声下气的。江青这个人,"见官大一级",李琪同志不承认她这种未经任命的、非法的特殊地位。我们第一次到上海,他给江青写了一个四指宽的便条:"我们已到上海,何时接见? 此问近祺。"稍为知道一点传统文牍习惯的人,都知道"近祺"不是个恭敬的问候。

江青对李琪同志说:"对于他们的戏,我希望你了解情况,但不要过问。"这是什么话呢? 北京京剧团是市委领导的剧团,一个宣传部长却不得过问剧团剧本创作! 李琪同志没有表示什么。在我们到江青那里讨论剧本时,他就一个人出去散步,买了一包上海老城隍庙的五香豆,一边走,一边吃,看来好像很悠闲,心里自然是不痛快的。

江青忽然改变了主意,把原来写的剧本推翻了,要另外写一个:从军队党派一个女干部到重庆,不通过地方党,通过一个社会关系,发动兵工厂的工人护厂，迎接解放。不通过地方党，通过社会关系开展工作，这根本不符合党的地下工作原则。我们都没有这方面的生活——谁也不可能有这样的生活，只好按江青的意思瞎编。我们向李琪同志汇报了剧本提纲，李琪同志只说了一句话："看来没有生活也是可以搞创作的噢？"这句不凉不酸的话对江青的全凭主观意念，无视生活真实的"创作方法"是极其尖锐的批评。

第二次到上海，形势已经很严峻。有一天，江青叫我们到"康办"（张春桥在康平路的办公室）去见她。李琪同志不愿去，说："他找你们谈剧本，我不去了。"我说："不去不好吧。"汽车已经开到门外等着，李琪同志在室内徘徊很久，最后说："去吧！"到了那里，江青要剧团，指名调演员，要剧场……提了许多无理要求，并摆出一副上海人所谓"白相人"（流氓）架势，向北京市委摊了牌："叫老子在这儿试验（她要指所谓试验田），老子就在这儿试验，不叫老子在这儿试验，老子到别处去试验！"李琪同志回到东湖饭店，在沙发上坐了很久，一句话不说。

李琪同志知道一场恶战迫在眉睫，情绪是很紧张的，夜里做噩梦，甚至于梦中惊呼。

李琪同志是个外貌温和儒雅，内心却非常倔强的革命者，他的这种"宁折不弯"的性格，是为"四人帮"所不能容的。当我们知道他玉碎的消息时，觉得是可以理解的。他是不能与邪恶的势力共存的！

1990 年 12 月 15 日

注　释

① 本篇收入李莉主编《忆李琪》，九州出版社 2017 年 12 月。

② 应为邢台地震。

1991 年

美 国 女 生^①

——阿美利加明信片

　　"女生"是台湾的叫法。台湾的中青年把男的都叫做"男生"，女的都叫做"女生"，蒋勋（诗人）、李昂（小说家）都如此，虽然被称做"男生"、"女生"的，都已经不是学生了。这种称呼很有趣。不过我这里所说的"女生"，大都还是女生。

　　我在爱荷华居住的五月花公寓里住了不少爱荷华大学的学生，男生女生都有。我每天上午下午沿爱荷华河散步，总会碰到几个。男生不大搭理我，女生则都迎面带笑很亲切地说一声"嗨！"她们大概都认得我了，因为我是中国人，她们大概也知道我是个作家。我对她们可分辨不清，觉得都差不多。据说，爱荷华州出美女。她们都相当漂亮，皮肤白皙，明眸皓齿，——眼珠大都是灰蓝色，纯蓝的少，但和蛋青色的眼白一衬，显得很透亮。但是我觉得她们都差不多，个头差不多——没有很高的；身材差不多，——没有很胖很瘦的；发式差不多，都梳得很随便；服饰也差不多，都是一身白色的针织运动衫裤，白旅游鞋。甚至走路的样子也差不多，比较快，但也不是很匆忙。没有浓妆艳抹，身着奇装异服的，因为她们是大学生。偶尔在星期六的晚上，看到她们穿了盛装，涂了较重的口红，三三五五地上电梯，大概是在哪里参加 party 回来了。这样的时候很少。美国女生的穿着大概以舒服为主，美观是其次。

　　在爱荷华市区见到有女生光着脚在大街上走。美国女孩子的脚很好看，但是她们不是为了显露她们的脚形，大概只是图舒服。街上的男人也不注视她们的秀足，不觉得有什么刺激。

街上看到"朋克",一男一女,都很年轻。像画报上所见的那样,把头发剃光了,只留当中一长绺,染成淡紫色。但我并不觉得他们怪诞,他们的眼睛里也没有什么愤世嫉俗,对现实不满,疯狂颓废。完全没有。他们的眼睛是明净的、文雅的。他们大概只是觉得这样好玩。

我散步后坐在爱荷华河边的长椅上抽烟,休息,遐想,构思。离我不远的长椅上有一个男生一个女生抱着亲吻。他们吻得很长,我都抽了三根烟了,他们还没有完。但是吻得并不热烈,抱得不是很紧,而且女生一边长长地吻着,一边垂着两只脚,前后摇摆。这叫什么接吻?这样的吻简直像是做游戏。这样完全没有色情、放荡意味的接吻,我还从未见过。

参观阿玛纳村,这是个古老的移民村,前些年还保留着旧的生活习惯:不用汽车,用马车。现在改变了,办了很现代化的工厂。在悬着一副木轭为记的餐馆里吃饭。招呼我们的是一个女生,戴一副细黑框的眼镜,穿着黑色的薄呢衫裙,黑浅口半高跟鞋,白色长丝袜。她这副装束显得有点古风,特别是她那双白袜子。她姓莎士比亚,名南希,我对她说:"你很了不起,是莎士比亚的后裔,与总统夫人同名。"她大笑。她说她一辈子不想结婚。为什么和一个初次见面的外国人(在她看起来,我们当然是外国人)谈起这样的话呢?她还很年轻,说这个话未免早了一点。她不会有过什么悲痛的遭遇,她的声音里没有一点苦涩。可能她觉得一个人活着洒脱,自在。说不定她真会打一辈子单身。

在耶鲁大学演讲,给我当翻译的是一个博士生,很年轻,穿一身玫瑰红,身材较一般美国女生瘦小,真是娇小玲珑。我在演讲里提到朱庆余的《近试上张水部》和崔颢的《长干行》,她很顺溜地就翻译出来了。我很惊奇。她得意地说:"我最近刚刚读过这两首诗!"她是在台湾学的中文。我看看她的眼睛:非常聪明。

在华盛顿,在白宫对面马路的人行道上,看见一个女生用一根带子拉着一只猫,她想叫猫像狗一样陪着她散步。猫不干,怎么拉,猫还是乱蹦。我们看着她,笑了。她看看我们,也笑了。她知道我们笑什么:

这是猫,不是狗!

美国的女生大都很健康,很单纯,很天真,无忧无虑,没有烦恼,也没有困惑。愿上帝保佑美国女生。

一九九一年一月五日

注 释

① 本篇原载 1991 年 1 月 13 日《经济日报》;初收《旅食集》,广东旅游出版社,1992 年 4 月。

贾似道之死^①

——老学闲抄

　　到漳州,除了想买几头水仙花,还想去看看木棉庵。木棉庵离漳州市不远,汽车很快就到了。庵就在公路旁边,由漳州至福州,此为必经之地,用不着专程跑去看。木棉庵是个极小的庵。门开着,随便进出,无人管理。矮佛一尊,佛前一只瓦香炉,空的。殿上无钟磬,庭前有衰草,荒荒凉凉。庵当是后建的,南宋末年,想不是这样,应当是个颇大的去处。庵外土坡上,有碑两通,高过人,大字深刻:"郑虎臣诛贾似道于此"。两碑都是一样,字体亦相类。碑阴无字,于贾似道、郑虎臣事皆无记述。

　　我对贾似道所知甚少,只知道他是一个荒唐透顶的误国奸相。他在元人大兵压境,国家危如累卵的时候还在葛岭赐第的半闲堂里斗蟋蟀。很多人知道贾似道,是因为看了《红梅阁》(川剧、秦腔、昆曲和京剧)。通过李慧娘这个复仇的女鬼的形象,使人对贾似道的专横残忍留下深刻的印象。但《红梅阁》是虚构的传奇。年轻时看过《古今小说》里的《木棉庵郑虎臣报冤》,隔了五十年,印象已淡;而且看的时候就以为这是小说家言,不足为据,不相信它有什么史料价值。近读元人蒋正子《山房随笔》,并取《木棉庵郑虎臣报冤》相对照,发现两者记贾似道事基本相同。这位蒋正子不知道为什么对贾似道那么感兴趣,《山房随笔》只是薄薄的一册,最后的三大段倒都是有关贾似道的。我对蒋正子一无所知,但看来《山房随笔》是严肃的书,不是信口开河,成书距南宋末年当不甚远,有一段注明:"季一山阐为郡学正,为余道之。"非得之道听途说,当可信。于是,我对《木棉庵郑虎臣报冤》就另眼相看起来。

贾似道是宋理宗贾贵妃的兄弟,历仕理宗、度宗、恭帝三朝,位极人臣,恶迹至多,不可胜数,自有《宋史》可查。他的最主要的罪恶是隐匿军情,出师溃败,断送了南宋最后一点残山剩水,造成亡国。

蒙古主蒙哥南侵,屯合州,遣忽必烈围鄂州、襄阳。湖北势危,枢密院一日接到三道告急文书,朝野震惊,理宗乃以贾似道兼枢密使京湖宣抚大使,进师汉阳,以解鄂州之围。贾似道不得已拜命。师次汉阳,蒙古攻城甚急,鄂州将破,贾似道丧胆,乃密遣心腹诣蒙古营中,求其退师,许以称臣纳贝。忽必烈不许。会蒙古主蒙哥死于合州,忽必烈急于奔丧即位,遂许贾似道和议。约成,拔寨北归。鄂州围解,贾似道将称臣纳币一手遮瞒,上表夸张鄂州之功。理宗亦以贾似道功同再造,下诏褒美。

元军一时未即南下,南宋小朝廷暂得晏安。贾似道以中兴功臣自居,日夕优游湖上,门客作词颂美者以千计。陆景思词中称之为"上天将相,平地神仙"。

理宗传位度宗,加似道太师,封魏国公,许以十日一朝,大小朝政皆于私第裁决。平章私第,成了宰相衙门。

度宗在位十年,卒,赵㬎继位,是为恭帝。恭帝是个懦弱的小皇帝。在位仅仅两年,凡事离不开贾似道。元军分兵南下,襄、邓、淮、扬,处处告急。贾似道遮瞒不过,只得奏闻。恭帝对似道说:"元兵逼近,非师相亲行不可。"于是下诏,以贾似道都督诸路军马。贾似道上表出师,声势倒是很大。其时樊城陷,鄂州破,元军乘势破了池州,贾似道不敢进前,次于鲁港。部将逃的逃,死的死,诸军已溃,战守俱难,贾似道走入扬州城中,托病不出。宋室之亡,关键实在鲁港一战。

一时朝议,以为贾似道丧师误国、乞族诛以谢天下,御史交章劾奏,恭帝醒悟,乃下诏暴其罪,略云:

> 大臣具四海之瞻,罪莫大于误国;都督专阃外之寄,律尤重于丧师。具官贾似道,小才无取,大道未闻。历相两朝,曾无一善。变田制以伤国本②,立士籍以阻人才③。匿边信而不闻,旷战功而不举。至于寇逼,方议师征,谓当缨冠而疾趋,何为抱头而鼠窜?

遂致三军解体,百将离心,社稷之势缀旒,臣民之言切齿。姑示薄罚,俾尔奉祠。呜呼!膺狄惩荆,无复周公之望;放兜殛鲧,尚宽《虞典》之诛。可罢平章军马重事及都督诸路军马。

这篇诏令见于《古今小说》,但看来是可靠的。诏令写得四平八稳。对贾似道的罪恶概括得很全面。这样典重合体的四六,也不是一般书会先生所能措手的。

贾似道罢相,朝议以为罪不止此,台史交奏,都以为似道该杀。恭帝柔弱,念似道是三朝元老,不但没有"族诛",对似道也未加刑,只是谪为高州团练副使,仍命于循州安置。"安置"一词,意思含混。如此发落,实在过轻。

宋制,大臣安置远州,都有个监押官。监押贾似道的,是郑虎臣。郑虎臣的确定,《木棉庵郑虎臣报冤》与《山房随笔》微有不同。《郑虎臣报冤》云:"朝议斟酌个监押官,须得有力量的,有手段的,又要平日有怨隙的,方才用得",只云"朝议";《随笔》则具体举出"陈静观诸公欲置之死地,遂寻其平日极仇者监押"。郑虎臣和贾似道有什么仇?《随笔》云:"武学生郑虎臣登科,(似道)辄以罪配之";《郑虎臣报冤》则说:"此人乃太学生郑隆之子,郑隆被似道黥配而死。"至于郑虎臣请行,出于自愿,是一致的。——循州路远(在今广东惠州市东),本不是一趟好差事。

郑虎臣官职不高,只是新假的武功大夫,但他是"天使",路上一切他说了算。贾似道一路备受凌辱,苦不堪言,《郑虎臣报冤》有较详细的记载。到了漳州,漳州太守赵介如(此从《山房随笔》,《郑虎臣报冤》作赵分如),本是贾似道的门下客,设宴款待郑虎臣及贾似道。《随笔》云:"似道遂坐于下。"《报冤》云:"只得另设一席于别室,使通判陪侍似道。"细节不同,似以《报冤》说较合理。赵介如察虎臣有杀贾意,劝虎臣要杀不如趁早,免得似道活受罪。《郑虎臣报冤》云:

　　饮酒中间,分如察虎臣口气,衔恨颇深,乃假意问道:"天使今日押团练至此,想无生理,何不叫他速死,免受万恼,却不干净?"

《山房随笔》则云：

> 介如察其有杀贾意，命馆人启郑，且以辞挑之……其馆人语郑云："天使今日押练使至此，度必无生理，曷若令速殒，免受许多苦恼。"

两相比较，《随笔》似更近情，这样的话哪能在酒席上当面直说，有一个中间人（馆人）传话，便婉转得多。

郑虎臣的回答，《报冤》云：

> 虎臣笑道："便是这恶物事，偏受得许多苦恼，要他好死却不肯死。"

《随笔》云：

> 便是这物事，受得这苦，欲死而不死。

《随笔》较简练，也更像宋朝人的语气。《报冤》"虎臣笑道"，"笑道"颇无道理，为何而笑？

贾似道原是想服毒自杀的。《随笔》云：

> 虎臣一路凌辱，至漳州木棉庵病泄泻。踞虎子，欲绝。虎臣知其服脑子求死。

《郑虎臣报冤》写得较细致：

> 似道自分必死，身边藏有冰脑一包，因洗脸，就掬水吞之。觉腹中痛极，讨个虎子坐下，看看命绝。

脑子、冰脑，即冰片，是龙脑树干分泌的香料，过去常掺入香末同烧，"瑞脑销金兽"便是指的这东西。中药铺以微量入丸散，治疮疖有效，多吃了，是会致命的。

似道服毒后，还是叫郑虎臣打死的。《郑虎臣报冤》：

> 虎臣料他服毒，乃骂道："奸贼，奸贼，百万生灵死于汝手，汝延捱许多路程，却要自死，到今日老爷偏不容你！"将大槌连头连脑打下二三十，打得稀烂，呜呼死了。

这未免有点小说的渲染，《随笔》只两句话，反倒干脆：

乃云："好教作只怎地死！"遂趱数下而殂。

《木棉庵郑虎臣报冤》应该说是历史小说，严格意义的历史小说。是小说，当然会有些虚构，有些想象之词，但检对《山房随笔》，觉得其主要情节都是有根据的。其立意也是严肃的：以垂炯戒。这和《拗相公饮恨半山堂》的存有偏见，《苏小妹三难新郎》纯为娱乐，随意杜撰，是很不相同的。现在许多写历史题材的作品，尤其是电视剧，简直是瞎编，如写李太白与杨贵妃恋爱，就更不像话了。我觉得《木棉庵郑虎臣报冤》是短篇历史小说的一个典范：材料力求有据，写得也并非不生动。今天写历史题材的作品仍可取法。这，就是我写这篇文章的目的。

注　释

① 本篇原载《收获》1991 年第一期；初收《汪曾祺文集·散文卷》，江苏文艺出版社，1993 年 9 月。

② 凡有田者，皆须验契，查勘来历，质对四至，稍有不合，没入其田；又丈量田地尺寸，如是有余，即为隐匿，亦没入。没人田产，不知其数，一时骚然。

③ 似道极恨秀才，凡秀才应举，须亲书详细履历。又密令亲信查访，凡有词华文采者，皆疑其造言生谤，寻其过误，皆加黜落。

随 遇 而 安[①]

我当了一回右派，真是三生有幸。要不然我这一生就更加平淡了。

我不是1957年打成右派的，是1958年"补课"补上的，因为本系统指标不够。划右派还要有"指标"，这也有点奇怪。这指标不知是一个什么人所规定的。

1957年我曾经因为一些言论而受到批判，那是作为思想问题来批判的。在小范围内开了几次会，发言都比较温和，有的甚至可以说很亲切。事后我还是照样编刊物，主持编辑部的日常工作，还随单位的领导和几个同志到河南林县调查过一次民歌。那次出差，给我买了一张软席卧铺车票，我才知道我已经享受"高干"待遇了。第一次坐软卧，心里很不安。我们在洛阳吃了黄河鲤鱼，随即到林县的红旗渠看了两、三天。凿通了太行山，把漳河水引到河南来，水在山腰的石渠中活活地流着，很叫人感动。收集了不少民歌。有的民歌很有农民式的浪漫主义的想象，如想到将来渠里可以有"水猪"、"水羊"，想到将来少男少女都会长得很漂亮。上了一次中岳嵩山。这里运载石料的交通工具主要是用人力拉的排子车，特别处是在车上装了一面帆，布帆受风，拉起来轻快得多。帆本是船上用的，这里却施之陆行的板车上，给我十分新鲜的印象。我们去的时候正是桐花盛开的季节，漫山遍野摇曳着淡紫色的繁花，如同梦境。从林县出来，有一条小河。河的一面是峭壁，一面是平野，岸边密植杨柳，河水清澈，沁人心脾。我好像曾经见过这条河，以后还会看到这样的河。这次旅行很愉快，我和同志们也相处得很融洽，没有一点隔阂，一点别扭。这次批判没有使我觉得受了伤害，没有留下阴影。

1958年夏天，一天（我这人很糊涂，不记日记，许多事都记不准时间），我照常去上班，一上楼梯，过道里贴满了围攻我的大字报。要拔掉编辑部的"白旗"，措辞很激烈，已经出现"右派"字样。我顿时傻了。运动，都是这样：突然袭击。其实背后已经策划了一些日子，开了几次会，作了充分的准备，只是本人还蒙在鼓里，什么也不知道。这可以说是暗算。但愿这种暗算以后少来，这实在是很伤人的。如果当时量一量血压，一定会猛然增高。我是有实际数据的。"文化大革命"中我一天早上看到一批侮辱性的大字报，到医务所量了量血压，低压110，高压170。平常我的血压是相当平稳正常的，90—130。我觉得卫生部应该发一个文件：为了保障人民的健康，不要再搞突然袭击式的政治运动。

开了不知多少次批判会。所有的同志都发了言。不发言是不行的。我规规矩矩地听着，记录下这些发言。这些发言我已经完全都忘了，便是当时也没有记住，因为我觉得这好像不是说的我，是说的另外一个别的人，或者是一个根本不存在的，假设的，虚空的对象。有两个发言我还留下印象。我为一组义和团故事写过一篇读后感，题目是《仇恨·轻蔑·自豪》。这位同志说："你对谁仇恨？轻蔑谁？自豪什么？"我发表过一组极短的诗，其中有一首《早春》，原文如下：

（新绿是朦胧的，飘浮在树杪，完全不像是叶子……）

　　　　远树的绿色的呼吸。

批判的同志说：连呼吸都是绿的了，你把我们的社会主义社会污蔑到了什么程度？！听到这样的批判，我只有停笔不记，愣在那里。我想辩解两句，行么？当时我想：鲁迅曾说费厄泼赖应该缓行，现在本来应该到了可行的时候，但还是不行。中国大概永远没有费厄的时候。所谓"大辩论"，其实是"大辩认"，他辩你认。稍微辩解，便是"态度问题"。态度好，问题可以减轻；态度不好，加重。问题是问题，态度是态度，问题大小是客观存在，怎么能因为态度如何而膨大或收缩呢？许多错案都是因为本人为了态度好而屈认，而造成的。假如再有运动（阿弥陀佛,但愿真的不再有了),对实事求是、据理力争的同志应予表扬。

开了多次会,批判的同志实在没有多少可说的了。那两位批判"仇恨·轻蔑·自豪"和"绿色的呼吸"的同志当然也知道这样的批判是不能成立的。批判"绿色的呼吸"的同志本人是诗人,他当然知道诗是不能这样引申解释的。他们也是没话找话说,不得已。我因此觉得开批判会对被批判者是过关,对批判者也是过关。他们也并不好受。因此,我当时就对他们没有怨恨,甚至还有点同情。我们以前是朋友,以后的关系也不错。我记下这两个例子,只是说明批判是一出荒诞戏剧,如莎士比亚说,所有的上场的人都只是角色。

我在一篇写右派的小说里写过:"写了无数次检查,听了无数次批判,……她不再觉得痛苦,只是非常的疲倦。她想:定一个什么罪名,给一个什么处分都行,只求快一点,快一点过去,不要再开会,不要再写检查。"这是我的亲身体会。其实,问题只是那一些,只要写一次检查,开一次会,甚至一次会不开,就可以定案。但是不,非得开够了"数"不可。原来运动是一种疲劳战术,非得把人搞得极度疲劳,身心交瘁,丧失一切意志,瘫软在地上不可。我写了多次检查,一次比一次更没有内容,更不深刻,但是我知道,就要收场了,因为大家都累了。

结论下来了:定为一般右派,下放农村劳动。

我当时的心情是很复杂的。我在那篇写右派的小说里写道:"……她带着一种奇怪的微笑。"我那天回到家里,见到爱人说,"定成右派了",脸上就是带着这种奇怪的微笑的。我也不知道我为什么要笑。

我想起金圣叹。金圣叹在临刑前给人写信,说"杀头,至痛也,而圣叹于无意中得之,亦奇"。有人说这不可靠。金圣叹给儿子的信中说:"字谕大儿知悉,花生米与豆腐干同嚼,有火腿滋味",有人说这更不可靠。我以前也不大相信,临刑之前,怎能开这种玩笑?现在,我相信这是真实的。人到极其无可奈何的时候,往往会生出这种比悲号更为沉痛的滑稽感,鲁迅说金圣叹"化屠夫的凶残为一笑",鲁迅没有被杀过头,也没有当过右派,他没有这种体验。

另一方面,我又是真心实意地认为我是犯了错误,是有罪的,是需要改造的。我下放劳动的地点是张家口沙岭子。离家前我爱人单位正在搞军事化,受军事训练,她不能请假回来送我。我留了一个条子:"等我五年。等我改造好了回来。"就背起行李,上了火车。

右派的遭遇各不相同,有幸有不幸。我这个右派算是很幸运的,没有受多少罪。我下放的单位是一个地区性的农业科学研究所。所里有不少技师、技术员,所领导对知识分子是了解的,只是在干部和农业工人(也就是农民)的组长一级介绍了我们的情况(和我同时下放到这里的还有另外几个人),并没有在全体职工面前宣布我们的问题。不少农业工人不知道我们是来干什么的,只说是毛主席叫我们下来锻练锻练的。因此,我们并未受到歧视。

初干农活,当然很累。像起猪圈、刨冻粪这样的重活,真够一呛。我这才知道"劳动是沉重的负担"这句话的意义。但还是咬着牙挺过来了。我当时想:只要我下一步不倒下来,死掉,我就得拚命地干。大部分的农活我都干过,力气也增长了,能够扛170斤重的一麻袋粮食稳稳地走上和地面成45度角那样陡的高跳。后来相对固定在果园上班。果园的活比较轻松,也比"大田"有意思。最常干的活是给果树喷波尔多液。硫酸铜加石灰,兑上适量的水,便是波尔多液,颜色浅蓝如晴空,很好看。喷波尔多液是为了防治果树病害,是常年要喷的。喷波尔多液是个细致活。不能喷得太少,太少了不起作用;不能太多,太多了果树叶子挂不住,流了。叶面、叶背都得喷到。许多工人没这个耐心,于是喷波尔多液的工作大部分落在我的头上,我成了喷波尔多液的能手。喷波尔多液次数多了,我的几件白衬衫都变成了浅蓝色。

我们和农业工人干活在一起,吃住在一起。晚上被窝挨着被窝睡在一铺大炕上。农业工人在枕头上和我说了一些心里话,没有顾忌。我这才比较切近地观察了农民,比较知道中国的农村,中国的农民是怎么一回事。这对我确立以后的生活态度和写作态度是很有好处的。

我们在下面也有文娱活动。这里兴唱山西梆子(中路梆子),工人里不少都会唱两句。我去给他们化妆。原来唱旦角的都是用粉妆,——鹅蛋粉、胭脂、黑锅烟子描眉。我改成用戏剧油彩,这比粉妆要漂亮得多。我勾的脸谱比张家口专业剧团的"黑"(山西梆子谓花脸为"黑")还要干净讲究。遇春节,沙岭子堡(镇)闹社火,几个年轻的女工要去跑旱船,我用油底浅妆把她们一个个打扮得如花似玉,轰动一堡,几个女工高兴得不得了。我们和几个职工还合演过戏,我记得演过的有小歌剧《三月三》、崔嵬的独幕话剧《十六条枪》。一年除夕,在"堡"里演话剧,海报上特别标出一行字:

　　台上有布景

　　这里的老乡还没有见过个布景。这布景是我们指导着一个木工做的。演完戏,我还要赶火车回北京。我连妆都没卸干净,就上了车。

　　1959年底给我们几个人作鉴定,参加的有工人组长和部分干部。工人组长一致认为:老汪干活不藏奸,和群众关系好,"人性"不错,可以摘掉右派帽子。所领导考虑,才下来一年,太快了,再等一年吧。这样,我就在1960年在交了一个思想总结后,经所领导宣布:摘掉右派帽子,结束劳动。暂时无接受单位,在本所协助工作。

　　我的"工作"主要是画画。我参加过地区农展会的美术工作(我用多种土农药在展览牌上粘贴出一幅很大的松鹤图,色调古雅,这里的美术中专的一位教员曾特别带着学生来观摩);我在所里布置过"超声波展览馆"("超声波"怎样用图像表现?声波是看不见的,没有办法,我就画了农林牧副渔多种产品,上面一律用圆规蘸白粉画了一圈又一圈同心圆)。我的"巨著",是画了一套《中国马铃薯图谱》。这是所里给我的任务。

　　这个所有一个下属单位"马铃薯研究站",设在沽源。为什么设在沽源?沽源在坝上,是高寒地区(有一年下大雪,沽源西门外的积雪跟城墙一般高)。马铃薯本是高寒地带的作物。马铃薯在南方种几年,就会退化,需要到坝上调种。沽源是供应全国薯种的基地,研究站设在这里,理所当然。这里集中了全国各地、各个品种的马铃薯,不下百来种。我在张家口买了纸、颜色、笔,带了在沙岭子新华书店买得的《癸巳类稿》、《十驾斋养新录》和两册《容斋随笔》(沙岭子新华书店进了这几种书也很奇怪,如果不是我买,大概永远也卖不出去),就坐长途汽车,奔向沽源。其时在 8 月下旬。

我在马铃薯研究站画《图谱》,真是神仙过的日子。没有领导,不用开会,就我一个人,自己管自己。这时正是马铃薯开花,我每天趁着露水,到试验田里摘几丛花,插在玻璃杯里,对着花描画。我曾经给北京的朋友写过一首长诗,叙述我的生活。全诗已忘,只记得两句:

> 坐对一丛花,
> 眸子炯如虎。

下午,画马铃薯的叶子。天渐渐凉了,马铃薯陆续成熟,就开始画薯块。画一个整薯,还要切开来画一个剖面。一块马铃薯画完了,薯块就再无用处,我于是随手埋进牛粪火里,烤烤,吃掉。我敢说,像我一样吃过那么多品种的马铃薯的,全国盖无第二人。

沽源是绝塞孤城。这本来是一个军台。清代制度,大臣犯罪,往往由帝皇批示"发往军台效力",这处分比充军要轻一些(名曰"效力",实际上大臣自己并不去,只是闲住在张家口,花钱雇一个人去军台充数)。我于是在《容斋随笔》的扉页上,用朱笔画了一方图章,文曰:

效力军台

白天画画,晚上就看我带去的几本书。

1962 年初,我调回北京,在北京京剧团担任编剧,直至离休。

摘掉右派分子帽子,不等于不是右派了。"文革"期间,有人来外调,我写了一个旁证材料。人事科的同志在材料上加了批注:

> 该人是摘帽右派,所提供情况,仅供参考。

我对"摘帽右派"很反感,对"该人"也很反感。"该人"跟"该犯"差不了多少。我不知道我们的人事干部从什么地方学来的这种带封建意味的称谓。

"文化大革命",我是本单位第一批被揪出来的,因为有"前科"。

"文革"期间给我贴的大字报,标题是:

老右派,新表演

我搞了一些时期"样板戏",江青似乎很赏识我,但是忽然有一天宣布:"汪曾祺可以控制使用。"这主要当然是因为我曾是右派。在"控制使用"的压力下搞创作,那滋味可想而知。

一直到1979年给全国绝大多数右派分子平反,我才算跟右派的影子告别。我到原单位去交材料,并向经办我的专案的同志道谢:"为了我的问题的平反,你们做了很多工作,麻烦你们了,谢谢!"那几位同志说:"别说这些了吧! 二十年了!"

有人问我:"这些年你是怎么过来的?"他们大概觉得我的精神状态不错,有些奇怪,想了解我是凭仗什么力量支持过来的。我回答:

"随遇而安。"

丁玲同志曾说她从被划为右派到到北大荒劳动,是"逆来顺受"。我觉得这太苦涩了,"随遇而安",更轻松一些。"遇",当然是不顺的境遇,"安",也是不得已。不"安",又怎么着呢? 既已如此,何不想开些。如北京人所说:"哄自己玩儿。"当然,也不完全是哄自己。生活,是很好玩的。

随遇而安不是一种好的心态,这对民族的亲和力和凝聚力是会产生消极作用的。这种心态的产生,有历史的原因(如受老庄思想的影响),本人气质的原因(我就不是具有抗争性格的人),但是更重要的是客观,是"遇",是环境的,生活的,尤其是政治环境的原因。中国的知识分子是善良的。曾被打成右派的那一代人,除了已经死掉的,大多数都还在努力地工作。他们的工作的动力,一是要实证自己的价值。人活着,总得做一点事。二是对生我养我的故国未免有情。但是,要恢复对在上者的信任,甚至轻信,恢复年青时的天真的热情,恐怕是很难了。他们对世事看淡了,看透了,对现实多多少少是疏离的。受过伤的心总是有罣的。人的心,是脆的。

这是没有办法的事。

为政临民者,可不慎乎。

一九九一年一月三十一日

注 释

① 　本篇原载《收获》1991 年第二期;初收《汪曾祺小品》,中国人民大学出版
　　社,1992 年 10 月。

《水浒》人物的绰号[①]

——浪子燕青及其他

"浪子燕青"的"浪子"是一个特定概念,指的是风流浪子。张国宝《罗李郎》杂剧:"人都道你是浪子,上长街百十样风流事。"此人一出场,但见:

> 六尺以上身材,二十四五年纪,三牙掩口细髯,十分腰细膀阔。……腰间斜插名人扇,鬓畔常簪四季花。

这个"人物赞"描写如画,在《水浒》诸"赞"之中是上乘。

> 这人是北京土居人氏,自小父母双亡,卢员外家中养的他大。为见他一身雪练也是白肉,卢俊义叫一个高手匠人,与他刺了这一身遍体花绣,却似玉亭柱上铺着软翠。若赛锦体,由你是谁,都输与他。不则一身好花绣,那人更兼吹的、弹的、唱的、舞的,拆白道字,顶真续麻,无有不能,无有不会。亦是说的诸路乡谈,省的诸行百艺的市语。更且一身本事,无人比的:拿着一张川弩,只用三枝短箭,郊外落生,并不放空,箭到物落。晚间入城,少杀也有百十个虫蚁。若赛锦标社,那里利物,管取都是他的。亦且此人百伶百俐,道头知尾,本身姓燕,排行第一,官名单讳个青字,北京城里人口顺,都叫他做"浪子燕青"。

《水浒》里文身绣体的有两个人。一个是史进,一个是燕青。史进刺的是九纹龙,燕青刺的大概是花鸟。"凤凰踏碎玉玲珑,孔雀斜穿花错落"。"玉玲珑"是什么,曾有人考证过,结论勉强。一说玉玲珑是复瓣水仙。总之燕青刺的花是相当复杂的。史进的绣体因为后来不常脱膊,再没有展示的机会。燕青在东岳庙和任原相扑,脱得只剩一条熟绢水裤儿,浑身花绣毕露,赢得众人喝彩,着实地出了风头。

《水浒传》对燕青真是不惜笔墨,前后共用了一篇赋体的赞,一段散文的叙述,一首"沁园春",一篇七言古风,不厌其烦。如此调动一切手段赞美一个人物,在全书中绝无仅有。看来作者对燕青是特别钟爱的。

写相扑一回,章法奇特。前面写得很铺张,从燕青与宋江谈话,到燕青装做货郎担儿,唱山东货郎转调歌,到和李逵投宿住店,到用扁担劈了任原夸口的粉牌,到众人到客店张看燕青,到燕青游玩岱岳庙,到往迎恩桥看任原,到相扑献台的布置,到太守劝阻燕青,到"部署"再度劝阻,一路写来,曲折详尽,及至正面写到相扑交手,只几句话就交待了。起得铺张,收得干净,确是文章高手。相扑原是"说时迟,那时快"的事,动作本身,没有多少好写。但是《水浒》的寥寥数语却写得十分精彩。

> ……任原看看逼将入来,虚将左脚卖个破绽,燕青叫一声"不要来!"任原却待奔他,被燕青去任原左肋下穿将过去。任原性起,急转身又来拿燕青,被燕青虚跃一跃,又在右肋下钻过去。大汉转身,终是不便,三换换得脚步乱了。燕青却抢将入去,右手扭住任原,探左手插入任原交裆,用肩膊顶住他胸脯,把任原直托将起来,头重脚轻,借力便旋四五旋,旋到献台边,叫一声"下去!",把任原头在下脚在上,直撺下献台来,这一扑名叫"鹁鸪旋",数万香官看了,齐声喝采。

《容与堂刻本水浒传》于此处行边加了一路密圈,看来李卓吾对这段文字也是很欣赏的。这一段描写实可作为体育记者的范本。

燕青不愧是"浪子"。

《水浒》一百八人多数的绰号并不是很精彩。宋江绰号"呼保义",不知是什么意思。龚开的画赞称之曰"呼群保义",近是"增字解经"。他另有个绰号"及时雨"是个比喻,只是名实不符。宋江并没有在谁遇到困难时给人什么帮助,倒是他老是在危难之际得到别人的解救。

"黑旋风李逵"的绰号大概起得较早,元杂剧里就有几出以"黑旋风"为题目的,但这个绰号只是说他爱向人多处排头砍去,又生得黑,也形象,但了无余蕴。"霹雳火"只是说这个人性情急躁。"豹子头"我始终不明白是什么意思。倒是"菜园子张青"虽看不出此人有多大能耐,却颇潇洒。

不过《水浒》能把一百八人都安上一个绰号,配备齐全,也不容易。

绰号是特定的历史时期的文学现象和社会现象。其盛行大概在宋以后、明以前,即《水浒传》成书之时。宋以前很少听到。明以后不绝如缕,如《七侠五义》里的"黑狐狸智化",窦尔墩"人称铁罗汉",但在演义小说中不那么普遍。从文学表现手段(虽然这是末技)和社会心理,主要是市民心理的角度研究一下绰号,是有意义的。

注　释

① 本篇原载 1991 年 2 月 6 日《文汇报》;初收《汪曾祺小品》,中国人民大学出版社,1992 年 10 月。

雁 不 栖 树[①]

苏东坡《卜算子》：

> 缺月挂疏桐，漏断人初静。谁见幽人独往来？缥缈孤鸿影。
>
> 惊起却回头，有恨无人省。拣尽寒枝不肯栖，寂寞沙洲冷。

苕溪渔隐曰："'拣尽寒枝不肯栖'之句，或云：鸿雁未尝栖宿树枝，惟在田野苇丛间，此亦语病也。"雁不落在树上，只在田野苇丛间，这是常识，苏东坡会不知道么？他是知道的。他的诗《高邮陈直躬处士画雁》一开头说："野雁见人时，未起意先改。君从何处看？得此无人态。"虽未说出雁在何处，但给人的感觉是在沙滩上。下面就说得很清楚了："北风振枯苇，微雪落璀璀。惨澹云水昏，晶荧沙砾碎。"然而苏东坡怎么会搞出这样语病来呢？

这首词的副题作"黄州定慧院寓居作"。"缺月挂疏桐，漏断人初静"，是庭院中的即景。这只孤雁怎会在缺月疏桐之间飞来飞去呢？或者说：雁想落在疏桐的寒枝上，但又觉得不是地方，想回到沙洲，沙洲又寂寞而冷，于是很徬徨。不过这样解词未免穿凿。一首看来没有问题，很好懂的词竟成了谜语，这是我初读此词时所未想到的。

《能改斋漫录》卷十六："东坡先生谪居黄州，作卜算子云云，其属意盖为王氏女子也，读者不能解。"这里似乎还有个浪漫故事。是怎么回事，猜不出。《漫录》又云："张右史文潜继贬黄州，访潘邠老，当得其详，题诗以志之"，读张文潜的题诗，更觉得莫名其妙。

雁为什么不能栖在树上？因为雁的脚趾是不能弯曲的，抓不住树枝。雁、鹅、鸭都是这样。不能"赶着鸭子上架"，因为鸭脚在架上呆不住。鸟类的脚趾有一些是不能弯曲的。画眉可以呆在"栖棍"上，百灵就不能,只能在砂底上跳来跳去,"哨"的时候也只能立在"台"上。

辛未年正月初四

注　释

①　本篇原载 1991 年 3 月 6 日《文汇报》;初收《汪曾祺小品》,中国人民大学
出版社,1992 年 10 月。

修 髯 飘 飘①

——记西南联大的几位教授

在留胡子的教授里,年龄最长,胡子也最旺盛的,大概要算戴修瓒先生。我在校时,戴先生已有六十多岁。戴先生是法律系的。听说他在北洋政府时期曾任最高法院(那时应该叫做大理院)的大法官,因为对段祺瑞之所为不满,一怒辞职,到大学教书。戴先生身体很好。他身材不高,但很敦实,面色红润,两眼有光。他蓄着满腮胡子,已经近乎全白,但是通气透风,根根发亮。我没有听过戴先生的课,只在教室外经过时,听到过他讲课的声音,真是底气充足,声若洪钟。听到他的声音,看到他稳健的步履、飘动的银髯,想到他从执政府拂袖而去,总会生出一种敬意。戴先生是湘西人,湘西人大都很倔。

很多人都知道闻一多先生是留胡子的。报刊上发表他的照片,大都有胡子。那张流传很广的木刻像(记得是个姓夏的木刻家所刻),闻先生口嘬烟斗,回头凝视,目光炯炯,而又深沉,是很传神的。这张木刻像上,闻先生是有胡子的。但是闻先生原来并未留胡子,他的胡子是抗战爆发那一天留起来的。当时发誓:抗战不胜,誓不剃须。

闻先生原来并不热衷于政治。他潜心治学,用功甚笃。他的治学,考证精严,而又极富想象。他是个诗人学者,一个艺术家。他的讲课很有号召力,许多工学院的学生会从拓东路(工学院在昆明东南角的拓东路)步行穿过全城,来听闻先生的课。闻先生讲课,真是"神采奕奕"。他很会讲课(有的教授很有学问,但不会讲课),能把本来是很枯燥的考证,讲得层次分明,引人入胜,逻辑性很强,而又文词生动。他讲话很有节奏,顿挫铿锵,有"穿透力",如同第一流的演员。他教过我们楚辞、唐诗、古代神话。好几篇文章说过,闻先生讲楚辞,第一句话是:

"痛饮酒,熟读离骚,乃可以为名士",是这样的。我上闻先生的楚辞课,他就是这样开头的。他讲唐诗,把晚唐诗和后期印象派的画放在一起讲。我记得他讲李贺诗,同时讲了法国的点画派(pointism),这样的中西比较的研究方法,当时运用的人还很少。他讲古代神话,在黑板上钉满了用毛边纸墨笔手摹的大幅伏羲女娲的石刻画像(这本身是珍贵的艺术品)。昆中北院的大教室里各院系学生坐得满满的,鸦雀无声。听这样的课,真是超高级的艺术享受。

闻先生个性很强,处处可以看出。他用的笔记本是特制的,毛边纸,红格,宽一尺,高一尺有半,天头约高四寸,是离京时带出来的。他上课就带了这样的笔记,外面用一块蓝布包着。闻先生写笔记用的是正楷,一笔不苟,字兼欧柳字体稍长。他爱用秃笔。用的笔都是从别人笔筒中搜来的废笔。秃笔写蝇头小字,字字都像刻出来的,真是见功夫。他原是学画的。他和几位教授带领一群学生从北京步行到长沙,一路上画了许多铅笔速写(多半是风景)。他的铅笔速写另具一格,他以中国的书法入铅笔画,笔触肯定,有金石味。他治印,朱白布置很讲究,奏刀有力。连他的吃菜口味也是这样,口重。在蒙自住了半年,深以食堂菜淡为苦。

闻先生的胡子不是络腮胡子,只下巴下长髯一绺,但上髭浓黑,衬出他的轮廓分明,稍稍扁阔的嘴唇,显得潇洒而又坚毅。

闻先生后来走下"楼"来(他在蒙自,整天钻在图书馆楼上,同事曾戏称之为"何妨一下楼主人"),拍案而起,献身民主运动,原因很多,我只想说,这和他的刚强的个性是很有关系的。一是一,二是二,想怎么样,就怎么样,心口如一,义无反顾。闻先生是中国现代史上一个无半点渣滓的、完整的、真实的浪漫主义者。他的人格,是一首诗。

能为闻先生塑像的理想人物,是罗丹。可惜罗丹早就死了。

在西南联大旧址,现在的西南师范学院的校园中有闻先生的全身石像,长髯飘飘,很有神采。

闻先生遇难时,已经剃了胡子(抗战已经胜利)。我建议在闻先生牺牲的西仓坡另立一个胸像(现在有一块碑),最好是铜像。这个胸像可以没有胡子。

冯友兰先生面色苍黑，头发黑，胡子也黑。他是个高度近视眼，戴一副黑边眼镜，眼镜片很厚，迎面看去，只见一圈又一圈，看不清他的眼睛是什么样子。他常年穿着黑色的马褂，夹着一个包袱，里面装着他的讲稿。这包袱的颜色是杏黄的，上面还印着八卦五毒。这本是云南人包小孩子用的包被（襁褓），不知道冯先生怎么会随手拿来包讲稿了。有时，身后还跟着一条狗。这条狗不知道是不是宗璞的小说里所写的鲁鲁，看它是纯白的，而且四条腿很短，大概就是的。

我在联大时，冯先生的《贞元三书》（《新原人》、《新道学》、《新世训》）都已经出版，我看过，已经没有印象，只有总序里的一句话却至今记得："今当贞下起元之时，好学深思之士，乌能已于言哉。"冯先生的治哲学，是要经世致用的，和金岳霖、沈有鼎等先生只是当作一门纯学术来研究不一样。

唐兰（立厂）先生的胡子不是有意留起来的，而是"自然"长长了的。唐先生很少理发，据说一年只理两次。他的头发有点鬈曲，满头带鬈的乌发，从后面看，像石狮子（狻猊）脑袋。头发长了，胡子也就长了。胡子，也有点鬈，但不利害，没有到成为虬髯公的地步。他理了发，头发短了，胡子也剃掉了，好像换了一个人。

唐先生治文字学，教"说文解字"，我没有选过这门课。但他有一年忽然开了词选，这是必修课。原来教词选的教授请假，他就自告奋勇来教了。他教词选，基本上不怎么讲。有时甚至只是打起无锡腔，曼声吟诵（其实是唱）了一遍："双鬓隔香红啊，玉钗头上凤……"——"好，真好！"这首词就算讲完了。班上学生词选课的最大收获，大概就是学会了唐先生吟词的腔调。似乎这样吟唱一遍，这首词也就懂了。这不是夸张，因为唐先生吟诵得很有感情，很陶醉，这首词的好处也就表达出来了。诗词本不宜多讲。讲多了，就容易把这首诗词讲死。像现在电视台的《唐诗撷英》就讲得太多了。一首七言绝句，哪有那么多的话好说呢。

不应该把胡子留起来，却留起来的，是生物系教授赵以炳。他要算西南联大教授中最年轻的,至少是最年轻的之一。当时他大概只有三十来岁。三十来岁而当了教授,可谓少年得志。赵先生长得很漂亮,但这种漂亮不是奶油小生或电影明星那样漂亮得浅薄无聊,他还是一个教授,一个学者,很有书卷气,很潇洒,或如北京人所说:很"帅"。在我所认识的教授中,当得起"风度翩翩"四个字的,唯赵先生一人。然而他却留了胡子。他为什么要留胡子呢?这有个故事。他只身在联大教书,夫人不在身边,蓄须是为了明志,让夫人放心,保证不会三心二意。他的夫人我们当然没有见过,但想象起来一定也是一位美人。没想到,他的下巴下一把黑黑的胡子更增加了他的风度,使男学生羡慕,女学生倾心。然而没有听说过赵先生另外有什么罗曼史。

赵先生是生理学专家,专门研究刺猬。我离开联大后,就没有再见过赵先生,听说他后来的遭遇很坎坷,详情不得而知。

可以,甚至应该把胡子留起来而不留的,是吴宓(雨僧)先生。吴先生的胡子很密,而且长得很快,经常刮,刮得两颊都是铁青的。有一位外语系的助教形容吴先生胡子生长之快,说吴先生的胡子,两边永远不能一样,刮了左边,再刮右边的时候,左边的就又长出来了。吴先生相貌奇古,自号"雨僧",有几分像。

吴先生的结局很惨。"文化大革命"中穷困潦倒(每月只发生活费30元),最后孤寂地死在家乡。

或问:你为什么要写这些胡子教授?没有什么,偶然想起而已。为什么要想起?这怎么说呢,只能说:这样的教授现在已经不多了。

注　释

①　本篇原载 1991 年 4 月 7 日、14 日《中国教育报》。

觅我游踪五十年①

　　将去云南,临走前的晚上,写了三首旧体诗。怕到了那里,有朋友叫写字,临时想不出合适的词句。1987年去云南,一路写了不少字,平地抠饼,现想词儿,深以为苦。其中一首是:

　　　　羁旅天南久未还,故乡无此好湖山。
　　　　长堤柳色浓如许,觅我游踪五十年。

　　我在西南联大读书时,曾两度租了房子住在校外。一度在若园巷二号,一度在民强巷五号一位姓王的老先生家的东屋。民强巷五号的大门上刻着一副对联:

　　　　圣代即今多雨露
　　　　故乡无此好湖山

　　我每天进出,都要看到这副对子。印象很深。这副对联是集句。上联我到现在还没有查到出处,意思我也不喜欢。我们在昆明的时候,算什么"圣代"呢!下联是苏东坡的诗。王老先生原籍大概不是昆明,这里只是他的寓庐。他在门上刻了这样的对联,是借前人旧句,抒自己情怀。我在昆明呆了七年。除了高邮、北京,在这里的时间最长,按居留次序说,昆明是我的第二故乡。少年羁旅,想走也走不开,并不真的是因为留恋湖山,写诗(应是偷诗)时不得不那样说而已。但是,昆明的湖山是很可留恋的。

　　我在民强巷时的生活,真是落拓到了极点。一贫如洗。我们交给房东的房租只是象征性的一点,而且常常拖欠。昆明有些人家也真是怪,愿意把闲房租给穷大学生住,不计较房租。这似乎是出于对知识的怜惜心理。白天,无所事事,看书,或者搬一个小板凳,坐在廊檐下胡思乱想。有时看到庭前寂然的海棠树有一小枝轻轻地弹动,知道是一只小鸟离枝飞去了。或是无目的地到处游逛,联大的学生称这种游逛为Wandering。晚上,写作,记录一些印象、感觉、思绪,片片段段,近似A·纪德的《地粮》。毛笔,用晋人小楷,写在自己订成的一个很大的白绵纸本子上。这种习作是不准备发表的,也没有地方发表。不停地抽烟,扔得满地都是烟蒂。有时烟抽完了,就在地下找找,拣起较长的烟蒂,点了火再抽两口。睡得很晚。没有床,我就睡在一个高高的条几上,这条几也就是一尺多宽。被窝的里面都已不知去向,只剩下一条棉絮。我无论冬夏,都是拥絮而眠。条几临窗,窗外是隔壁邻居的鸭圈,每天都到这些鸭子呷呷叫起来,天已薄亮时,才睡。有时没钱吃饭,就坚卧不起,同学朱德熙见我到十一点多钟还没有露面,——我每天都要到他那里聊一会的,就夹了一本字典来,叫:"起来,去吃饭!"把字典卖掉,吃了饭,Wandering,或到"英国花园"(英国领事馆的花园)的草地上躺着,看天上的云,说一些"没有两片树叶长在一个空间"之类的虚无飘缈的胡话。

有一次替一个小报约稿,去看闻一多先生,闻先生看了我的颓废的精神状态,把我痛斥了一顿。我对他的参与政治活动也不以为然,直率地提出了意见。回来后,我给他写了一封短信,说他对我俯冲了一通。闻先生回信说:"你也对我高射了一通。今天晚上你不要出去,我来看你。"当天,闻先生来看了我。他那天说了什么,我已经不记得了。看了我,他就去闻家驷先生家了,——闻家驷先生也住在民强巷。闻先生是很喜欢我的。

若园巷二号的房东是一个上了年纪的寡妇,她没有儿女,只和一个又像养女又像使女的女孩子同住楼下的正屋,其余两进房屋都租给联大学生。我和王道乾同住一屋,他当时正在读蓝波的诗,写波特莱尔式的小散文,用粉笔到处画普希金的侧面头像,把宝珠梨切成小块用线穿成一串喂养果蝇。后来到了法国,在法国入了党,成了专译马克思主义文艺理论的翻译家。他的转折,我一直不了解。若园巷的房客还有何炳棣、吴讷孙,他们现在都在美国,是美籍华人了,一个是历史学家,一

个是美学和美术史专家。有一年春节,吴讷孙写了一副春联,贴在大门上:

> 人斗南唐金叶子
>
> 街飞北宋闹蛾儿

这副对联很有点富贵气,字也写得很好。闹蛾儿自然是没有的,昆明过年也只是放鞭炮。"金叶子"是指扑克牌。联大师生打桥牌成风,这位 Nelson 先生就是一个桥牌迷。吴讷孙写了一本反映联大生活的长篇小说《未央歌》,在台湾多次再版。1987 年我在美国见到他,他送了我一本。

若园巷二号院里有一棵很大的缅桂花(即白兰花)树,枝叶繁茂,坐在屋里,人面一绿。花时,香出巷外。房东老太太隔两三天就搭了短梯,叫那个女孩子爬上去,摘下很多半开的花苞,裹在绿叶里,拿到花市上去卖。她怕我们乱摘她的花,就主动用白磁盘码了一盘花,洒一点清水,给各屋送去。这些缅桂花,我们大都转送了出去。曾给萧珊、王树藏送了两次。今萧珊、树藏都已去世多年,思之怅怅。

我们这次到昆明,当天就要到玉溪去,哪里也顾不上去看看,只和冯牧陪凌力去找了找逼死坡。路,我还认得,从青莲街上去,拐个弯就到。1939 年,我到昆明考大学,在青莲街的同济大学附中寄住过。青莲街是一个相当陡的坡,原来铺的是麻石板;急雨时雨水从五华山奔泻而下,经陡坡注入翠湖,水流石上,哗哗作响,很有气势。现在改成了沥青路面。昆明城里再找一条麻石板路,大概没有了。逼死坡还是那样。路边立有一碑:"明永历帝殉国处",我记得以前是没有的,大概是后来立的。凌力将写南明历史,自然要来看看遗迹。我无感触,只想起坡下原来有一家铺子卖核桃糖,装在一个玻璃匣子里,很好吃,也很便宜。

我们一行的目标是滇西,原以为回昆明后可以到处走走,不想到了玉溪第二天就崴了脚,脚上敷了草药,缠了绷带,拄杖跛行了瑞丽、芒市、保山等地,人很累了。脚伤未愈,来访客人又多,懒得行动。翠湖近在咫尺,也没有进去,只在宾馆门前,眺望了几回。

即目可见的景物，一是湖中的多孔石桥，一是近西岸的圆圆的小岛。

这座桥架在纵贯翠湖的通路上，是我们往来市区必经的。我在昆明七年，在这座桥上走过多少次，真是无法计算了。我记得这条通路的两侧原来是有很高大的柳树的。人行路上，柳条拂肩，溶溶柳色，似乎透入体内。我诗中所说"长堤柳色浓如许"，主要即指的是这条通路上的垂柳。柳树是有的，但是似乎颇矮小，也稀疏，想来是重栽的了。

那座圆形的小岛，实是个半岛，对面是有小径通到陆上的。我曾在一个月夜和两个女同学到岛上去玩。岛上别无景点，平常极少游客，夜间更是阒无一人，十分安静。不料幽赏未已，来了一队警备司令部的巡逻兵，一个班长，把我们骂了一顿："半夜三更，你们到这点来整哪样？你们呐校长，就是这样教育你们呐！"语气非常粗野。这不但是煞风景，而且身为男子，受到这样的侮辱，却还不出一句话来，实在是窝囊。我送她们回南院（女生宿舍），一路沉默。这两个女同学现在大概都已经当了祖母，她们大概已经不记得那晚上的事了。隔岸看小岛，杂树蓊郁，还似当年。

本想陪凌力去看看莲花池，传说这是陈圆圆自沉的地方。凌力要到图书馆去抄资料，听说莲花池已经没有水（一说有水，但很小），我就没有单独去的兴致。

《滇池》编辑部的三位同志来看我，再三问我想到哪里看看，我说脚疼，哪里也不想去。他们最后建议：有一个花鸟市场，不远，乘车去，一会就到，去看看。盛情难却，去了。看了出售的花、鸟、猫、松鼠、小猴子、新旧银器……我问："这条街原来是什么街？"——"甬道街"。甬道街！我太熟了！我告诉他们，这里原来有一家馆子，鸡枞做得很好，昆明人想吃鸡枞，都上这家来。这家饭馆还有个特点，用大锅熬了一锅苦菜汤，苦菜汤是不收钱的，可以用大碗自己去舀。现在已经看不出痕迹了。

甬道街的隔壁，是文明街，过去都叫"文明新街"。一眼就看出来，两边的店铺都是两层楼木结构，楼上临街是栏杆，里面是隔扇。这些房子竟还没有坏！文明新街是卖旧货的地方。街两边都是旧货摊。一到晚上，点了电石灯，满街都是电石臭气。什么旧货都有，玛瑙翡翠、铜佛瓷瓶、破铜烂铁。沿街流览，蹲下来挑选问价，也是个乐趣。我们有个同班的四川同学，姓李，家里寄来一件棉袍，他从邮局取出来，拆开包裹线，到了文明街，把棉袍搭在胳臂上："哪个要这件棉袍！"当时就卖掉了，伙同几个同学，吃喝了一顿。街右有几家旧书店，收售中外古今旧书。联大学生常来光顾，买书，也卖书。最吃香的是工具书。有一个同学，发现一家旧书店收购《辞源》的收价，比订价要高不少。出街口往西不远，就是商务印书馆。这位老兄于是到商务印书馆以原价买出一套崭新的《辞源》，拿到旧书店卖掉。文明街有三家磁器店，都是桐城人开的。昆明的操磁器业者多为桐城帮。朱德熙的丈人家所开的磁器店即在街的南头。德熙婚后，我常随他到他丈人家去玩，和孔敬（德熙的夫人）到后面仓库里去挑好玩的小酒壶、小花瓶。桐城人请客，每个菜都带汤，谓之"水碗"，桐城人说："我们吃菜，就是这样汤汤水水的。"美国在广岛扔了原子弹后，一天，有两个美国兵来买磁器，德熙伏在柜台上和他们谈了一会。这两个美国兵一定很奇怪：磁器店怎么会有一个能说英语的伙计，而且还懂原子物理！

过文明街为文庙西街，再西，即为正义路。这条路我走过多次，现在也还认得出来。

我十九岁到昆明，今年七十一岁，说游踪五十年，是不错的。但我这次并没有去寻觅。朋友建议我到民强巷和若园巷看看，已经到了跟前，不知道为什么，我不怎么想去。

昆明我还是要来的！昆明是可依恋的。当然，可依恋的不止是五十年前的旧迹。

记住：下次再到云南，不要崴脚！

（一九九一年五月十一日，北京）

注　释

① 本篇原载《女声》1991 年第八期；初收《旅食集》，广东旅游出版社，1992 年 4 月。

烟　赋①

　　中国人抽烟,大概开始于明朝,是从外国传入的。从前的中国书里称烟草为淡巴菰,是 Tobacco 的译音。我年轻时,上海人还把雪茄叫做"吕宋"。吸烟成风,盖在清代。现存的几种烟草谱,都是清人的著作。纪晓岚就是"嗜食淡巴菰"的。我的高中国文老师史先生说,纪晓岚总纂《四库全书》时,叫人把书页平摊在一个长案上,他一边吸烟,一边校读,围着大案走一圈,一篇《〈四库全书〉总目提要》就出来了。这可能是传闻,但乾隆年间,抽烟的人已经颇多,是可以肯定的。

　　小说《异秉》里的张汉轩说,烟有五种:水、旱、鼻、雅、潮。雅(鸦片)不是烟草所制,潮州烟其实也是旱烟之一种,中国人以前抽的烟实只有旱烟、水烟两大类。旱烟,南方多切成丝,北方则是揉碎了,都是用烟袋,摁在烟锅里抽的。北方人把烟叶都称为关东烟。关东烟里的上品是蛟河烟。这是贡品。据说西太后抽的即是蛟河烟。真正的蛟河烟只产在那么一两亩地里。我在吉林抽过真蛟河烟,名不虚传!其次则"亚布力"也还可以,这是从苏联引进的品种。河北省过去种"易县小叶"。旱烟袋,讲求白铜锅、乌木杆、翡翠嘴。烟袋有极长的。南方老太太用的烟袋,银嘴五寸,乌木杆长至八尺,抽烟时得由别人点火,自己是够不着的。有极短的,可以插在靴子里,称为"京八寸"。这种烟袋亦称骚胡子烟袋,说是公公抽烟,叫儿媳妇点火,瞅着没人看见,可以乘机摸一下儿媳妇的手。潮州的烟袋是用竹根做的,在一头挖一窟窿,嵌一小铜胎,以装烟,不另安锅。我 1950 年在江西土改,那里的农民抽的就是这种烟,谓之"吃黄烟"。山西、内蒙人用羊腿骨做烟袋。抽这种烟得点一盏烟灯,因为一次只装很小的一撮烟,抽一口就把烟灰吹掉,叫做"一口香",要不停地点火。云、贵、川抽叶子烟,烟叶剪成二寸许长,裹成小指粗细的烟支,可以说是自制小雪茄,但多数是插在烟锅里抽,也可算是旱烟类。我在鄂温克族地区抽过达斡尔人用香蒿子窨制的烟,一层烟叶,一层香蒿子,阴干,烟味极佳。是用纸卷了抽的。广东的"生切"也是用纸卷了抽的。新疆的"莫合烟",即苏联翻译小说里常常见到的"马霍烟",也是用纸卷了抽的。莫合烟是用烟梗磨碎制成的,不用烟叶。抽水烟应该是最卫生的,烟从水里滤过,有害物质减少了。但抽水烟很麻烦,每天涮水烟袋就很费事。水烟袋要保持洁净,抽起来才香。我有个远房舅舅,到人家作客,都由他的车夫一次带了五支水烟袋,换着抽,此人真是个会享福的人!水烟的烟丝极细,叫做"皮丝",出在甘肃的兰州和福建的福州,一在西北,一在东南,制法质量也极相似,奇怪!云南人抽水烟筒,那得会抽,否则嗙不出烟来。若论过瘾,应当首推水烟筒。旱烟、水烟,吸时都要在口腔内打一回旋,烟筒的烟则是直灌入肺,毫无缓冲。

卷烟,或称纸烟,北京人叫做烟卷儿,上海一带人叫做香烟。也有少数地方叫做洋烟。早年的东北评剧《雷雨》里的四凤夸赞周萍的唱词道:"穿西服,抽洋烟,梳的本是那个偏分。"可以为证。大概在东北人眼中这些都是很时髦的。东北是"十八岁的大姑娘叼着大烟袋"的地方,卷烟曾经是稀罕东西。现在卷烟已经通行全国。抽旱烟的还有,大都是上了年纪的人,但也相对地减少了。抽水烟的就更少了,白铜镂花的水烟袋已经成为古玩,年轻人都不知道这玩意是干什么用的了。说卷烟是洋烟,是有道理的。因为它本是从外国(主要是英国)输入的。上海一带流行的上等烟茄立克、白炮台、555……销行最广的中等烟红锡包(北方叫小粉包)、老刀牌(北方叫强盗牌)都是英国货。世界上的烟卷原分两大系。一类是海洋型,英国烟为其代表。英国烟的烟丝很细,有些烟如白炮台的烟盒上标明是 NAVY CUT,大概和海军有点关系。一类是大陆型,典型的代表是埃及烟、法国烟、苏联的白海牌(东北人叫它"大白朴"),以及阿尔巴尼亚等烟属之。抽大陆型烟的人数不多。现在卷烟分为两大派系,一类是烤烟型,即英国烟型;一类是混合型,是一半海洋型、一半大陆型的烟丝的混合,美国烟大都是混合型。英国型的烟烟丝金黄,比较柔和,有烟草的自然的香味,比较为中国人所喜欢。

后来有外商和华侨在中国设厂制烟,比较重要的是英美烟草有限公司和南洋兄弟烟草公司。大前门为南洋兄弟烟草公司所出,美丽牌好像就是英美烟草有限公司出的。也有较小的厂出烟,大联珠、紫金山……大概是本国的烟厂所出。

我到昆明后抽过很多种杂牌烟。有一种烟叫仙岛牌,不记得是什么地方出的,烟味极好,是英国烤烟型,价钱也不贵。后来就再不见了,可能是因为日本兵占领了越南,滇越铁路一断,没有来源了。有一种烟,叫"白姑娘",硬盒扁支的,烟味很冲。有一种从湖南来的烟,抽起来有牙粉味。最便宜的烟是鹦鹉牌,十支装,呛得不得了,不知是什么树叶或草叶做的,肯定不是烟叶!

从陈纳德的飞虎队至美国空军到昆明后,昆明市面上到处是美国烟,多是从美国军用物资仓库中流出的。骆驼牌、老金、LUCKY STRIKE CHESTERFIELD、PHILIPMORRIS……一时抽美国烟的人很多,因为并不太贵。

云南烟业的兴起盖在四十年代初。那里的农业专家和实业家,经过研究,认为云南土壤、气候适于种烟,于是引进美国弗吉尼亚的大金叶,试种成功。随即建厂生产卷烟。所出的牌子有两种:重九和七七。重九当时算是高档烟,这个牌子沿用至今。七七是中档烟,后来不生产了。

五十年代后,云南制烟业得到很大发展,云南烟的质量得到全国公认,把许多省市的卷烟都甩到后面去了。云南卷烟的三大名牌:云烟牌、红山茶、红塔山。最近几年,红塔山的声誉日隆,俨然夺得云南名烟的首席(红山茶似已不再生产)。说是已经是国产烟的第一,也不为过分。时间并不长,为什么会发生这样大的变化?

借中华文学基金会、中国作协创联部和《中国作家》联合举办的

"红塔山笔会"的机缘,我们到玉溪卷烟厂作了几天客,饱抽"红塔山",解开了这个谜。

对于抽烟,我可以说是个内行。

打开烟盒,抽出一支,用手指摸一摸,即可知道工艺水平如何。要松紧合度。既不是紧得吸不动,也不是松得踩一踩就空了半截。没有挺硬的烟梗,抽起来不会"放炮",溅出火星,烧破衣裤。

放在鼻子底下闻一闻,就知道是什么香型。若是烤烟型,即应有微甜略酸的自然烟香。

最重要的当然就是入口、经喉、进肺的感觉。抽烟,一要过瘾,二要绵软。这本来是一对矛盾,但是配方得当,却可以兼顾。如果要对卷烟加以评品,我于"红塔山"得一字,曰:"醇"。

这是好烟。

红塔山得天时、地利、人和。

玉溪的经纬度和美国的弗吉尼亚相似,土质也相似,适宜烟叶生长。玉溪的日照时间比弗吉尼亚还要略长一点,因此烟叶质量有可能超过弗吉尼亚。玉溪地处滇中,气候温和,夏无酷暑,冬无严寒,雨量充足。空气的湿度天然利于烟叶的存放,不需要另作干湿调节的设施。更重要的是,玉溪卷烟厂有一个以厂长褚时健为核心的志同道合、协调一致、互相默契的领导班子。

褚厂长是个人物。面色深黑,双目有神,年过六十,精力充沛,说话是男中音,底气很足。他接受采访时从从容容,有条有理,语言表达得准确、清楚、简练,而又不是背稿子。他谈话时不带一张纸,不需要秘书在旁提供材料。他说话无拘束,很自然,所谈虽是实际问题,却具幽默感,偶出笑声。从谈吐中让人感到这是个很有自信而又随时思索着的人,一个有见识、有魄力、有性格的硬汉子,一个杰出的"人"。我一向不大承认什么"企业家",以为企业管理只是"形而下"的东西。自识褚时健,觉得坐在我身边侃侃而谈的这个人,确实是一位企业"家",因为他有那么一套"学问",他掌握了企业管理中某种规律性、某种哲理性的东西。

褚时健在未到玉溪卷烟厂之前，搞过一些规模较小的企业，在长期实践中他认识了一条最最朴素的真理：还是要重视物质，重视生产力。他不为"左"的政治经济气候所摇撼，不相信神话。

到了玉溪厂，他不停地思索着的是如何把红塔山的质量搞上去、保持住，使企业不停地发展。

质量，是企业的生命。

我和褚厂长只有两次短暂的接触，未能窥见他的"学问"，但是我觉得他抓到了"玉烟"管理的一个支点：质量。

为什么红塔山能够力挫群雄，扶摇直上？首先，红塔山有质量上好的烟叶。有一个美国烟草专家参观了云南烟业，说再不抓烟叶生产，云烟质量很难保持。这句话给褚厂长很大启发。他决定，首先抓烟叶。玉溪卷烟厂的第一车间，不在厂里，在厂外，在田间。玉烟给烟农很大帮助，从资金到化肥、农药。但是有一个条件：你得给我好烟叶。最初厂里有人想不通，我们和农民是买卖关系，怎么能在他们身上下这样大的本？现在大家都认识到了，这是具有战略意义的一步棋。许多曾经显赫一时的名牌烟，质量下来了，很重要的一个原因，是烟叶质量没有保证。

当年生产的烟叶，不能当年就用，得存放一个时期，这样杂质异味才会挥发掉。据闻英国的名牌烟的烟叶都要存放三年。二次世界大战，存烟用尽，质量也不如以前了。玉溪烟厂的烟叶都要存放二年至二年半。这是像中药店配制丸散一样："修合虽无人见，存心自有天知"的事。这个"天"就是抽烟的人。烟叶存放了多久，抽烟的人是看不到的，但是抽得出来。他们不知其所以然，但是知其然，能分辨出烟的好坏。

玉烟厂的主要设备都是进口的。有人说：国产设备和进口的差不多，要便宜得多，为什么要花那样大的价钱搞进口？褚时健笑答：过几年你们就知道了。从卷烟的质量看，进口设备，是划得来的。

我因为在红塔山下崴了脚，没有能去参观车间，据参观过的作家说："真是壮观！"

对烟的评价是最具群众性的,最公平的。卷烟不能像酒一样搞评比。我们国家是不允许卷烟作广告的。现在既不能像过去的美丽牌在《申报》和《新闻报》上作整幅的广告:"有美皆备,无丽弗臻",也不能像克莱文·A一样借重梅兰芳的声誉,宣传这种烟对嗓音无害。卷烟的声誉,全靠质量,靠"烟民"们的口碑。北京人有言:"人叫人千声不语,货叫人点手就来。"这是假不得的。桃李不言,下自成蹊,红塔山之赢得声誉,岂虚然哉!

玉溪卷烟厂每年给国家创利税三四十个亿,这是个吓人一跳的数字。

厂里请作家题字留念,我写了一副对联:

> 技也进乎道
> 名者实之宾

我十八岁开始抽烟,今年七十一岁,从来没有戒过,可谓老烟民矣。到了玉溪烟厂,坚定了一个信念,一抽到底,决不戒烟。吸烟是有害的。有人甚至说吸一支烟,少活五分钟,不去管它了! 写了一首五言诗:

> 玉溪好风日,
> 兹土偏宜烟。
> 宁减十年寿,
> 不忘红塔山。

诗是打油诗,话却是真话,在家人也不打诳语。

玉溪卷烟厂的礼堂里,在一块很大的红天鹅绒上缀了两行铜字:

> 天下有玉烟
> 天外还有天

据褚厂长说,这是从工人的文章里摘出来的,可以说是从群众中来的了。这是全厂职工的座右铭。这表现了全体职工的自豪感,也表现了他们的高瞻远瞩的胸襟。愿玉溪卷烟厂鹏程万里!

一九九一年五月二十一日,北京

注 释

① 本篇原载《十月》1991 年第四期;初收《旅食集》,广东旅游出版社,1992 年
4 月。

却　老^①

糊里糊涂，就老了。不知道从什么时候起，别人对我的称呼从"老汪"变成了"汪老"。老态之一，是记性不好。初见生人，经人介绍，很热情地握手，转脸就忘了此人叫什么。有的朋友见过不止一次，一起开会交谈，却怎么也想不起该怎么称呼。有时接到电话，订了约会，自以为是记住了，但却忘得一干二净。但是一些旧事，包括细节，却又记得十分清楚。这是老人"十悖"之一，上了岁数，都是这样。另外一方面，又还不怎么显老，眼睛还不老。人老，首先老在眼睛上。老人眼睛没神，眼睛是空的，说明他已经失去思想的敏锐性，他的思想集中不起来。我自觉还不是这样。前几年《三月风》杂志请丁聪为我画了一张漫画头像，让我写几句话作为像赞，写了四句诗：

> 近事模糊远事真，双眸犹幸未全昏。
>
> 衰年变法谈何易，唱罢莲花又一春。

人总要老的，但要尽量使自己老得慢一些。

要使自己老得慢一点，首先要保持思想的年轻，不要僵化。重要的，甚至是唯一的办法，是和年轻人多接触。今年5月，我给青年诗人魏志远的小说集写了一篇序，说：

> 去年下半年，我为几个青年作家写过序，读了一些他们的作品。每一次都是一次新的经验，都是对我的衰老的一次冲激，对我这盆奇形怪状的老盆景下了一场雨。
>
> ……
>
> 志远这样的作家是不需要"导师"的（志远是我在鲁迅文学院所带的研究生，我算是他的导师），谁也不能指导他什么。任何一

个作家都不需要什么导师。我不是志远的导师，是朋友。因为年辈的相差，可以说是忘年交。凡上岁数的作家，都应该多有几个忘年交。相交忘年，不是为了去指导，而是去接受指导，或者，说得婉转一点，是接受影响，得到启发。这是遏制衰老的唯一办法。

我说的是实实在在的话，不是矫情。但这对一些人是不适用的。

要长葆思想的活泼，得常用。太原晋祠有泉曰"难老"，有亭，亭中有小竖匾，匾是傅青主所写，曰"永锡难老"。泉水所以难老，因为流动。人的思想也是这样，常用，则灵活敏捷；老不用，就会迟钝甚至痴呆。用思想，最好的办法是写文章。平常想一些事情，想想也就过去了。倘要落笔写成文章，就得再多想想，使自己的思想合逻辑，有条理，同时也会发现这件事所蕴藏的更丰富的意义。为写文章，尤其是散文，就要读一点书。平常读书，稍有发现，常常是看过也就算了。到要写一点什么，就不同了。朱光潜先生说为写文章而读书，会读得更细致，更深入，这是经验之谈。文章越写越有，老不写，就没有。庄稼人学种地，老人们常说"力气越用越有"，写文章也是这样。带着问题读书，常常会旁及有关的材料。最近重读《阅微草堂笔记》，原来是为印证鲁迅对此书的评价（我曾经认为鲁迅的评价偏高），却从书中发现纪晓岚的父亲纪姚安是个非常有意思的人，他的思想非常通达，因而写了一篇散文《纪姚安的议论》，这是原先没有想到的。我因此又对乾嘉之际的学者的思想产生兴趣，很想读一读戴东原、俞理初的书。写文章引起读书的兴趣，这是最大的收获。写作最好养成习惯。老舍先生说他有得写没得写，一天至少要写五百字，因此直到后来，笔下仍极矫健。一个作家在写作的时候，是生命状态最充盈，最饱满的时候，也是最快乐的时候。孙犁同志说写作是他的最好的休息，我有同感。笔耕不辍，乃长寿之道。只是老人写作，譬如登山，不能跑得过猛。像年轻人那样，不分日夜，一口气干出万把字，那是不行的。

一个弄文学的人，倘不愿速老，最好能搞一点现代主义，接受一点西方的影响。上个月，应台湾《联合日报副刊》之邀，写了一篇小文章。文章小，题目却大：《二十一世纪的文学》。我认为本世纪中国文学，颠来倒去,无非是两个方面的问题:一个是现实主义与现代主义的问题;一个是继承民族传统与接受外来影响的问题。前几年,在北京市作协举行的讨论我的小说的座谈会上,我于会议将结束时作了一个简短的发言,题目是《回到现实主义,回到民族传统》,好像这是我的文学主张。所以说"回到",是因为我年轻时接受过西方现代派的影响。经过一段时间的磨炼,我觉得现实主义是仍有生命力的;一个人,不能脱离自己本土的文化传统,否则就会变成无国籍的"悬空的人"——我曾用这题目写过一篇散文,记几个美国黑人学者的心态,他们的没有自己的文化、没有历史的深刻的悲哀。所谓"祖国",很重要的成分是祖国的文化。为了怕引起误会,我后来在别的文章里作了一点补充:我所说的现实主义是能容纳一切流派的现实主义;我所说的民族文化传统是不排斥外来影响的文化传统。现实主义和现代主义是可以溶合的;民族文化和外来影响也并不矛盾,它们之间并非渭泾分明,作家也不必不归杨则归墨,在一棵树上吊死。二十一世纪的文学,可能是既是更加现实主义的,也是更加现代主义的;既有更浓厚的民族传统色彩,也有更鲜明的西方文学的影响。针对中国大陆文学的现状,我以为目前有强调对现代主义、西方影响更加开放的必要。人体需要接受一点刺激,促进新陈代谢。现实主义如果不吸收现代主义,就会衰老,干枯,成为木化石。

"衰年变法谈何易",变法,我是想过的。怎么变,写那首诗时还没有比较清晰的想法。现在比较清楚了:我得回过头来,在作品里溶入更多的现代主义。

不一定每篇作品都是这样。有时是受所表现的生活所制约的。比如我写的《天鹅之死》,时空交错,有点现代派;最近为《中国作家》写的《小芳》,就写得很平实,初看,看不出有什么现代派的影子。说要溶入更多的现代主义只是一个主观追求的倾向。

现实主义和现代主义都是一个宽泛的概念,作家不要自我设限,如孔夫子所说:"今汝画"。

路漫漫其修远兮,吾将上下而求索。

给我看过相的都说我能长寿。有一位素不相识的退休司机在一个小酒馆里自荐给我看一相,断言我能活九十岁。我今年七十一,还能活多久,未可知也。我是希望能多活几年的,我要多看看,看看世界的变化,国家的变化,文学的变化。

一九九一年六月十七日

注 释

① 本篇原载 1992 年 3 月 19 日《解放日报》。见报时编者在文后加了一段说明:"这是作者写给范泉同志的一封信。本刊登载时略有删节。全文已编入上海文艺出版社即将出版的《文化老人话人生》一书。"《文化老人话人生》,范泉主编,上海文艺出版社,1992 年 11 月。但所收稿前多出书信上款及第一自然段:

范泉先生:

捧接来书,真同隔世。你历尽坎坷,重返故地,仍理旧业,从来信行文及字迹看,流利秀雅,知身心并甚健康,深可欣慰。承嘱为文谈老年心态,自当如命,但恨只能作泛泛之谈,无深意耳。

初收《汪曾祺全集》第五卷,北京师范大学出版社,1998 年 8 月。

我 的 家 乡①

——自传体系列散文《逝水》之一

　　法国人安妮·居里安女士听说我要到波士顿,特意退了机票,推迟了行期,希望和我见一面。她翻译过我的几篇小说。我们谈了约一个小时,她问了我一些问题。其中一个是,为什么我的小说里总有水?即使没有写到水,也有水的感觉。这个问题我以前没有意识到过。是这样。这是很自然的。我的家乡是一个水乡,我是在水边长大的,耳目之所接,无非是水。水影响了我的性格,也影响了我的作品的风格。

　　我的家乡高邮在京杭大运河的下面。我小时候常常到运河堤上去玩(我的家乡把运河堤叫做"上河堆"或"上河塝"。"塝"字一般字典上没有,可能是家乡人造出来的字,音淌。"堆"当是"堤"的声转)。我读的小学的西面是一片菜园,穿过菜园就是河堤。我的大姑妈(我们那里对姑妈有个很奇怪的叫法,叫"摆摆",别处我从未听过有此叫法)的家,出门西望,就看见爬上河堤的石级。这段河堤有石级,因为地名"御码头",康熙或乾隆曾在此泊舟登岸(据说御码头夏天没有蚊子)。运河是一条"悬河",河底比东堤下的地面高,据说河堤和墙垛子一般高,站在河堤上,可以俯瞰堤下街道房屋。我们几个同学,可以指认哪一处的屋顶是谁家的。城外的孩子放风筝,风筝在我们脚下飘。城里人家养鸽子,鸽子飞起来,我们看到的是鸽子的背。几只野鸭子贴水飞向东,过了河堤,下面的人看见野鸭子飞得高高的。

　　我们看船。运河里有大船。上水的大船多撑篙。弄船的脱光了上身,使劲把篙子梢头顶上肩窝处,在船侧窄窄的舷板上,从船头一步一步走到船尾。然后拖着篙子走回船头,欻的一声把篙子投进水里,扎到河底,又顶着篙子,一步一步向船尾。如是往复不停。大船上用的船篙甚长而极粗,篙头如饭碗大,有锋利的铁尖。使篙的通常是两个人,船左右舷各一人;有时只一个人,在一边。这条船的水程,实际上是他们用脚一步一步走出来的。这种船多是重载,船帮吃水甚低,几乎要漫到船上来。这些撑篙男人都极精壮,浑身作古铜色。他们是不说话的,大都眉棱很高,眉毛很重。因为长年注视着流动的水,故目光清明坚定。这些大船常有一个舵楼,住着船老板的家眷。船老板娘子大都很年轻,一边扳舵,一边敞开怀奶孩子,态度悠然。舵楼大都伸出一支竹竿,晾晒着衣裤,风吹着拍拍作响。

看打鱼。在运河里打鱼的多用鱼鹰。一般都是两条船,一船八只鱼鹰。有时也会有三条、四条,排成阵势。鱼鹰栖在木架上,精神抖擞,如同临战状态。打鱼人把篙子一挥,这些鱼鹰就劈劈啪啪,纷纷跃进水里。只见它们一个猛子扎下去,眨眼功夫,有的就叼了一条鳜鱼上来——鱼鹰似乎专逮鳜鱼。打鱼人解开鱼鹰脖子上的金属的箍(鱼鹰脖子上都有一道箍,否则它就会把逮到的鱼吞下去),把鳜鱼扔进船里,奖给它一条小鱼,它就高高兴兴,心甘情愿地转身又跳进水里去了。有时两只鱼鹰合力抬起一条大鳜鱼上来,鳜鱼还在挣蹦,打鱼人已经一手捞住了。这条鳜鱼够四斤! 这真是一个热闹场面。看打鱼的,鱼鹰都很兴奋激动,倒是打鱼人显得十分冷静,不动声色。

远远地听见嘣嘣嘣嘣的响声,那是在修船、造船。嘣嘣的声音是斧头往船板上敲钉。船体是空的,故声音传得很远。待修的船翻扣过来,底朝上。这只船辛苦了很久,它累了,它正在休息。一只新船造好了,油了桐油,过两天就要下水了。看看崭新的船,叫人心里高兴——生活是充满希望的。船场附近照例有打船钉的铁匠炉,叮叮当当。有碾石粉的碾子,石粉是填船缝用的。有卖牛杂碎的摊子。卖牛杂碎的是山东人。这种摊子上还卖锅盔(一种很厚很大的面饼)。

我们有时到西堤去玩。我们那里的人都叫它西湖,湖很大,一眼望不到边,很奇怪,我竟没有在湖上坐过一次船。湖西是还有一些村镇的。我知道一个地名,菱塘桥,想必是个大镇子。我喜欢菱塘桥这个地名,引起我的向往,但我不知道菱塘桥是什么样子。湖东有的村子,到夏天,就把耕牛送到湖西去歇伏。我所住的东大街上,那几天就不断有成队的水牛在大街上慢慢地走过。牛过后,留下很大的一堆一堆牛屎。听说是湖西凉快,而且湖西有荾草,牛吃了会消除劳乏,恢复健壮。我于是想象湖西是一片碧绿碧绿的荾草。

高邮湖中,曾有神珠。沈括《梦溪笔谈》载:

> 嘉祐中,扬州有一珠甚大,天晦多见,初出于天长县陂泽中,后转入甓射湖,又后乃在新开湖中,凡十余年,居民行人常常见之。余友人书斋在湖上,一夜忽见其珠甚近,初微开其房,光自吻中出,如横一金线,俄顷忽张壳,其大如半席,壳中白光如银,珠大如拳,灿然不可正视,十余里间林木皆有影,如初日所照,远处但见天赤如野火,倏然远去,其行如飞,浮于波中,杳杳如日。古有明月之珠,此珠色不类月,荧荧有芒焰,殆类日光。崔伯易尝为《明珠赋》。伯易高邮人,盖常见之。近岁不复出,不知所往。樊良镇正当珠往来处,行人至此,往往维船数宵以待观,名其亭为"玩珠"。

这就是"秦邮八景"的第一景"甓射珠光"。沈括是很严肃的学者,所言凿凿,又生动细微,似乎不容怀疑。这是个什么东西呢?是一颗大珠子?嘉祐到现在也才九百多年,已经不可究诘了。高邮湖亦称珠湖,以此。我小时学刻图章,第一块刻的就是"珠湖人",是一块肉红色的长方形图章。

湖通常是平静的,透明的。这样一片大水,浩浩森森(湖上常常没有一只船),让人觉得有些荒凉,有些寂寞,有些神秘。

黄昏了。湖上的蓝天渐渐变成浅黄、橘黄,又渐渐变成紫色,很深很浓的紫色。这种紫色使人深深感动。我永远忘不了这样的紫色的长天。

闻到一阵阵炊烟的香味,停泊在御码头一带的船上正在烧饭。

一个女人高亮而悠长的声音:

"二丫头……回来吃晚饭来……"

像我的老师沈从文常爱说的那样,这一切真是一个圣境。

高邮湖也是一个悬湖。湖面,甚至有的地方的湖底,比运河东面的地面都高。

湖是悬湖,河是悬河,我的家乡随时处在大水的威胁之中。翻开县志,水灾接连不断。我所经历的最大的一次水灾,是民国二十年。

这次水灾是全国性的。事前已经有了很多征兆。连降大雨,西湖水位增高,运河水平了漕,坐在河堤上可以"踢水洗脚"。有许多很"瘆人"的不祥的现象。天王寺前,虾蟆爬在柳树顶上叫。老人们说:虾蟆在多高的地方叫,大水就会涨得多高。我们在家里的天井里躺在竹床上乘凉,忽然拨剌一声,从阴沟里蹦出一条大鱼!运河堤上,龙王庙里香烛昼夜不熄。七公殿也是这样。大风雨的黑夜里,人们说是看见"耿庙神灯"了。耿七公是有这个人的,生前为人治病施药,风雨之夜,他就在家门前高旗杆上挂起一串红灯,在黑暗的湖里打转的船,奋力向红灯划去,就能平安到岸。他死后,红灯还常在浓云密雨中出现,这就是耿庙神灯——"秦邮八景"中的一景。耿七公是渔民和船民的保护神,渔民称之为七公老爷,渔民每年要做会,谓之七公会。神灯是美丽的,但同时也给人一种神秘的恐怖感。阴历七月,西风大作。店铺都预备了高挑灯笼——长竹柄,一头用火烤弯如钩状,上悬一个灯笼,轮流值夜巡堤。告警锣声不绝。本来平静的水变得暴怒了。一个浪头翻上来,会把东堤石工的丈把长的青石掀起来。看来堤是保不住了。终于,我记得是七月十三(可能记错),倒了口子。我们那里把决堤叫做倒口子。西堤四处,东堤六处。湖水涌入运河,运河水直灌堤东。顷刻之间,高邮成为泽国。

我们家住进了竺家巷一个茶馆的楼上(同时搬到茶馆楼上的还有几家),巷口外的东大街成了一条河,"河"里翻滚着箱箱柜柜,死猪死牛。"河"里行了船,会水的船家各处去救人(很多人家爬在屋顶上、树上)。

约一星期后,水退了。

水退了,很多人家的墙壁上留下了水印,高及屋檐。很奇怪,水印怎么擦洗也擦洗不掉。全县粮食几乎颗粒无收。我们这样的人家还不致挨饿，但是没有菜吃。老是吃慈姑汤，很难吃。比慈姑汤还要难吃的是芋头梗子做的汤。日本人爱喝芋梗汤，我觉得真不可理解。大水之后，百物皆一时生长不出，唯有慈姑芋头却是丰收！我在小学的教务处地上发现几个特大的蛤蟆，缩成一团，有拳头大，踩也踩不破！

我小时候，从早到晚，一天没有看见河水的日子，几乎没有。我上小学，倘不走东大街而走后街，是沿河走的。上初中，如果不从城里走，走东门外，则是沿着护城河。出我家所在的巷子南头，是越塘。出巷北，往东不远，就是大淖。我在小说《异秉》中所写的老朱，每天要到大淖去挑水，我就跟着他一起去玩。老朱真是个忠心耿耿的人，我很敬重他。他下水把水桶弄满（他两腿都是筋疙瘩——静脉曲张），我就拣选平薄的瓦片打水漂。我到一沟、二沟、三垛，都是坐船。到我的小说《受戒》所写的庵赵庄去，也是坐船。我第一次离家乡去外地读高中，也是坐船——轮船。

水乡极富水产。鱼之类，乡人所重者为鳊、白、鲚（鲚花鱼即鳜鱼）。虾有青白两种。青虾宜炒虾仁，呛虾（活虾酒醉生吃）则用白虾。小鱼小虾，比青菜便宜，是小户人家佐餐的恩物。小鱼有名"罗汉狗子"、"猫杀子"者，很好吃。高邮湖蟹甚佳，以作醉蟹，尤美。高邮的大麻鸭是名种。我们那里八月中秋兴吃鸭，馈送节礼必有公母鸭成对。大麻鸭很能生蛋。腌制后即为著名的高邮咸蛋。高邮鸭蛋双黄者甚多。江浙一带人见面问起我的籍贯，答云高邮，多肃然起敬，曰："你们那里出咸鸭蛋。"好像我们那里就只出咸鸭蛋似的！

我的家乡不只出咸鸭蛋。我们还出过秦少游，出过散曲作家王磐，出过经学大师王念孙、王引之父子。

县里的名胜古迹最出名的是文游台。这是秦少游、苏东坡、孙莘老、王定国文酒游会之所。台基在东山（一座土山）上，登台四望，眼界空阔，我小时常凭栏看西面运河的船帆露着半截，在密密的杨柳梢头后面，缓缓移过，觉得非常美。有一座镇国寺塔，是个唐塔，方形。这座塔原在陆上，运河拓宽后，为了保存这座塔，留下塔的周围的土地，成了运河当中的一个小岛。镇国寺我小时还去玩过，是个不大的寺。寺门外有一堵紫色的石制的照壁,这堵照壁向前倾斜,却不倒。照壁上刻着海水,故名水照壁。寺内还有一尊肉身菩萨的坐像,是一个和尚坐化后漆成的。寺不知毁于何时。另外还有一座净土寺塔,明代修建。我们小时候记不住什么镇国寺、净土寺,因其一在西门,名之为西门宝塔;一在东门,便叫它东门宝塔。老百姓都是这么叫的。

全国以邮字为地名的,似只高邮一县。为什么叫做高邮?因为秦始皇曾在高处建邮亭。高邮是秦王子婴的封地,到今还有一条河叫子婴河,旧有子婴庙,今不存。高邮为秦代始建,故又名秦邮。外地人或以为这跟秦少游有什么关系,没有。

一九九一年六月二十日

注 释

① 本篇原载《作家》1991 年第十期;初收《旅食集》,广东旅游出版社,1992 年
4 月。

泰 山 片 石①

序

> 我从泰山归，
> 携归一片云，
> 开匣忽相视，
> 化作雨霖霖。

泰 山 很 大

　　泰即太,太的本字是大。段玉裁以为太是后起的俗字,太字下面的一点是后人加上去的。金文、甲骨文的大字下面如果加上一点,也不成个样子,很容易让人误解,以为是表示人体上的某个器官。

　　因此描写泰山是很困难的。它太大了,写起来没有抓挠。三千年来,写泰山的诗里最好的,我以为是诗经的《鲁颂》:"泰山岩岩,鲁邦所詹。""岩岩"究竟是一种什么感觉,很难捉摸,但是登上泰山,似乎可以体会到泰山是有那么一股劲儿。詹即瞻。说是在鲁国,不论在哪里,抬起头来就能看到泰山。这是写实,然而写出了一个大境界。汉武帝登泰山封禅,对泰山简直不知道怎么说才好,只好发出一连串的感叹:"高矣!极矣!大矣!特矣!壮矣!赫矣!感矣!"完全没说出个所以然。这倒也是一种办法,人到了超经验的景色之前,往往找不到合适的语言,就只好狗一样地乱叫。杜甫诗《望岳》,自是绝唱,"岱宗夫如何?齐鲁青未了",一句话就把泰山概括了。杜甫真是一个深受儒家思想影响的伟大的现实主义者,这一句诗表现了他对祖国山河的无比的忠悃。相比之下,李白的"天门一长啸,万里清风来",就有点洒狗血。李白写了很多好诗,很有气势,但有时底气不足,便只好洒狗血,装疯。他写泰山的几首诗都让人有底气不足之感。杜甫的诗当然受了《鲁颂》的影响,"齐鲁青未了",当自"鲁邦所詹"出。张岱说:"泰山元气浑厚,绝不以玲珑小巧示人。"这话是说得对的。大概写泰山,只能从宏观处着笔。郦道元写三峡可以取法。柳宗元的《永州八记》刻琢精深,以其法写泰山即不大适用。

写风景,是和个人气质有关的。徐志摩写泰山日出,用了那么多华丽鲜明的颜色,真是"浓得化不开"。但我有点怀疑,这是写泰山日出,还是写徐志摩自己?我想周作人就不会这样写。周作人大概根本不会去写日出。

我是写不了泰山的,因为泰山太大。我对泰山不能认同。我对一切伟大的东西总有点格格不入。我十年间两登泰山,可谓了不相干。泰山既不能进入我的内部,我也不能外化为泰山。山自山,我自我,不能达到物我同一,山即是我,我即是山。泰山是强者之山,我自以为这个提法很合适,我不是强者,不论是登山还是处世。我是生长在水边的人,一个平常的、平和的人。我已经过了七十岁,对于高山,只好仰止。我是个安于竹篱茅舍、小桥流水的人。以惯写小桥流水之笔而写高大雄奇之山,殆矣。人贵有自知之明,不要"小鸡吃绿豆——强努"。

同样,我对一切伟大的人物也只能以常人视之。泰山的出名,一半由于封禅。封禅史上最突出的两个人物是秦皇、汉武。唐玄宗作《纪泰山铭》,文词华缛而空洞无物。宋真宗更是个沐猴而冠的小丑。对于秦始皇,我对他统一中国的丰功,不大感兴趣。他是不是"千古一帝",与我无关。我只从人的角度来看他,对他的"蜂目豺声"印象很深。我认为汉武帝是极不正常的人,是个妄想型精神病患者,一个变态心理的难得的标本。这两位大人物的封禅,可以说是他们的人格的夸大。看起来这两位伟大人物的封禅的实际效果都不怎么样,秦始皇上山,上了一半,遇到暴风雨,吓得退下来了。按照秦始皇的性格,暴风雨算什么呢？他横下心来，是可以不顾一切地上到山顶的。然而他害怕了，退下来了。于此可以看出，伟大人物也有虚弱的一面。汉武帝要封禅，召集群臣讨论封禅的制度。因无旧典可循，大家七嘴八舌瞎说一气。汉武帝恼了，自己规定了照祭东皇太乙的仪式，上山了。却谁也不让同去，只带了霍去病的儿子一个人。霍去病的儿子不久即得暴病而死。他的死因很可疑，于是汉武帝究竟在山顶上鼓捣了什么名堂，谁也不知道。封禅是大典，为什么要这样保密？看来汉武帝心里也有鬼，很怕他的那一套名堂不灵验，为人所讥。

但是，又一次登了泰山，看了秦刻石和无字碑（无字碑是一个了不起的杰作），在乱云密雾中坐下来，冷静地想想，我的心态比较透亮了。我承认泰山很雄伟，尽管我和它不能水乳交融，打成一片；承认伟大的人物确实是伟大的，尽管他们所做的许多事不近人情。他们是人里头的强者，这是毫无办法的事。在山上呆了七天，我对名山大川，伟大人物的偏激情绪有所平息。

同时我也更清楚地认识到我的微小，我的平常，更进一步安于微小，安于平常。

这是我在泰山受到的一次教育。

从某个意义上说，泰山是一面镜子，照出每个人的价值。

碧 霞 元 君

泰山牵动人的感情，是因为它关系到人的生死。人死后，魂魄都要到蒿里集中。汉代挽歌有《薤露》、《蒿里》两曲。或谓本是一曲，李延年裁之为二，《薤露》送王公贵人，《蒿里》送大夫士庶。我看二曲词义，各成首尾，似本即二曲。《蒿里》词云：

> 蒿里谁家地？
> 聚敛魂魄无贤愚。
> 鬼伯一何相催迫，
> 人命不得少踟蹰。

写得不如《薤露》感人，但如同说话，亦自悲切。十年前到泰山，就想到蒿里去看看，因为路不顺，未果。蒿里山才多大的地方，天下的鬼魂都聚在那里，怎么装得下呢？也许鬼有形无质，挤一点不要紧。后来不知怎么又出来个酆都城。这就麻烦了，鬼们将无所适从，是上山东呢，还是到四川？我看，随便吧。

泰山神是管死的。这位神不知是什么来头。或说他是金虹氏，或说是《封神榜》上的黄飞虎。道教的神多是随意瞎编出来的。编的时候也不查查档案，于是弄得乱七八糟。历代帝王对泰山神屡次加封，老百姓则称之为东岳大帝。全国各地几乎都有一座东岳庙，亦称泰山庙。我们县的泰山庙离我家很近，我对这位大帝是很熟悉的（一张油白发亮的长圆脸，疏眉细眼，五绺胡须）。我小小年纪便知道大帝是黄飞虎，并且小小年纪就觉得这很滑稽。

中国人死了，变成鬼，要经过层层转关系，手续相当麻烦。先由本宅灶君报给土地，土地给一纸"回文"，再到城隍那里"挂号"，最后转到东岳大帝那里听候发落。好人，登银桥。道教好人上天，要经过一道桥（这想象倒是颇美的），这桥就叫"升仙桥"。我是亲眼看见过的，是纸扎的。道士诵经后，桥即烧去。这个死掉的人升天是不是经过东岳大帝批准了，不知道。不过死者的家属要给道士一笔劳务费，我是知道的。坏人，下地狱。地狱设各种酷刑：上刀山、下油锅、锯人、磨人……这些都塑在东岳庙的两廊，叫做"七十二司"。听说泰山蒿里祠也有"司"，但不是七十二，而是七十五，是个单数，不知是何道理。据我的印象，人死了，登桥升天的很少，大部分都在地狱里受罪。人都不愿死，尤其不愿在七十二司里受酷刑——七十二司是很恐怖的，我小时即不敢多看，因此，大家对东岳大帝都没什么好感。香，还是要烧的，因为怕他。而泰山香火最盛处，为碧霞元君祠。

碧霞元君，或说是泰山神的侍女、女儿，或说是玉皇大帝的女儿，又说是玉皇大帝的妹妹。道教诸神的谱系很乱，差一辈不算什么。又一说是东汉人石守道之女。这个说法不可取，这把元君的血统降低了，从贵族降成了平民。封之为"天仙玉女碧霞元君"的，是宋真宗。老百姓则称之为泰山娘娘，或泰山老奶奶。碧霞元君实际上取代了东岳大帝，成为泰山的主神。"礼岱者皆祷于泰山娘娘祠庙，而弗旅岳神久矣"（福格《听雨丛谈》）。泰安百姓"终日仰对泰山，而不知有泰山，名之曰奶奶山"（王照《行脚山东记》）。

泰山神是女神，为什么？这很容易让人联想原始社会母性崇拜的远古隐秘心理的回归，想到母系社会，这不是没有道理的。我们不管活得多大，在深层心理中都封藏着不止一代人对母亲的记忆。母亲，意味着生。假如说东岳大帝是司死之神，那么，碧霞元君就是司生之神，是滋生繁衍之神。或者直截了当地说，是母亲神。人的一生，在残酷的现实生活之中，艰难辛苦，受尽委屈，特别需要得到母亲的抚慰。明万历八年，山东巡抚何起鸣登泰山，看到"四方以进香来谒元君者，辄号泣如赤子久离父母膝下者"。这里的"父"字可删。这种现象使这位巡抚大为震惊，"看出了群众这种感情背后隐藏着对冷酷现实强烈否定"（车锡伦《泰山女神的神话信仰与宗教》）。这位何巡抚是个有头脑、能看问题的人。对封建统治者来说，这种如醉如痴的半疯狂的感情，是一种可怕的力量。

碧霞元君当然被蒙上世俗宗教的唯利色彩，如各种人来许愿、求子。

车锡伦同志在他的《泰山女神的神话信仰与宗教》的最后提出一个很有意思的问题，即对碧霞元君"净化"的问题。怎样"净化"？我们不能把碧霞元君祠翻造成巴黎圣母院那样的建筑，也不能请巴赫那样的作曲家来写像《圣母颂》一样的《碧霞元君颂》。但是好像也不是一点办法都没有。比如能不能组织一个道教音乐乐队，演奏优美的道教乐曲，调集一些有文化的炼师诵唱道经，使碧霞元君在意象上升华起来，更诗意化起来？

任何名山都应该提高自己的文化层次，都有责任提高全民的文化素质。我希望主管全国旅游的当局，能思索一下这个问题。

泰 山 石 刻

第一次看见经石峪字,是在昆明一个旧家,一副四言的集字对联,厚纸浓墨,是较早的拓本。百年老屋,光线晦暗,而字字神气俱足,不能忘。

经石峪在泰山中路的岔道上。这地方的地形很奇怪,在崇山峻岭之中,怎么会出现一片一亩大的基本平整的石坪呢?泰山石为花岗岩,多为青色,而这片石坪的颜色是姜黄的。四周都没有这样的石头,很奇怪。是一个什么人发现了这片石坪,并且想起在石坪上刻下一部《金刚经》呢?经字大径一尺半。摩崖大字,一般都是刻在直立的石崖上,这是刻在平铺的石坪上的,很少见。这样的字体,他处也极少见。

经石峪的时代,众说纷纭。说这是从隶书过渡到楷书之间的字体,则多数人都无异议。龚定庵有诗曰:

> 北书无过金刚经,
> 南书无过瘗鹤铭。
> 忽然二物相顾哑,
> 排闼一丈蛟龙青。

(龚集不在手边,此据记忆录出,或有错字。)

他所说的"金刚经"即经石峪字。他以为经石峪与瘗鹤的时代差不多,是有见地的。经石峪保存较多隶书笔意,但无蚕头雁尾,笔圆而体稍扁,可以上接石门铭,但不似石门铭的放肆。有人说这是王羲之写的,似无据。王羲之书多以偏侧取势,经石峪不也。瘗鹤铭结体稍长,用笔瘦劲,秀气扑人,说这近似二王书,还有几分道理(我以为应早于王羲之)。书法自晋唐以后,都贵瘦硬。杜甫诗"书贵瘦硬方通神",是一时风气。经石峪字颇肥重,但是骨在肉中,肥而不痴,笔笔送到,而不板滞。假如用一个字评经石峪字,曰:稳。这是一个心平而志坚的学佛的人所写的字。这不是废话么,金刚经还能是不学佛的人写的?不,经字有佛性。

这样的字和泰山才相称。刻在他处，无此效果。十年前，我在经石峪呆了好大一会，觉得两天的疲劳，看了经石峪，也就值了。"经石峪"是"泰山"不可分离的一部分。泰山即使没有别的东西，没有碧霞元君祠，没有南天门，只有一个经石峪，也还是值得来看看的。

我很希望有人能拓印一份经石峪字的全文（得用好多张纸拼起来），在北京陈列起来，即便专为它盖一个大房子，也不为过。

名山之中，石刻最多也最好的，似为泰山。大观峰真是大观，那么多块摩崖大字，大都写得很好，这好像是摩崖大字大赛，哪一块都不寒碜。这块地场（这是山东话）也选得好。石岩壁立，上无遮盖，而石壁前有一片空地，看字的人可以在一个距离之外看，收其全貌，不必像壁虎似的趴在石壁上。其他各处的摩崖石碑的字也都写得不错。摩崖字多是真书体兼颜柳，是得这样，才压得住（蔡襄平日写行草，鼓山的大字题石却是真书。董其昌字甚飘逸，但写大字则用颜体）。看大字碑刻题名，很多都是山东巡抚。大概到山东来当巡抚，先得练好大字。

有些摩崖石刻，是当代人手笔。较之前人，不逮也。有的字甚至明显地看得出是用铅笔或圆珠笔写在纸上放大的。是乌可哉。

很奇怪，泰山上竟没有一块韩复榘写的碑。这位老兄在山东呆了那么久，为什么不想到泰山来留下一点字迹？看来他有点自知之明。韩复榘在他的任内曾大修过泰山一次，竣工后，电令泰山各处："嗣后除奉令准刊外，无论何人不准题字、题诗。"我准备投他一票。随便刻字，实在是糟蹋了泰山。

担 山 人

我在泰山遇了一点险，在由天街到神憩宾馆的石级上，叫一个担山人的扁担的铁尖在右眼角划了一下，当时出了血。这位担山人从我的后边走上来，在我身边换肩。担山人说："你注意一点。"话倒是挺和气，不过有点岂有此理，他在我后面，倒是我不注意！我看他担着重担，没有说什么（我能说什么呢？揪住他不放？这种事我还做不出来）。这个担山人年纪比较轻，担山、做人，都还少点经验。他担了四块正方形的水泥砖，一头两块（为什么不把原材料运到山上，在山上做砖，要这样一趟一趟担？）。我看了别的担山人，担什么的都有。有担啤酒的，不用筐箱，啤酒瓶直立着，缚紧了，两层。一担也就是担个五六十瓶吧。我们在山上喝啤酒，有时开了一瓶，没喝完，就扔下了，往后可不能这样，这瓶酒来之不易。泰山担山人有个特别处，担物不用绳系，直接结缚在扁担两头。这样重心就很高，有什么好处？大概因为用绳系，爬山级时易于碰腿。听泰山管理处的路宗元同志说，担山人一般能担一百四五十斤，多的能担一百八。他们走得不快，一步一步，脚脚落在实处，很稳，呼吸调得很匀，不出粗气。冯玉祥诗《上山的挑夫》说担山人"腿酸气喘，汗如雨滴"，要是这样，那算什么担山的呢？

泰山担山人的扁担较他处为长，当中宽厚，两头稍翘，一头有铁尖（这种带有铁尖的扁担湖南也有，谓之钎担）。扁担作紫黑色，不知是什么木料，看起来很结实，又有绵性，既能承重，也不压肩。

我的那点轻伤不算什么。到了宾馆，血就止了。大夫用酒精擦了擦，晚上来看看，说："没有感染（我还真有点怕万一感染了破伤风什么的）。"又说："你扎的那个地方可不好！如果再往下一点，扎得深一点……"

"那就麻烦了！"

扇 子 崖 下

泰山散文笔会的作家去登扇子崖。我和斤澜没有上去。叶梦为了陪我们，上了一截又下来了。路宗元同志叫我们在下面随便走走，等登山的人下来。

这也是一个景区，竹林寺风景管理区，但竹林寺只存其名，寺已不存在。这里属泰山西路，不是登山的正路，游人很少。除了特意来登扇子崖的，几乎没有人来。这不大像风景区，倒像山里的一个村子。稍远处有农家,地里种着地瓜(即白薯)。一个树林里有近百只羊。一色是黑山羊。泰山的山羊和别处不大一样,毛色浓黑,眼圈和嘴头是棕黄色的——别处的黑山羊眼、嘴都是浅灰色。这些羊分散在石块上,或立或卧,都一动不动,只有嘴不停地磨动,在倒嚼。这些羊的样子很"古"。有一个小庙,叫无极庙。庙外有老妇人卖汽水。无极庙极小。正殿上塑着无极娘娘,两旁配殿一边塑送生娘娘,一边塑眼光娘娘,如碧霞元君祠简陋。中国人不知道为什么对眼光娘娘那样重视,很多庙里都有,是中国害眼的特多? 无极庙小,没人来,亦无住持僧道,庭中有树两株,石凳一,很安静。在石凳上坐坐,舒服得很。出门时问卖汽水的老妇人:"有人买汽水么?"答曰:"有!"

出无极庙,沿山路徐行。路也有点起伏,石级崎岖处得由叶梦扶我一把,但基本上是平缓的。半山有石亭,在亭外坐下,眺望近处的长寿桥,远处的黑龙潭,如王旭《西溪》诗所说"一川烟景合,三面画屏开",很美。许安仁《游泰山竹林》诗云:"客来总说游山好,不道山僧却厌山",在游山诗中别开生面。我在泰山,虽不到"厌山"的程度,但连日上上下下,不免疲乏,能于雄、伟、奇、险之外得一幽境(王旭《游竹林寺》:"竹林开幽境")偷闲半日,也是很好的休息。

薄暮,登山诸公下来,全都累得够呛,我与斤澜皆深以不登扇子崖为得计。

临走时,卖汽水的老妇人已经走了,无极庙的门开着。

回来翻翻资料,无极庙的来历原来是这样:1925年张宗昌督鲁时,兖州镇守使张培荣封其夫人为"无极真人",并在竹林寺旧址建无极庙,不禁失笑。一个镇守使竟然"封"自己的老婆为"真人",亦是怪事。这种事大概只有张宗昌的部下才干得出来。

中 溪 宾 馆

中溪宾馆在中天门,一径通幽,两层楼客房,安安静静。楼外有个长长的庭院,种着小灌木,豆板黄杨、小叶冬青、日本枫。庭院两端有一石造方亭,突出于山岩之外,下临虚谷,不安四壁。亭中有石桌石凳。坐在亭子里,觉山色皆来相就,用四川话说,真是"安逸"。

伙食很好,餐餐有野菜吃。十年前我到泰山,就吃过野菜,但不如这次多。泰山可吃的野菜有一百多种,主要的有 31 种。野菜不外是两种吃法,一是开水焯后凉拌,一是裹了蛋清面糊油炸。我们这次吃过的野菜有这些:

灰菜(亦名雪里青,略焯,凉拌。亦可炒食,或裹面蒸食。)

野苋菜(凉拌或炒)

马齿苋(凉拌或炒)

蕨菜(即藜,焯后凉拌)

黄花菜(泰山顶上的黄花菜淡黄色,与他处金黄者不同,瓣亦较厚而嫩,甚香。凉拌或炒,亦可做汤)

藿香(即做藿香正气丸的藿香。山东人读"藿"音如"河",初不知"河香"为何物,上桌后方知是一味中药。藿香叶裹面油炸)

薄荷(野生者。油炸,入口不凉,细嚼后有薄荷香味)

紫苏(本地叫苏叶,与南京女作家苏叶名字相同,但南京的苏叶不能裹面油炸了吃耳)

椿叶(香椿已经无嫩芽,但其叶仍可炸食)

木槿花(整朵油炸,炸出后花形不变,一朵一朵开在瓷盘里。吃起来只是酥脆,亦无特殊味道,好玩而已)

宾馆经理朱正伦把野菜移栽在食堂外面的空地上,要吃,由炊事员现采,故皆极新鲜。朱经理说港台客人对中溪宾馆的野菜宴非常感兴趣。那是,香港咋能吃到野菜呢!

宾馆的服务员都是小姑娘,对人很亲切,没有星级宾馆的服务员那样过多的职业性的礼貌。她们对"散文笔会"的十八位作家的底细大体都摸清了。一个叫米峰的姑娘戴一副眼镜,我戏称她为学者型的服务员。她拿了一本《蒲桥集》来让我签名,说是今年一月在岱安买的,说她最喜欢《昆明的雨》那几篇,说没想到我会来,看到了我,真高兴。我在扉页上签了名,并写了几句话。

山中七日，除了在山顶的神憩宾馆住过一晚上外，六天都住在中溪宾馆。早晨出发，薄暮归来。人真是怪，宾馆，宾馆耳，但踏进大门，即觉得是回家了。

我问朱正伦同志，这地方为什么叫中溪，他指指对面的山头，说山上有一条溪水，是泰山的主溪，因为在泰山之中，故名中溪。听人说，泰山山有多高，水有多高，信然。

写了两个晚上的字。为中溪宾馆写了一幅四尺横幅：溪流崇岭上，人在乱云中。

临走，宾馆人员全体出动，一直把我们送下山坡上汽车。桑下三宿，未免有情。再来泰山，我还住中溪。

泰 山 云 雾

宿中溪宾馆第二天，我起得很早，推开客房楼门，到院里一看，大雾。雾在峰谷间缓缓移动，忽浓忽淡。远近诸山皆作浅黛，忽隐忽现。早饭后，雾渐散，群山皆如新沐。

登玉皇顶，下来，到探海石旁，不由常路转到后山。后山小路狭窄，未经研治，有些地方仅能容足，颇险。我四月间在云南曾崴过一次脚，因有旧伤，所以格外小心。但是后山很值得一看。山皆壁立，直上直下，岩块皆数丈，笔致粗豪，如大斧劈。忽然起了大雾，回头看玉皇顶，完全没有了，只闻鸟啼。从鸟声中得出所来的山岭松林的方位，知道就在不远处。然而极目所见，但浓雾而已。

宿神憩宾馆，晚上，和张抗抗出宾馆大门看看，只见白茫茫一片，不辨为云为雾。想到天街走走，服务员劝我们不要去，危险，只好伏在石栏上看看。云雾那样浓，似乎扔一个鸡蛋下去也不会沉底。老是白茫茫一片，看到什么时候？回去吧。抗抗说她小时候看见云流进屋里，觉得非常神奇。不想我们回去，拉开了玻璃大门，云雾抢在我们前面先进来了，一点不客气，好像谁请了它似的。

离开泰山的那天夜晚，雾特大，开了车灯，能见度只有二尺。司机在泰山开了十年车,是老泰山了。他说外地司机,这天气不敢开车。我们就这样云里雾里,胡里胡涂地离开泰山了。

在车里,我想:泰山那么多的云雾,为什么不种茶?史载:中国的饮茶,始于泰山的灵岩寺,那么,泰山原来是有茶树的。泰山的水那样好(本地人云:泰山有三美,白菜、豆腐、水),以泰山水泡泰山茶,一定很棒。我想向泰山管委会作个建议:试种茶树。也许管委会早已想到了,下次再来泰山,希望能喝到泰山岩茶,或"碧霞新绿"。

一九九一年七月末,北京

注　释

① 本篇原载《绿叶》1992 年第一期(创刊号);初收《旅食集》,广东旅游出版社,1992 年 4 月。

我　的　家①

——自传体系列散文《逝水》之二

十年前我回了一次家乡,一天闲走,去看了看老家的旧址,发现我们那个家原来是不算小的。我家的大门开在科甲巷(不知道为什么这条巷子起了这么个名字,其实这巷里除了我的曾祖父中过一名举人,我的祖父中过拔贡外,没有别的人家有过功名),而在西边的竺家巷有一个后门。我的家即在这两条巷子之间。临街是铺面。从科甲巷口到竺家口,计有这么几家店铺:一家豆腐店,一家南货店,一家烧饼店,一家棉席店,一家药店,一家烟店,一家糕店,一家剃头店,一家布店。我们家在这些店铺的后面,占地多少平米我不知道,但总是不小的,住起来是相当宽敞的。

这所老宅子分作东西两截,或两区。东边住着祖父母(我们叫"太爷"、"太太")和大房——大伯父一家。西边是二房(我的二伯母)和三房——我父亲的一家。东西地势相差约有三尺,由东边到西边要上几层台阶。

东边正屋的东边的套间住着太爷、太太,西边是大伯父和大伯母(我们叫"大爷"、"大妈")。当中是一个堂屋,因为敬神祭祖都在这间堂屋里,所以叫做"正堂屋"。正堂屋北面靠墙是一个很大的"老爷柜",即神案,但我们那里都叫做"老爷柜",这东西也确实是一个很长的大柜,当中和两边都有抽屉,下面还有钉了铜环的柜门。老爷柜上,当中供的是家神菩萨,左边是文昌帝君神位,右边是祖宗龛——一个细木雕琢的像小庙一样的东西,里面放着祖宗的牌位——神主。这正堂屋大概是我的曾祖父手里盖的,因为两边板壁上贴着他中秀才、中举人的报条。有年头了。原来大概是相当恢宏的。庭柱很粗,是"布灰布漆"的——木柱外涂瓦灰,裹以夏布,再施黑漆。到我记事时漆灰有多处已经剥落。这间老堂屋的铺地的笋底砖(方砖)的边角都磨圆了,而且特别容易返潮。天将下雨,砖地上就是潮乎乎的。若遇连阴天,地面简直像涂了一层油,滑的。我很小就知道"础润而雨"。用不着看柱础,从正堂屋砖地,就知道雨一时半会晴不了。一想到正堂屋,总会想到下雨,有时接连下几天,真是烦人。雨老不停,我的一个堂姐就会剪一个纸人贴在墙上,这纸人一手拿着簸箕,一手拿笤帚,风一吹,就摇动起来,叫"扫晴娘"。也真奇怪,扫晴娘扫了一天,第二天多少会放晴。

这间正堂屋的用处是:过年时敬神,清明祭祖。祭祖时在正中的方桌上放一大碗饭,这碗特别的大,有一个小号洗脸盆那样大,很厚,是白色的古瓷的,除了祭祖装饭外,不作别的用处。饭压得很实,鼓起如坟头,上面插了好多双红漆的筷子。筷子插多少双,是有定数的,这事总是由我的祖母做。另有四样祭菜。有一盘白切肉,一盘方块粉,——绿豆粉,切成名片大小,三分厚。这方块粉在祭祖后分给两房。这粉一点味道都没有,实在不好吃,所以我一直记得。其余两样祭菜已无印象。十月朝(旧历十月初一)"烧包子",即北方的"送寒衣"。一个一个纸口袋,内装纸钱,包上写明各代考妣冥中收用,一袋一袋排在祭桌前,下面铺一层稻草。磕头之后,由大爷点火焚化。每年除夕,要在这方桌上吃一顿团圆饭。我们家吃饭的制度是:一口锅里盛饭,大房、三房都吃同一锅饭,以示并未分家;菜则各房自炒,又似分爨。但大年三十晚上,祖父和两房男丁要同桌吃一顿。菜都是太太手制的。照例有一大碗鸭羹汤。鸭丁、山药丁、慈姑丁合烩。这鸭羹汤很好吃,平常不做,据说是徽州做法。我们的老家是徽州(姓汪的很多人的老家都是徽州),我们家有些菜的做法还保持徽州传统。比如肉丸蘸糯米蒸熟,有些地方叫珍珠丸子或蓑衣丸子,我们家则叫"徽团"。

我对大堂屋有一点特殊的记忆,是我曾在这里当过一回孝子。我的二伯父(二爷)死得早,立嗣时经过一番讨论。按说应该由长房次子,我的堂弟曾炜过继,但我的二伯母(二妈)不同意,她要我,因为她和我的生母感情很好,从小喜欢我。我是次房长子,长子过继,不合古理。后来是定了一个折衷方案,曾炜和我都过继给二妈,一个是"派继",一个是"爱继"。二妈死后,娘家提了一些条件,一是指定要用我的祖父的寿材盛殓。太爷五十岁时就打好了寿材,逐年加漆,漆皮已经很厚了。因为二妈是年轻守节,娘家提出,不能不同意。一是要在正堂屋停灵,也只好同意了(本来上有老人,是不该在正屋停灵的)。我和曾炜于是履行孝子的职责。亲视含殓(围着棺材走一圈),戴孝披麻,一切如制。最有意思的是逢七的时候得陪张牌李牌吃饭。逢七,鬼魂要回来接受烧纸,由两个鬼役送回来。这两个鬼役即张牌李牌。一个较大的方机凳,两副筷子,一碟白肉,一碟豆腐,两杯淡酒。我和曾炜各用一个小板凳陪着坐一会。陪鬼役吃饭,我还是头一回。六七开吊,我是孝子一直在场,所以能看到全部过程。家里办丧事,气氛和平常全不一样,所有的人都变得庄严肃穆起来。开吊像是演一场戏,大家都演得很认真。"初献"、"亚献"、"终献",有条不紊,节奏井然。最后是"点主"。点主要一个功名高的人。给我的二伯母点主的是一个叫李芳的翰林,外号李三麻子。"点主"是在神主上加点。神主(木制小牌位)事前写好"×孺人之神王",李三麻子就位后,礼生喝道:"凝神,想象,请加墨主。"李三麻子拈起一支新笔在"王"字上加一墨点。礼生再赞:"凝神,想象,请加朱主。"李三麻子用朱笔在墨点上加一点。这样死者的魂灵就进入神主了。我对"凝神,想象"印象很深,因为这很有点诗意。其实李三麻子对我的二伯母无从想象,因为他根本没有见过我的二伯母。

正堂屋对面,隔一个天井,是穿堂。

穿堂对面原来有一排三开间的房子,是我的叔曾祖父的一个老姨太太住的。房子很旧了,屋顶上长了很多瓦松,隔扇上糊的白纸都已成了灰色。这位老姨太太多年衰病,总是躺着。这一排房子里听不到一点声音,非常寂静,只有这位老姨太太的女儿——我们叫她小姑奶奶,带着孩子来住一阵,才有一点活气。

老姨太太死了,她没有儿子,由我一个叔祖父过继给她。这位叔祖父行六,我们叫他六太爷。这是个很有风趣的人,很喜欢孩子。老姨太太逢七,六太爷要来守灵烧纸。烧了纸,他弄一壶酒,慢慢喝着,给孩子讲故事——说书,说"大侠甘凤池",一直说到深夜。因此,我们总是盼着老姨太太逢七。

祖父过六十岁的头年,把东边的房屋改建了一下。正堂屋没动。穿堂加大了。老姨太太原来住的一排房子拆了,盖了一个"敞厅"。房屋翻盖的情况我还记得。先由瓦匠头、木匠头挖出整整齐齐的一方土,供在老爷柜上。破土后,请全体瓦木匠在正堂屋吃一次饭。这顿饭的特别处是有一碗泥鳅,泥鳅我们家是不进门的,但是请瓦木匠必得有这道菜,这是规矩。我觉得这规矩对瓦木匠颇有嘲讽意味。接着是上梁竖柱,放鞭炮,撒糕馒,如式。

敞厅的特点是敞,很宽敞。盖得后,祖父的六十大寿在这里布置过寿堂,宴过客,此外就没有怎么用过,平常总是空着。我的堂姐姐有时把两张方桌拼起来,在上面缝被子。

敞厅对面,一道砖墙之外,是花园。花园原来没有园名,祖父命之曰"民圃",因为他字铭甫,取其谐音。我父亲选了两块方砖,刻了"民圃",两个小篆,嵌在一个六角小门的额上。但是我们还是叫它花园,不叫民圃。祖父六十大寿时自撰了一副长联,末署"民圃叟六十自寿","民圃"字样也只在长联里出现过,别处没有用过。

西边半截的房屋大概是祖父手里盖的,格局较小,主要房屋只是两个堂屋,上堂屋和下堂屋。

上堂屋两边的套间,东侧是三房,西侧是二房。

我的二伯父早逝,我没有见过。他房间里的板壁上挂着他的八寸放大照片,半侧身,穿着一身古典燕尾服,前身无下摆,雪白的圆角硬领衬衫,一只胳臂夹着一根象牙头的短手杖,完全是年轻的英国绅士派头,很英俊。听我父亲说,二伯父是个性格很刚烈的人。他是新党,但崇拜的不是孙文而是黄兴。有一次历史教员(那时叫做"教习")在课堂上讲了黄兴几句不恭敬的话,他上去就给了这个教员一个嘴巴。二伯父和我父亲那时都在南京读中学(旧制中学)。他的死也跟他的负气任性的脾气有关。放暑假从南京回来,路过镇江,带着行李,镇江车站的搬运工人敲了他们一下，索价很高。二伯父一生气，把几个人的行李绑在一起，一个人就背了起来。没有走几步，一口血吐在地上，从此不起。

二伯母守节有年，她变得有些古怪。我的小说《珠子灯》里所写的孙小姐的原型，就是我的二伯母。

她变得有点古怪了，她屋里的东西都不许人动。王常生活着的时候是什么样子，永远是什么样子，不许挪动一点。王常生用过的手表、座钟、文具，还有他养的一盆雨花石，都放在原来的位置。孙小姐原是个爱洁成癖的人，屋里的桌子、椅子、茶壶茶杯，每天都要用清水洗三遍。自从王常生死后，除了过年之前，她亲自监督着一个从娘家陪嫁过来的女佣人大洗一天之外，平常不许擦拭。里屋炕几上有一套茶具：一个白瓷的茶盘，一把茶壶，四个茶杯。茶杯倒扣着，上面落了细细的尘土。茶壶是荸荠形的扁圆的，茶壶的鼓肚子下面落不着尘土，茶盘里就清清楚楚留下一个干净的圆印子。

她病了，说不清是什么病。除了逢年过节起来几天，其余的时间都在床上躺着，整天地躺着，除了那个女佣人，没有人上她屋里去。

有一个人是常上她屋里去的，我。我去了，坐在她床前的机凳上，陪她一会儿。她精神好的时候，教我《长恨歌》、《西厢记·长亭》。

春风桃李花开日，
秋雨梧桐叶落时。

碧云天，
黄花地，
西风紧，
北雁南飞。
晓来谁染霜林醉，

总是离人泪。

也有的时候，她也会讲一点轻松一些的文学故事，念苏东坡嘲笑小妹的诗：

人前走不上三五步，

额头先到画堂前。

这样的时候，她脸上也会有一点笑意。她的记忆很好，教我念诗，都是背出来的。她背诗，抑扬顿挫，节奏很强，富于感情，因此她教过我的诗词，我一直记得很清楚。她的诗词，是邑中一个老名士教的。

她老是叫我坐在她床前吃东西，吃饭，吃点心。吃两口，她就叫我张开嘴让她看看。接着就自言自语："王二娘个猫，王二娘个猫，王二娘个猫。"不知道这是什么意思。她是王二娘，我是她的猫？有时我不在跟前，她一个人在屋里也叨咕："王二娘个猫，王二娘个猫。"

每年夏天，她要回娘家住一阵。归宁那天，且出不了房门哩。跨出来，转身又跨进去，跨出来，又跨进去。轿子等在大门口（她回娘家都是坐轿子），轿前两盏灯笼换了几次蜡烛，她还没跨出房门。

这种精神状态，我们那里叫做"魔"。

下堂屋左边是我父亲的画室，右边是"下房"，女佣人住的地方。

下堂屋南，一道花瓦墙外，即是花园，墙上也有一个小六角门。

开开六角门，是一片砖墁的平地。更南，是花厅。花厅是我们这所住宅里最明亮的屋子，南边一溜全是大玻璃窗，听说我父亲年轻时常请一些朋友来，在花厅里喝酒，唱戏，吹弹歌舞，到我记事的时候，就没有看过这种热闹。花厅也总是闲着。放暑假，我们到花厅里来做假期作业。每年做酱的时候，我的祖母在花厅里摊晾煮熟的黄豆和烤过的发面饼，让豆、饼长毛发酵。花厅外的砖地上有一口大缸，装着豆酱，一口浅缸，装着甜面酱。

砖地东面，是一个花台，种着四棵很大的腊梅花，主干都有碗口粗，每年开很多花。这种腊梅的花心是紫檀色的。按说"磬口檀心"是腊梅的名种，但是我们那里重白心的，叫做"冰心腊梅"，而将檀心者起一个不好听的名称,叫"狗心腊梅"。下雪之后,上树摘花,是我的事。腊梅的骨朵很密。相中一大枝,折下来,养在大胆瓶里,过年。

腊梅花的对面,是两棵桂花。一棵金桂,一棵银桂。每年秋天,吐蕊开花。桂花树下,长了一片萱草,也没人管它,自己长得很旺盛。萱花未尽开时摘下,阴干,我们那里叫做金针,北方叫做黄花菜。我小时最讨厌黄花菜,觉得淡而无味。到了北方,学做打卤面,才知道缺这玩意还不行。

桂花树后,是南北向的花瓦墙,墙上开一圆门,即北方所说的月亮门。

出圆门,是一畦菜地。我的祖母每年在这里种乌青菜,即上海人所说的塌苦菜。这块菜地土很瘦,乌青菜都不肥大,而茎叶液汁浓厚,旋摘煮食,味道极好,远胜市上买来的,叫做"起水鲜"。经霜后,叶缘皆作紫红色,尤其甜美。

菜畦左侧有一棵紫薇,一房多高,开花时乱红一片,晃人眼睛。游蜂无数,——齐白石爱画的那种大个的黑蜂,穿花抢蕊,非常热闹。西侧,有一座六角亭,可以小坐。

菜畦东边有一条砖路。砖路尽处是一棵木瓜,一棵矾杏,一棵柿树,都很少结果。

树之外,是一座船亭。这是祖父六十大寿头年盖的。船头向东,两边墙上各开了海棠形的窗户。祖父盖船亭,是为了"无事此静坐",但是他只来坐过几次,平常不来,经常锁着。隔着正面的玻璃隔扇,可以看到里面铁梨木琴几上摆着几件彝器,几把檀木椅子,萧萧爽爽。

船亭对面,有一棵很大的柳树。挨着柳树,是一个高高的花坛。花坛上原来想是栽了不少花的,但因为无人料理,只剩下一棵石榴,一丛鱼儿牡丹。鱼儿牡丹开一串一串粉红的花,花作鸡心形,像是童话里的植物。

花坛对面,是土山。这座土山不知是哪年堆成的。这些土是从园里挖出的,还是从外面运进来的,均不知道。土山左脚,种了两棵碧桃,一棵白的,一棵浅红的。碧桃花其实是很好看的,花开得很繁茂,花期也长,应该对它珍贵一点,但是大家都不把它当回事,也许因为它花开得太多,也太容易养活了。土山正面,种了四棵香橼,每年都要结很多。香橼就是"橘逾淮南则为枳"的枳,但其实枳和橘是两种植物。香橼秋天成熟。香橼的香气很冲,不大好闻。但香橼花的气味是很好的,苦甜苦甜的。花白色,瓣微厚,五出深裂,如小酒盏,很好看。山顶有两棵龙爪槐,一在东,一在西。西边的一棵是我的读书树。我常常爬上去,在分杈的树干上靠好,带一块带筋的干牛肉或一块榨菜,一边慢慢嚼着,一边看小说。土山外隔一道墙是一个尼庵,靠在树上可以看见小尼姑从井里汲水浇菜。这尼庵的尼姑是带发修行的,因此我看的小尼姑是一头黑发。

从土山东边下山,是一片空地。空地上有一口很大的缸,养着很大的金鱼,这是大伯父养的。因此,在我们的印象里这一边是大爷的地方。但是我们并未分家,小孩子是可以自由来去的。

金鱼缸的西北边有一架紫藤。盛花时,紫云拂地。花谢,垂下一根一根长长的刀豆。

鱼缸正北,一棵白丁香,一棵紫丁香。

丁香之左,一片紫鸢。

往南,墙边一丛金雀花。

紫鸢的东边,荒草而已。这片草地每年下面结不少甘露,我们那里叫做螺蛳菜或宝塔菜。甘露洗净后装白布袋,可入甜面酱缸腌渍。

草地之东有一排很大的冬青树。夏天开密密的小白花,也有香味。秋后结了很多紫色的胡椒粒大的果实。

冬青之外,是"草房",堆草的屋子。我们那里烧草——芦柴,一次要置很多担草,垛积在一排空屋里。

冬青的北面,是花房,房顶南檐是玻璃盖的,原是大爷养花的地方,但他后来不养花了,花房就空着。一壁挂着一个老鹰风筝。据我父亲说这个老鹰是独脑线的,——只有一根脑线。老鹰风筝是大爷年轻时放过的。听我父亲说,放上去之后,曾有真的老鹰和它打过架。空空的花房里只有两盆颇大的夹竹桃。夹竹桃红花殷殷的,我忽然觉得有些紧张,因为天忽然黑下来了,只有我一个人,在空空的花园里。

听大人说,这花园里有一个白胡子老头。这白胡子老头是神仙?还是妖怪?但是,晚上是没有人到花园里去的,东边和西边的小六角门都上了铁锁。

我们这座花园实在很难叫做花园,没有精心安排布置过,草木也都是随意种植的,常有一点半自然的状态。但是这确是我童年的乐园,我在这里掏过很多蟋蟀,捉过知了、天牛、蜻蜓,捅过马蜂窝,——这马蜂窝结在冬青树上,有蒲扇大!

一九九一年九月十九日

注　释

① 本篇原载《作家》1991 年第十二期;初收《汪曾祺散文随笔选集》,沈阳出版社,1993 年 6 月。

录 音 压 鸟①

听到一种鸟声："光棍好苦"。奇怪！这一带都是楼房,怎么会飞来一只"光棍好苦"呢？鸟声使我想起南方的初夏雨声、绿。"光棍好苦"也叫"割麦插禾"、"媳妇好苦"。这种鸟的学名是什么,我一直没有弄清楚,也许是"四声杜鹃"吧。接着又听见布谷鸟的声音："咶咕,咶咕"。唔？我明白了：这是谁家把这两种鸟的鸣声录了音,在屋里放着玩哩,——季节也不对,九十月不是"光棍好苦"和布谷叫的时候。听听鸟叫录音,也不错,不像摇滚乐那样吵人。不过他一天要放好多遍。一天下楼,又听见。我问邻居：

"这是谁家老放'光棍好苦'?"

"八层！养了一只画眉,'压'他那只鸟哪!"

过了几天,八层的录音又添了一段：母鸡下蛋：咯咯咯咯,咯咯咯咯,咯咯咯咯搭……

又过了几天,又续了一段：咪噢,咪噢。小猫。

我于是肯定,邻居的话不错。

培训画眉学习鸣声,北京叫做"压"鸟。"压"亦写作"押"。

北京人养画眉,讲究有"口"。有的画眉能有十三或十四套口,即能学十三四种叫声。比较一般的是苇咋子(一种小水鸟)、山喜鹊(蓝灰色)、大喜鹊,还有"伏天儿"(蝉之一种),鸣声如"伏天伏天……",我一天和女儿在玉渊潭堤上散步,听见一只画眉学猫叫,学得真像,我女儿不禁笑出声来："这不是自己吓唬自己吗?"听说有一只画眉能学"麻雀争风"：两只麻雀,本来挺好,叫得很亲热;来了个第三者,跟母麻雀调情,公麻雀生气了,和第三者打了起来;结果是第三者胜利了,公麻雀被打得落荒而逃,母麻雀和第三者要好了,在一处叫得很亲热。一只画眉学三只鸟叫,还叫出了情节,我真有点不相信。可是养鸟的行家都说这是真事。听行家们说,压鸟得让画眉听真鸟,学山喜鹊就让它听山喜鹊,学苇咋子就听真苇咋子;其次,就是向别的有"口"的画眉学。北京养画眉的每天集中在一起,谓之"会鸟",目的之一就是让画眉互相学习。靠听录音,是压不出来的!玉渊潭有一年飞来了一只"光棍好苦",一只布谷,有一位,每天拿着录音机,追踪这两只鸟。我问养鸟的行家:"他这是干什么?"——"想录下来,让画眉学,——瞎白!"

北京养画眉的大概有不少人想让画眉学会"光棍好苦"和布谷。不过成功的希望很少。我还没听到一只画眉有这一套"口"的。那位不辞辛苦跟踪录音的"主儿"也是不得已。"光棍好苦"和布谷北京极少来,来了,叫两天就飞走了。让画眉跟真的"光棍好苦"和布谷学,"没门儿"!

我们楼八层的小伙子(我无端地觉得这个养画眉的是个年轻人,一个生手)录的这四套"学习资料",大概是跟别人转录来的。他看来急于求成,一天不知放多少遍录音。一天到晚,老听他的"光棍好苦"、"哈咕"、"咯咯咯咯搭"、"喵呜",不免有点叫人厌烦。好在,我有点幸灾乐祸地想,这套录音大概听不了几天了,他这只画眉是只"生鸟","压"不出来的。

我不反对画眉学别的鸟或别的什么东西的声音(有的画眉能学旧日北京推水的独轮小车吱吱扭扭的声音;有一阵北京抓社会治安,不少画眉学会了警车的尖厉的叫声,这种不上"谱"的叫声,谓之"脏口",养画眉的会一把抓出来,把它摔死)。也许画眉天生就有学这些声音的习性。不过,我认为还是让画眉"自觉自愿"地学习,不要灌输,甚至强迫。我担心画眉忙着学这些声音,会把它自己本来的声音忘了。画眉本来的鸣声是很好听的。让画眉自由地唱它自己的歌吧!

注　释

① 本篇原载 1991 年 11 月 5 日《解放日报》;初收《中国当代作家选集丛书·汪曾祺》,人民文学出版社,1992 年 12 月。

初识楠溪江[①]

楠溪江在浙江温州永嘉县。永嘉的出名是因为谢灵运。谢灵运曾为永嘉太守,于永嘉山水,游历殆遍。谢灵运是中国山水诗的鼻祖,那么永嘉可以说是山水诗的摇篮,永嘉山水之美可以想见。永嘉山水之美在楠溪江。然而世人知永嘉,知楠溪江者甚少。楠溪江1988年经国务院批准为国家级风景名胜区。此次列入国家级风景区者共42处,楠溪江是其中之一。然而楠溪江之名犹不彰,养在深闺人未识。

我们应温州市、永嘉县之邀,到永嘉去了一趟。游楠溪江,实只三天。匆匆半面,很难得其仿佛。但是我可以负责地向全世界宣告:楠溪江是很美的。

九 级 瀑

九级瀑在大若岩景区。大若岩旧写作大箬岩,"箬"不知道什么时候省写成"若",我觉得还是恢复原字为好,何必省去不多的笔画呢。箬是矮棵的竹子,叶片甚大,可以包粽子,衬斗笠。我在井冈山看到过这种箬竹,很好看的。既名为大箬岩,可以有意识地多种一点这种竹子。

九级瀑不像黄果树和镜泊湖瀑布,以其雄壮宏伟慑人心魄;不像大龙湫一样因为飞流直下三千尺而使人目眩。九级瀑之奇,奇在瀑有九级。我在云南腾冲看过"三跌水",瀑水三叠,已经叹为观止。像这样九级瀑布,实为平生所未见。九级瀑不是一瀑九级,是九条瀑布。九瀑源流,当是一脉,但一瀑一形,一瀑一景,段落分明,自成首尾,在二三公里、一二小时的游程中,能连续看到九瀑,全世界大概再也找不出来。

九级瀑景点还没有定名。导游的同志希望作家起个名字,永嘉籍作家陈惠芳征求我的意见,我想了想,说:"就叫'九叠飞漈'吧。"本地人把瀑布叫做"漈"。"漈"字一般字典上没有,但是朱自清先生的《白水漈》一文中已经用过这个字。用"漈",有点地方特点。温州籍作家林斤澜稍一沉吟,说:"挺好。"有人提出为每个漈取个名字。我和斤澜商量了一下,觉得以漈形取名,把游客的想象框死了,不如就照本地习惯,叫做"一漈"、"二漈"、"三漈"……斤澜深以为然。下山吃饭的时候,旁边的桌上已经摆好了笔墨,叫把这四个字写下来。横竖各写了一条。作九漈歌:

> 漈水来天上,
> 依山为九叠。
> 源流一脉通,
> 风景各异域。
> 或如匹练垂,
> 万古流日夕。
> 或分如燕尾,
> 左右各一撇。
> 或轻如雾縠,
> 随风自摇曳。
> 或泻入深潭,
> 潭水湛然碧。
> 或落石坝上,
> 訇然喷玉屑。
> 或藏岩隙中,
> 窅如云中月。
> 信哉永嘉美,
> 九漈皆奇绝。

　　出九级瀑,右折,为陶公洞,传是陶弘景隐居著书处。

陶弘景是中国道教史上的一个重要人物。他的思想很复杂，其源出于老庄，又受葛洪的神仙道教影响。他本是读书人，是儒家，做过官，仕齐拜左卫殿中将军，入梁，隐居不仕。他又吸取了佛教的某些观点。从他身上可以看出儒、释、道思想的互相渗透。他是药物学家，所著《本草经集注》收药物七百三十种。他是书法家，擅长草隶行书。他还是个诗人。他的《诏问山中何所有》是中国诗歌史上杰出的名篇：

> 山中何所有？
>
> 岭上多白云。
>
> 只可自怡悦，
>
> 不堪持赠君。

这四句诗毫无齐梁诗的绮靡习气，实开初唐五言绝句的先河。一个人一生留下这样四句诗，也就可以不朽了。

陶公洞是个可以引人低徊向往的地方。陶弘景是值得纪念的人物，陶公洞内部应该收拾得更像样一些。现在洞里的情形实在不大好，有点乌烟瘴气。

永恒的船桅

石桅岩在鹤盛乡下岙村北。

下汽车，沿卵石路往下，上船。水不深，很平静，很清，而颜色绿如碧玉。夹岸皆削壁，回环曲折。群峰倒影映入水中，毫发不爽。船行影上，倒影稍稍晃动。船过后，即又平静无痕。是为"小三峡"。有人以为"小三峡"这个名字不好，叫做"小三峡"的地方太多了，而且也不像三峡。提出改一个名字。中国的"小三峡"确实不少，都不怎么像。"小三峡"嘛，哪能跟三峡一样呢，有那么一点三峡的意思就行了。一定要改一个名字，可以叫做"三峡小样"。但我看可以不必费那个事。"小三峡"，挺好，大家已经叫惯了。

小三峡两边山上树木葱茏，无隙处。偶见红树，鲜红鲜红，不是枫树,也不是乌桕,问之本地人,说这是野漆树。

我们坐的船,轻轻巧巧,一头尖翘。问林斤澜:"这也是蚱蜢舟么?"斤澜说:"也算。"幼年读李清照词:"闻说双溪春尚好,也拟泛轻舟。只恐双溪蚱蜢舟,载不动许多愁",以为"蚱蜢"只是个比喻。斤澜小说中也提到蚱蜢舟,我以为是承袭了李清照的词句。没想到这是一个实体,永嘉把这种船就叫做蚱蜢舟。一般的蚱蜢舟比我们所坐的要小得多,只能容三四人(我们的船能坐二十人),样子很像蚱蜢。永嘉人所说的蚱蜢是尖头,绿色鞘翅,鞘翅下有桃红色膜翅的那一种,北京人把这种蚱蜢叫做"挂大扁儿"。我以为可以选一处蚱蜢舟较多的水边立一块不很大的石碑,把李清照的这首《武陵春》刻在上面(李清照曾流寓永嘉,这首词很可能是在永嘉做的)。字最好请一个女书法家来写,能填词的更好。

出小三峡,走一段卵石纵横的路(实是在卵石滩上踏出一条似有若无的路),又遇一片水,渡水至岸,有钢梯,蹑梯而上,至水仙洞。稍憩,出洞沿石级至峰顶。峰顶有野树一株,向内欹偃,极似盆景。树干不粗,而甚遒劲,树根深深扎进岩石中,真可谓"咬定青山"。迈过这棵大盆景,抚树一望,对面诸峰,争先恐后,奔奔沓沓,皆来相就。

首当其冲的山峰,犹如巨兽,曰"麒麟送子"。或以为"麒麟送子",名不雅驯,拟改之为"驼峰",以其形状更像一头奔跑而来的骆驼。我觉得也不必。天下山峰似骆驼而名为驼峰者多矣。山名与其求其形似,不如求其神似。"麒麟送子"好处在一"送"字。

沿石级而下,复至水仙洞略坐。洞不很大,可容二三十人。洞之末端渐狭小,有一个歪歪斜斜的铁烛架,算是敬奉水仙之处了。

据传,水仙是一少女,生前为人施药治病,后仙去,乡人为纪念她,名此洞曰水仙洞。水仙洞不在水边,却在山顶。既在山顶,仍叫水仙,这是很有意思的。

我建议把水仙洞稍稍整治一下,在洞之末端凿出一个拱顶的小龛,内供水仙像。水仙像可向福建德化订制,白瓷,如"滴水观音"瓷像那样,形貌亦可略似观音,亦可持瓶滴水,但宜风鬟雾鬓,萧萧飒飒,不似观音那样庄肃。像不必大,二三尺即可。

作水仙洞歌:

> 往寻水仙洞,
> 却在山之巅。
> 想是仙人慕虚静,
> 幽居不欲近人寰。
> 朝出白云漫浩浩,
> 暮归星月已皎然。
> 不识仙人真面目,
> 只闻轻唱秋水篇。

在水仙洞口待渡(船工回家吃饭去了),至对岸,稍左,即石桅岩。"石"与"桅"本不相干,但据说多年来就是这样叫的,是老百姓起的名字。起名字的百姓,有点禅机。听说从某一角度看,是像船桅的,但从我们立足处,看不出,只觉得一尊巨岩,拔地而起。岩是火成花岗岩,岩面浅红色,正似中国山水画里的"浅绛"。岩净高306米,巍然独立。四面诸峰不敢与之比高(诸峰皆只200米左右),只能退避,但于远处遥望,尽其仰慕惶恐之忧。石桅岩通体皆石,岩顶、石缝,亦生草木,远视之,但如毛发瘰痣而已。曾经有小伙子攀到山顶,伐倒几棵大树,没法运下岩,就心生一计,把树解为几段,用力推下。下岩一看,都已摔成碎片。

石桅岩之南,有一片很大的草坪,地极平,草很干净。在高岩乱石之间有这么一片天然草坪,也很奇怪。我们几个上了岁数的,在草坪上野餐了一次(年轻人都爬过后山到农民家吃饭去了)。煮芋头,炖番薯,炒米粉,红烧山鸡(山里养的鸡),饮农家自制的老酒,陶然醉饱。

作石桅铭:

> 石桅停泊,
> 历千万载。
> 阅几沧桑,

青颜不改。

传家耕读古村庄

参观苍坡村。楠溪多古村,苍坡是其一。这是一个"宋村",原名苍墩,绍熙间为避光宗赵惇之讳而改。现在的木结构的寨门建于建炎二年,有志可查。国师李时日题寨门的对联"四壁青山藏虎豹,双池碧水贮蛟龙"至今犹在。苍坡建村,是有一个总体设计的,其构思是:文房四宝。村中有长方形的水池,是砚。池边有长石条,是墨(石条想是为了便于村民憩歇)。石条外有一条横贯全村的笔直的砖街,是笔——一个村里有这样一条笔直笔直的街,我还从未见过。可以说,这是我所见过的最直的街。整个村子是方的,是为纸。这样的设计,关涉到"风水",无非是希望村里多出达官文人。红卫兵小将如果知道,一定会大骂一声:"封建!"但是整个村却因此而变得整齐爽朗,使人眼目明快。这个村没有遭到红卫兵的破坏,也许就因为风水好。

我见过一些古村民居,比如皖南的黟县。这里的民居设计和黟县大不相同。黟县古民居多是连院、高墙、小天井、小房间、小窗。窗槅雕刻精细,涂朱漆,勾金边,但采光很不好,卧房里黑洞洞的。所有建筑显得很拘谨,很局促。苍坡村的民居多木石结构,木构暴露,多为本色,薄墙充填,屋顶出檐大,显得很自由,很开阔,很豁达。这反映出两种不同的文化心理。黟县民居反映了商业社会文化。我在黟县一家的堂屋里看到一副木制朱地金字对联,上联是"为官好做商好能守业便好"(下联已忘),黟县民居格局,正与此种守成思想一致。苍坡民居则表现出一种耕读社会的文化。楠溪江畔一些村落宗谱族规都有类似词句:"读可荣身,耕可致富。勿游手好闲,自弃取辱。少壮荡废,老悔莫及。"永嘉文风极盛,志称"王右军导以文教,谢康乐继之,乃知向方"。因为长时期的熏陶,永嘉人的文化素质是比较高的。"人生其地者皆慧中而秀外,温文而尔雅"。这种秀外慧中、温文尔雅的风度,到今天,我们还能在楠溪江人身上感受得到。想要了解中国耕读社会文化形态，楠溪江古村，是仍然具有生命力的标本。

楠溪江村外多有路亭。路亭是村民歇脚、纳凉、闲谈、听剧曲道情的地方，形制各异，而皆幽雅舒畅。路亭是楠溪江沿岸风光的很有特点的点缀。

楠溪村头常有一两棵木芙蓉。永嘉土壤气候于木芙蓉也许特别适宜。我在上塘街边看到一棵芙蓉，主干有大碗口粗，有二层楼高，满树繁花，浅白殷红，衬着巴掌大的绿叶，十分热闹。芙蓉是灌木，永嘉的芙蓉却长成了大树，真是岂有此理！听永嘉人说，永嘉过去种芙蓉，是为了取其树皮打草鞋，现在穿草鞋的少了，芙蓉也种得少了。应该多种。我向永嘉县领导建议，可考虑以芙蓉为永嘉县花。听说温州已定芙蓉为市花，不禁怃然。后到温州，闻温州市花是茶花，不是芙蓉，那么芙蓉定为永嘉县花还是有希望的。但愿我的希望能成为现实。

赞苍坡村：

> 村古民朴，
> 天然不俗，
> 秀外慧中，
> 渔樵耕读。

清清楠溪水

嘉陵江被污染了，漓江被污染了，即武夷山九曲溪也不能幸免，全国唯一的一条真正没有被污染的江，只有楠溪江了。永嘉人呀，你们千万要把楠溪江保护好，为了全国人民的眼睛，拜托了！

楠溪江水质纯净，经化验，符合国家一级水标准。无论在哪里，舀起一杯楠溪水，你可以放心地喝下去，绝不会闹肚子。水是透明的。水中含沙量很少，即使是下了暴雨，江水微浑，过两三天，又复透明如初。透明到一眼可以看到江底。江底卵石，历历可数。江宽而浅。浅处只有一米。偶有深潭，也只有几米。江水平静，流速不大，但很活泼，不呆板。江水下滩,也有浪花,但不汹涌。过滩时竹筏工并不警告乘客"小心"。偶有大块卵石阻碍航路,筏工卷裤过膝,跳进水中,搬开石头,水既畅流,他即一步上筏,继续撑篙,若无其事。他很泰然,你也不必紧张,尽管踏踏实实地在竹椅上坐着。

乘坐竹筏,在楠溪江上漂上个把小时,真是绝妙的享受。我在武夷山九曲溪坐过竹筏。一来,九曲溪和武夷山互为宾主,人在竹筏上,注意力常在岸上的景点,仙人晒布、石虾蟆……左顾右盼,应接不暇,不能全心感受九曲溪。二来,九曲溪航程太短,有点像南宋瓦子里的"唱赚",正堪美听,已到煞尾,不过瘾。楠溪江两岸都是滩林。滩林很美,但很谦虚,但将一片绿,迎送往来人,甘心作为楠溪江的陪衬,绝不突出自己。似乎总在对人说:"别看我,看江!"楠溪水程很长,可一百多公里。我们在江上漂了三个小时,如果不是因天黑了,还能再漂一个多小时。真是尽兴。在楠溪竹筏上漂着,你会觉得非常轻松,无忧无虑,一切烦恼委屈,油盐柴米,全都抛得远远的。你会不大感觉到自己的体重。大胖子也会感到自己不胖。来吧,到楠溪江上来漂一漂,把你的全身、全心都交给这条温柔美丽的江。来吧,来解脱一次,溶化一次,当一回神仙。来吧!来!

作楠溪之水清:

楠溪之水清,
欲濯我无缨。
虽则我无缨,
亦不负尔清。
手持碧玉杓,
分江入夜瓶。
三年开瓶看,
化作青水晶。

一九九一年十一月二十日

注　释

①　本篇原载 1992 年 1 月 9 日、1 月 23 日、2 月 6 日《中国旅游报》;初收《中国当代作家选集丛书·汪曾祺》,人民文学出版社,1992 年 12 月。

遥寄爱荷华①

——怀念聂华苓和保罗·安格尔

　　1987 年 9 月,我应安格尔和聂华苓之邀,到爱荷华去参加爱荷华大学"国际写作计划",认识了他们夫妇,成了好朋友。

　　安格尔是爱荷华人。他是爱荷华城的骄傲。爱荷华的第一国家银行是本城最大的银行,和"写作计划"的关系很密切("国际写作计划"作家的存款都在第一银行开户),每一届"国际写作计划",第一银行都要举行一次盛大的招待酒会。第一银行的墙壁上挂了一些美国伟人的照片或画像。酒会那天,银行特意把安格尔的巨幅淡彩铅笔画像也摆了出来。画像画得很像,很能表现安格尔的神情:爽朗,幽默,机智。安格尔拉了我站在这张画像的两边拍了一张照片。可惜我没有拿到照相人给我加印的一张。

　　江迪尔是一家很大的农机厂。这家厂里请亨利·摩尔做了一个很大的抽象的铜像,特意在一口湖当中造了一个小岛,把铜像放在岛上。江迪尔农机厂是"国际写作计划"的赞助者之一,每年要招待国际作家一次午宴。在宴会上,经理致辞,说安格尔是美国文学的巨人。

　　我不熟悉美国文学的情况,尤其是诗,不能评价安格尔在美国当代文学中的位置。我只读过一本他的诗集《中国印象》,是他在中国旅行之后写的,很有感情。他的诗是平易的,好懂的,是自由诗。有一首诗的最后一段只有一行:

　　中国也有萤火虫吗?

我忽然非常感动。

我真想给他捉两个中国的萤火虫带到美国去。

我三天两头就要上聂华苓家里去，有时甚至天天去。有两天没有去，聂华苓估计我大概一个人在屋里，就会打电话来。我们住在五月花公寓，离聂华苓家很近，5分钟就到了。

聂华苓家在爱荷华河边的一座小山半麓。门口有一块铜牌，竖写了两个隶书："安寓"。这大概是聂华苓的主意。这是一所比较大的美国中产阶级的房子，买了已经有些年了。木结构。美国的民居很多是木结构，没有围墙，一家一家不挨着。这种木结构的房子也是不能挨着，挨在一起，一家着火，会烧成一片。我在美国看了几处遭了火灾的房子，都不殃及邻舍。和邻舍保持一段距离，这也反映出美国人的以个人主义为基础的文化心理。美国人不愿意别人干扰他们的生活，不讲什么"处街坊"，不讲"闻多素心人，乐与数晨夕"。除非得到邀请，美国人不随便上人家"串门儿"。

是一座两层的房子。楼下是聂华苓的书房，有几张中国字画。我给她带去一个我自己画的小条幅，画的是一丛秋海棠，一个草虫，题了两句朱自清先生的诗："解得夕阳无限好，不须怅惘近黄昏"。第二天她就挂在书桌的左侧，以示对我的尊重。

楼上是卧室、厨房、客厅。一上楼梯，对面的墙上在一块很大的印第安人的壁衣上挂满了各个民族、各个地区、各色各样的面具，是安格尔搜集来的。安格尔特别喜爱这些玩意。他的书架上、壁炉上，到处都是这一类东西（包括一个黄铜敲成的狗头鸟脚的非洲神像，一些东南亚的皮影戏人形……）。

餐厅的一壁横挂了一柄船桨，上面写满了字。想是安格尔在大学划船比赛获奖的纪念。

一个书柜里放了一张安格尔的照片，坐在一块石头上，很英俊，一个典型的美国年轻绅士。聂华苓说："我认识他的时候，他就是这个样子！"

南面和西面的墙顶牵满了绿萝。美国很多人家都种这种植物，有的店铺里也种。这玩意只要一点土，一点水，就能陆续抽出很长的条，不断生出心脏形的浓绿肥厚的叶子。

白色羊皮面的大沙发是可以移动的。一般是西面、北面各一列,成直角。有时也可以拉过来,在小圆桌周围围成一圈。人多了,可以坐在地毯上。台湾诗人蒋勋好像特爱坐在地毯上。

客厅的一角散放着报纸、刊物、画册。

这是一个舒适、随便的环境,谁到这里都会觉得无拘无束。美国有的人家过于整洁,进门就要脱鞋,又不能抽烟,真是别扭。

安格尔和聂华苓都非常好客。他们家几乎每个晚上都是座上客常满,杯中酒不空。爱荷华是个安静、古板的城市(城市人口6万,其中3万是大学生),没有夜生活。有一个晚上,台湾诗人郑愁予喝了不少酒,说他知道有一家表演脱衣舞的地方,要带几个男女青年去看看。不大一会,回来了!这家早就关闭了。爱荷华原来有一家放色情片子的电影院,让一些老头儿、老太太轰跑了。夜间无事,因此,家庭聚会就比较多。

"国际写作计划"会期3个月,聂华苓星期六大都要举行晚宴,招待各国作家。分拨邀请。这一拨请哪些位,那一拨请哪些位,是用心安排的。她邀请中国作家(包括大陆的、台湾的、香港的,和在美国的华人作家)次数最多。有些外国作家(主要是说西班牙语的南美作家)有点吃醋,说聂华苓对中国作家偏心。聂华苓听到了,说:"那是!"我跟她说:"我们是你的娘家人。"——"没错!"

美国的习惯是先喝酒,后吃饭。大概6点来钟,就开始喝。安格尔很爱喝酒,喝威士忌。我去了,也都是喝苏格兰威士忌或伯尔本(美国威士忌)。伯尔本有一点苦味,别具特色。每次都是吃开心果就酒。聂华苓不知买了多少开心果,随时待客,源源不断。有时我去早了,安格尔在他自己屋里,聂华苓在厨房忙着,我就自己动手,倒一杯先喝起来。他们家放酒和冰块的地方我都知道。一边喝加了冰的威士忌,一边翻阅一大摞华文报纸,蛮惬意。我在安格尔家喝威士忌加在一起,大概不止一箱。我一辈子没有喝过那样多威士忌。有两次,聂华苓说我喝得说话舌头都直了!临离爱荷华前一晚,聂华苓还在我的外面包着羊皮的不锈钢扁酒壶里灌了一壶酒。

晚饭烤牛排的时候多。我爱吃烤得很嫩的牛排。聂华苓说："下次来，我给你一块生牛排你自己切了吃！"

吃过一次核桃树枝烤的牛肉。核桃树枝是从后面小山上捡的。

美国火锅吃起来很简便。一个长方形的锅子，各人自己涮鸡片、鱼片、肉片……

聂华苓表演了一次豆腐丸子。这是湖北菜。

聂华苓在美国二十多年了，但从里到外，都还是一个中国人。

她有个弟弟也在美国，我听到她和弟弟打电话，说的是地地道道的湖北话！

有一次中国作家聚会，合唱了一支歌"我的家在东北松花江上"。聂华苓是抗战后到台湾的，她会唱相当多这样的救亡歌曲。台湾小说家陈映真、诗人蒋勋，包括年轻的小说家李昂也会唱这支歌。唱得大家心里酸酸的。聂华苓热泪盈眶。

聂华苓是个很容易动感情的人。有一次她和在美的华人友好欢聚，在将近酒阑人散（有人已经穿好外衣）的时候，她忽然感伤起来，失声痛哭，招得几位女士陪她哭了一气。

有一次陈映真的父亲坐一天的汽车，特意到爱荷华来看望中国作家。老先生年轻时在台湾教学，曾把鲁迅的小说改成戏剧在台演出，大概是在台湾最早介绍鲁迅的学人之一。老先生对祖国怀了极深的感情。陈映真之成为台湾"统派"的代表人物之一，与幼承庭训有关。陈老先生在席间作了热情洋溢的讲话。我听了，一时非常激动，不禁和老先生抱在一起，哭了。聂华苓陪着我们流泪，一面攥着我的手说："你真好！你真好！你真可爱！"

我跟聂华苓说："我已经好多年没有哭过了。"

聂华苓原来叫我"汪老"，有一天，对我说："我以后不叫你'汪老'了，把你都叫老了！我叫你汪大哥！"我说："好！"不过似乎以后她还是一直叫我"汪老"。

中国人在客厅里高谈阔论，安格尔是不参加的，他不会汉语。他会说的中国话大概只有一句："够了！太够了！"一有机会，在给他分菜或倒酒时,他就爱露一露这一句。但我们在聊天时,他有时也在一边听着,而且好像很有兴趣。我跟他不能交谈,但彼此似乎很能交流感情,能够互相欣赏。有一天我去得稍早,用英语跟他说了一句极其普通的问候的话:"你今天看上去气色很好",他大叫:"华苓!他能说完整的英语!"

安格尔在家时衣著很随便,总是穿一件宽大的紫色睡袍,软底的便鞋,跑来跑去,一会儿回他的卧室,一会儿又到客厅里来。我说他是个无事忙。聂华苓说:"就是,就是!整天忙忙叨叨,busy!busy!不知道他忙什么!"

他忙活的事情之一,是伺候他的那群鹿和浣熊。有一群鹿和浣熊住在"安寓"后山的杂木林里,是野生的,经常到他的后窗外来做客。鹿有时两三只,有时七八只;浣熊一来十好几只,他得为它们准备吃的。鹿吃玉米粒。爱荷华是产玉米的州,玉米粒多的是。鹿都站在较高的山坡上,低头吃玉米粒,忽然又扬起头来很警惕地向窗户里看一眼。浣熊吃面包。浣熊憨头憨脑,长得有点像熊猫,胆小。但是在它们专心吃面包片时,就不顾一切了。美国面包隔了夜,就会降价处理,很便宜。聂华苓隔一两天就要开车去买面包。"浣熊吃,我们也吃!"鹿和浣熊光临,便是神圣的时刻。安格尔深情地注视窗外,一面伸出指头示意:不许作声!鄂温克族作家乌热尔图是猎人,看着窗外的鹿,说:"我要是有一杆枪,一枪就能打倒一只。"安格尔瞪着灰蓝色的眼睛说:"你要是拿枪打它,我就拿枪打你!"

安格尔是个心地善良,脾气很好,快乐的老人,是个老天真。他爱大笑,大喊大叫,一边叫着笑着,一边还要用两只手拍着桌子。

他很爱聂华苓,老是爱说他和聂华苓恋爱的经过:他在台北举行酒会,聂华苓在酒会上没有和他说话。聂华苓要走了,安格尔问她:"你为什么不理我?"聂华苓说:"你是主人,你不主动找我说话,我怎么理你?"后来,安格尔约聂华苓一同到日本去,聂华苓心想:一个外国人,约我到日本去?她还是同意了。到了日本,又到了新加坡、菲律宾……后来呢?后来他们就结婚了。他大概忘了,他已经跟我说过一次他的罗曼史。我告诉蒋勋,我已经听他说过了,蒋勋说:"我已经听过五次!"他一说起这一段,聂华苓就制止他:"No more! No more!"

聂华苓从客厅走回她的卧室,安格尔指指她的背影,悄悄地跟我说:

"她是一个了不起的女人!"

12月中旬,我到纽约、华盛顿、费城、波士顿走了一圈。走的时候正是爱荷华的红叶最好的时候,橡树、元宝树、日本枫……层层叠叠,如火如荼。

回到爱荷华,红叶已经落光,这么快!

我是年底回国的。离开爱荷华那天下了大雪,爱荷华一点声音没有。

1988年,安格尔和聂华苓访问了大陆一次。作协外联部不知道是哪位出了一个主意,不在外面宴请他们,让我在家里亲手给他们做一顿饭,我说:"行!"聂华苓在美国时就一直希望吃到我做的菜(我在她家里只做过一次炸酱面),这回如愿以偿了。我给他们做了几个什么菜,已经记不清了,只记得有一碗扬州煮干丝、一个炝瓜皮,大概还有一盘干煸牛肉丝,其余的,想不起来了。那天是蒋勋和他们一起来的。聂华苓吃得很开心,最后端起大碗,连煮干丝的汤也喝得光光的。安格尔那天也很高兴,因为我还有一瓶伯尔本,他到大陆,老是茅台酒、五粮液,他喝不惯。我给他斟酒时,他又找到机会亮了他的唯一的一句中国话:

"够了!太够了!"

1990年初秋,我有个亲戚到爱荷华去(他在爱荷华大学读书),我和老伴请他带两件礼物给聂华苓,一个仿楚器云纹朱红漆盒,一件彩色扎花印染的纯棉衣料。她非常喜欢,对安格尔说:"这真是汪曾祺!"

安格尔因心脏病突发,在芝加哥去世。大概是1991年初。

安格尔去世后,我和聂华苓没有通过信。她现在怎么生活呢?前天给她寄去一张贺年卡,写了几句话,信封上写的是她原来的地址,也不知道她能不能收到。

一九九一年十二月二十日

① 本篇原载《中华儿女》1992 年第二期；初收《汪曾祺散文随笔选集》，沈阳
出版社，1993 年 6 月。

羊上树和老虎闻鼻烟儿①

这都是华北俗话。

有一个相声小段,题目叫《羊上树》:

> 甲:哐那令哐令令哐(口作弹三弦声)。
>
> (唱)
>
> 太阳出来亮堂堂,
>
> 出了东庄奔西庄,
>
> 抬头看见羊上树,
>
> 低头……
>
> 乙:你等等!"抬头看见羊上树",
>
> 这羊怎么上的树呀?
>
> 甲:你问这羊怎么上的树?
>
> 乙:对!
>
> 甲:哐那个令哐令令哐。
>
> 抬头看见羊上树……
>
> 乙:羊怎么上的树?
>
> 甲:羊吃什么?
>
> 乙:草。"羊吃百样草,看你找不找。"
>
> 甲:吃树叶不?
>
> 乙:吃!杨树叶,榆树叶,都吃。
>
> 甲:对了!羊爱吃树叶,它就上了树咧!
>
> 乙:它怎么上的树?
>
> 甲:羊上树,
>
> 树上羊,

喤那令喤令令喤……

乙：羊怎么上的树！

甲：你问的是羊怎么上的树呀？

乙：对,怎么上的树！

甲：羊上树,

　　树上羊,

　　喤那个令喤令令喤……

乙：羊怎么上的树？

甲：喤那个令喤令令喤,

　　羊上树,

　　树上羊……

"羊上树",意思是不可能的事。北京人听说不可能实现的,没影儿的事,就说："这是羊上树的事儿！"

为什么不说马上树,牛上树,骆驼上树？这些动物也都是不能上树的。大概是因为人觉得羊似乎是应该能上树的。

羊能上山。我在张家口跟羊倌一块放过羊,羊特爱登上又陡又险的山,听羊倌说,只要是能落住雨点的石头,羊都能上去。

羊特别能维持身体的平衡。杂技团能训练羊走钢丝。

然而羊是不能上树的。没有人见过羊上树。

相声接着往下说：

甲：羊上树,

　　树上羊,

　　喤那个令喤令令喤……

乙：羊怎么上的树？

甲：你这人怎么认死理儿呢？

乙：羊怎么上的树！

甲：喤那令喤令令喤……

乙：羊怎么上的树？

甲:它是我给它抱上去的。

问题原来如此简单。只要有人抱,羊也是可以上树的。

"老虎闻鼻烟儿"意思和"羊上树"差不多,不过语气更坚决。北方人听到什么根本不可能发生的事,就说:"老虎闻鼻烟儿——没有那八宗事!"当初创造这句歇后语的人的想象力实在是惊人。一只老虎,坐着,在前掌里倒一撮鼻烟,往鼻孔里揉?这可能么?

不过也不是绝对地不可能。我曾在电视里看过一只猩猩爱抽雪茄。猩猩能抽雪茄,老虎就许会闻鼻烟儿。

老虎闻鼻烟,有这种可能?它上哪儿弄去呀?自己买去?——老虎走到卖鼻烟的铺子里,攥着一把钞票,往柜台上一扔,指指货架上搁鼻烟的瓷坛子……

操那个心!老虎闻鼻烟儿,不用自己掏钱买。

…………

会有人给它送去。

一九九一年十二月二十五日

注　释

① 本篇原载《随笔》1992 年第三期;初收《塔上随笔》,群众出版社,1993 年 11 月。本文前半部分摘出,以《羊上树》为题刊登于 1997 年 3 月 21 日《南方周末》"四时佳兴"专栏。

一辈古人①

靳 德 斋

天王寺是高邮八大寺之一。这寺里曾藏过一幅吴道子画的观音。这是可信的。清李必恒还曾赋长诗题咏,看诗意,此人是见过这幅画的。天王寺始建于宋淳熙年,明代为倭寇焚毁(我的家乡还闹过倭寇,以前我不知道),清初重建。这幅画想是宋代传下来的。据说有一个当地方官的要去看看,从此即不知下落,这不知是什么年间的事(一说是文化大革命中被毁于扬州)。反正,这幅画后来没有了。

天王寺在臭河边。"臭河边"是地名,自北市口至越塘一带属于"后街"的地方都叫臭河边。有一条河,却不叫"臭河",我到现在还没有考查出来应该叫什么河,这一带的居民则简单地称之曰"河"。天王寺濒河,山门(寺庙的山门都是朝南的)外即是河水。寺的殿宇高大,佛像也高大,但是多年没有修饰,显得暗旧。寺里僧众颇多,我们家凡做佛事,都是到天王寺去请和尚。但是寺里香火不盛。很幽静。我父亲曾于月夜到天王寺找和尚闲谈,在大殿前石坪上看到一条鸡冠蛇,他三步蹿上台阶,才没被咬着。鸡冠蛇即眼镜蛇,有剧毒。蛇不能上台阶,父亲才能逃脱,未被追上。寺庙中有蛇,本是常事。但也说明人迹稀少矣。

天王寺常常驻兵。我的小说《陈小手》里写的"天王庙",即天王寺。驻在寺里的兵一般都很守规矩,并不骚扰百姓。我曾见一个兵半躺在探到水面上的歪脖柳树上吹箫,这是一个很独特的画境。

我是三天两头要到天王寺的。从我读的小学放学回家,倘不走正

369

街(东大街),走后街,天王寺是必经的。我去看"烧房子"。我们那里有这样的风俗,给死去亲人烧房子。房子是到纸扎店订制的,当然要比真房子小,但人可以走进去。有厅,有室,有花园,花园里有花,厅堂里有桌有椅,有自鸣钟,有水烟袋!烧房子在天王寺的旁门(天王寺有个旁门,朝西)边的空地上。和尚敲动法器,念一通经,然后由亲属举火烧掉(房子下面都铺了稻草,一点就着)。或者什么也没得看,就从旁门进去,"随喜"一番,看看佛像,在大的青石上躺一躺。大殿里凉飕飕的,夏天,躺在青石上,窨人。

　　天王寺附近住过一个传奇性的人物,叫靳德斋。这人是个练武的。江湖上流传两句话:"打遍天下无敌手,谨防高邮靳德斋。"说是,有一个外地练武的,不服,远道来找靳德斋较量。靳德斋不在家,邻居说他打酱油醋去了。这人就在竺家巷(出竺家巷不远即是天王寺,我的继母和异母弟妹现在还住在竺家巷)一家茶馆里等他。有人指给他:这就是靳德斋。这人一看,靳德斋一手端着满满一碗酱油、一手端着满满一碗醋,快走如飞,但是碗里的酱油、醋却纹丝不动。这人当时就离开高邮,搭船走了。

　　靳德斋练的这叫什么功?两手各持酱油醋碗,行走如飞,酱油醋不动,这可能么?不过用这种办法来表现一个武师的功夫,却是很别致的,这比挥刀舞剑,口中"嗨嗨"地乱喊,更富于想象。

　　我小时走过天王寺,看看那一带的民居,总想:哪一处是靳德斋曾经住过的呢?

　　后于靳德斋,也在天王寺附近住过的,有韩小辫。这人是教过我祖父的拳术的。清代的读书人,除了读圣贤书之外,大都还要学两样东西,一是学佛,一是学武,这是一时风气。据我父亲说,祖父年轻时腿脚是很有功夫的。他有一次下乡"看青"(看青即看作物的长势),夜间遇到一个粪坑。我们那里乡下的粪坑,多在路侧,坑满,与地平,上结薄壳,夜间不辨其为坑为地。他左脚踏上,知是粪坑,右脚使劲一跃,即越过粪坑。想一想,于瞬息之间,转换身体的重心,尽力一跃,倘无功夫,是不行的。祖父是得到韩小辫的一点传授的。韩小辫的一家都是练功的。他的夫人能把一张板凳放倒，板凳的两条腿着地，两条腿翘着，她站在翘起的板凳脚上，作骑马蹲裆势，以一块方石置于膝上，用毛笔大书"天下太平"四字，然后推石一跃而下。这是很不容易的，何况她是小脚。夫人如此，韩小辫功夫可知。这是我父亲告诉我的，不知是他亲见，还是得诸传闻。我父亲年轻时学过武艺，想不妄语。

张 仲 陶

《故乡的食物》有一段：

> 我父亲有一个很怪的朋友，叫张仲陶。他很有学问，曾教我读过《项羽本纪》。他薄有田产，不治生业，整天在家研究易经，算卦。他算卦用蓍草。全城只有他一个人用蓍草算卦。据说他有几卦算得极灵。有一家，丢了一只金戒指，怀疑是女佣人偷了。这女佣人蒙了冤枉，来求张先生算一卦。张先生算了，说戒指没有丢，在你们家炒米坛盖子上。一找，果然。我小时就不大相信，算卦怎么能算得这样准，怎么能算得出在炒米坛盖子上呢？不过他们这一卦说明了一件事，即我们那里炒米坛子是几乎家家都有的。

《故乡的食物》这几段主要是记炒米的，只是连带涉及张先生。我对张先生所知道也大概只是这一些。但可补充一点材料。

我从张先生读《项羽本纪》，似在我小学毕业那年的暑假，算起来大概是虚岁十二岁即实足年龄十岁半的时候。我是怎么从张先生读这篇文章的呢？大概是我父亲在和朋友"吃早茶"（在茶馆里喝茶，吃干丝、点心）的时候，听见张先生谈到《史记》如何如何好，《项羽本纪》写得怎样怎样生动，忽然灵机一动，就把我领到张先生家去了。我们县里那时睥睨一世的名士，除经书外，读集部书的较多，读子史者少。张先生耽于读史，是少有的。他教我的时候，我的面前放一本《史记》，他面前也有一本，但他并不怎么看，只是微闭着眼睛，朗朗地背诵一段，给我讲一段。很奇怪，除了一篇《项羽本纪》，我以后再也没有跟张先生学过什么。他大概早就不记得曾经有过一个叫汪曾祺的学生了。张先生如果活着，大概有一百岁了，我都七十一了嘛！他不会活到这时候的。

张先生原来身体就不好，很瘦，黑黑的，背微驼，除了朗读《史记》时外，他的语声是低哑的。

他的夫人是一个微胖的强壮的妇人，看起来很能干，张家的那点薄薄的田产，都是由她经管的。张仲陶诸事不问，而且还抽一点鸦片烟，其受夫人辖制，是很自然的。一个十多岁的孩子也感觉得出来，张先生有些惧内。

张先生请我父亲刻过一块图章。这块图章很好，鱼脑冻，只是很小，高约四分，长方形。我父亲给他刻了两个字，阳文：中匋。刻得很好。这两个字很好安排。他后来还请我父亲刻了两方寿山石的图章，一刻阳文，一刻阴文，文曰："珠湖野人"、"天涯浪迹"。原来有人撺掇他出去闯闯，以卜卦为生，图章是准备印在卦象释解上的。事情未果，他并未出门浪迹，还是在家里糗（qiǔ）着。

最近几年，易经忽然在全世界走俏，研究的人日多，角度多不相同，有从哲学角度的，有从史学角度的，有从社会学角度的，有从数学角度的。我于易经一无所知，但我觉得这主要还是一部占卜之书。我对张仲陶算的戒指在炒米坛盖子上那一卦表示怀疑，是觉得这是迷信。现在想想，也许他是有道理的。如果他把一生精研易学的心得写出来，包括他的那些卦例，会是一本很有意思的书。但是，写书，张仲陶大概想也没有想过。小说《岁寒三友》中季匋民在看了靳彝甫的祖父、父亲的画稿后，拍着画案说："吾乡固多才俊之士，而皆困居于蓬牖之中，声名不出于里巷，悲哉！悲哉！"张仲陶不也是这样的人么？

薛　大　娘

薛大娘家在臭河边的北岸，也就是臭河边的尽头，过此即为螺蛳坝，不属臭河边了。她家很好认，四边不挨人家，远远地就能看见。东边是一家米厂，整天听见碾米机烟筒朋朋的声音。西边是她们家的菜园。菜园西边是一条路,由东街抄近到北门进城的人多走这条路。路以西,也是一大片菜园,是别人家的。房是草顶碎砖的房,但是很宽敞,有堂屋,有卧室,有厢房。

薛大娘的丈夫是个裁缝,是个极其老实的人,整天不说一句话,只是在东厢房里带着两个徒弟低着头不停地缝。儿子种菜。所种似只青菜一种。我们每天上学、放学,都可以看见薛大娘的儿子用一个长柄的水舀子浇水,浇粪,水、粪扇面似的洒开,因为用水方便,下河即可担来,人也勤快,菜长得很好。相比之下,路西的菜园就显得有点荒秽不治。薛大娘卖菜。每天早起,儿子砍得满满两筐菜,在河里浸一会,薛大娘就挑起来上街,"鲜鱼水菜",浸水,不止是为了上分量,也是为了鲜灵好看。我们那里的菜筐是扁圆的浅筐,但两筐菜也百十斤,薛大娘挑起来若无其事。

她把菜歇在保安堂药店的廊檐下,不到一个时辰,就卖完了。

薛大娘靠五十了。——她的儿子都那样大了嘛,但不显老。她身高腰直,处处显得很健康。她穿的虽然是粗蓝布衣裤,但总是十分干净利索。她上市卖菜,赤脚穿草鞋,鞋、脚,都很干净。她当然是不打扮的,但是头梳得很光,脸洗得清清爽爽,双眼有光,扶着扁担一站,有一股英气,"英气"这个词用之于一个卖菜妇女身上,似乎不怎么合适,但是除此之外,你再也找不出一个合适的字眼。

薛大娘除了卖菜,偶尔还干另外一种营生,拉皮条,就是《水浒传》所说的"马泊六"。东大街有一些年轻女佣人,和薛大妈很熟,有的叫她干妈。这些女佣人都是发育到了最好的时候,一个一个亚赛鲜桃。街前街后,有一些后生家,有的还没成亲,有的娶了老婆但老婆不在身边,油头粉面,在街上一走,看到这些女佣人,馋猫似的,有时一个后生看中了一个女佣人求到薛大娘,薛大娘说:"等我问问。"因为彼此都见过,眉语目成,大都是答应的。薛大娘先把男的弄到西厢房里,然后悄悄把女的引来,关了房门,让他们成其好事。

我们家一个女佣人,就是由于薛大娘的撮合,和一个叫龚长霞的管田禾的——管田禾是为地主料理田亩收租事务的,欢会了几次,怀上了孩子。后来是由薛大娘弄了药来,才把私孩子打掉。

薛大娘没想到别人对她有什么议论。她认为:一个有心,一个有意,我在当中搭一把手,这有什么不好?

保安堂药店的管事姓蒲,行三,店里学徒的叫他蒲三爷,外人叫他蒲先生。这药店有一个规矩:每年给店中的"同事"(店员)轮流放一个月假,回去与老婆团圆(店中"同事"都是外地人),其余十一个月都住在店里,每年打十一个月的光棍,蒲三爷自然不能例外。他才四十岁出头,人很精明,也很清秀,很潇洒(潇洒用于一个管事的身上似乎也不大合适),薛大娘给他拉拢了一个女的,这个女的不是别人,是薛大娘自己。薛大娘很喜欢蒲三,看见他就眉开眼笑,谁都看得出来,她一点也不掩饰。薛大娘趴在蒲三耳朵上,直截了当地说:"下半天到我家来。我让你……"

薛大娘不怕人知道了,她觉得他干熬了十一个月,我让他快活快活,这有什么不对?

薛大娘的道德观念和大户人家的太太小姐完全不同。

注　释

① 本篇原载《北方文学》1991 年第十二期;初收《塔上随笔》,群众出版社,1993 年 11 月。